Ann Tatlock

Das Haus am Rande der Zeit

Roman

Deutsch von Renate Hübsch

BRUNNEN
Verlag GmbH · Giessen

Titel der amerikanischen Originalausgabe:
Once Beyond a Time

Originalausgabe bei Heritage Beacon Fiction,
einem Imprint von Lighthouse Publishing of the Carolinas
2333 Barton Oaks Dr., Raleigh, NC, 27614, USA

MIX
Papier aus verantwortungsvollen Quellen
FSC
www.fsc.org
FSC® C016439

Lektorat: Konstanze von der Pahlen
Umschlagfotos: shutterstock
Umschlaggestaltung: Jonathan Maul
Satz: Uhl + Massopust, Aalen
Druck: Hubert & Co., Göttingen
ISBN Buch 978-3-7655-0959-9
ISBN E-Book 978-3-7655-7446-7

www.brunnen-verlag.de

Teil 1

Zeit ist das,
was verhindert, dass alles auf einmal geschieht.
Ray Cummings, *The Girl in the Golden Atom*

1

Meg

Freitag, 12. Juli 1968

Mein erster Gedanke ist jetzt natürlich: Carl wird nie wieder nach Hause kommen.

Jedenfalls nicht wirklich. Nicht in das Zuhause, das er erst vor Kurzem verlassen hat. Wenn mein Sohn aus Vietnam zurückkommt – und bitte, Gott, lass ihn zurückkommen –, dann wird er an einen Ort zurückkehren, an dem er noch nie gewesen ist und an dem eigentlich auch keiner von uns sein möchte. Patrick nicht. Ich nicht. Und Linda schon gar nicht. Sie macht keinen Hehl daraus, wie ungern sie hier ist. Digger ist der Einzige, dem der Umzug nichts auszumachen scheint, und das auch nur, weil er erst acht ist und damit zu klein, um es besser zu wissen. Alles Vertraute zurückzulassen und in irgendeinem vergessenen Winkel von North Carolina zu landen – für ihn ist das einfach ein neues Abenteuer.

Das soll nicht heißen, dass die Gegend hier nicht auch ihre schönen Seiten hat. Ich stehe auf der breiten Veranda unseres Hauses und habe einen wunderbaren Ausblick auf die Berge. Das alte Haus steht weit oben und auf einer Lichtung, deswegen kann ich meilenweit sehen. Und tatsächlich: Die Berge, die sich in mehreren Gipfelketten aneinanderreihen, schimmern ungewohnt bläulich. Die Blue Ridge Mountains. Nachdem ich mein Leben im flachen Farmland von Südost-Pennsylvania verbracht habe, lassen die Berge mich ehrfürchtig verstummen. Es ist dasselbe Gefühl, das mich immer überfiel, wenn ich in Philadelphia die Kathedrale Sankt Peter und Paul betrat. Die Decke war so hoch oben und es gab so viel offenen Raum! Ich hätte mir fast gewünscht, dass mir Flügel wachsen, damit ich hinaufschweben und den höchsten Punkt des Deckengewölbes berühren kann.

Die Decke hier ist unendlich und grenzenlos und lässt sich nicht anfassen. Es ist der sonnendurchflutete Himmel, der das Gewölbe bildet, und die lebendige Landschaft der Berge formt die Wände. Ich glaube, ich würde sie schön finden, wenn ich sie nur betrachten könnte, ohne den Schmerz zu spüren.

Aber das kann ich nicht. Denn der Schmerz ist der Grund dafür, dass wir hier sind.

Patrick hatte eine Affäre. Ich weiß es jetzt seit zwei Monaten und immer noch kann ich kaum glauben, dass das hier *mein* Leben ist, dass *ich* die Frau bin, die betrogen wurde. So etwas passiert anderen Frauen, aber doch nicht mir. Ich habe nicht einmal Verdacht geschöpft, obwohl sich alles in meinen eigenen vier Wänden abspielte und die andere Frau meine eigene Cousine ist. Ich war mir meiner Beziehung zu Patrick so sicher, war darin so geborgen und so stolz darauf, dass wir schon zwanzig Jahre ohne nennenswerte Stolpersteine miteinander unterwegs sind, dass ich nicht gesehen habe, was direkt vor meinen Augen geschah.

Jedenfalls nicht eher, bis alles schon vorbei war und Patrick mit Tränen in den Augen zu mir kam. An dem Abend, an dem er es mir gestand, haben mir seine Worte buchstäblich den Boden unter den Füßen weggezogen, sodass ich mich setzen musste. Meine Hände zitterten und ich bekam fast keine Luft. Was sagte er da? Worum bat er mich? Ich schloss die Augen und rieb mir mit den Fingerspitzen die Schläfen.

Er kniete vor mir und legte die gefalteten Hände in meinen Schoß. „Verzeih mir“, bat er.

Verzeihen?

Ich hatte das Gefühl, als würde ich zerbersten, wie ein alter Stern, der verlischt, zerbröckelt und in den Tiefen des Universums verschwindet. Welcher Teil von mir soll dir verzeihen, Patrick? Welcher von den Brocken, in die ich mich auflöse?

Schließlich brachte ich es fertig, sieben Worte in eine sinnvolle Reihenfolge zu bringen und auszuspucken. „Seit wann liebst du mich nicht mehr?"

Ich öffnete die Augen.

Patrick schüttelte den Kopf. Er sah entsetzt aus. „Ich habe nie aufgehört, dich zu lieben, Meg. Das ist die Wahrheit, ich schwör's."

Ich glaubte ihm nicht. Jemanden, den man liebt, betrügt man nicht. Das kann man einem Menschen, den man liebt, nicht antun.

Von irgendwo tief in meinem Innern stieg ein Schrei auf, der kein Ende nehmen wollte. Ich stieß Patrick von mir fort. Wir stritten. Heftig. Stundenlang. In dieser Nacht zog Patrick ins Esszimmer um.

Am nächsten Tag überfiel uns das tödliche Schweigen. Die Ehe, die nur vierundzwanzig Stunden zuvor mein Leben ausgemacht hatte, gab es nicht mehr. Von jetzt auf gleich. Aber es kam noch schlimmer. Die Affäre ruinierte nicht nur unsere Ehe. Patrick erlaubte ihr außerdem, ihm den Job wegzunehmen, der für ihn sein Leben bedeutete: Ohne irgendwelche Erklärungen kündigte er seine Arbeit als Pastor der First Baptist Church von Abingdon. Vielleicht eine Art fehlgeleiteter Buße.

„Und was wollen wir jetzt tun?", fragte ich.

„Wir beginnen noch einmal von vorn – irgendwo anders", antwortete Patrick.

Ich dachte darüber nach, ihn zu verlassen. Ich würde mir einen Job suchen und eine Wohnung und die Kinder allein erziehen. Aber dann brachte ich weder die Kraft noch den Mut auf, die es dafür gebraucht hätte. Und als dann der Anruf von Steve kam: „Hör zu, Schwesterherz, mir hat gerade einer meiner Verkäufer gekündigt. Ich würde Patrick den Job geben, wenn ihr herziehen wollt. Du solltest den Ort sehen, es ist wunderschön hier. Es wird euch gefallen …" – da habe ich mich einfach treiben lassen. Patrick nahm den Job an. Wir haben unsere Heimat in Pennsylvania verlassen und sind hierhergekommen, in den Westen von North Carolina, wohin es meinen Bruder vor Ewigkeiten verschlagen hat, als er ein Mädchen aus dem Süden heiratete.

Steve liebt diese Gegend und er glaubt, jedem anderen müsse es genauso gehen. Wenn ich hier auf der breiten Veranda stehe und auf die blauen Hügel in der Ferne schaue, denke ich, dass ich die Gegend vielleicht auch lieb gewinnen würde, wenn ich nicht schon fast tot wäre. Ich habe kaum genug Kraft, die Bergluft in meine Lungen eindringen zu lassen, geschweige denn dazu, in meiner Seele eine Tür für die Schönheit der Landschaft zu öffnen.

Ich hatte geglaubt, meiner Mutter das Gegenteil beweisen zu können. Aber sie behielt schließlich doch recht. „Irgendwann stirbt die Liebe immer", hatte sie gesagt, „irgendwann gehen die Männer." Das waren ihre Worte, als Daddy sie für Ehefrau Nummer zwei verließ, die er später wiederum für Ehefrau Nummer drei und Nummer vier verließ. Es ist ein Wunder, dass Steve all diese Jahre bei Donna geblieben ist. Wieso hat er es nicht gemacht wie Daddy? Und wieso musste Patrick es so machen? Nicht mich verlassen. Aber die Liebe sterben lassen.

Ich beiße die Zähne zusammen. Ich kann meinem Ärger jetzt nicht freien Lauf lassen. Steve und seine Familie werden jeden Moment hier sein. Ich gehe die Stufen der Veranda hinunter und stoße in der Auffahrt auf Digger. Er buddelt mit Schaufel und Eimer im Sand und baut eine Fahrbahn für seine Matchbox-Autos. Er lacht, lacht vor sich hin. Er ist der Einzige hier, der keinen Kummer hat. Wenn ich ihm, Harrison, meinem jüngsten Sohn, zuschaue, empfinde ich für einen Moment Freude: unser Überraschungskind. Linda war neun und Carl zehn, als ich feststellte, dass ich schwanger war. Eine Überraschung, das schon, ja, aber keinesfalls „ein Fehler“. Keinesfalls.

Harrison Benjamin Crane. Vom ersten Tag seines Lebens an war er mein Sonnenschein.

Steve und Donna besuchten uns, als er zwei war, und als Donna sah, wie er im Garten buddelte, rief sie: „Schau dir nur mal den jüngsten Crane an, wie er da draußen herumbuddelt! Eine komplette kleine Stadt hat er sich da gebaut!“ Und Steve fuhr fort: „Nun, das macht ein Kran doch auch – im Dreck buddeln und Dinge bauen, oder nicht?“ Wir mussten alle lachen und von dem Tag an war er Digger – unser Buddler. Inzwischen scheint sich kaum noch jemand daran zu erinnern, wie er wirklich heißt. Bis auf mich. Harrison Benjamin Crane, die einzige echte Freude, die mir noch geblieben ist.

Es hupt und Digger springt auf und winkt. Die Auffahrt ist so lang, dass ich den Anfang von der Verandatreppe aus nicht sehen kann, aber im nächsten Moment rollt Steves Auto – natürlich ein Chevy – schon vors Haus. Der Wagen hält an und gibt seine Insassen frei: Steve, Donna, Jeff und Marjorie. Das Begrüßungskomitee an unserem ersten Tag in Black Mountain, North Carolina.

„Hey, alle mit’nander“, ruft Donna.

Ja, wir sind im Süden. Gewöhnen wir uns besser gleich daran. Ich laufe auf Donna zu und begrüße sie mit einer Umarmung.

„Willkommen, Schwesterherz“, sagt Steve. Er gibt mir einen Kuss auf die Wange und schüttelt Patrick die Hand, der gerade aus dem Haus gekommen ist. Dann legt er mir die Hand auf die Schulter und drückt sie sanft. Wenn er nicht mein älterer Bruder wäre – und obendrein ein Mann –, könnte ich fast glauben, er würde verstehen.

2

Linda

Freitag, 12. Juli 1968

Galaktisch. Ich muss gestorben und in der Hölle gelandet sein. Dad – ja, genau, Dad, der große Prediger vor dem Herrn – entpuppt sich als Heuchler und wir alle müssen mit unserem Leben dafür bezahlen. Kann seine Finger nicht von Moms knackiger junger Cousine lassen, mein alter Herr. Und bevor ich mich's versehe, muss ich mein letztes Schuljahr hier in diesem verschlafenen Nest zubringen, in einer Klasse, in der noch der bestaussehende Junge so hässlich ist wie die Sünde – kein Wunder nach zehn Generationen Inzucht. Wenn alle Kerle hier so sind wie die beiden Exemplare, die Onkel Steve uns heute morgen als Umzugshelfer raufgeschickt hat, kann ich auch gleich ins Kloster gehen. Der eine hatte Zähne so braun wie Matsch, der andere einen Adamsapfel so groß wie Texas.

Mein letztes Schuljahr! Und das, wo ich doch gerade bei Brian ein bisschen Land gewonnen hatte. Zumindest hat er schon mit mir gesprochen, wenn er gerade in Stimmung war, und das ist doch schon mal was. Nur noch ein paar Wochen, einen Monat vielleicht, und wir wären zusammen gewesen. Und ich wäre endlich dieses Pastorentochter-Image los gewesen und hätte dazugehört. Richtige Freunde gehabt, eben die angesagten Typen. Bestimmt hätte ich dieses Jahr die Abschlussballkönigin werden können – aber Dad musste ja unbedingt die Zelte abbrechen und Hals über Kopf an den Arsch der Welt ziehen. Warum, hat er zuerst nicht gesagt; aber Mom hat mir später die ganze gruselige Geschichte erzählt, dass er mit Charlene rumgemacht hat und so. Oh, Dad war ziemlich angesäuert, dass Mom nicht dichtgehalten hat, aber mal ehrlich: Wenn hier jemand sauer sein sollte, dann bestimmt nicht er. Was er Mom angetan hat, ist ja wohl um Klassen schlimmer, als dass sie mir dann davon erzählt hat.

Ich hab Mom angebettelt, dass ich in Abingdon bleiben darf; ich hätte für das letzte Schuljahr bei Monica wohnen können. Sogar ihre Eltern hatten schon gesagt, dass das klargeht. Aber Mom ist stur geblieben. Sie hätte schon Carl an den Krieg verloren, hat sie gesagt, und würde jetzt nicht noch ein Kind verlieren wollen. Als ob wir so eine fantastische Mutter-Tochter-Beziehung hätten oder zwischen uns die große Liebe herrschen würde! Und überhaupt: Carl ist nichts weiter als ein Kompanieschreiberling. Woran soll der denn sterben? An einer Überdosis Getippe? Verbluten, weil er sich zu oft am Papier geschnitten hat? Außerdem wollte er ja unbedingt in den Krieg, der Psycho. Ist mit siebzehn mit der Schule fertig und dann fällt diesem Idioten nichts Besseres ein, als sich einen Aushilfsjob bei Woolworth zu suchen und darauf zu warten, dass er achtzehn wird, damit er sich dann umgehend freiwillig melden kann. Ich meine, es gibt Kerle, die ihre Einberufungsbescheide verbrennen oder nach Kanada abhauen. Und mein Ignorant von Bruder reißt sich geradezu darum, nach Vietnam zu kommen. Als ob er sich um einen Platz auf 'ner Kreuzfahrt bewirbt oder so was. Na ja, Mom verschwendet jedenfalls nur ihre Zeit damit, sich um ihn Sorgen zu machen. Der hat vermutlich gerade die Zeit seines Lebens, raucht so viel Gras, wie er will, und vergnügt sich in den Gassen von Hanoi mit hübschen kleinen Vietnamesinnen. Entsprechendes kann ich von mir leider nicht behaupten, nicht in diesem Hinterwäldlernest. O Caramba, mein Leben geht gerade total den Bach runter.

Und diese Rumpelkammer hier – das soll mein Zimmer sein? Wenigstens müssen wir nicht wieder in irgendeiner Bude von der Kirche hausen, zum ersten Mal in meinem Leben. Aber das ist auch das einzig Positive, was man über diese Behausung sagen kann. Die Hütte ist so alt, dass man Angst haben muss, dass sie einem über dem Kopf zusammenbricht. Und die Möbel dürften auch noch aus dem vorigen Jahrhundert sein. Die modern hier schon seit Jahrzehnten vor sich hin. Möchte nicht wissen, wie viele alte Knacker wohl in diesem Bett schon geschlafen haben. Ich kann ja noch fast ihren Schweiß riechen, als hätten sie nie die Bettwäsche gewechselt. Und dieser Sessel – Spitzendeckchen über den Armlehnen, also wirklich! Die Kommode – pfffff! Der Spiegel so fleckig, dass es kaum 'ne intakte Stelle gibt, die groß genug wäre, um mein Gesicht mal im Ganzen zu sehen. Ist ja vielleicht ganz angenehm für irgend'ne alte Schrapnelle, die sich sowieso nicht mehr gern im Spiegel sieht. Aber für mich? Unmöglich. Die Möbel in all den Kirchenbutzen waren ja schon eine Zumutung. Aber das hier ist echt der Gipfel. Ich sollte mal meine Kartons auspacken und endlich ein Poster an die Wand kriegen – die Grateful Dead. Vielleicht hilft's ja. Glaub ich allerdings kaum.

Mein Zimmer hat eine Tür nach draußen auf die obere Veranda. Wir haben nämlich zwei davon, eine oben und eine unten. „Also, das sieht ja wirklich nett aus", meinte Dad, als wir heute Morgen vor dieser überdimensionierten Hütte angerollt sind, die unser neues Zuhause abgeben soll. Yeah, wirklich nett, großartig. Und wir können alle in unseren Schaukelstühlen auf der Veranda sitzen wie die Pampabewohner, die wir ja jetzt sind, und unsere Maispfeife rauchen und Schwarzgebranntes aus Tonkrügen trinken. Als ob es ein verlorenes Schuljahr retten könnte, wenn man zwei Veranden hat! Was anderes wär's natürlich, wenn ich mich hier nachts rausschleichen könnte und Brian unten hinter den Bäumen auf mich warten würde und wir … Ach, vergiss es! Brian ist tausend Meilen weit weg, alle meine Freunde auch und überhaupt alles, was in meinem Leben jemals in Ordnung war.

Hey, was erspähen meine schwachen Augen da? Bitte, seht euch Digger an. Spielt da unten im Matsch. Typisch! Wie Pig Pen, dieser Dreckmagnet bei Charlie Brown, der immer von seiner eigenen Staubwolke umgeben ist. Dauernd bis zu den Ellenbogen im Matsch. Wenn er nicht dreckig ist, ist er nicht glücklich. Darf ich vorstellen: mein kleiner Bruder. Peinlich!

„Hey, Digger!“, rufe ich runter. „Warum spielst du nicht mal irgendwo, wo es Wellen gibt?“

Digger steht auf und schaut sich um. Dann entdeckt er mich hier oben. Er blinzelt mit verzogenem Gesicht gegen die Sonne. „Ich hab nicht gewusst, dass hier irgendwo ein Meer ist“, sagt er.

Doofie.

Aber er lässt sich in seinem Spiel nicht stören. Mom ist unten auf der Veranda. Das weiß ich. Ich kann ihre Schritte hören – und ihr Seufzen. Sie ist stinksauer auf Dad und ich kann es ihr nicht verdenken. „Warum lässt du dich nicht einfach scheiden, Mom?“, hab ich gefragt. Jede andere würde das machen, oder? Aber meine Mom? Hat mir noch nicht mal geantwortet. Hat mich nur angesehen, als ob ich ihr gerade geraten hätte, sich von ’ner Klippe zu stürzen. Vermutlich denkt sie, sie müsse die treu ergebene Ehegattin spielen. Aber wir sind hier schließlich nicht bei „Mutter ist die Allerbeste“. Und wenn, wäre Dad nicht fremdgegangen.

Oh no. Wer kommt jetzt noch? Unsere reizende Hinterwäldlerverwandtschaft? Tante Donna, huldvoll winkend wie die Queen, tönt ihr „Hey, alle mit’nander“ durch die Gegend und spätestens jetzt weiß ich, dass ich definitiv nicht mehr in Pennsylvania bin.

Schön, aber zumindest mir ist gerade nicht nach Gesellschaft. Ich verschwinde zurück ins Zimmer und falle in den alten Sessel mit den Spitzendeckchen auf den Armlehnen. Der Sessel riecht muffig und das Polster fühlt sich an, als sei es mit Kartoffeln gefüllt. Ich lege den Kopf an die Lehne und schließe die Augen. O Gott, wenn du da oben irgendwo steckst, bring mich bitte auf der Stelle um.

Als ich die Augen wieder öffne, steht mein Cousin Jeff in der Tür. Ich habe ihn schon ein paar Jahre nicht gesehen. Er ist einen Kopf größer und hat jede Menge Pickel sprießen lassen, seit wir uns zum letzten Mal gesehen haben. Er grinst mich an und zuckt die Schultern. Hab ich ihn vielleicht was gefragt, oder was? „Hey", sagt er.

„Heißt das hier bei euch so viel wie ‚Hi'?"

Er zuckt wieder die Schultern. „Vermutlich."

Er sieht gar nicht mal schlecht aus, wenn man mal von den Pickeln absieht. Aber er ist zwei Jahre jünger als ich und bis zum Führerschein dauert's für ihn noch ein paar Jährchen. Besser, er bildet sich gar nicht erst ein, wir könnten Freunde werden oder so. In diesem Nest wird's keine Freunde geben. Aber es ist ja nur für ein Jahr, sage ich mir. Nur ein Jahr, dann bin ich hier weg.

„Und", frage ich, ohne aus dem Sessel aufzustehen, „was macht man hier so, wenn man Spaß haben will?"

Eine ganze Minute lang steht Jeff einfach da und guckt idiotisch drein, als ob er nicht weiß, was Spaß haben ist. „Na ja", sagt er endlich, „da gibt's 'ne Menge Auswahl."

„Und was zum Beispiel? Polka tanzen? Ortsmeisterschaft im Jagdhundebellen? Heuschreckenjagd mit anschließendem Eintopfessen? Öffentliche Hinrichtungen?"

Er sieht mich verwirrt an. Was für ein Hirni! Dann lacht er leise. Als wüsste er nicht genau, ob das jetzt angebracht ist. Dann sagt er: „Also, ich glaube, das gibt's bei uns nicht mehr."

„Was?", hake ich nach.

„Öffentliche Hinrichtungen. Jedenfalls hab ich schon länger nichts mehr davon mitbekommen."

„Zu schade“, bemerke ich.

Seine Augenbrauen versuchen mit aller Kraft, den Haaransatz zu erreichen. „Gibt’s denn so was in Pennsylvania? Öffentliche Hinrichtungen?“

„Nur in Schaltjahren.“

Jeff weiß nicht, ob er mich ernst nehmen soll oder nicht, tritt von einem Bein aufs andere und vergräbt die Hände in den Taschen seiner Latzhose.

„Also“, fahre ich fort, „kommen wir wieder zurück zu den guten Zeiten in Black Mountain. Raucht ihr hier wenigstens Gras?“

Endlich kommt Leben in Jeff. „Klar!“, ruft er, „klar machen wir das.“

Jetzt bin ich ganz wach. Vielleicht führt diese Unterhaltung doch noch irgendwohin. „Ach ja?“, will ich wissen.

„Ja doch. Maisbart. Weinranken. Ruhrkraut.“

Ich spüre, wie meine Augen sich zu Schlitzen verengen. Jeff sieht jetzt ängstlich aus.

„Ich meine“, sage ich durch aufeinandergepresste Zähne, „ich meine Marihuana. Kriegt man das hier irgendwo?“

Jeffs Augen sind jetzt so groß wie meine eng sind. „Du meinst dieses illegale Zeug, das es in Kalifornien gibt?“

Ich halte es nicht für nötig zu antworten. Was mich betrifft, ist diese Unterhaltung beendet.

Wie soll ich es nur ein ganzes Jahr hier aushalten? Ich könnte mich umbringen. Nein, noch besser, ich würde jemand anderen umbringen. Ich höre ihn gerade; er unterhält sich unten mit Onkel Steve über den Job als Chevyverkäufer. Herzlich willkommen, Patrick Crane, frisch eingetroffener Gebrauchtwagenhändler in Birchfield!

Die Rolle dürfte Dad wie auf den Leib geschrieben sein. Dad, diesem miesen Betrüger.

3

Patrick

Freitag, 12. Juli 1968

Vater, vergib mir, denn ich habe gesündigt.

Vater.

Vergib mir.

Denn ich habe gesündigt.

Ich kann es so oft sagen, wie ich will – ich weiß, dass ich es immer noch einmal mehr sagen muss. Denn die Vergebung ist immer einen Schritt von mir entfernt.

Meg hat mir nicht vergeben, so viel ist sicher. Kann ich ihr das vorwerfen? Wenn es umgekehrt wäre, würde ich ihr vergeben? Ich möchte gern glauben, dass ich es könnte. Ich möchte gern glauben, dass sie es tun wird – irgendwann. Jedenfalls bete ich darum.

Linda ist genauso wütend auf mich wie ihre Mutter. Redet nicht mit mir, sieht mich kaum an. Vielleicht, weil sie siebzehn ist? Hätte sie mich ohnehin gehasst, einfach weil sie siebzehn ist und ich Pastor bin? Pastor war. War. Das ist jetzt Vergangenheit.

Carl schreibt mir aus Vietnam. „So was passiert", meint er. „Vergiss es einfach und mach den nächsten Schritt." Es ist schwer, den nächsten Schritt zu machen, wenn der Mensch, mit dem du diesen Weg gemeinsam gehen solltest, sich nicht von der Stelle rührt.

Die Birchfields sind heute Nachmittag vorbeigekommen, um uns zu begrüßen, und haben uns etwas zu essen gebracht. Auflauf, ein paar Dosen, frisches Obst und Gemüse, Kekse und noch ein paar Backwaren. Sie haben alles aus dem Kofferraum ihres Chevy gezaubert, als sei das eine Art offizielles Begrüßungsvehikel. Sie sind gut zu uns gewesen. Weiß der Himmel, es war anständig von Steve, dass er mir den Job angeboten hat. Auch wenn es nicht der Job ist, den ich mir je erträumt hätte.

„Du siehst beunruhigt aus", sagte er nach dem Mittagessen.

„Ich hab keine Ahnung, wie man Autos verkauft."

„Kinderspiel!", versuchte er mich aufzumuntern. „Alles, was du wissen musst, erkläre ich dir an einem Nachmittag."

In seinem Lächeln lag nichts als Zuversicht. Steve ist ein Mensch, der sich keine Sorgen macht. „Also, hör zu", meinte er und wies mit dem Kinn auf die Veranda, fort von den Frauen, die die Küche aufräumten. Ich ging mit ihm hinaus. Er zog ein Päckchen Zigaretten aus seiner Hemdtasche, zündete sich eine an und warf das Streichholz ins Gras vor der Veranda. „Hör zu", sagte er noch einmal. „Ich weiß, dass es zwischen dir und Meg gerade … na ja … angespannt ist. Aber sie wird einlenken."

Ich ertappte mich bei einem tiefen Seufzer.

„Was ich sagen will", fuhr er fort, „du bist nicht der Erste, der – na ja, du weißt schon. Frauen kommen darüber hinweg."

Ich sah ihn lange an. Ich bin Steve nur ein paar Mal in meinem Leben begegnet, immer dann, wenn er und Donna nach Philadelphia kamen, um uns zu besuchen. Wir sind vorher noch nie hier gewesen; von meinem Pastorengehalt konnten wir uns nie einen wirklichen Urlaub leisten. Ich kenne Steve also nicht wirklich gut, aber er ist mein Schwager, der Bruder meiner Frau, und er hat mir die Hand gereicht. Er hat mir aus der Patsche geholfen. Ich brauche seine Freundschaft und bis jetzt hat er sich sehr freundschaftlich verhalten.

Ich fühlte mich komisch, aber ich stellte die Frage trotzdem: „Steve, bist du schon mal untreu gewesen?“

„Ich?“ Mit der Hand, in der er die Zigarette hielt, tippte er sich auf die Brust. „Ja. Ein Mal.“ Er zuckte mit den Achseln, als hätte er mir erzählt, er sei mal angeln gewesen.

„Und Donna weiß es?“

„Bestimmt. Ja, sie weiß alles. Ist schon ein paar Jahre her.“

„Wie ging's dann weiter?“

„Na ja, ein paar Monate lang hatte ich nichts zu lachen, das kannst du mir glauben. Sie hat nicht mehr für mich gekocht, meine Wäsche nicht gemacht, überhaupt gar nichts. Und im Blick auf …“ Er brach ab, sah mich an und zog kräftig an seiner Zigarette. „Sagen wir mal, ich habe sehr intensive Bekanntschaft mit unserem Gästezimmer gemacht, bevor ich meinen Kopf wieder auf mein eigenes Kissen legen durfte.“

So wie er es sagte, schien er anzunehmen, dass er über solche Dinge nicht mit einem Pastor reden sollte, weil ein Pastor, wie jeder weiß, anders ist. Kein normaler Mensch. Nein, mehr als ein normaler Mensch. Irgendwie heilig. Unfähig zu sein wie normale Menschen. Unfähig zu sündigen.

Ich bin jetzt Gebrauchtwagenverkäufer.

Aber in diesem Moment scheint Steve das vergessen zu haben. Für ihn bin ich immer noch der Pastor. Und er muss sich vorsehen.

„Also wie ging's weiter?“, fragte ich noch einmal.

„Na ja“, sagte er mit einem Lächeln, „weißt du, nach einer Weile wird es uninteressant, für beide. Wenn du einfach weiter zur Arbeit gehst und die Brötchen nach Hause bringst – und ein paar Rosen dann und wann schaden auch nicht –, dann kehrt allmählich die alte Routine wieder ein. Du musst noch nicht mal etwas sagen. Irgendwann hat sie wieder für dich gekocht und deine Socken gewaschen. Und irgendwann ist es dann fast wieder so, als sei nie was passiert.“

Als sei nie was passiert? Für mich wird es nie wieder so sein. In diesem Haus gibt es vier Schlafzimmer. Eins für Linda, eins für Digger, eins für Meg und eins für mich.

Ich bin nicht mehr verheiratet. Und ich würde alles dafür geben, es wieder zu sein. Nicht mit irgendwem, sondern mit Meg, meiner Frau.

Es wird jetzt rasch dämmrig und ich bin in meinem eigenen Zimmer, einem großen Raum auf der Rückseite des Hauses, neben Diggers Zimmer. Die Frauen haben die oberen Räume mit Türen zur Veranda. Ich dachte, das würde ihnen gefallen. Aber ich weiß es nicht. Offensichtlich gibt es gerade gar nichts, das sie irgendwie fröhlich machen könnte.

Ich schaue aus dem Fenster und sehe Digger, der von diesem großen Felsbrocken im Garten herunterspringt. Er hat die Arme zum Himmel gestreckt und in einer Hand hält er einen Stock. Er springt, stößt einen Schrei aus, klettert wieder auf den Felsbrocken und springt noch einmal. Ach, mein Sohn. Du hast alles noch vor dir. Vermassel es nicht. Ich hätte nie gedacht, dass es so leicht ist, alles zu vermasseln. Aber wenn du sehr, sehr vorsichtig bist, kommst du ja vielleicht zurecht.

Ich hatte mir etwas darauf zugutegehalten, dass ich so anständig bin. Schon komisch, oder? Wie kann man sich etwas darauf einbilden, ein guter Mensch zu sein? Das eine schließt das andere aus. Okay, vielleicht hab ich auch selbst geglaubt, dass man als Pastor kein normaler Mensch ist. Dass man irgendwie immun ist gegen die Sünde. Und doch habe ich etwas getan, wovon ich glaubte, ich könnte – und würde – es niemals tun.

Sie heißt Charlene McMurphy.

„Sie war verlobt, aber ihr Verlobter hat sich aus dem Staub gemacht und die Verlobung aufgelöst", hatte Meg mir erklärt. Sie war extra in mein Gemeindebüro gekommen, Charlenes Brief in der Hand. „Sie will einfach weg aus ihrem Umfeld und irgendwo neu anfangen. Sie hofft, dass sie in Philadelphia einen

Job findet, schreibt sie. Kann sie für eine Weile bei uns wohnen, nur so lange, bis sie etwas Eigenes gefunden hat?"

Selbstverständlich! Selbstverständlich kann sie das. Sie gehört schließlich zur Familie. Eine Cousine väterlicherseits von Meg. Und jetzt, wo Carl weg ist, haben wir auch ein Zimmer frei. Schreib ihr, sie kann sofort kommen, wir lassen das Licht brennen.

Also kam sie.

Anfangs tat sie mir leid, wegen der gelösten Verlobung. Niemand erwähnte ihren Exverlobten mit Namen, aber er war immer da, irgendwie, und brachte Charlene zu den unmöglichsten Zeiten zum Heulen. Sie saß oft weinend am Klavier, die Tränen liefen ihr die Wangen hinab und lösten die Wimperntusche in schwarze Streifen auf, die sie mit einem zusammengeknüllten Taschentuch wegtupfte. Meg versuchte sie zu trösten – „Andere Mütter haben auch hübsche Söhne" – und vielleicht, wer weiß, hat es auch etwas geholfen, denn mit der Zeit wurde Charlene weniger traurig und riskierte gelegentlich sogar ein Lachen. Und oft, sehr oft sogar, lächelte sie mich an.

Ich fragte sie, wie sie aus einem so verstimmten Klavier so wunderbare Musik herauslocken konnte, und sie sagte, man müsse das Instrument lieben. Müsse lieben, wozu es fähig sei, egal wie beschädigt es sei. Wenn man das Instrument liebe und respektiere, würde es alles für einen tun. Ich sagte ihr, sie sei eine sehr begabte Musikerin, und sie antwortete, noch nicht, aber sie hoffe, eines Tages eine zu sein. Ich sagte ihr, sie könne jederzeit in die Kirche kommen und Orgel spielen, und sie sagte, das würde sie gern tun.

Sie war schön: jung, anmutig, blond und perfekt. Sie bemühte sich nicht sonderlich um einen Job oder eine eigene Wohnung, aber weder ich noch Meg drängten sie. Schließlich hatte sie Liebeskummer und der brauchte Zeit, um zu heilen.

Ich hätte irgendwie die Flucht ergreifen sollen. Das war mein

Fehler. Ich hätte ihr helfen sollen, eine Wohnung zu finden, aber ich habe es nicht getan. Natürlich habe ich mir selbst nicht eingestanden, was ich jetzt bereitwillig zugebe: Ich wollte nicht, dass sie geht.

Ich liebte Meg immer noch und deshalb versuchte ich zuerst, das Verlangen, das Charlene in mir weckte, zu unterdrücken. Und dann war da dieser Stolz; ich war stolz darauf, dass ich jeder Versuchung widerstehen konnte. Ich glaubte, ich sei unempfänglich für die Reize der Loreley. Aber am Ende konnte ich dem Sirenengesang, der Männer dazu verlockt, ihr Schiff in den Untergang zu steuern, doch nicht widerstehen.

Dann kam der Tag, an dem sie in mein Büro in der Gemeinde kam. Ich war allein. Sie trat neben meinen Schreibtisch, an dem ich gerade die Predigten von Spurgeon las. Sie trug diesen orangen Minirock mit einer weißen, ärmellosen Bluse und ihr blondes Haar fiel in sanften Wellen über ihre Schultern. Sie lächelte mich an und sagte: „Weißt du übrigens, dass du mir gar nicht mehr wie ein Pastor vorkommst?"

Verblüfft gab ich zurück: „Nein?"

„Nein", sagte sie und stupste mich am Arm. „Du kommst mir vor wie ein ganz normaler Mann."

Und das war ich schließlich auch. Schlicht und einfach. Ein ganz normaler Mann. In diesem Moment ließ meine Hand das Steuerruder meines Schiffes los und ich war verloren.

Vater. Vater.

Vergib mir, denn ich habe gesündigt.

Vergib mir.

4

Digger

Freitag, 12. Juli 1968

Yippiiiehh! Ich bin Old Shatterhand! Ich schnappe mir mein Gewehr, gehe auf die Jagd und komme nicht eher zurück, als bis ich den größten Bison erlegt habe, der je geschossen wurde! Angst? Kenn ich nicht.

O Mann, hier ist es toll. Ich hab noch nie so was Tolles erlebt. Ich wünschte, wir hätten zu Hause auch so einen Felsbrocken im Garten gehabt. So einen wie den hier hab ich noch nie gefunden; der ist einfach super zum Draufklettern und Runterspringen. Das ist fast wie Fliegen.

Yippiiiehh! Peng, peng, peng! Vielleicht sieht das, was ich in meiner Hand habe, nur aus wie ein ganz normaler Stock, aber es ist die treffsicherste Flinte, die man hier in den Bergen finden kann! Damit treffe ich eine Blechbüchse auf sechzig Schritt! Peng!

Mann, warum konnten Marjorie und die anderen nicht noch ein bisschen länger bleiben? Sie hätte die Indianerin spielen können und ich den Helden, der sie vor den Schurken rettet. Tante Donna hat gesagt, Marjorie muss jetzt ins Bett. Aber was ich gern mal wissen würde: Wer in aller Welt muss denn ins Bett, wenn es noch nicht mal dunkel ist? Klar, sie ist erst sieben, daran wird's liegen. Ich bin schließlich schon acht und deshalb kann ich länger aufbleiben.

Achtung, da unten! Jetzt komme ich! Der kühnste, mutigste, heldenhafteste Held im ganzen …

Hey, was war das denn?

Hab ich vielleicht laut gedacht? Gerade ist da nämlich eine Stimme hinter mir, die sagt: „Das ist ein Glühwürmchen. Hast du wohl noch nie gesehen, was?"

Ich drehe mich um und vor mir steht ein Junge mit einem Gesicht voller Sommersprossen, barfuß und mit schmutzigen Füßen. Mann, hat der's gut! Mom sagt, ich muss im Garten Schuhe anziehen, wegen der Bienen.

„Hast du noch nie ein Glühwürmchen gesehen?", fragt der Junge noch einmal.

Ich schüttle den Kopf. „Nö, glaub' nicht." Jetzt sind sie überall, der ganze Garten ist voll mit kleinen, vorbeihuschenden Lichtern. „Wie machen sie das, dass sie so leuchten?"

„Austin sagt, sie haben kleine Gaslämpchen im Hinterteil und die können sie ein- und ausschalten, indem sie das einfach denken."

„Du veräppelst mich wohl!"

„Tu ich auch. Wieso hast du noch nie ein Glühwürmchen gesehen?"

„Vermutlich gab's die bei uns in Abington nicht."

„Abington? Wo ist das denn?"

„Pennsylvania. Wir sind grade erst hergezogen. Wohnst du hier in der Nähe?"

„Tu ich." Er weist mit dem Daumen auf das Haus, in das wir gerade eingezogen sind. Vermutlich meint er, dass er irgendwo weiter unten wohnt.

„Wie heißt du?", will ich wissen.

„Malcolm. Aber alle nennen mich Mac."

„Lustig! Ich heiße Harrison, aber alle nennen mich Digger."

„Sollen wir Glühwürmchen fangen und in ein Glas tun?"

„Au ja, los! Hast du ein Glas?"

„Verrat's keinem. Ich hab ein paar Einweckgläser von Ma gemopst. Nur ein paar. Hab sie hinten im Wald versteckt." Er zeigt auf die Wälder, von denen Dad gesagt hat, sie gehörten nicht mehr zu unserem Grundstück, und wenn ich darin herumstromern wollte, sollte ich vorsichtig sein. Tante Donna hat gesagt, ich sollte besser überhaupt nicht in die Wälder gehen, weil es hier in den Bergen überall Braunbären gibt. Ma sah aus, als würde sie gleich in Ohnmacht fallen, als Tante Donna das gesagt hat. Aber Onkel Steve hat gemeint, das sei nicht so schlimm, denn wenn man Topfdeckel aneinanderschlägt, machen die Bären sich ziemlich schnell aus dem Staub und es sei auch schon eine Weile her, dass jemand mal von einem Bären erwischt worden ist. Also antworte ich: „Okay!", als Mac sagt: „Komm mit! Ich zeig dir, wo!" Und wir rennen los.

Ich laufe voraus, obwohl ich besser Mac folgen sollte, denn ich weiß ja nicht, wo wir hinwollen. Aber ich konnte schon immer schnell rennen. Letztes Jahr in der zweiten Klasse war ich der Schnellste, sogar schneller als Marty Higgins, der immer angegeben hat, dass er alles am besten könnte. Aber schneller als Digger Crane war er nicht! Niemals!

Ich renne über das Gras und in den Wald hinter unserem Garten. Dann denke ich, ich sollte jetzt doch besser warten und mir von Mac zeigen lassen, wo er diese Gläser versteckt hat. Also bleibe ich stehen, drehe mich um und rufe Mac zu, dass er vorlaufen soll. Aber er ist gar nicht mehr da.

„He", rufe ich. „He, wo steckst du?"

Ich sehe mich überall um, aber er ist weg. Ich fasse es nicht! Er ist verschwunden, hat sich verdrückt ohne eine Spur, wie die Indianer, wenn sie durch den Wald laufen. Schade, dass er weg ist, denn ich weiß doch nicht, wo die Gläser sind, und jetzt kann ich keine Glühwürmchen mehr fangen. Und außerdem würde ich gern wissen, warum Mac keine Lust mehr hatte, mit mir in die Wälder zu gehen. Vielleicht hat seine Mutter nach ihm gerufen oder so was. Aber er hätte mir Bescheid sagen und sich verabschieden können. Na ja. Wahrscheinlich taucht er wieder auf. Wenn er wiederkommt, frag ich ihn, ob er mir beibringt, wie man sich so spurlos in Luft auflöst, wie er es gerade getan hat.

5

Meg

Samstag, 13. Juli 1968

Wie still es hier ist, so früh am Morgen. Wenn ich auf die obere Veranda hinausgehe, höre ich nichts als Vogelgezwitscher. Keine Stimmen. Keinen Verkehr. Nur das Pfeifen und Trällern von tausend Vögeln.

In der Ferne steigt Nebel aus den Bergen hoch, als zöge die Sonne behutsam eine Decke von einem schlafenden Kind. Zeit aufzustehen. Für mich fühlt es sich an wie der Anbruch des allerersten Tages dieser Welt. Und es gibt weit und breit nichts, was diesen Eindruck stört.

Donna sagt, im Winter, wenn das Laub von den Bäumen ist, werden wir eine bessere Sicht auf den Ort im Tal unter uns haben. Aber im Moment gibt es hier so wenige Zeichen von menschlichem Leben, dass wir ebenso gut die einzigen Menschen sein könnten, die in diesen Hügeln leben.

Patrick und die Kinder schlafen noch und ich gehe nach unten in die Küche, um Kaffee zu kochen. Fast eine ganze Wand nimmt ein großer steinerner Kamin ein und von einem gusseisernen Wasserhahn neben dem Herd baumelt tatsächlich ein rußgeschwärzter Kessel. Wer den wohl zuletzt benutzt hat? Wer weiß. In diesem Haus gibt es jede Menge seltsamer Gegenstände. Nachttöpfe unter den Betten. Hutnadeln auf den Kommoden. Gerahmte Fotos von unbekannten Menschen an den Wänden. Und im Wohnzimmer ein Spinnrad. Ich bin daran gewöhnt, in Häusern zu wohnen, die mir nicht gehören und die voller Möbel stehen, die irgendjemand anderes gekauft hat. Aber diesmal komme ich mir fast vor wie ein Eindringling, als sei ich in ein Haus eingezogen, aus dem andere nie wirklich ausgezogen sind. Die Besitzer könnten jeden Moment zurückkommen und würden überrascht sein, uns hier vorzufinden. Jedenfalls kommt es mir so vor, als ich an der Spüle stehe und Wasser in die Kaffeemaschine fülle. Vielleicht höre ich gleich jemanden an der Tür, einen Schlüssel im Schloss, und dann weiß ich, dass die Familie, die in diesem Haus wohnt, zurückgekehrt ist.

Steve, der dieses Haus für uns besorgt hat, sagte, es sei wie geschaffen für uns, weil es möbliert ist und sofort zu mieten war. Der eigentliche Besitzer – er heißt Ronald Simpkins oder vielleicht Simmons, ich erinnere mich nicht genau –, jedenfalls hat er das Haus 1959 gekauft, um mit seiner Frau herzuziehen, wenn sie im Ruhestand sind. Zurzeit lebt er jenseits der Berge in Tennessee und vermietet das Haus, wenn er jemanden findet. Anscheinend hat er Probleme, seine Mieter zu halten, obwohl er das Gebäude deutlich unter Preis anbietet.

„Worin liegt das Problem, dieses Haus zu vermieten?", hat Patrick gestern beim Abendessen gefragt.

„Ich weiß es nicht genau", antwortete Steve, „aber ich nehme an, die Leute wollen lieber kaufen als mieten. Die Immobilienpreise hier steigen ständig, müsst ihr wissen."

„Genau", bekräftigte Jeff, „das und die Tatsache, dass es in diesem Haus spukt."

„Na klar", bemerkte Linda und verdrehte die Augen.

Patrick lachte nur. „Also, Jeff", sagte er, „darüber brauchen wir uns keine Gedanken zu machen. An solche Sachen glauben wir nicht."

Jeff zuckte die Achseln. „Ich sag ja nur, was ich so höre."

Ich machte mir Sorgen, dass Jeff mit seinem Gerede Digger

Angst einjagen würde, aber der war so mit dem Essen beschäftigt, dass er es gar nicht gehört zu haben schien.

„Also“, beeilte Donna sich zu ergänzen, „ich lebe schon mein ganzes Leben lang hier in Black Mountain und ich kann euch sagen: In dieser Stadt gibt es keine Gespenster. Ich war zwar noch nicht in diesem Haus, aber ich habe noch nie etwas davon gehört, dass es hier spukt. In meiner Jugend gehörte es einer Witwe, die mehr oder weniger für sich lebte und nicht viel Besuch hatte. Aber jetzt, nachdem ich das Haus gesehen habe, finde ich es entzückend.“

Steve, der neben mir saß, gab eine Art Grunzen von sich, wischte sich den Mund mit der Serviette ab und sagte: „Einigen wir uns doch darauf, dass das Haus Potenzial hat. Man könnte wirklich was Nettes draus machen, irgendwann.“

Wir passten alle leicht um den großen Tisch im Esszimmer, einem der beiden Räume auf der Rückseite des Hauses, gleich neben der Küche. Das Esszimmer ist groß und luftig, lichtdurchflutet und mit einer eigenartigen Mischung von Möbeln ausgestattet: einem Büfett fürs Geschirr, einer Waschkommode mit Waschschüssel und Krug aus Porzellan, einer Chaiselongue, einer Singer-Nähmaschine zum Treten, etlichen kleinen Beistelltischen, auf einem davon ein Grammofon und etwa ein Dutzend Schallplatten. Diese Witwe hat wohl gern beim Essen Musik gehört. Das Holz des jahrzehntealten Fußbodens ist ganz glatt geschliffen und abgetreten. Natürlich gibt es im ganzen Haus keinen Teppichfußboden, nur hier und da mal einen gewebten Läufer. Manche Dinge, die in den Zimmern herumstehen, sind so alt – das Grammofon etwa und der Waschtisch –, dass sie schon hier gewesen sein müssen, als die Witwe einzog.

„Ich frage mich, warum die Witwe das Haus nicht ihren Kindern vererbt hat, als sie starb“, bemerkte ich.

Mit ihrem typischen Dauergrinsen im Gesicht sagte Linda

sarkastisch: „Dann hätten wir wirklich von Glück reden können."

Donna warf Linda ein Lächeln zu und erklärte dann: „Sie hatte keine Kinder. Und es gab übrigens auch kein Testament. Nach ihrem Tod wurde das Haus von den Behörden versteigert. Alles ist noch so wie zu der Zeit, als sie hier lebte, die Möbel und alles andere auch."

„Was du nicht sagst", lästerte Linda. „Da wär ich nie drauf gekommen."

„Es reicht jetzt, Linda", warf Patrick ein.

„Als sie gestorben war", ergänzte Jeff eifrig, während kleine Speichelgeschosse aus seinem Mund stoben, „hat sie eine Woche lang im Bett gelegen, bevor man sie gefunden hat."

Einen Moment lang starrte Linda ihren Cousin mit Abscheu in der Miene an. „Na, großartig", sagte sie schließlich. „Und ich weiß auch, in welchem Bett." Dann warf sie ihrem Vater einen herausfordernden Blick zu, falls er sie wieder zurechtweisen würde. Er tat es nicht.

„Du bist ein Ekel, Jeff", flötete Marjorie.

„Ja, Jeff, wir brauchen deine Kommentare nicht", stimmte Donna ihr zu. „Und du weißt doch, dass du nicht mit vollem Mund reden sollst."

„Also", sagte ich, lächelte in die Runde und versuchte das Gespräch wieder auf Unverfänglicheres zu lenken, „wisst ihr denn, wann das Haus gebaut wurde?"

Donna schüttelte den Kopf. „Nicht genau. Ihr könntet in Asheville bei den Behörden nachfragen, wenn ihr es wirklich wissen möchtet."

„Irgendwann vor dem Untergang Roms, schätz' ich mal." Linda, natürlich. Warum kann sie nicht einfach nur pampig sein und den Mund halten, statt pampig zu sein und sarkastische Bemerkungen zu machen? Es wird langsam wirklich anstrengend.

„Also, hört mal“, sagte Steve strahlend, „morgen ist Samstag. Normalerweise arbeite ich da, aber für einen Tag kann ich meine Leute auch mal allein lassen. Wie wär's, wenn wir euch morgen mit dem Auto abholen und euch die Stadt zeigen?“

„Gute Idee, Steve“, sagte ich, „das wäre schön.“

„Ja, es wird ohnehin Zeit, dass wir anfangen, uns hier zurechtzufinden“, ergänzte Patrick.

„Au ja, ich kann es kaum erwarten.“ Linda wieder.

Also kommen sie heute irgendwann und zeigen uns die Stadt. Aber erst einmal setze ich mich in einen der Schaukelstühle vor dem Kamin, während der Kaffee durchläuft. Meine Gedanken wandern zu Carl und ich frage mich, was er wohl gerade tut, da drüben auf der anderen Seite der Welt. Ich kann mir auch nicht annähernd vorstellen, wo er steckt. Aber schließlich kann er sich auch nicht annähernd vorstellen, wo wir stecken, hier, in diesem ungewöhnlichen und einsamen Haus hoch in den Bergen. Schon seltsam, nicht wahr, diese Orte, an denen wir schließlich landen, die Orte, an die unsere menschliche Torheit uns bringt?

6

Patrick

Samstag, 13. Juli 1968

Black Mountain ist ein hübscher kleiner Ort. An den Ufern des Swannanona erbaut, erstreckt die Stadt sich durch das Tal und über die Hänge bis hinauf zu den Bergen. Vorn auf dem Fahrersitz kommentiert Steve alles mit offensichtlichem Stolz und präsentiert uns die historischen Sehenswürdigkeiten, als seien wir zahlende Touristen auf einer Sightseeingtour.

Es war tatsächlich der Tourismus, erklärt uns Steve, der die Stadt zuerst so anwachsen ließ. Schon bald nachdem sich die weißen Siedler im späten 18. Jahrhundert hier niedergelassen hatten, verbreitete sich die Kunde von dem Tal und seiner Schönheit über das Piedmont nach Osten. Kurz darauf trafen aus dem Flachland die ersten gut Betuchten ein, auf der Suche nach frischer Luft, klarem Gebirgswasser und Zuflucht vor der Hitze des Sommers. Hotels und Pensionen sprangen aus dem Boden, um sie zu beherbergen. Die ersten Touristen kamen mit Pferd und Wagen; später, nach dem Bürgerkrieg, als die Gleise schließlich gelegt wurden, reisten sie mit dem Zug an. Als man erkannte, wie gut die Bergluft für die Gesundheit war, entstanden für die Behandlung von Tuberkulosekranken Sanatorien. Sie zogen Patienten von der gesamten Ostküste und sogar aus den Great Plains im fernen Westen an.

„Da vorn zum Beispiel, das ist eins“, sagt Steve, fährt an den

Straßenrand und weist auf ein zweistöckiges Gebäude, das ein wenig von der Straße zurücksteht. „Seht ihr diese verglasten Veranden? Sie führen um das gesamte Gebäude. Die Patienten haben dort geschlafen, sommers wie winters. Ruhe und frische Luft – das war so ungefähr alles, was man für Tb-Kranke damals tun konnte."

„Was ist heute in dem Gebäude?", fragt Meg.

„Eine Besserungsanstalt für jugendliche Straftäter", erklärt Steve.

„Aha, die Highschool also", murmelt Linda vom Rücksitz. Jeff neben ihr stößt zum x-ten Mal, seit wir losgefahren sind, einen frustrierten Seufzer aus, aber sonst reagiert niemand auf ihre Bissigkeit.

Steve reiht sich wieder in den Verkehr ein und wir fahren weiter.

Wir haben uns alle in den Van gequetscht, die vier Birchfields und die vier Cranes. Marjorie sitzt auf Donnas Schoß und Digger auf meinem. Es ist schon ein Jahr her oder länger, dass Digger verkündet hat, er sei nun zu groß, um auf meinem Schoß zu sitzen. Ich bin froh für diese Gelegenheit, ihn noch einmal so nah bei mir zu haben. Gedankenverloren hat er einen Arm um meinen Hals gelegt und ich würde ihn am liebsten für immer dort spüren.

Wir schlängeln uns weiter durch die entlegeneren Straßen von Black Mountain, vorbei an Behausungen jeder Art – von einfachen Wohnmobilen über bescheidene Eigenheime bis zu geräumigen Villen im viktorianischen Stil. Etliche der Letzteren hat man in Hotels oder Frühstückspensionen verwandelt. Wir passieren das Rathaus und die kombinierte Polizei- und Feuerwache und dann geht's weiter in Richtung des Naherholungsgebiets Lake Tomahawk.

„Wir haben hier alles, was man braucht", versichert Donna uns. Und als sie anfängt, die Attraktionen des Parks aufzuzählen – man kann hier schwimmen, Kanu fahren, Tennis spielen, Angeln, picknicken, golfen –, wende ich den Kopf in Erwartung eines weiteren Kommentars von Linda. Aber sie hängt nur in ihrem Sitz und hat die Augen geschlossen. Ich kann nur vermuten, was in diesem stacheligen Kopf vorgeht. Vielleicht ist es gut, dass ich es nicht weiß. So bleibt mir wenigstens noch ein Mindestmaß an Hoffnung.

„Schön hier. Wir müssen mal zum Picknicken herkommen", sagt Meg. Sie bemüht sich sehr, aufgeräumt zu klingen. Ich bewundere sie dafür.

Steve vollführt mit quietschenden Reifen eine Kehrtwendung auf der Straße und steuert nun wieder südlich in Richtung Stadtzentrum. Das Herz von Black Mountain ist ein kleines Netz von verwinkelten Straßen mit nur wenig Verkehr. Die Hauptdurchgangsstraße, State Street, wird westlich der Stadtgrenze zur Route 70. Wenn man für zwanzig Minuten dieser Straße folgt, sagt Steve, ist man in Asheville.

Ein paar Querstraßen unterteilen die State Street. Sie führen hügelabwärts in die Sutton Avenue, die parallel zu den Bahngleisen und an manchen Stellen auch am Swannanona entlang verläuft. Der Ort verkörpert Amerika, wie es im Buche steht. Kleine rote Ziegelhäuser mit verglasten Erkerschaufenstern und Markisen. Ein Gemischtwarenladen, ein Möbelgeschäft, ein paar Cafés, ein Bäcker. Friseur und Schönheitssalon liegen direkt nebeneinander. Die Straße, die am Güterbahnhof auf die Sutton Avenue stößt, ist die Cherry Street. Die nächstfolgende ist Broadway. In dieser Richtung liegen Antiquitätengeschäfte und Secondhandbuchläden, das Postamt, eine Drogerie, ein Schuhgeschäft. Das ist jedenfalls das, was ich wahrnehme, während wir durch die Stadt fahren.

Digger lehnt seinen Kopf an meine Schulter. Er würde sicher lieber draußen spielen. Ich möchte nirgendwo anders sein als genau hier, mit meinem Sohn auf meinem Schoß.

„Okay, alle Mann“, verkündet Steve, „fahren wir noch schnell beim Geschäft vorbei. Kannst dir schon mal ansehen, wo du ab Montag arbeitest, Pat.“

Meine Stimmung sinkt urplötzlich um etliche Grade. Sie war auch vorher schon nicht auf ihrem Höhepunkt gewesen.

„Das wär großartig, Steve“, bringe ich mühsam raus. Ich werfe einen Blick auf Meg vorn auf dem Beifahrersitz. Sie sieht mich nicht an. Aber das tut sie ja ohnehin schon seit ein paar Monaten nicht mehr.

Einen Moment später biegt Steve in eine Seitenstraße ab, die schließlich zum eindrucksvollen Grundstück führt, das als Birchfield Chevrolet bekannt ist. Wir krabbeln aus der Enge des Wagens auf das mit Fähnchen und Wimpeln herausgeputzte Gelände, auf dem reihenweise Autos in der Nachmittagssonne glänzen. Hinter jeder Windschutzscheibe befindet sich ein Schild, dessen Beschriftung mit dem Wort „Nur“ beginnt und mit einem Ausrufungszeichen endet; dazwischen eine Zahl, die größer ist als jede, die ich jemals auf meinem Kontoauszug gesehen habe.

„Hier stehen die Neuwagen“, erläutert Steve. „Hier arbeite ich und hier machen wir den meisten Umsatz. Und auf der Rückseite“ – er weist auf ein Gebilde mit viel Glas und Flachdach, offenbar Birchfields Bürogebäude – „stehen die Gebrauchtwagen. Dahinten ist dein Arbeitsplatz, Pat.“

Wir stiefeln durch die Flut von 1968er-Modellen in allen Farben in Richtung der älteren Fahrzeuge hinter dem Bürogebäude. Dieser Teil des Geländes ist genauso groß wie der für die Neuwagen, nur dass die Autos hier ein bisschen weniger glänzen, ein bisschen weniger kosten und ein bisschen weniger einladend sind. Das ist sie also, in Reih und Glied, meine neue Gemeinde, meine vierrädrigen Schafe aus Metall und Chrom. Diese Autos sind von nun an alles, wofür ich verantwortlich bin, meine Lebensaufgabe, mein Lebensinhalt.

„Das Büro für den Gebrauchtwagenverkauf ist hier hinten", erklärt mir Steve. Er streckt wieder die Hand aus, diesmal in Richtung eines blassgelben Bauwagens auf einem Betonsockel. „Außer dir arbeitet hier noch Ike Kerly, auch zuständig für die Gebrauchten. Ike ist seit fünfzehn Jahren bei mir. Netter Kerl. Der kann dir jede Frage beantworten, die du nur hast."

Ich sollte etwas sagen. Ich weiß, ich sollte. Aber mir fällt absolut nichts ein, das sich als Antwort eignen würde.

Aber Steve fährt bereits unbeirrt fort: „Ich habe insgesamt zwanzig Leute hier: Verkäufer, Servicekräfte, Lagerhalter, Mechaniker, Sekretärinnen und ein Buchhalter. Wir machen gute Geschäfte, die Leute kommen aus der ganzen Gegend, um bei uns ihr Auto zu kaufen. Manche sogar aus South Carolina, Tennessee und selbst aus Georgia. Aber, Pat, wir haben auch gern unseren Spaß bei der Arbeit. Jeden Monat stellen wir eine Bilanz der Verkäufer auf und sehen, wer den meisten Profit erwirtschaftet hat. Der Topverkäufer des Monats bekommt einen Gutschein für ein Essen zu zweit in einem Restaurant der Stadt."

Hinter mir höre ich Linda vor sich hin murmeln: „Du bist eben wirklich ein Glückspilz, Dad."

Genau. Ich bin ein Glückspilz.

„Also, was wir am Montag als Allererstes tun werden", plappert Steve weiter, „ist, dass wir euch mit zwei Chevys ausstatten. Einen für dich, Pat, und einen für Meg. Den ersten kannst du als kleine Gehaltszulage verstehen; den nehmen wir von den Gebrauchten. Der zweite wird ein Neuwagen sein, aber ich mache euch einen guten Preis. Den zieh ich dir direkt vom ersten Gehalt ab, Pat. Dann kannst du endlich diesen Schrotthaufen loswerden, den du schon fährst, seit ich dich kenne."

Steves Vorschlag macht mich ein bisschen sprachlos. „Aber der Pontiac ist erst neun Jahre alt und er läuft noch tadellos, Steve."

„Schön und gut, aber du kannst schließlich nicht für Birchfield Chevrolet arbeiten und in einem Pontiac durch die Gegend fahren. Du verstehst schon, was ich meine, oder?"

Ich füge mich in mein Schicksal und nicke. Mein Leben liegt in den Händen von Steve Birchfield.

„Wir finden schon was Richtiges für euch. Würde dir doch auch gefallen, Schwesterherz, oder?"

Er dreht sich zu Meg um, die ihn anlächelt. „Das würde mir schon gefallen, Steve. Ein neues Auto wäre nett. Überhaupt mal was Neues wäre nett."

Ihre Worte treffen mich wie ein Schlag in die Magengrube. Ich habe ihr nur sehr selten etwas Neues bieten können.

Steve strahlt uns jetzt beide mit seinem gönnerhaften Lächeln an. „Also dann", verkündet er aufgekratzt, „gehen wir jetzt noch ein Eis essen, oder? Gleich hier in der Cherry Street ist die beste Eisdiele der gesamten Blue Ridge Mountains."

Wahrscheinlich sollte ich dankbar sein für das alles. Ein Büro in einem gelben Bauwagen, ein Chevy, den ich nicht brauche, und das beste Eis in der ganzen Gegend in direkter Nachbarschaft. Kann ein Mann sich noch mehr wünschen?

7

Linda

Samstag, 13. Juli 1968

Pops Eisdiele. O Mann, den Schuppen muss man gesehen haben! Überall antiker Müll und Filmposter und Radiomusik aus der Zeit, als *meine Eltern* noch Kinder waren. Oder vielleicht von noch früher. Wie naiv kann man eigentlich sein? Ich meine, man muss sich nur mal die Poster ansehen. „Vom Winde verweht", „Ist das Leben nicht schön?", „Die kleinen Strolche" und „Der Zauberer von Oz". Die Bude ist eine einzige Nostalgiereise, ätzend. Da gibt es rein gar nichts, was auch nur irgendwie entfernt danach aussieht, als gehöre es in die Jetztzeit. Wär mal 'ne Idee, eins von meinen Grateful-Dead-Postern reinzuschmuggeln und direkt neben Scarlett O'Hara an die Wand zu pappen – oder noch besser Jimi Hendrix, wie er seine Gitarre auf der Bühne verbrennt, high wie ein Geier. Vielleicht haut das ja mal einen von diesen Provinzidioten hier aus den Latschen.

Und wie sie da alle am Tresen stehen und sich nicht entscheiden können, was sie wollen! „Die Auswahl ist einfach zu groß." Ich hör ja wohl schief. Man könnte gerade meinen, wir wär'n bei Howard Johnson's, wo man zwischen achtundzwanzig Sorten wählen kann, und nicht in diesem grottigen Anti-Schuppen, der außer Vanille nur noch drei andere Geschmacksrichtungen hat. Aber alle machen ein großes Getue. Weil es Pfefferminz-Schoko gibt. Als ob das so umwerfend wäre.

Die Lady hinter dem Tresen schaufelt grade eine Portion Schoko für Digger raus. Die ist echt fett. Wenn sie in die Eismassen hinabtaucht, schlackert ihr Arm wie Wackelpudding. Wie oft die wohl heimlich ihr eigenes Eis gefuttert hat, um so fett zu werden?

Jetzt beschließt Onkel Steve, sie Mom und Dad vorzustellen. Er verkündet der Lady, wir seien gerade erst in die Stadt gezogen, und die kann sich vor Begeisterung kaum fassen, so als sei das seit Langem das Beste, was ihr passiert ist. „Also, herzlich willkommen!", flötet sie. „Schön, Sie kennenzulernen. Ich bin Gloria Reynolds."

Dann streckt sie ihnen die Hand entgegen. Die war wohl klebrig, denn Mom zückt anschließend ein Taschentuch und versucht sich die Finger abzuwischen, ohne dass es jemand mitkriegt.

„Ich hoffe, Sie werden alle hier in Black Mountain sehr glücklich sein", sagt Gloria Reynolds noch.

„Sicher", verkündet Dad mit diesem falschen Lächeln. Scheinheiliger Schuft! Nicht mal Small Talk kann er machen, ohne dass ihm 'ne Lüge durch die Lippen rutscht.

„Ich bin schon glücklich!", verkündet Digger und alle lachen, weil er überall Eis im Gesicht hat und es ihm schon vom Kinn tropft. So ein Baby!

Endlich haben alle (außer mir) entschieden, was sie wollen. Glorias Schwabbelarm schlackert wie eine Flagge in einem Hurrikan, so sehr beeilt sie sich mit den Bestellungen. Jetzt nimmt sie mich aufs Korn. „Und was soll's für dich sein?"

Es juckt mich zu antworten: „Ein Fahrschein nach nirgendwo – Hauptsache, weg von hier." Aber stattdessen sage ich, dass ich Vanille nehme. Sie schaufelt das Eis in die Waffel, starrt mich an und fragt: „Und wie heißt du, hübsches Fräulein?"

Meine Nackenhaare stellen sich auf. Die Lady ist echt gruselig. Ich nenne ihr meinen Namen – ohne die Spur eines Lächelns, wohlgemerkt.

„Also, Linda“, sagt sie, schwingt ihren Eisportionierer und kleckert den ganzen Tresen mit Vanilleeistropfen voll. „Du suchst nicht zufällig gerade einen Job? Ich könnte nämlich jemanden gebrauchen, der mir hier ab und zu mal aushilft.“

Ach du dickes Ei! Seh ich vielleicht so aus, als ob ich auf Jobsuche bin? Ich dachte, das hier wär ’ne Eisdiele und keine Jobvermittlung. Ich zucke die Schultern. „Weiß nicht“, sage ich. „Vielleicht.“

„Bis die Schule wieder anfängt, könntest du auch ganztags arbeiten. Und dann eben nach der Schule und am Wochenende.“

„Wochenende?“

„Samstagabends vor allem. Sonntags haben wir zu.“

„Samstagabends? Hm. Also, ich weiß nicht. Könnte meinen Flirtkalender durcheinanderbringen.“

„Ich zahle zehn Cent mehr als den Mindestlohn.“

„Ach ja? Wow, dann bin ich bald Großkapitalist.“

„Also, lass es dir durch den Kopf gehen und dann sagst du mir Bescheid.“

Sie reicht mir mein Eis und strahlt mich an. Ich nehme es und murmele so was wie „Schönen Dank“. Grade will ich zu den anderen, die schon an einem Tisch sitzen, da kommt Digger zurück zum Tresen. „Was willst du jetzt schon wieder?“, frage ich, weil ich mitkriege, dass er sein Eis schon verputzt hat.

„Ich möchte die Lady nur was fragen“, sagt er und zeigt mit dem Finger auf Gloria Reynolds.

Sie wischt sich gerade die Hände an der Schürze ab, unterbricht sich aber und sieht Digger an. „Schieß los, Kleiner“, sagt sie.

„Ich wollte nur wissen …“, fängt Digger an, „also, Sie wissen nicht zufällig, wo Mac wohnt?“

Gloria verzieht das Gesicht, als hätte sie auf eine Zitrone gebissen. „Und wer ist das – Mac?“, fragt sie.

Digger zuckt die Achseln. „Ein Junge eben. Ich hab ihn getroffen. Eigentlich heißt er Malcolm und er muss irgendwo hier wohnen."

„Wo hast du ihn getroffen?"

„Bei uns im Garten."

„Und wie sieht er aus?"

„Weiß nicht. Wie ein Junge eben."

Ich unterbreche meinen Eisverzehr gerade lange genug, um einzuwerfen: „Bei uns war noch niemand. Niemand außer uns."

„Mac schon", beharrt Digger.

„War er nicht", betone ich. „Du denkst dir doch nur wieder was aus."

„Tu ich gar nicht."

„Tust du wohl."

Im nächsten Moment dröhnt Gloria Reynolds quer durch den Laden: „Hey, Jeff, Marjorie! Kennt ihr einen Jungen, der Mac heißt?"

Die beiden schütteln die Köpfe und zucken die Schultern. Sagen können sie gerade nichts, sie sind viel zu sehr mit dem Eisfuttern beschäftigt.

Gloria sieht Digger jetzt mit so einem vielsagenden verschwörerischen Lächeln an, mit dem Erwachsene Kinder immer belästigen. „Bestimmt triffst du ihn wieder, wenn erst mal die Schule anfängt", meint sie.

„Aber das dauert noch so lange", protestiert Digger. „Ich dachte, er könnte schon früher vorbeikommen und wir spielen zusammen."

„Jetzt weiß er ja, dass du da bist. Er taucht schon wieder auf. Mach dir keine Sorgen. Und falls hier je ein Junge Eis holen kommt, der Mac heißt, sag ich ihm, dass du auf ihn wartest."

„Danke."

„Wie heißt du noch mal?"

„Digger Crane."

„Okay, Digger. Hör mal, magst du ein Kaugummi?"
„Klar!"
„Hier." Sie nimmt ein Päckchen aus dem Tresen und reicht es ihm. „Geschenk des Hauses – als Begrüßungsbonbon, sozusagen. Aber du musst Mac was davon abgeben."
„Danke! Mach ich bestimmt!"
Ich verdrehe die Augen und verziehe mich, tue so, als ob mich die Kinoplakate interessieren. Mir ist einfach gerade überhaupt nicht danach, mit der lieben Verwandtschaft und den drei Pappnasen zusammenzuhocken, die meine Familie sein sollen. Also ehrlich, schlimmer kann's doch nicht mehr werden, oder? Ein scheinheiliger Heuchler als Vater, eine Mutter, die keinen Mumm in den Knochen hat und sich nicht traut, sich scheiden zu lassen, und jetzt noch ein Bruder mit einem eingebildeten Freund, der Mac heißt. Caramba! Wenn mir jetzt jemand 'ne Kugel in den Kopf schießen würde – ich würd' mich noch schnell bei ihm bedanken, bevor ich tot bin.

8

Meg

Sonntag, 14. Juli 1968

Patrick hat darauf gedrängt, dass wir heute Vormittag zum Gottesdienst gehen. Allerdings hat er sich nicht die Mühe gemacht, seine väterliche Autorität auch auf Linda auszudehnen. Es hätte sowieso nichts genützt, sie zum Mitkommen zu zwingen. Vermutlich hätte es alles sogar noch schlimmer gemacht. Sie lag noch im Bett, als wir losgefahren sind, in die Valley View Baptist Church. Steve und Donna haben gefragt, ob wir mit ihnen in die presbyterianische Gemeinde gehen wollen, aber Patrick wollte nicht. Er ist eben ein eingefleischter Baptist und war noch nie ein Anhänger von Calvin und seiner Auffassung von Vorherbestimmung.

Valley View ist eine etwas altmodische kleine Kirche; ein schindelverkleidetes Haus auf einem Sockel aus Feldsteinen. Wie der Name sagt, schmiegt sie sich in ein Tal. Die Seitenfenster stehen offen, damit frische Luft hereinkommt. Das große Glasfenster über dem Altar zeigt die Auferstehung: Jesus in einem weißen Gewand, die Hände mit den Nägelmalen erhoben.

Ein Schild vor der Kirche verkündet, dass die Gemeinde 1893 gegründet wurde. Die meisten Gottesdienstteilnehmer sehen aus, als wären sie damals schon dabei gewesen. Ja, ich weiß, es ist herzlos und sarkastisch, so etwas auch nur zu denken; aber in den Bänken sitzen nur graue Köpfe. Wir ertrinken in Alter. In Abington hat sich das auch schon abgezeichnet. Überall sterben die Gemeinden aus. Und wenn ich mir angucke, wie groß der Friedhof ist, der die Kirche umgibt, würde ich sagen, da draußen sind weit mehr Gemeindeglieder versammelt als hier drinnen.

Jetzt geht der Pfarrer auf die Kanzel und ich schiele zu Patrick hin. Er ist aschfahl, hat die Mundwinkel herabgezogen. Ein Muskel in seinem Gesicht zuckt. Wie er sich wohl fühlt, hier unten in der Bank statt oben auf der Kanzel? Beschämt? Vermutlich. Als Versager? Wahrscheinlich auch. Wenn man mich fragt – er hätte überhaupt nie Pastor werden sollen. Er war es ja auch nicht, als wir geheiratet haben.

Damals war er Junior-Geschäftsführer in einer Kunststofffabrik. Noch ziemlich weit unten auf der Karriereleiter, aber entschlossen, es bis nach oben zu schaffen. Es ging uns trotzdem ganz gut und die Zukunft sah rosig aus … bis er eines Tages von der Arbeit kam und sagte, er habe einen Ruf bekommen.

„Was für einen Ruf?", habe ich gefragt.

„Den Ruf, Gott zu dienen", hat er gesagt.

Ich hatte keine Ahnung, was er meinte. Und ehe ich mich versah, fand ich mich bei Woolworth an der Kasse wieder. Ich ging arbeiten, damit Patrick aufs Predigerseminar gehen konnte, und als er das hinter sich hatte, war ich plötzlich Pastorenfrau. Nicht, dass ich mich darum gerissen hätte. Nicht, dass mir das gefiel. Nicht, dass ich dafür geschaffen wäre.

Aber ich liebte ihn, immer. Und ich gab mir alle Mühe, eine mustergültige Pastorenfrau zu sein. Obwohl mein eigener Glaube ziemlich mickrig ist.

Zwischen Patrick und mir sitzt Digger und langweilt sich, zappelt herum, baumelt mit den Beinen. Ich lege ihm eine Hand aufs Knie und halte das Doppelpendel an, zu dem er seine Beine umfunktioniert hat. Er schaut zu mir hoch und strahlt – dieses unwiderstehliche Strahlen. Er liebt mich, das steht fest. Zumindest jetzt noch.

Aber natürlich wird er größer. Irgendwann ist er erwachsen, wie Carl, und dann hat es ein Ende mit diesem kindlichen Zutrauen. Ja, vielleicht liebt er mich dann noch; Carl tut das ja auch. Aber er wird mich nicht mehr brauchen. Wenn ich doch nur die Zeit anhalten könnte und Digger immer so alt bleiben würde, wie er jetzt ist. Dann gäbe es wenigstens einen Menschen, auf den ich zählen könnte.

Linda habe ich völlig verloren, wie es aussieht. Wie konnte das passieren? Wenn ich die Augen schließe, ist immer noch dieses Gefühl von früher lebendig: Sie ist noch sehr klein, sitzt auf meinem Schoß, kuschelt sich an mich, lehnt den Kopf an meine Schulter und ich lese ihr eine Gutenachtgeschichte vor. Ich drücke ihr einen Kuss auf die feinen Locken und sage ihr, wie lieb ich sie habe. „Ich hab dich auch lieb, Mommy", sagt sie. Damals waren wir uns so nah, äußerlich, aber auch innerlich. Aber jetzt?

Ich kann sagen, was ich will – es ist verkehrt. Stelle ich ihr eine Frage, reagiert sie mit Sarkasmus. Mache ich einen Vorschlag, ist die Antwort Wut. Wenn ich sage: „Weißt du eigentlich, dass ich dich liebe?", verdreht sie nur die Augen.

Was ist aus meinem kleinen Mädchen geworden? Ist noch irgendetwas von dem Kind übrig, das sie einmal war? Und falls ja – wo finde ich diesen Teil von ihr?

Gestern, nach unserer Tour durch die Stadt, fuhren wir noch zu Steve und Donna. In ihr neues Haus. Ein unglaubliches Reich, das sie sich da gebaut haben. Als wir später nach Hause kamen, ging ich in die Küche, um ein Glas Milch für Digger zu holen, und Linda folgte mir. Sie musste gar nichts sagen. Ihr Blick sprach Bände: *Siehst du jetzt, was du davon hast, dass du Daddy geheiratet hast? Hättest du jemand anderen genommen, könntest du auch in einem solchen Palast leben wie Tante Donna.*

Ich goss die Milch ein und stellte die Flasche zurück in den Kühlschrank. Schließlich fragte ich: „Linda, was ist los?"

Sie verschränkte die Arme und warf mir einen finsteren Blick zu. Wie kann in einem so zarten Körper so viel Zorn stecken? „Du hättest dich von Daddy scheiden lassen sollen", sagte sie. „Und wir hätten in Abingdon bleiben können, statt hier am Ende der Welt in dieser Bruchbude zu wohnen. Du hättest ihn bloß verlassen müssen, dann würde es uns allen besser gehen."

„Weißt du", antwortete ich und bemühte mich, ruhig zu bleiben, „die meisten Kinder wünschen sich, dass ihre Eltern sich nicht scheiden lassen."

„Ach ja?" Sie kniff die Augen zusammen; das macht sie seit Neustem oft. „Tja, ich bin eben nicht wie die meisten Kinder."

„Hör zu, Linda. Ich weiß, wie unglücklich du über diesen Umzug bist. Aber ich wünschte, du könntest deine schlechte Laune hinter dir lassen und versuchen, einfach das Beste daraus zu machen. Ich kenne dich nämlich besser, als du glaubst. Du hast Daddy immer geliebt und das tust du auch jetzt noch, ob du dir das nun eingestehen magst oder nicht."

Wir sahen einander in die Augen, für einen langen Moment. Keiner wollte zuerst wegsehen. Ich wartete. Schließlich sagte sie: „Na schön, ich liebe ihn. Aber im Moment mag ich ihn nicht gerade besonders."

Und damit drehte sie sich um und marschierte in ihr Zimmer.

Plötzlich verstand auch ich mich selbst ein wenig besser. Ich liebe Patrick noch immer, aber ich kann nicht sagen, dass ich ihn noch besonders mag. Der Schmerz über seinen Verrat sitzt einfach zu tief. Möchte ich wirklich für den Rest meines Lebens diese Wunde spüren? Und will ich den Rest meines Lebens mit dem Mann verbringen, der mir diesen Schmerz zugefügt hat?

Mich scheiden lassen und noch mal von vorn beginnen kann ich immer noch. Dafür ist es nicht zu spät. Ich hätte einen

Grund. Sogar einen biblischen. Untreue. Ich könnte Patrick verlassen und nicht mal Gott könnte mir das vorwerfen.

Jetzt greift der Organist daneben und der Missklang bringt mich zurück in den Gottesdienst. Ich greife nach dem Gesangbuch, wir stehen auf und singen. Ich schiele noch einmal zu Patrick hinüber, diesem Fremden, der da neben mir sitzt. Er steht da, das aufgeschlagene Gesangbuch in einer Hand, aber seine Lippen bewegen sich nicht. Er hat die alten Choräle immer geliebt. Jetzt hat es ihm die Stimme verschlagen.

Wie einsam man wird, wenn Menschen, die man liebt, sich plötzlich so verändern, dass man sie nicht mehr kennt. Und wenn nicht einmal mehr die Liebe der eigenen Familie sicher ist, worauf um Himmels willen soll man sich dann verlassen?

9

Digger

Montag, 15. Juli, 1968

„Hey, Mac! Wo hast du gesteckt?"

Ich springe von dem großen Felsbrocken und renne durch den Garten, als ich Mac um die Hausecke biegen sehe.

Er zuckt die Schultern und sagt: „Na hier. Und wo hast *du* gesteckt?"

„Na, auch hier. Meistens."

„Oh."

„Was hast du denn angestellt? Du bist ganz schwarz."

„War mit Austin unten im Ort. Wir haben in den Resten herumgestöbert, von dem großen Feuer, du weißt schon."

„Welches Feuer?"

Jetzt fallen ihm fast die Augen aus dem Kopf. Er sieht mich an, als sei ich ein Gespenst. „Du weißt nichts von dem Feuer?"

Ich schüttle den Kopf.

„Menschenskind, Digger! Fast die ganze Stadt ist abgebrannt. Jedenfalls fast die ganze Sutton Street."

„Ehrlich?"

„Ich sag's doch. Gestern. Hast du keinen Rauch gesehen oder die Aufregung gehört? Die ganze Stadt war auf den Beinen und hat Eimer geschleppt und versucht zu löschen."

Ich schüttle wieder den Kopf.

„Wo *warst* du denn dann gestern?"

„Hier. Außer morgens, da waren wir in der Kirche."

„Also, du musst schon blind oder taub sein oder vielleicht auch tot. Jeder in der Stadt weiß von dem Feuer."

Jetzt sieht er fast wütend aus. Was kann ich dafür, dass ich nichts von einem Feuer weiß? Vielleicht lügt er mich ja auch an, denke ich.

„Wie ist es passiert?", frage ich.

„Funken von 'nem Zug, sagen die Leute. Fast die ganze Straße ist abgebrannt, bevor sie's löschen konnten."

„Ehrlich?"

„Ehrlich. Und du weißt das nicht?"

Jetzt bin ich mir sicher, dass er wütend auf mich ist; und ich bin wütend auf ihn, denn einer von uns beiden lügt, und ich bin es nicht. „Nein", wiederhole ich, „ich sage dir doch, ich weiß nichts von einem Feuer."

Seine Hände sind kohlschwarz. Er steckt sie in die Taschen seiner Latzhose. „Na, dann hast du was verpasst."

„Kann schon sein."

„Wenn du willst, zeig ich dir die abgebrannte Straße."

„Du willst von hier bis runter in die Stadt laufen?"

„Is' doch nicht weit. Ich lauf da ständig runter. Austin sagt, es sind nur ein paar Meilen."

„Wer ist Austin?"

„Mein Bruder. Der muss es ja wissen."

Jetzt stecke ich auch die Hände in die Taschen und stoße auf das Kaugummipäckchen, das mir die Frau in der Eisdiele geschenkt hat. Es ist noch nicht mal angebrochen. Ich ziehe es aus der Tasche. Kann sicher nicht schaden, wenn ich ihm einen Kaugummi anbiete.

Ich zeige ihm das Päckchen. „Magst du eins?"

„Was ist das?"

„Wrigley's Spearmint. Kaugummi."

„Klar", meint er.

Ich öffne das Päckchen und ziehe einen Streifen heraus. „Hier."

Er streckt die Hand danach aus und ich lasse den Streifen los. Er fällt zu Boden. „Oh, 'tschuldigung", sage ich. Er sagt, das macht nichts, und ich bücke mich, um den Streifen aufzuheben.

„Hier."

Mac hält die Hand auf und ich lege den Kaugummi rein, aber auch diesmal fällt er auf die Erde. Mac und ich sehen uns an.

„Was ist los mit dir?", frage ich. „Kannst du keinen Kaugummi festhalten?"

Jetzt ist er endgültig wütend. „Soll das vielleicht irgendein Zaubertrick sein, was du da mit mir machst?"

„Nein, soll es nicht. Ehrlich. Ich versuche nur, dir den Kaugummi zu geben."

„Das ist nicht komisch."

„Ich will überhaupt nicht komisch sein. Ich will dir nur den Kaugummi geben. Hey …"

Aber Mac hat sich schon umgedreht und ist davongestiefelt. Ich renne ihm nach, um ihn einzuholen. Ich will mit ihm in die Stadt, will sehen, ob er mir die Wahrheit erzählt hat und die Sutton Street wirklich abgebrannt ist. Aber als ich um die Hausecke biege, ist Mac verschwunden.

So wie die Sache gelaufen ist, bin ich mir nicht mehr sicher, ob Mac und ich wirklich Freunde werden können.

10

Linda

Montag, 15. Juli 1968

Wenigstens steht unser Haus auf einer Lichtung, sodass ich mich ein bisschen in die Sonne legen kann. Warum müssen ausgerechnet jetzt die Batterien in meinem Radio leer sein? Sonst könnte ich hier liegen und mir Rockmusik reinziehen. Was gäbe ich nicht für eine Stunde Pink Floyd, Grateful Dead oder Jimi Hendrix. Sogar Sonny und Cher würde ich mir anhören, wenn mir das helfen würde zu vergessen, wo ich bin. Andererseits – die Radiosender hier in der Gegend spielen wahrscheinlich sowieso nur irgendwelche Landeiermusik. Und das würde mir definitiv nicht gut bekommen.

Die Sonne ist so ziemlich das Einzige, was hier genauso ist wie zu Hause. Sie schmiegt sich freundlich und warm an meine eingeölte Haut. Ich habe die Augen geschlossen und tue so, als wäre ich nicht hier, sondern dort. Zu Hause, bei meinen Freunden. Bei Brian. Ich würde alles dafür geben, wenn ich bei Brian Chancen hätte.

Okay, träum weiter. Der hat sich inzwischen vermutlich schon längst Carla Herbicek geangelt. Die stand schon immer auf ihn. Und jetzt ist ihre ärgste Konkurrentin ja ins Exil ans Ende der Welt verbannt und sie trägt wahrscheinlich schon seinen Highschool-Ring an einem Kettchen um den Hals.

Ich hasse mein Leben.

Daddy hat heute seinen ersten Tag als Autohändler. Ich bin zwar ganz klar lieber die Tochter eines Verkäufers als die Tochter eines Pastors, aber Fakt ist: Ich bin die Tochter eines Heuchlers. Ich hoffe, der neue Job wird für ihn zum Kotzen. Geschähe ihm recht.

Tante Donna kam nach dem Mittagessen vorbei und hat Mom abgeholt; sie wollten in den nächsten Supermarkt, einkaufen. „Willst du mit, Linda?", hat sie gefragt und mich angestrahlt, als hätte sie mir gerade den spannendsten Trip der Welt angeboten. Einkaufen im Supermarkt? Was soll ich da denn? Vielleicht rausfinden, ob es irgendwelche neuen Produkte in der Gefriertruhe gibt?

„Nein, danke, Tante Donna", hab ich gesagt. „Ich bleib lieber hier und tu was für meinen Teint."

Aber Digger wollte mit. Er hat gesagt, er wollte die abgebrannte Sutton Street sehen. Mom und Tante Donna haben sich angesehen, als ob Digger plötzlich spinnen würde, und Tante Donna hat gesagt: „Es gab kein Feuer in der Stadt, Digger." Mom fragte noch: „Wer hat dir das denn erzählt?" Und Digger hat gesagt, Mac hätte es ihm heute Morgen berichtet. Dann hat Mom gefragt: „Und wer ist Mac?" Sie hat nämlich nicht mitgekriegt, wie Digger sich mit Gloria Reynolds über Mac unterhalten hat, und weiß nichts von seinem ausgedachten Freund. Digger hat geantwortet: „Ein Junge, der hier irgendwo wohnt." Mom hat zwar ein bisschen skeptisch geguckt, aber gesagt: „Er wollte dich wohl nur auf den Arm nehmen." Und Digger meinte: „Hab ich mir schon gedacht." Die Sache ist nur: Ich frag mich langsam, ob Digger nicht vielleicht wirklich ein bisschen spinnt – ich meine, erst denkt er sich diesen Mac aus und dann redet er auch noch mit ihm, als ob er wirklich da wäre.

Dad soll von Onkel Steve zwei Chevys kriegen. Nicht übel, was? Einen soll Dad bezahlen, den anderen, einen Gebrauchten, stellt Onkel Steve ihm so hin. Wenn er damit in der Gegend rumfährt, dann ist das Werbung für Birchfield Chevrolet, meint Onkel Steve. Der muss mit dieser Schrotthalde von Autohaus wirklich 'ne Menge Knete machen, dass er Dad einfach so ein Auto hinstellen kann. Und dann erst ihr Haus! O Mann! Riesig wie 'ne Bonzenvilla und drinnen alles nigelnagelneu. Sie haben es bauen lassen – aber selbst entworfen, das musste ja betont werden. Ich hab genau gemerkt, dass Mom neidisch war, als wir am Samstag nach unserer kleinen Tour durch die City noch da vorbeigefahren sind. Ich weiß, was sie dachte: Ich hätte auch in einem solchen Haus wohnen können, wenn ich nicht so einen Versager geheiratet hätte. Das Schlimme ist: Sie hat recht. Wir werden nie in so einem Haus wohnen. Nie. Mom jedenfalls nicht. Ich schon. Ich heirate keine Niete. Nie im Leben!

Dad hat gesagt, ich kann den alten Kombi haben. Er muss einen Chevy fahren, aber wenn ich den Pontiac nehme, sei das in Ordnung. Na ganz toll! Der peinlichste Wagen auf Gottes schönem Erdboden – und wen sieht man hinter dem Steuer? Linda Crane! Nicht, dass es darauf noch irgendwie ankäme. Hier gibt es ja sowieso niemanden, der mich sehen will. Wenigstens wird die Karre mich zu meinem Job bringen, wenn ich in der Eisdiele anfange. Ja, ich hab den Job angenommen. Heute Morgen hab ich die gute alte Gloria angerufen und ihr gesagt, dass ich's mache. Sie hat wieder ein Begeisterungsgeheul angestimmt, als hätte sie gerade das große Los gezogen. Als sei es die Krönung ihrer offenen Wünsche, mir einen Job in ihrem Laden zu geben. Sie freut sich schon auf die Unterstützung, hat sie gesagt, aber ich soll mir noch eine Woche Zeit lassen, bis ich „angekommen" bin. Nächsten Samstag kann ich dann anfangen. Nicht, dass ich gerade vor Begeisterung platze, dass ich jetzt diesen Job hab. Aber es kann nicht schaden, ein wenig Geld zu verdienen. Vielleicht reicht es ja dann am Ende des Jahres für ein Ticket weg von hier – ohne Rückfahrt.

Ich hätte Mom bitten sollen, Limo mitzubringen. Hier in

der Sonne wird man mordsdurstig und – na toll, jetzt kommen Wolken auf und das war's dann wohl mit der Sonne.

Ich mache die Augen auf, um mir die Wolken anzusehen, muss aber feststellen, dass der Schatten auf meinem Gesicht gar nicht von einer Wolke stammt, sondern von einem Typ, der direkt neben meiner Decke steht. Er steht da wie angewurzelt und sieht so schockiert aus, als sei er gerade über 'ne Leiche gestolpert oder so. Ich stoße einen Schrei aus und er macht einen Satz von mindestens 'nem halben Meter. Ich schreie, bis mir fast die Kehle aus dem Hals hängt. Er hat noch keine Anstalten gemacht, sich auf mich zu stürzen, also nehme ich allen Mut zusammen und brülle ihn an: „Wer bist du und was willst du hier?"

Mittlerweile hat er die Augen fest zusammengekniffen und ist knallrot im Gesicht, während er von einem Fuß auf den anderen tritt.

„Was willst du hier?", schreie ich noch einmal.

„Ich will überhaupt nichts! Ehrlich!"

„Also, noch mal: Wer bist du und was machst du hier?"

Er hat die Augen immer noch geschlossen, als er sagt: „Warum liegst du in deiner Leibwäsche hier draußen?"

„Leibwäsche?" Ich setze mich auf und schaue mir diesen Knaben an. Mit seinen zusammengekniffenen Augen sieht er aus, als hätte er zwei Backpflaumen im Gesicht. Als ob er mich eigentlich anschauen will, sich aber nicht traut. Meint der das ernst? „Hör zu", setze ich an. „Erst mal: Was ist das überhaupt für ein Wort: Leibwäsche? Muss schon seit dem letzten Jahrhundert ausgestorben sein, wenn ich mich nicht irre. Und zweitens: Weißt du nicht, was ein Badeanzug ist?"

„Also", platzt er heraus, „das sieht aber sehr anders aus als jeder Badeanzug, den ich kenne."

„Hast du noch nie einen Bikini gesehen?"

„Nein, meiner Treu. Nie im Leben."

Meiner Treu! „Wundert mich nicht“, sage ich, „wenn man so am Ende der Welt lebt wie du hier oben. Wahrscheinlich baden Frauen hier noch in Pumphosen mit Spitzen. Oder überhaupt nur voll bekleidet. Was weiß ich. Du kannst jetzt übrigens die Augen aufmachen. Ich hab mir die Decke umgewickelt.“

Er macht ein Auge auf, sieht, dass ich ihm mit der Decke die Wahrheit gesagt habe, und macht dann auch das andere Auge auf. So ein Knallidiot!

Aber aussehen tut er gar nicht mal so schlecht. Eigentlich sogar ziemlich blendend. Direkt zum Anbeißen, würde ich sagen. Er muss ungefähr so alt sein wie ich, vielleicht ein oder zwei Jahre älter. Groß, blond und – soweit ich das unter all seinen Klamotten erkennen kann – ziemlich gut gebaut. Tiefblaue Augen, jetzt, wo er sie geöffnet hat. Die blausten Augen, die ich je gesehen hab. Er trägt ein weißes Hemd, hochgeschlossen, und eine Latzhose. An den Füßen riesige, klobige Stiefel und auf dem Kopf eine alte Stoffkappe. Unfassbar! Wie kann man bei dieser Hitze nur so angezogen sein?

„Also, was willst du?“, frage ich noch einmal, diesmal etwas sanfter.

„Gar nichts. Sagte ich ja schon.“

„Was machst du dann hier?“

Er sieht mich an, als ob er nicht ganz versteht, was ich sage. Schließlich meint er: „Ich wohne hier.“

„Hier?“

„Ja.“

„In diesem Haus?“ Ich zeige mit dem Finger auf unsere Hütte.

„Genau“, sagt er.

„Na klar“, sage ich. „Und ich bin Lady Bird Johnson.“

„Wer?“

Das wird ja immer absurder. „Du kennst doch sicher Lady Bird Johnson? Die First Lady?“

Er sieht verblüfft aus. Ich rede weiter. „Die Frau des Präsidenten? Na, vielleicht sind die Nachrichten ja noch nicht in diesen verschlafenen Winkel der Weltgeschichte vorgedrungen. Klar, hab ich ganz vergessen. Johnson ist ja erst seit fünf Jahren im Amt. Das kann sich ja noch gar nicht bis in dieses Bergnest durchgesprochen haben."

Er weicht einen Schritt zurück, als wolle er im nächsten Moment die Flucht ergreifen.

„Also, wie heißt du?", hake ich nach. Ich habe beschlossen, dass ich gar nicht will, dass er jetzt schon verschwindet. Das hier ist vielleicht für das ganze Jahr meine einzige Chance, einen gut gebauten Knaben vor die Augen zu bekommen.

„Austin", sagt er zögernd, so als wolle er mir das eigentlich gar nicht sagen. „Austin Buchanan."

„Also schön, Austin Buchanan. Ich bin Linda Crane."

Er nickt und tippt sich mit der Hand an seine Kappe. Ich trau meinen Augen nicht. Der tippt sich mit der Hand an die Kappe!

„Hat mich sehr gefreut, dich kennenzulernen", sagt er. Aber klingen tut er alles andere als erfreut, eher irgendwie panisch.

„Geschenkt. Also, hör zu: Dies hier ist ein Privatgrundstück. Warum sagst du mir nicht endlich, was du hier willst? Bist du vielleicht zufällig Staubsaugervertreter?"

„Bin ich was?"

„Verkaufst du Staubsauger?"

Wieder ein verwirrter Blick. „Nein." Er dreht die Handflächen nach außen. „Ich verkaufe überhaupt nichts. Ich komme gerade von der Arbeit nach Hause. Und ich bin ein wenig … nun, überrascht, dich hier zu finden."

„Und ich bin, sagen wir, etwas *mehr als ein wenig* überrascht, dass *du* hier auftauchst."

„Ich habe doch schon gesagt: Ich wohne hier."

Ich atme tief durch. „Hör mal, Austin, du scheinst ja ein netter Kerl zu sein, aber einer von uns beiden ist hier auf einem verdammt schrägen Trip, und so leid es mir tut, ich bin das nicht."

„Auf einem schrägen Trip?"

„Genau. Du weißt schon. LSD. Speed. Ach ja, schon wieder vergessen. Vermutlich raucht ihr hier nichts anderes als – was hat Jeff noch mal gesagt, raucht man hier? Maiskraut? Getrocknete Kuhfladen?"

„Ich weiß nicht, wovon du redest. Ich habe jedenfalls noch nie was anderes geraucht als ganz normalen Tabak. Was ich aber weiß: Ich wohne hier und ich bin gerade nach Hause gekommen und wollte zu Abend essen. Und du solltest dir wahrscheinlich jetzt besser etwas überziehen und zusehen, dass du verschwindest, bevor mein Vater dich so sieht und die Flinte rausholt."

Jetzt muss ich wirklich lachen. „Schon gut, schon gut. Ihr Typen hier in den Bergen seid wirklich verrückter, als ich gedacht habe. Und übrigens: Mir ist schon verflixt heiß hier unter dieser Decke, und das nur, weil ich deine jungfräulichen Augen nicht in Gefahr bringen will zu erblinden. Also hör mir jetzt mal zu, Austin Buchanan. Ich schließe jetzt die Augen und zähle bis drei, und wenn ich sie wieder aufmache, bist du besser weg."

Damit schlage ich die Decke zurück, breite sie aus und lege mich drauf, den Kopf auf den Armen. „Eins!" Ich höre etwas schlurfen, das Geräusch von Schritten. „Zwei!" Noch ein Knirschen, dann ist alles still. „Drei!"

Als ich mich umdrehe, ist er weg. Ich bin halb erleichtert, halb enttäuscht. Wenn ich nicht ganz allein im Haus wäre – also wenn Mom oder Dad da wären –, vielleicht hätte ich ihn eingeladen, noch ein Weilchen zu bleiben. Wirklich abgedreht, der Typ. Abgedreht, aber gut aussehend. So was Knuspriges kriegt man wirklich nicht alle Tage zu Gesicht, nicht mal in Pennsylvania. Absolut nicht!

11

Meg

Dienstag, 16. Juli 1968

Ich stehe an unserer Küchentheke und packe das Lunchpaket für Patrick, er sitzt am Tisch und trinkt seinen Kaffee. Früher war das etwas Gemeinsames: Wir haben am Tisch gesessen, Kaffee getrunken, über die Kinder geredet, über das, was am Tag anliegt. Meist hat er dann seine Hand auf meine gelegt und meine Knöchel sanft mit dem Daumen gestreichelt.

Das war einmal.

Ich spüre seinen Blick im Rücken, aber die Situation gefällt mir nicht. Es kommt immer etwas Peinliches auf, wenn wir allein zusammen in einem Raum sind. Zwanzig Jahre verheiratet – und jetzt sind wir Fremde füreinander. Ich komme einfach nicht darüber hinweg.

Ich denke jetzt immer öfter daran, ihn zu verlassen. Meinen Weg allein weiterzugehen. Ein neues Leben anzufangen. Was hält mich eigentlich noch hier? Angst, denke ich, schlicht und einfach. Angst davor, plötzlich auf mich allein gestellt zu sein, wo ich das doch noch nie war. Kann ich wirklich den Mut aufbringen zu gehen?

Als könne er meine Gedanken lesen, höre ich Patrick seufzen. Statt ihn anzusehen, schaue ich aus dem Fenster.

„Meg“, sagt er.

Mein Kiefer spannt sich an. „Ja?“

Er zögert einen Moment, dann sagt er: „Ich möchte, dass du weißt, dass du mir fehlst. Das Verheiratetsein mit dir fehlt mir."

Ich antworte nicht. Seine Worte haben diese lodernde Flamme des Zorns angefacht, die ich jetzt immer in der Brust spüre. Am liebsten würde ich um mich schlagen, aber ich tue nichts, sage nichts. Ich drehe mich nicht einmal um.

Noch ein Seufzer, wie eine Welle der Verzweiflung, die durch den Raum schwappt. „Hör zu, Meg", sagt er ruhig. „Ich rede nicht davon, dass wir intim werden sollen, obwohl auch das mir fehlt, weiß der Himmel. Ich rede über alles. Alles, was dazugehört. Mir fehlt das Zusammensein mit dir, mit dir zu reden, deine Hand zu halten. Du musst jetzt auch gar nichts dazu sagen. Ich möchte nur, dass du weißt: Ich habe immer noch die Hoffnung, dass es irgendwann doch wieder werden könnte wie früher."

Jetzt wirble ich herum. „Dass es werden könnte wie früher? Wie stellst du dir das vor, Patrick? Wie kann es denn je wieder so werden wie früher?"

„Ich glaube, das wäre möglich – du musst mir nur vergeben."

Ich reiße die Augen auf. „Dir nur vergeben? Einfach so, als sei nie etwas geschehen?" Ich schüttle heftig den Kopf. „Wie kann ich dir je vergeben?"

Er verschränkt die Hände ineinander und presst sie so fest zusammen, dass seine Knöchel ganz weiß werden. „Ich weiß, du bist wütend, Meg, und das kann ich auch verstehen …"

„Oh, ich bin weit mehr als nur wütend, Patrick, und ich glaube nicht, dass du das auch nur im Geringsten verstehst."

Es wird still im Raum. In Patricks Blick liegt ein tieferer Schmerz, als ich je gesehen habe. Fein. Soll er eben leiden. Ich leide ja auch.

Er atmet tief durch. „Wollen wir dann für den Rest unseres Lebens so weitermachen? Das ist doch keine Ehe, meine ich."

„Nein, das ist keine Ehe. Aber ich bin nicht diejenige, die kaputt gemacht hat, was wir hatten."

„Ich weiß, Meg, du hast recht. Ich nehme alle Schuld auf mich. Aber ich bitte dich jetzt noch einmal: Verzeih mir. Das hast du immer getan, so vieles hast du mir verziehen."

„Als wir uns noch hatten, Patrick, bist du mir nie untreu gewesen. Aber das hier ist etwas anderes als zu vergessen, den Müll wegzubringen, oder mit dem Rasenmäher über mein Blumenbeet zu fahren."

„Ja. Ja", stimmt er zu. „Es ist etwas anderes. Aber ich bin bereit, dir Zeit zu lassen. So lange, wie du brauchst, Meg."

„Zeit?", wiederhole ich. „Und die Zeit wird etwas ändern?"

„Darum kann ich nur beten", sagt er.

Für einen Augenblick tut er mir fast leid. Für einen Augenblick möchte ich beinahe nachgeben, ihm sagen, dass ich ihm verzeihe, dass ich es jedenfalls versuchen will. Aber der Schmerz ist zu tief, mein Zorn so unbändig; und seltsamerweise weiß ich genau: Sie sind so tief und so unbändig nur deshalb, weil ich ihn so sehr liebe.

Ich wünschte, ich würde ihn nicht mehr lieben. Das würde alles so viel einfacher machen.

Patrick steht auf und stellt die leere Kaffeetasse in die Spüle. Er steht jetzt neben mir und hebt die Hand, als wolle er sie mir auf die Schulter legen. Ich zucke zurück und er lässt die Hand sinken.

„Meg", sagt er. „Ich kann mir einfach nicht vorstellen, dass wir für den Rest unseres Lebens so weitermachen. Ich habe Angst, dass du mich verlässt."

Ich starre weiter aus dem Fenster. Ich sage kein Wort.

12

Patrick

Dienstag, 16. Juli 1968

Zwölf Uhr mittags. Ich kann also endlich die braune Papiertüte mit meinem Lunch herausholen. Ich nehme sie aus der untersten Schreibtischschublade und breite den Inhalt vor mir auf dem Schreibtisch aus: ein Sandwich mit Mortadella, ein Apfel, eine Tüte Kartoffelchips. Ich hebe das Brot ein wenig an und entdecke einen Klecks Mayonnaise. Wenn ich schon Mortadella essen muss, mag ich lieber Senf. Meg weiß das genau.

Natürlich gehört das zu meiner Strafe. Ziemlich kleinlich, aber dafür umso offensichtlicher. Denn natürlich bestraft sie mich. Ich kann es ihr nicht verdenken. Wenn man sich etwas zuschulden kommen lässt, muss man mit Strafe rechnen. Vielleicht meint sie ja irgendwann einmal, ich sei nun genug gestraft, und kommt zu mir zurück. Ich bin bereit zu warten und einzustecken, was immer sie austeilt. Wenn sie wirklich zurückkommt, dann hat sie vielleicht ihre Wut überwunden. Und ich meine Scham.

Trotzdem: Ich frage mich ständig, ob sie am Ende nicht doch geht. Ich fürchte, das liegt durchaus im Bereich des Möglichen. Meg hat sich ihr Leben lang für schwach und nachgiebig gehalten; aber das ist sie gar nicht. Sie ist immer mit allem, was ich ihr zugemutet habe, gut zurechtgekommen. Eine andere Frau hätte sich vielleicht beklagt, wenn ihr Mann die Sicherheit einer guten Position aufgibt und stattdessen Pastor wird. Meg hat einfach die neue Richtung eingeschlagen und ist weitergegangen. Nie genug Geld, nie ein eigenes Haus und dazu all die Belastungen, die man als Pastorenfrau aushalten muss. Sie und die Kinder ständig unter den wachsamen Augen der Gemeinde – man erwartete von ihnen, sie sollten Heilige mitten unter Sündern sein. Und ich auch. Meg hat das alles hingenommen und nie den Kopf hängen lassen, mit einer unerschütterlichen Gemütsruhe und Heiterkeit, obwohl sie sich ein anderes Leben gewünscht hätte. Dazu braucht es Charakterstärke, das weiß ich. Es war für mich so selbstverständlich: Nichts, was ich hätte tun können, hätte sie aus der Bahn geworfen.

Vielleicht ist es das. Vielleicht war sie mir zu selbstverständlich geworden.

Ich stehe auf und gieße mir aus der Kanne hier im Bauwagen noch einen Kaffee ein, setze mich wieder und beiße in mein Sandwich.

Vielleicht sollte ich Meg anrufen, fragen, was sie und die Kinder machen, ob sie zurechtkommen. In der Gemeinde habe ich immer vom Büro aus angerufen. Vielleicht sollte ich ein paar dieser vertrauten Gewohnheiten wieder aufnehmen, mögen sie auch noch so unbedeutend sein. Mein Blick wandert zum Telefon auf meinem Schreibtisch, aber bevor ich zum Hörer greifen kann, fliegt die Tür auf und Ike Kerly kommt herein, eine McDonald's-Tüte in einer und einen großen Pappbecher in der anderen Hand. Die Tüte wirft er auf den Schreibtisch, schält sich aus dem Jackett und setzt sich. „Zeit zum Futtern", sagt er, holt drei Cheeseburger und eine Packung Pommes aus der Tüte und haut rein.

Er ist ein massiger Kerl, hat rotes Haar, meist zerzaust, und ein ziemlich rundes Gesicht. Die feinen Äderchen auf seiner Nase verraten, dass er etwas zu oft etwas zu tief ins Glas geschaut hat. Ich habe noch nicht herausgefunden, ob sich in irgendeiner Schublade in seinem Schreibtisch eine Flasche versteckt; aber falls es so ist, werde ich ein Auge zudrücken. Was mir viel mehr zu schaffen macht, ist, dass er Kettenraucher ist und der ganze Wagen ständig voller Nikotinwolken hängt. Manchmal treibt es mich nach draußen, weil ich kaum noch Luft kriege.

Mit einem halben Cheeseburger im Mund sagt Ike: „Also, wie läuft's denn so, Pat?"

Ich nicke kurz und habe Mühe, die Mortadella runterzuschlucken, die mir plötzlich in der Kehle stecken bleiben will. Als ich sie endlich runtergewürgt habe, bringe ich nur raus: „Super, Ike. Alles super."

„Hast's hier gut getroffen, Pat." Der erste Cheeseburger ist verschwunden und er langt nach dem nächsten. „Du wirst schon die Kurve kriegen", versichert er mir. „Dauert nicht lange und du hast deinen ersten Wagen verkauft."

„Klar", sage ich. „Das wär schon mal was, oder?" Wir haben inzwischen anderthalb Tage zusammengearbeitet und ich bemühe mich, ihn zu mögen. Ehrlich. Aber er macht es mir nicht grade leicht. Obwohl er Ansätze macht, nett zu sein, finde ich ihn aufdringlich, grob und abstoßend. Dazu kommt, dass ich ihm nicht über den Weg traue. Er ist all das, was ich nicht sein will.

Ich schiele wieder zum Telefon. Ich hätte Meg gleich anrufen sollen, als Ike zu McDonald's verschwunden war. Jetzt ist es zu spät. Sie isst vermutlich sowieso grade mit den Kindern zu Mittag; da würde ich auch ungern stören. Und selbst wenn sie nicht beim Essen ist … schön, schauen wir den Tatsachen ins Auge. Dass sie zu Hause sitzt und auf einen Anruf wartet, wage ich zu bezweifeln. Im Moment jedenfalls bin ich wohl kaum der Mensch, mit dem sie unbedingt reden will.

Am Schreibtisch gegenüber nimmt Ike einen kräftigen Schluck aus seinem Becher und rülpst. Ich will gerade innerlich einen weiteren Grund notieren, ihn nicht zu mögen, als mir klar wird: Es gibt wirklich jemanden, der so ist, wie ich nicht sein will – und dieser Jemand ist nicht Ike Kerly. Dieser Jemand bin ich selbst – jemand, der ich nicht sein will.

Ike schwingt die Füße auf den Schreibtisch und zündet die nächste Zigarette an. Ich lasse den Rest von meinem Lunch unangerührt und stürze nach draußen. Die Luft ist heiß und feucht und drückend. Es gibt für mich keinen Zufluchtsort, an dem ich dem Menschen entkommen könnte, zu dem ich geworden bin.

13

Meg

Mittwoch, 17. Juli 1968

Wohin ist es bloß mit der Welt gekommen? Im April wurde Martin Luther King erschossen, letzten Monat Bobby Kennedy. Collegestudenten sind zu sehr damit beschäftigt, gegen den Krieg zu protestieren, um zu ihren Vorlesungen zu gehen. Neger sind zu sehr damit beschäftigt, Städte in Brand zu setzen, um sich noch weiter friedlich für ihre Rechte einzusetzen. Hippies nehmen einen LSD-Drink nach dem anderen, bis es dann einmal einer zu viel ist. Und jetzt melden die Nachrichten schon wieder, dass ein Flug nach Miami entführt wurde und in Kuba endete. Man kann heute noch nicht mal ein Flugzeug besteigen, ohne sich fragen zu müssen, ob man am Ende in Havanna landet.

Ich sehe nicht gern Nachrichten. Es passiert überhaupt nichts Gutes mehr in der Welt. Am schlimmsten ist es natürlich, wenn sie die Opferzahlen aus Vietnam melden. Ich will diese Zahlen nicht hören, und ich will auch nicht darüber nachdenken. Warum können wir nicht einfach unsere Truppen abziehen? Das ist ein Kampf, den nicht wir führen sollten. Nach all den Jahren mit unnötigen Toten sind wir einer Lösung dort unten keinen Schritt näher als damals, als wir angekommen sind. Es heißt, die Pariser Friedensgespräche gäben Grund zur Hoffnung, aber mir erscheint das alles wie sinnloses Gerede. Das sind doch alles nur hohle Phrasen.

„Sollen wir ausmachen?", fragt Patrick.

„Ja, ich hab genug gehört", sage ich.

Linda geht zum Fernseher und schaltet sich durch die Sender. „Ich will sehen, was sonst noch läuft."

Es ist spät. Wir sollten zu Bett gehen. Digger schläft schon seit Stunden. Aber Linda hat jetzt irgendeine Show gefunden und das zieht sie zurück aufs Sofa. Patrick verkriecht sich in seinem Lesesessel, der auch im Wohnzimmer steht. Er liest – zum wiederholten Mal – die Predigten von Spurgeon. Er kann das alte Leben anscheinend nicht hinter sich lassen.

Seit drei Tagen ist er nun Gebrauchtwagenverkäufer. Wenn er heimkommt, sieht er erschöpft aus und riecht nach Tabakqualm. Er sagt, Ike Kerly sei Kettenraucher und stecke sich am Stummel der letzten schon die nächste Zigarette an. Patrick ist der Einzige im ganzen Autohaus, der sich nicht mit großen Mengen Nikotin für den Job rüstet.

Aber er beklagt sich nicht. Nicht über die Zigaretten und auch nicht über den Job. Er sagt überhaupt nicht viel. Wie es aussieht, wird er einfach tun, was er tun muss, um die Familie über Wasser zu halten.

Linda gähnt und rekelt sich; ihr großer, schlanker Körper ist so lang wie das ganze Sofa. Sie trägt dieses Babydoll-Nachthemd und ihren hauchdünnen Bademantel, die jeden Zentimeter ihrer langen, gebräunten Gliedmaßen enthüllen. Ihr blondes Haar hat sie lose auf rosa Lockenwickler gewickelt; auf den nackten, gepflegten Füßen glänzt dunkelroter Nagellack. Sie gibt sich wirklich alle Mühe, sich in ein Kunstwerk aus Fleisch und Blut zu verwandeln. Sie glaubt, das ist die Eintrittskarte ins Paradies. Alle hübschen Mädchen glauben das, oder? Es wird noch ein paar Jahre dauern, bevor sie lernt: Man kann auf den Schönheitszug aufspringen und bis zur Endstation fahren und dann doch nicht im Paradies landen.

Mich überrascht, dass sie so gnädig ist, überhaupt in ein und demselben Raum mit ihrem Vater und mit mir zu sein – wir sind ja schließlich die ältere, nicht vertrauenswürdige, spießige Generation. Wir sind die, die nicht wissen, was es heißt, jung zu sein, als seien wir nie selbst jung gewesen. Aber sie ist ja auch nicht hier im Raum, weil sie mit uns zusammen sein will; sie ist hier, weil sie fernsehen will – der Fernseher gehört zu den wenigen Sachen, die wir aus Pennsylvania mitgebracht haben. Der Empfang ist hier grässlich – Patrick und Steve haben den ganzen Sonntagnachmittag versucht, eine Dachantenne zu installieren; aber man muss die Zimmerantenne immer noch im ganzen Raum hin und her drehen und schwenken, bis auf dem Bildschirm überhaupt eine Schwarz-Weiß-Welt zu erkennen ist.

Ich weiß nicht, was Linda da sieht. Irgendwas mit eingespielten Lachern. Aber Linda lacht nicht. Vermutlich würde man sie derzeit selbst dann nicht zum Lachen bringen, wenn ihr Leben davon abhinge. Sie ist viel zu zornig und sie will, dass ihr Vater und ich das mitkriegen. Ein Lachen würde einen Riss in ihre perfekt zur Schau getragene Verdrießlichkeit reißen. Das verhüte der Himmel!

Gott sei Dank fängt sie am Samstag mit ihrem Job in der Eisdiele an. Dann kommt sie unter Leute und das wird ihr guttun. Und sie kommt aus dem Haus und das wird mir guttun. Es gab Zeiten, in denen ich nichts lieber tat, als mit ihr Zeit zu verbringen. Aber die Zeiten sind vorbei und jetzt sind wir drei – Patrick, Linda und ich – nicht mehr die, die wir einmal waren. Wie eine ganz neue Besetzung für das Stück, das gespielt wird. Und keiner weiß, was er darin soll.

Ich schließe die Augen, lehne den Kopf an die Stuhllehne, lausche dem Geleiere aus dem Fernseher. Ich spüre, wie ich wegdämmere, mein Atem geht langsam und gleichmäßig. Ich schlafe nicht, aber ich bin auch nicht ganz wach. Ich höre das eingespielte Gelächter ebenso wie das Geräusch, wenn Patrick beim Lesen eine Seite umblättert. Ich weiß, ich sollte ins Bett gehen, aber ich kann mich nicht aufraffen, bis ich schließlich mitkriege, dass Linda aufsteht und durchs Zimmer geht, um den Fernseher auszuschalten. Die plötzliche Stille weckt mich. Ich öffne die Augen und sehe Linda, die sich bückt, um das Programmheft aufzuheben, dass ihr heruntergefallen war.

Ich muss wirklich nach oben gehen. Ich frage mich, wie spät es wohl ist, rapple mich aus meinem Stuhl auf und drehe mich um, um Patrick gute Nacht zu sagen. Aber bevor ich ein Wort herausbringe, verschlägt es mir den Atem: In dem kleinen Flur zwischen Wohnzimmer und Küche stehen zwei Gestalten. Ich schnappe nach Luft, mir schwirrt der Kopf und mein Verstand überschlägt sich in dem fieberhaften Bemühen zu erklären, was ich da sehe. Es sind zwei Fremde in unserem Haus, und ich habe sie nicht hereinkommen hören. Da waren keine Schritte in der Küche oder das Knarren vom Öffnen einer Tür. Aber da sind sie. Linda und Patrick sehen sie auch. Patrick, der als Einziger noch saß, erhebt sich langsam und etliche Sekunden stehen wir uns schweigend und kampfbereit gegenüber, wir drei im Wohnzimmer und die beiden da im Flur, wie Wachsfiguren in einem Horrorkabinett. Die anderen – eine Frau und ein Junge im Teenageralter – scheinen ebenso perplex und erschrocken wie wir, so als wären wir es, die eigentlich nicht hier sein sollten.

Schließlich ruft Linda: „Austin! Was machst du hier in unserem Haus?"

„In eurem Haus?", setzt die Frau an, aber Austin unterbricht sie und fährt Linda an: „Hast du eigentlich nie was Richtiges an?"

Ich bin so verwirrt, dass mir schwindlig ist, aber ich höre Patrick fragen: „Linda, kennst du diese Leute?"

Linda dreht sich um und blickt ihren Vater ratlos an. „Na ja, eigentlich nicht, Dad. Austin habe ich neulich gesehen, als er sich hier auf unserem Grundstück herumtrieb, aber …"

Die Frau kommt einen Schritt auf uns zu und hebt angriffslustig das Kinn. „Das hier ist unser Grund und Boden …"

„Sei vorsichtig, Mutter", sagt der Junge und legt ihr schützend den Arm um die Schultern. „Vielleicht sind sie gefährlich."

„Gefährlich!", stößt Linda hervor. Eine Hand fliegt hoch und zeigt auf ihren Kopf. „Wenn ich in euer Haus einbrechen wollte, glaubst du, ich würde es mit Lockenwicklern im Haar machen?"

Patrick atmet tief durch. „Jetzt mal ruhig. Ich bin sicher, es handelt sich nur um ein Missverständnis. Warum sagen Sie uns nicht erst einmal, wer Sie sind und was Sie hier wollen?"

Die Frau guckt jetzt so empört drein, als hätte Patrick sie beleidigt. Sie öffnet den Mund, um etwas zu sagen, aber in dem Moment taucht hinter ihnen ein Mann auf. Ich höre den Jungen rufen: „Nein, Dad!", und dann sehe ich direkt in den Lauf einer Pistole, die auf Patrick gerichtet ist.

Linda und ich stoßen einen Schrei aus und lassen uns zu Boden fallen, ich höre einen Schuss und dann mich selbst rufen: „Patrick, o Gott, Patrick!" Ich zittere am ganzen Leib und bin halb wahnsinnig vor Angst. Dieser Mann, wer immer er ist, wird uns alle umbringen. Im Bruchteil einer Sekunde denke ich an Digger oben in seinem Zimmer und schicke ein Stoßgebet zum Himmel, dass er am Leben bleibt. Carl schießt mir durch den Sinn, Carl, den ich nie wiedersehen werde, und ich presse mein Gesicht auf den Boden und schreie. Irgendwann wird mir bewusst, dass es still ist im Zimmer und dass, was immer hier auch gerade geschah, vorbei ist.

Ich hebe den Kopf. Die Fremden sind verschwunden. Linda kriecht auf dem Fußboden zu mir, Tränen laufen ihr über die Wangen. Ich richte mich auf den Knien auf und sie fällt mir um den Hals. O ja, ich habe mich danach gesehnt, dich noch einmal in den Armen zu halten, aber nicht so wie jetzt. Nicht aus so einem Anlass. Gemeinsam, als seien wir eine einzige Person, drehen wir uns zu Patrick um, zitternd und voll Angst, welcher

Anblick uns gleich erwartet. Wir knien noch immer am Boden, atemlos, vor Furcht aneinandergedrängt, und rechnen damit, gleich Blut zu sehen – Blut überall und Patricks Körper zusammengesunken über seiner Fußbank.

Aber er steht da, neben dem Sessel, unverletzt. Er kommt zu uns, kniet sich auch hin und umarmt uns.

„Du bist unversehrt", flüstere ich.

„Ja." Er klingt erstaunt.

„Er hat dich nicht getroffen?"

„Nein."

„Wie kann das sein?"

Linda befreit sich aus der Umarmung und sieht zuerst ihren Vater und dann den leeren Korridor an. „Dad, was war das gerade?"

Patrick schüttelt langsam den Kopf. „Ich kann es dir nicht sagen, Liebling."

„Wo sind sie hin?", rätsele ich laut.

„Auch das kann ich nicht sagen", erwidert Patrick. „Aber ..." Er runzelt die Stirn und erhebt sich langsam. „Lass mich nur schnell mal was nachsehen."

Er geht zu seinem Lesesessel – nein, weiter, bis er dahintersteht. Ich habe keine Ahnung, was er da macht. Ich sehe einfach nur stumm zu. Anscheinend studiert er das Bild, das an der Wand hängt. Schließlich streckt er die Arme aus, packt es beim Rahmen und hebt es von dem Nagel, auf dem es schon wer weiß wie lange hängt. Und da, hinter dem Bild, sieht man etwas, das aussieht wie der Einschlag einer Kugel, ein zersplittertes kleines Loch im Holz.

„Jeff hat gesagt, dass es hier spukt", erinnert Linda uns nachdenklich.

„Wir glauben nicht an Gespenster", erwidert Patrick.

„*Du* vielleicht nicht, aber wie erklärst du dir denn, was hier grade passiert ist?"

Patrick wendet seinen Blick von der Wand ab und richtet ihn direkt auf uns. „Ich habe dafür noch keine Erklärung. Aber es muss eine geben und wir werden schon herausfinden, wie sie aussieht.“

14

Patrick

Mittwoch, 17. Juli – Donnerstag, 18. Juli 1968

Ich hänge das Bild zurück an die Wand und dann sehen wir uns alle drei an und fragen uns, was wir jetzt machen sollen. Was tut man, wenn Unerklärliches geschehen ist? Jeder Gedanke daran, einfach zur Tagesordnung überzugehen – Zähneputzen, Licht ausmachen, ins Bett kriechen –, ist lächerlich. Minuten vergehen. Niemand rührt sich, niemand sagt ein Wort. Nur unsere Blicke wandern hin und her, während wir uns weiterhin anstarren und hoffen, dass irgendjemand die Sprache wiederfindet und irgendwie erklären kann, was wir gerade gesehen haben.

Schließlich sagt Linda: „Mir macht das Angst, Dad."

„Ich weiß", sage ich. Weil es mich auch in Angst versetzt. Um nicht zu sagen in Panik.

„Vielleicht sollten wir zusehen, dass wir hier wegkommen", schlägt Meg vor. „Einfach raus hier, versteht ihr?"

Meine Frau und meine Tochter umarmen sich. Das habe ich schon sehr lange nicht mehr gesehen. Sie sehen blass und erschrocken aus und doch ist es ein Anblick, der mein Herz erfreut. „Und wohin?", frage ich.

„Zu Steve und Donna. Für eine Nacht ginge das bestimmt."

Ich überlege einen Moment. „Wir sollten nichts überstürzen." Noch während ich es sage, frage ich mich schon, warum ich das tue. Meg spürt das anscheinend auch, ihr fällt die Kinnlade herunter.

„Überstürzen? Du bist gerade von einem Kerl, der aus dem Nichts auftaucht und sich gleich danach in Luft auflöst, fast erschossen worden – und du willst nichts überstürzen?"

Ich überlege noch, was ich antworten soll, als Linda einwirft: „Dad, glaubst du, mit Digger ist alles in Ordnung?"

Digger! Ich spurte zur Treppe, renne hoch, immer zwei Stufen auf einmal nehmend, und stürme den oberen Flur entlang in sein Zimmer. Mein Sohn schläft tief und fest, den Kopf ins Kissen vergraben und mit offenem Mund. Ich nehme ihn auf meinen Arm. Er runzelt die Stirn und protestiert schwach: „Was ist los, Dad?"

Ich gebe ihm einen Kuss auf die Stirn. „Nichts ist los, Digger. Wir schlafen nur heute alle zusammen unten."

Er fragt nicht, warum, lehnt einfach den Kopf an meine Schulter und schließt die Augen. Als ich ihn unten im Wohnzimmer auf die Couch lege, ist er schon wieder eingeschlafen.

Meg stopft eine Decke um ihn, streichelt seine Wange, sieht mich an. „Und nun?", fragt sie.

Ich seufze tief. „Ich denke, wir sollten hierbleiben."

Linda schlägt die Arme um die Brust und fängt an zu weinen. Meg geht zu ihr, nimmt sie fest in die Arme und wirft mir einen zornigen Blick zu. „Patrick, wir sind zu Tode erschrocken und du willst, dass wir hierbleiben? Dieses Haus ist verhext und wir sind vielleicht in Gefahr!"

Am liebsten würde ich auch noch meine Arme um die beiden legen, aber ich weiß, das käme nicht gut an. Ich hebe beschwichtigend die Hände. „Bitte, setzt euch. Ihr braucht keine Angst zu haben."

Ich muss mich über meine eigenen Worte wundern. Ich kann nicht sagen, warum, aber ich weiß es einfach: Wir sollten bleiben.

Megs Zorn verwandelt sich in Fassungslosigkeit, aber sie kuschelt sich mit Linda in einen der Polstersessel. Die beiden kommen mir vor wie zwei Waisenkinder, die sich in dieser Welt nicht zurechtfinden. Wie sehr ich mir wünsche, ich könnte sie beschützen!

Ich setze mich auch, in meinen Lesesessel, und befeuchte mir die Lippen mit der Zunge. Wie kann ich erwarten, dass sie verstehen, was ich ja selbst nicht verstehe? Ganz ruhig sage ich: „Meg, ich bin ein gläubiger Mensch. Ich glaube nicht an Hexerei und Gespenster."

Linda bringt es fertig, ein kurzes sarkastisches Lachen herauszuschnauben. Ich weiß, was sie denkt. Ich werde es ignorieren. Meine Hand greift zur Bibel, die auf einem Tischchen liegt, und ich schlage das Buch der Psalmen auf.

„Du glaubst wirklich, du findest da drin eine Antwort, Patrick?", erkundigt sich Meg. „Du denkst, die Bibel kann all das hier erklären?"

Ich spüre, wie ein Kinnmuskel zuckt. „Zumindest weiß ich, dass ich überall sonst *keine* Antwort finden werde, Meg. Irgendwie müssen die Dinge zusammenpassen. Irgendwo muss es eine Erklärung geben."

Linda fängt wieder an zu weinen. „Ich will keine Erklärungen", schluchzt sie. „Ich will einfach hier weg!"

„Liebling", sage ich, „bitte glaub mir: Uns wird hier nichts passieren."

„Aber Patrick", widerspricht Meg, „wie kannst du das sagen? Woher willst du das wissen?"

Ja, woher? Ich weiß nicht, woher ich es weiß, aber eines steht fest: Als ich Digger auf dem Arm die Treppe hinuntergetragen habe, begann die Panik nachzulassen. Und als ich ihn aufs Sofa bettete, erfüllte mich stattdessen eine unerwartete Ruhe. Ich verstehe es auch nicht, aber ich kann es nicht leugnen. Dieses Gefühl reicht zurück an den Tag, an dem ich begriff, dass Gott mich rief. Es ist dieselbe Art von Gewissheit. Ein Gefühl, als bekäme ich gerade eine zweite Chance. Kann das möglich sein?

„Lass uns einfach versuchen, ein wenig zu schlafen", sage ich. „Morgen früh können wir dann weiter überlegen, was wir tun sollten."

„Aber wie? Wo sollen wir denn anfangen, nach einer Erklärung für das zu suchen, was hier passiert ist?"

Darüber muss ich nachdenken. „Zunächst einmal sollten wir vorsichtig sein und es nicht herumerzählen."

„Ach nee!", schnaubt Linda. „Wir plaudern überall aus, dass wir fast von Leuten erschossen worden sind, die eigentlich gar nicht da waren? Dann kommt doch sofort jemand, steckt uns alle in die Klapse und wirft den Schlüssel weg!"

Ich nicke und versuche zu lächeln. Ich sehe Meg an. „Ich denke, wir sollten morgen früh mit Donna reden. Sie stammt von hier. Vielleicht weiß sie etwas, das uns weiterbringt."

Meg schüttelt den Kopf und zieht eine skeptische Miene. „Ich glaube, wenn sie etwas wüsste, hätte sie es uns schon gesagt."

„Vielleicht." Ich zucke die Achseln. „Aber irgendwo müssen wir anfangen."

Es ist still im Raum. Ich lasse den Blick schweifen und versuche zu ergründen, ob vielleicht plötzlich noch jemand aus dem Nichts auftaucht oder ob es für den Rest der Nacht ruhig bleiben wird. Noch immer spüre ich keine Angst, allenfalls Neugier.

„Und jetzt, Patrick?"

„Versuch zu schlafen."

„Und du?"

„Ich bleibe wach, lese ein bisschen in der Bibel."

„Wenn du noch lesen willst, könntest du dann bitte noch ein Weilchen laut lesen?"

„Natürlich."

Etwas schnürt mir das Herz ein und ich muss erst den Kloß

in der Kehle hinunterschlucken, bevor ich anfangen kann. Ich schaue in die Bibel auf meinem Schoß, auf den Psalm, den ich aufgeschlagen habe. „Der Herr ist mein Licht und mein Heil", lese ich, „vor wem sollte ich mich fürchten? Der Herr ist die Kraft meines Lebens, vor wem sollte mir grauen …"

Ich habe den Absatz noch nicht zu Ende gelesen, als Meg und Linda, immer noch eng umschlungen, schon eingeschlafen sind. Als am Morgen die Sonne aufgeht, bin ich immer noch wach. Ich sitze einfach still da, sinniere, staune und bin noch immer merkwürdig furchtlos.

15

Linda

Donnerstag, 18. Juli 1968

Mom und ich lassen uns an Tante Donnas Küchentisch nieder, während sie Kaffee in drei Tassen gießt. Ich bin so was von runter mit den Nerven. Ich brauch unbedingt 'ne Zigarette, unbedingt. Seit wir in dieses gottverlassene Nest gekommen sind, habe ich noch keine geraucht. Aber heute kauf ich mir welche, verlasst euch drauf, und dann rauch ich die ganze Schachtel hintereinander weg. Ich bin nämlich immer noch kurz davor, mit dem Kopf an die Wand zu rennen vor Schreck.

„Was ist denn mit euch beiden los?", fragt Tante Donna. „Ihr seht ja aus wie zwei wandelnde Leichen." Sie stellt uns die Kaffeetassen hin, setzt sich dann auch, stützt die Arme auf den Tisch und wartet auf eine Antwort.

Mom will ihre Tasse nehmen, aber ihre Hand zittert so, dass sie den Versuch aufgibt und die Tasse wieder auf die Untertasse zurückstellt. Sie seufzt und wirft Tante Donna einen Blick zu, als ob sie erwartet, gleich eine Standpauke zu bekommen. Dann erzählt sie, was letzte Nacht passiert ist.

Als sie fertig ist, sieht Tante Donna sie lange an. Für eine Sekunde dann auch mich. Ich nicke und sie starrt wieder Mom an.

„Ich weiß, Donna, es klingt verrückt, aber es ist wahr." Mom versucht es noch einmal mit der Kaffeetasse und diesmal kriegt sie's hin und nimmt einen hörbaren Schluck.

Donna räuspert sich. „Ich habe ja schon von manch seltsamen Dingen gehört, die sich hier in den Bergen abspielen sollen, aber das ist wirklich der Gipfel des Unwahrscheinlichen."

„Aber du glaubst mir, Donna, oder?"

„O ja, meine Liebe, ich glaube dir. Ich möchte es zwar eigentlich nicht, aber doch, ich glaube dir." Sie schaut aus dem Fenster in den Hof, wo Digger und Marjorie mit Hula-Hoop-Reifen spielen. „Weiß Digger etwas?"

„Er hat geschlafen, als das alles passierte", erkläre ich.

„Das ist schon mal gut", sagt sie und nickt.

„Sollten wir es Steve erzählen?", fragt Mom.

Tante Donnas Augen verengen sich zu kleinen Schlitzen, während sie darüber nachdenkt. „Als Allererstes", sagt sie, „sollten wir mal mit Vernita Ponder reden."

„Mit wem?", fragt Mom.

„Mit Vernita Ponder. Sie gehört zum Urgestein hier in Black Mountain. Sie stammt aus der Loudermilks-Sippe und die kann man fast bis zu den ersten weißen Siedlern hier im Tal zurückverfolgen."

„Und du meinst, sie könnte uns etwas sagen?"

„Wenn jemand etwas weiß, dann ist es Vernita."

Mom faltet die Hände, als ob sie beten will, und hebt sie an die Lippen. „Patrick hat gesagt, es sollte besser nicht in der Stadt bekannt werden. Meinst du, wir können uns darauf verlassen, dass diese Anita Ponder nichts erzählt?"

„Vernita", korrigiert Tante Donna. „Ich kenne sie, solange ich lebe, und ihr könnt mir glauben: Man kann sich auf sie verlassen."

„Und wann, denkst du, sollten wir mit ihr reden?"

„Wie wär's mit jetzt gleich?"

Vor meinem inneren Auge erscheint das Bild einer uralten Bergbewohnerin auf der Vorderveranda eines verwitterten alten Blockhauses. Ihr Gesicht ist so verschrumpelt wie ein Apfel, den die Sonne ausgetrocknet hat, das weiße Haar trägt sie in einem Knoten und zwischen den zahnlosen Kiefern steckt eine Maispfeife. Das verwaschene Baumwollkleid besteht fast nur noch aus Flicken; die dreckigen Stiefel haben keine Schnürsenkel. Sie schaukelt bedächtig vor sich hin, pafft ihre Pfeife und der glasige Blick geht unbestimmt auf die Berge, über die sie in ihrem ganzen Leben nie hinausgekommen ist.

Tante Donna ruft Jeff im oberen Stockwerk zu, er solle auf Digger und Marjorie aufpassen. Dann fährt sie mit Mom und mir in die Innenstadt.

„Und was wollen wir hier?“, erkundigt sich Mom.

„Vernita arbeitet hier“, erklärt Tante Donna und parkt rückwärts vor dem Black Mountain Schönheitssalon ein.

Wir steigen aus und Mom bleibt auf dem Bürgersteig stehen, eine Hand über den Augen gegen die Sonne. „Wo arbeitet sie?“

„Hier. Sie ist Friseuse. Sie müsste da sein.“

Ein Glöckchen über der Tür klingelt, als wir den Salon betreten. Ein paar Ladys sitzen unter Trockenhauben, blättern in Zeitschriften und paffen Zigaretten. Was gäbe ich nicht drum, wenn ich mit ihnen tauschen könnte – einfach rumsitzen, rauchen und den neuesten Klatsch über die neuesten Popstars und Kinosternchen lesen, als gäb es in der ganzen Welt rein gar nichts, das einen beunruhigen könnte.

Vor einer Spiegelwand stehen drei Frisierstühle, alle besetzt. Zwei der Friseusen sind junge Frauen, beide mit Toupierfrisuren vom Ausmaß einer Skipiste. Die dritte – die am mittleren Stuhl, die gerade das Haar einer Kundin in Folienstreifen einwickelt – muss Vernita Ponder sein.

Tante Donna strafft die Schultern und marschiert schnurstracks zum Stuhl in der Mitte. „Entschuldige kurz, Vernita“, sagt sie.

Die ältere Frau unterbricht ihre Hantiererei mit den Folienstreifen und schaut kurz hoch zu Tante Donna. Sie ist klein und ohne die zehn Zentimeter hohen Stöckelschuhe an den Füßen würde sie kaum an den Kopf ihrer Kundin heranreichen. Die Schuhe sind rot und passen damit zum Hauptfarbton ihres Batik-Minirocks. Eine weiße Seidenbluse und eine Fransenweste aus braunem Leder vervollständigen ihr Outfit. An jedem einzelnen Finger trägt sie einen Ring, selbst an den Daumen. Alle aus Silber, etliche mit farbigen Steinen. Außerdem gibt es noch ein Paar Ohrringe, die wie Kronleuchter aussehen, und an jedem Handgelenk ungefähr eine Million Klimperarmbänder. Jetzt dreht sie sich zu Tante Donna um und ich sehe den Peace-Anhänger an dem Lederbändchen, das sie um den Hals trägt.

Das muss eine Erscheinung sein. Schon wieder.

Diesem wandelnden Leichnam, der sich ausstaffiert wie Joan Baez, vertrauen die Leute ihre neue Frisur an?

Ich könnte mich totlachen, und wenn die Erscheinung jetzt nicht gerade ihren ernsten Blick auf mich und Mom richten würde, würd ich's auch machen. Sie hat jede Menge Rouge im Gesicht, knallrote Lippen und die pechschwarzen Haare (die müssen gefärbt sein) zu einem Beehive aufgetürmt. So, wie sie aussieht – geht es noch billiger? Und durchgeknallter?

Als Tante Donna das gegenseitige Vorstellen hinter uns gebracht hat, sagt die Erscheinung zu ihr: „Du sagst, sie sind grade erst in das alte Cisco-Haus gezogen?“

„Genau.“

Jetzt fixiert sie uns mit zusammengekniffenen Augen.

Offensichtlich verblüfft fragt Mom: „Wer ist das, die Ciscos?“

Vernitas Blick verkündet uns, dass sie uns für geistig minderbemittelt hält. „Gordon und Evelyn Cisco“, sagt sie betont langsam, „haben lange in dem Haus gewohnt. Nachdem er '47 gestorben war, hat sie noch lange dort gelebt. Allein.“

„Sie ist die Witwe“, ergänzt Tante Donna, „die dort oben gestorben ist und erst nach einigen Tagen gefunden wurde.“

Na klar, wer auch sonst.

„Valerie?“ Die alte Frau wendet sich an eine der beiden Skipisten, die gerade einer kinnlosen Lady die Lockenwickler aus dem Haar dreht.

„Hmmm?“, macht Valerie.

„Kannst du bitte hier für mich weitermachen?“

„’türlich, Vernita. Bin hier bei Louise fast fertig.“

Vernita sieht erst uns drei an und nickt dann in Richtung Nebenraum. „Gehen wir besser nach hinten“, sagt sie.

Mom, Tante Donna und ich folgen dem Klackern der Pfennigabsätze auf dem Linoleumboden. Wir erreichen einen kleinen runden Tisch im Nebenzimmer und setzen uns auf Klappstühle, die Vernita irgendwo hervorkramt.

„Also, worüber wollen Sie mit mir reden?“ Sie klingt verärgert. Sie langt nach irgendwas im Aschenbecher und ich kippe fast vom Stuhl, als ich sehe, was sie da hat. Eine Selbstgedrehte mit Filtertip. O Mann, das ist kein Tabak, was sie da raucht – das ist ein Joint. Ich glaub, mein Schwein pfeift … Wie kommt die denn hier in diesem Nest an Gras?

Sie will ein Streichholz anzünden, überlegt es sich dann aber anders, lässt die Streichhölzer auf den Tisch fallen und legt den Joint zurück in den Aschenbecher. Ich bin enttäuscht. Ich würde auch den Stummel rauchen, wenn ich sonst nicht an das Zeug kommen kann. Mann, nur einen Zug!

Tante Donna sieht Mom auffordernd an. „Erzähl ihr, was du mir erzählt hast, Meg. Was heute Nacht passiert ist.“

Mom spult also die ganze Geschichte noch mal ab. Bei dieser Version ist sie noch nervöser. Kann ich irgendwie verstehen. Ich würde mich nicht grade drum reißen, diesem knopfäugigen kleinen Gnom unsere verrückte Story zu erzählen. Vernita Ponder sitzt da und wird von Minute zu Minute bleicher. Sie sieht mehr und mehr tatsächlich aus wie 'ne Leiche auf Urlaub. Ich überlege mir, wenn sie jetzt einen Kollaps kriegt und in Ohnmacht fällt, tu ich so, als hätt' ich nie gelernt, wie man solche Leute wiederbelebt.

Mom setzt zum Schlusswort an. „Ich weiß, es klingt ziemlich unvorstellbar, aber …" Und dann sitzen wir alle da, stumm wie die Ölgötzen, und starren jeder in eine andere Richtung.

Nach einer gefühlten Ewigkeit schluckt die alte Lady schwer, kramt in der Tasche ihres Minirocks nach einem Taschentuch und macht Gebrauch davon, indem sie sich die Schweißperlen von der Stirn wischt. Hat den Anschein, als müsse sie erst ihre Fassung wiederfinden, aber schließlich beugt sie sich vor und sagt: „Sie dürfen niemandem erzählen, was sie mir gerade erzählt haben."

Mom steht das Entsetzen ins Gesicht geschrieben. „Und … warum nicht?"

„Tun Sie es, Mrs Crane, und Black Mountain ist erledigt."

„Wovon reden Sie?"

„Wenn eine solche Geschichte die Runde macht, dann können wir uns hier vor Reportern und Kameras nicht mehr retten. Dann trampen die Hippies hier rauf und machen in der Gegend jede Menge neue Kommunen auf. Und dann kommen noch die frommen Spinner, um rauszukriegen, wo denn nun diese Jesusstatuen in den Wäldern sind, die echte Tränen weinen und aus den Nägelmalen bluten."

Mir ist völlig schleierhaft, wovon sie da redet. Mom muss sich beherrschen, ruhig zu bleiben, das seh ich. „Wirklich, Mrs Ponder, wir wollen nichts von alledem in Gang setzen. Wir wollen einfach nur wissen, was da letzte Nacht in unserem Haus vor sich ging."

Der Gnom wirft einen Blick auf den Joint. Ich weiß, sie kann's kaum erwarten, ihn anzuzünden, und ich hoffe, dass sie's auch macht, aber sie tut's nicht. „Dann ist also was dran an der alten Legende", sagt sie langsam. „Ich hab mich das schon immer gefragt."

„An welcher alten Legende?"

Vernita Ponder fährt sich mit der Zunge über die Lippen und presst die silberbeschlagenen Hände ineinander. „Diese Berge hier sind voller Geschichten", setzt sie an. Sie spricht jetzt leise, so als ob sie sichergehen will, dass man sie draußen im Laden nicht hört. „Eine dieser alten Legenden besagt, dass es hier in den Bergen einen Ort gibt, an dem die Zeit aufgehoben ist und alle Zeiten der Welt gleichzeitig stattfinden."

Sie sieht fragend von einem zum anderen, ob wir verstehen. Tun wir nicht – unsere ratlosen Blicke sagen es deutlich.

„Was soll das heißen, Vernita?" Tante Donna findet als Erste die Sprache wieder.

„Genau das, was ich gerade gesagt habe. Seit Jahrhunderten glauben die Leute in der Gegend, dass es hier oben irgendwo einen Ort gibt, an dem alles gleichzeitig passiert. Also dass manchmal etwas passiert und jemand etwas erlebt, das eigentlich zu einer ganz anderen Zeit stattfindet. Und man kann das nicht nur sehen und beobachten, man kann auch mit Menschen aus dieser anderen Zeit reden. Man kann wohl nicht wirklich in die andere Zeit eintreten und dann in einer anderen Geschichte leben. Aber man kann mit den Menschen darin sprechen."

„Na klar!", platze ich heraus und lehne mich empört in meinem Klappstuhl zurück. Ich kann nur den Kopf schütteln und vielsagend die Augen verdrehen. Entweder diese Lady ist total durchgeknallt oder sie hat heute Morgen schon was erheblich Stärkeres geraucht als ihren immer noch unbenutzten Joint.

Sie sieht mich an und ich mache den Mund zu. „Du glaubst mir nicht, Mädel?"

„Erfasst. Ich meine, wie soll man denn so was glauben?", gebe ich zurück.

„Linda", setzt Mom an, aber die Lady hebt die Hand.

„Ist schon in Ordnung, Mrs Crane." Sie wendet sich wieder an mich und sagt: „Welche Erklärung hast du denn für das, was letzte Nacht passiert ist? Du warst doch dabei. Du hast es selbst gesehen. Wie würdest du dir das alles erklären?"

Ich überlege ein paar Minuten, dann schüttle ich den Kopf. Sie hat mich mattgesetzt. Was gestern passiert ist, ist ebenso unglaublich wie die Erklärung, die Vernita Ponder dafür anzubieten hat.

„Du meinst also, Vernita", vergewissert sich Tante Donna, „die Leute, die sie gestern Abend gesehen haben, sind Menschen, die früher mal in dem Haus gewohnt haben?"

„Oder später noch dort leben werden. Die Zeit läuft in beide Richtungen."

Ich setze mich mit einem Ruck auf, weil mir plötzlich was einfällt. „Hat da jemals eine Familie Buchanan gewohnt?"

Vernitas altersblasse Knopfaugen richten sich wieder auf mich. „Ja. So ungefähr um die Jahrhundertwende oder etwas später."

„Dann waren sie das! Die haben versucht, Dad zu erschießen."

„Und gab es mal ein großes Feuer in der Stadt?", hakt jetzt auch Mom nach. „Ein Feuer, das einen Großteil der Sutton Street zerstört hat?"

Wieder dreht die alte Frau langsam den Kopf und lässt ihren Blick zu Mom hinübergleiten. „1916", sagt sie.

Ich fall gleich in Ohnmacht. Oder muss kotzen. Oder beides. Sogar bei meinen besten Trips war ich nie so high und weggetreten, dass ich mir so was ausgedacht hätte. In eine andere Zeit sehen, als ob sie sich vor deinen Augen abspielt? Sonst noch was??

Keiner von uns kriegt ein Wort raus. Ich meine, was kann man denn auch dazu sagen? Ist ja nicht so, dass wir hier über die neueste Sommermode reden oder über 'ne neue Farbnuance für die Haare. Wir reden von was, wovon wir noch nie geredet haben und worüber die meisten Leute auch im ganzen Leben wohl nie reden werden.

Schließlich sagt Vernita Ponder: „An dieses Feuer erinnere ich mich noch so, als sei es erst gestern gewesen."

„Sie waren dabei?", frage ich.

„Natürlich. Wo hätte ich sonst sein sollen?"

„Dann haben Sie die Buchanans gekannt?"

„Nicht sehr gut, aber ich wusste, wer sie waren. Natürlich bin ich ihnen in der Stadt begegnet. Mr Buchanan kam anscheinend wegen der Kur her."

„Kur?"

„Er hatte Tuberkulose. Damals strömten die Leute von sonst woher hier rauf in die Berge, weil sie glaubten, die gute Luft hier würde sie heilen. Und das geschah ja auch."

Jetzt schaltet Mom sich ein. „Dann stammten die Buchanans nicht von hier aus den Bergen?"

„Wohl kaum", sagt Vernita Ponder. „Sie kamen aus Chicago und blieben nur gerade so lange, bis Palmer Buchanan sein Kurprogramm absolviert hatte. Für ein Jahr vielleicht. Dann sind sie wieder nach Chicago zurück. Aber im Sommer sind sie immer noch mal wiedergekommen. Dann haben sie aber in einem der Hotels gewohnt, wie die meisten Touristen. Ich hab sagen hören, sie haben veranlasst, dass sie mal hier beerdigt werden. Ich glaube, sie liegen auf dem Friedhof an der Valley View Baptist Church ... aber das weiß ich nicht sicher. Sie gehörten nicht zu den Leuten, mit denen ich viel zu tun hatte." Sie macht eine Pause und fährt dann fort: „Außer mit dem jüngsten Sohn. Das war kein schlechter Junge. Hat immer mal wieder das eine oder andere für mich erledigt und auch für ein paar andere junge Mütter in der Stadt. Er war zwar noch recht klein, aber immer sehr verantwortungsbewusst, dieser Mac."

Mom und ich sehen einander an. „Diggers eingebildeter Freund", sage ich.

Mom nickt. „Vielleicht doch nicht so eingebildet."

„Dann weiß Digger es also auch."

„Er weiß es, aber vermutlich versteht er es auch nicht. Wir werden es ihm sagen müssen – auch wenn ich es ja selbst kaum verstehe." Sie unterbricht sich und sieht Vernita Ponder an. „Glauben Sie denn wirklich, die Buchanans waren diese Leute, die wir gestern Nacht in unserem Haus gesehen haben?"

Die alte Lady nickt. „Hört sich jedenfalls ganz danach an. Und Palmer Buchanan würde ich auch durchaus zutrauen, dass er erst zur Flinte greift und danach die Fragen stellt. Er hat die Berge geliebt, aber von den Leuten hier hielt er nicht viel."

Mom runzelt die Stirn, bis ihre Augenbrauen fast bersten. „Mrs Ponder", sagt sie, „es ist nicht ... so ganz einfach, all das hier zu ... nun, zu akzeptieren. Sie haben nicht zufällig ... selbst auch Begegnungen mit Menschen aus einer anderen Zeit gehabt, oder?"

Vernita Ponder schüttelt den Kopf, dass ihre Kronleuchter-Ohrringe ihre Ohrläppchen schlackern lassen. „Nein", sagt sie. „Hab immer gedacht, dass mir das gefallen würde. Aber es ist mir nie passiert."

„Aber Sie haben schon immer geglaubt, dass an dieser Legende etwas dran ist?"

„Natürlich hab ich's geglaubt. Und nachdem ich jetzt gehört habe, was Sie mir erzählen, weiß ich, dass es so ist. Um ehrlich zu sein, hatte ich bereits manchmal den Verdacht, Ihr Haus könnte der Ort sein. Aber ich war mir nie ganz sicher."

„Wissen noch viele Leute von dieser Legende, Mrs Ponder?"

Die Frau zuckt die Achseln. „Heutzutage reden die Leute nicht mehr so viel über die alten Legenden. Aber als ich noch ein Mädchen war, gab es hier jede Menge Leute, die hofften, diesen Ort zu entdecken, an dem die Zeit aufgehoben ist. Sie zogen wochenlang durch die Berge in der Hoffnung, auf den Ort zu stoßen und einen Blick in die Zeit tun zu können. Aber keinem ist es gelungen. Jedenfalls nicht dass ich wüsste. Und nun stellt sich heraus, dass er direkt vor unserer Nase liegt, mitten in Black Mountain. Und schon immer da war. Das muss man sich erst mal vorstellen!“

Sie hält inne und sieht jetzt aus, als ob sie angestrengt nachdenkt. „Ich kann es mir nur so erklären: Mit diesem Ort muss es so sein wie bei einem Vulkan. Eine Zeit lang schläft er, vielleicht jahre-, jahrzehntelang, und wartet darauf, dass die richtigen Menschen kommen. Dann wird er aktiv. Ich habe jedenfalls nie gehört, dass die Ciscos Begegnungen aus anderer Zeit gehabt hätten, als sie dort wohnten.“

„Und wie erklärst du dir das?“, fragt Tante Donna.

Vernita Ponder zuckt die Achseln. „Vielleicht ist es was Ähnliches wie die Lichter am Brown Mountain. Haben Sie davon gehört?“

Mom und ich schütteln synchron die Köpfe.

„Es gibt da um den Brown Mountain herum seltsame Lichterscheinungen. Man beobachtet sie schon jahrhundertelang. Niemand kann sie sich erklären. Viele haben es schon versucht, aber niemand kann mit letzter Sicherheit sagen, wie sie entstehen. Aber das eigentlich Merkwürdige daran ist, dass nicht jeder sie sehen kann. Vielleicht nur eine Handvoll Leute im Lauf der Zeit. Aber es gibt Leute, die immer wieder in die Berge fahren und darauf hoffen, wenigstens einmal einen kleinen Schimmer davon zu Gesicht zu bekommen. Nur um enttäuscht zurückzukehren. Andere sind zum ersten oder zweiten Mal oben und dann sind die Lichter plötzlich da, so unbezweifelbar wie die Sterne, und tanzen um den Gipfel des Brown Mountain. Warum können manche Menschen sie sehen und andere nicht? Wer weiß? Ich habe nur eine Erklärung dafür: Es ist eine besondere Gabe.“

„Eine Gabe?“, fragt Mom.

„Eine Gabe“, bekräftigt Vernita Ponder.

Mom sieht jetzt beunruhigt aus. „Aber … ist es etwas Böses? Ist das Haus verhext?"

Zum ersten Mal kommt etwas Sanftes über das faltige alte Gesicht. „Natürlich nicht", sagt Vernita. „Darin ist die Legende ganz eindeutig: Es ist ein guter Ort. Es ist ein Geschenk."

Dann schiebt sie ihren Stuhl zurück und steht auf. „Noch eins", murmelt sie und sieht uns mit versteinerter Miene der Reihe nach an. „Ich habe mich gefreut, Sie kennenzulernen. Und ich bin froh, dass ich schließlich doch noch sicher sein kann, dass die Legende wahr ist, dass es diesen Ort wirklich gibt …" Ihre Worte verlieren sich und jetzt starrt sie ins Leere, als ob sie diejenige ist, die plötzlich Menschen aus einer anderen Zeit sehen kann.

Einen Moment später rastet sie wieder in der Gegenwart ein und sagt mit fester Stimme: „Aber was den Rest der Stadt anbetrifft, so haben wir dieses Gespräch heute nie geführt." Dann klick-klackt sie auf ihren Stöckelabsätzen zurück in den Salon – ein deutliches Signal, dass unser Gespräch beendet ist.

16

Patrick

Donnerstag, 18. Juli 1968

Alle gute Gabe und alle vollkommene Gabe kommt von oben herab, von dem Vater des Lichts … aber von einer solchen Gabe habe ich noch nie gehört. Sie liegt nicht nur jenseits von allem, was meine eigene Erfahrung mir sagt. Sie liegt auch außerhalb von dem, was ich über Gott weiß und was die Heilige Schrift sagt.

„Kann so etwas wirklich möglich sein?", frage ich. Ich hebe die Gabel mit Rindfleisch an die Lippen und lasse sie wieder sinken, ohne zu essen. „Wer ist denn überhaupt diese Velveta Ponder?"

„Vernita", verbessert Meg mich ruhig. „Sie heißt Vernita Ponder. Und ich habe dir bereits gesagt, wer sie ist. Sie ist eine recht alte Dame, die ihr ganzes Leben hier in den Bergen verbracht hat. Und deswegen hat Donna auch vorgeschlagen, dass wir mit ihr reden sollten."

„Sie ist echt abgefahren, Dad", wirft Linda ein. „Aber du musst zugeben: Was gestern Nacht passiert ist, war auch echt abgefahren. Wie oft erlebt man wohl, dass in den eigenen vier Wänden plötzlich wildfremde Leute auftauchen, auf einen schießen und dann wieder verschwinden?"

„Und ich hab das alles verpasst!", ruft Digger, stützt die Ellbogen auf den Tisch und den Kopf in die geballten Fäuste.

„Warum habt ihr mich nicht geweckt? Nächstes Mal müsst ihr mich rufen. Immer verpasse ich, wenn mal was Aufregendes passiert."

„Tja, also, Digger, das stimmt nicht ganz", sagt Linda. „Du hast doch diesen Mac gesehen, oder? Wir haben doch schon erzählt, dass er auch zu diesen Leuten aus der anderen Zeit gehört."

„Hmm." Er schmollt noch immer, aber nickt.

„Wo er lebt, haben sie nicht 1968. Da ist 1916."

„Ehrlich?"

„Sag ich doch."

„Wirklich?"

„Wirklich."

Digger setzt sich plötzlich auf. Sein Gesicht leuchtet vor Aufregung. „Spitze."

„Hör mir mal zu", sage ich, „wir wissen das alles überhaupt noch nicht ganz genau."

„Aber Patrick", protestiert Meg, „welche Erklärung soll es sonst geben?"

„Ich weiß es nicht. Ich weiß nur, *dass* es eine gibt. Diese Alles-passiert-gleichzeitig-Legende … das ist doch … also, das bringe ich nicht in Einklang mit allem, was ich von Gott weiß."

„Aber Dad!", sagt Digger. „Du weißt doch auch nicht wirklich alles über Gott, oder?"

„Tja …"

„Genau, Dad", unterbricht mich Linda. „Du sagst doch selbst immer: Bei Gott sind alle Dinge möglich. Schon vergessen?"

Ich öffne den Mund und will antworten, aber Meg ist schneller. „Wenn ich mich nicht irre, dann hast du mal gepredigt, Gott sei … wie war das noch? … das Alpha und Omega, stimmt's? Der Anfang und das Ende. Ich kann mich genau erinnern, dass du mal gesagt hast, er kennt das Ende der Zeiten schon von Anfang an. Vielleicht hat das alles hier was damit zu tun."

Ich verstumme.

Nein, Digger, ich weiß auch nicht wirklich alles über Gott.

Und ja, Linda, bei Gott sind alle Dinge möglich.

Und auch ja, Meg, Gott ist das Alpha und das Omega, der Anfang und das Ende.

Aber ein Ort in dieser endlichen Welt, an dem alle Zeiten der Geschichte gleichzeitig stattfinden?

Kann es so etwas tatsächlich geben?

17

Linda

Freitag, 17. Juli 1968

„Dein Dad hat versucht, meinen Dad zu erschießen", sage ich.

„Ja, ich weiß", sagt Austin. „Und, was ist passiert?"

„Der Schuss ging ungefähr fünfzig Jahre daneben."

Austin und ich starren einander an und ich warte darauf, dass er was sagt. Aber er steht nur stocksteif da und verzieht das Gesicht, als ob er Magenschmerzen hat. „Ich verstehe nicht, was du meinst", sagt er schließlich. Er spricht so langsam, als ob er glauben würde, ich müsse von seinen Lippen lesen oder so. „Was geht hier eigentlich vor? Verstehst du es?"

Ich nicke. „Setz dich", sage ich und weise mit dem Daumen auf die Stufen zur Veranda hinter mir. Ich muss zugeben, ich hatte gehofft, dass er auftaucht, und deshalb hier draußen rumgesessen. Gehofft, ich würde ihm wieder über den Weg laufen, wenn er nach Hause kommt. Ich will nämlich mit ihm reden, über all das, was sich hier abspielt.

Er wendet die Augen kaum von mir ab, während er die Treppe hochgeht. Als ob er glaubt, ich würde auf ihn losgehen, falls er mich aus den Augen lässt, weil sein Dad meinen fast umgebracht hat. Er setzt sich auf die oberste Stufe und kramt ein Päckchen Zigaretten aus der Brusttasche seiner Latzhose.

„Hey, krieg ich auch eine?", frage ich.

Er reißt mit einem Ausdruck der Überraschung die Augen auf, der mir gar nicht gefällt. „Du rauchst?", fragt er.

„Ja, wenn du nichts dagegen hast. Und wenn ich endlich mal wieder 'ne Zigarette in die Finger kriege."

„Ich kenne nicht viele Mädchen, die rauchen."

„Das liegt daran, dass deine Generation noch so verklemmt war."

„Was soll das heißen? Wir sind doch gleich alt, oder?"

„Also, krieg ich jetzt eine ab oder nicht?"

„Also schön." Er schaut auf die Zigarettenschachtel. „Also schön." Als er fortfährt, klingt er ziemlich stolz. „Hier oben drehen die meisten sich ihren Tabak selbst. Aber Dad lässt sich diese aus Chicago schicken."

„Fein. Also, reich eine rüber."

Er legt mir die Zigarette in die geöffnete Hand, aber sie fällt einfach hindurch und landet auf der Veranda.

„Was zum …", flucht Austin und weicht vor mir zurück, als ob ich ein Gespenst bin oder so.

Ich versuche, die Zigarette aufzuheben, aber meine Finger greifen ins Nichts. „Ich hätte es wissen müssen", sage ich ruhig. Immer wieder greifen meine Finger durch die Zigarette hindurch, und ich spüre so was wie ein ehrfürchtiges Gruseln.

Als ich Austin wieder ansehe, ist er kalkweiß und hat Schweißperlen auf der Stirn. Er will etwas sagen, aber irgendwie bringt er die Worte nicht raus. „Was … was hättest du wissen müssen?", stammelt er schließlich.

„Dass ich sie nicht anfassen kann."

„Warum nicht?"

„Tja", ich muss einen Moment nachdenken, „so genau weiß ich das auch nicht."

Austin starrt mich lange an. „Du drehst dich im Kreis", sagt er ärgerlich. „Hör mal, komm zur Sache. Ich will wissen, was hier vor sich geht."

„In Ordnung“, sage ich. „Die Sache ist die: Es ist Zeit.“

„Zeit wofür?“

„Nein. Nicht Zeit, um irgendwas zu tun. Einfach Zeit. Wir wohnen an einem Ort, an dem alle Zeit der Welt auf einmal stattfindet.“

Die Augen weit aufgerissen und den Mund offen, sieht er mich an, als sei ich meschugge. „Was willst du damit sagen?“

„Kennst du hier in der Stadt eine Frau namens Vernita Ponder?“

„Nein.“

„Na ja, wenn sie es dir gesagt hätte, hätte sie mir sicher was davon erzählt. Aber sie meinte, sie hat nie mit dir gesprochen, also hat sie dir offensichtlich auch nichts gesagt.“

Austin steht abrupt auf. „Du redest wie eine Verrückte“, sagt er. „Ich weiß nicht, was hier gerade vorgeht, aber es gefällt mir ganz und gar nicht. Vielleicht gehst du jetzt besser, bevor …“

„Setz dich, Austin“, sage ich. Er rührt sich nicht und ich füge hinzu: „Bitte. Bitte setz dich wieder, ja? Ich versteh's ja selbst nicht richtig, aber ich versuch dir's zu erklären, okay?“

Zu meiner Überraschung hat Austin nichts mehr einzuwenden. Er setzt sich einfach wieder hin. Er zündet die Zigarette an, die er noch immer unangezündet in der Hand hat. „Was dagegen?“, fragt er.

„Nö, lass sie dir schmecken.“

Seine Finger zittern ein bisschen, als er das Streichholz anreißt. Er nimmt einen tiefen Zug und sieht mich abwartend an.

Ich lehne mich gegen die obere Stufe und mache es mir bequem. Das hier kann ein Weilchen dauern und ich will mich wohlfühlen. Ich werfe einen Blick zum Himmel und atme tief durch.

„Es gibt hier in den Bergen so eine Legende“, beginne ich …

18

Digger

Samstag, 20. Juli 1968

Ich sitze am Küchentisch und esse mein Erdnussbutter-Marmelade-Sandwich, als von draußen ein komisches Geräusch kommt. Ich renne zur Hintertür. Mac sitzt auf dem Felsbrocken im Garten und spielt Mundharmonika.

„Hey, Mac! Weißt du was?“

Er setzt die Harmonika ab und wischt sich mit dem Ärmel die Spucke vom Mund. „Was denn?“

„Meine Schwester sagt, bei dir ist erst 1916.“

„Ja, stimmt.“

„Und wusstest du schon, dass bei mir 1968 ist?“

Er nickt kurz. „Ja. Hat Austin mir gesagt. Er sagt, deine Schwester hat's ihm erzählt.“

Mac spielt ein paar Töne.

„Und? Glaubst du's nicht?“

Er hört wieder auf zu spielen. „Doch. Wieso soll ich's nicht glauben? Oder lügt deine Schwester vielleicht gern Leute an?“

„Nein“, sage ich. Und dann: „Na ja, manchmal vielleicht. Aber ich glaube nicht, dass sie damit gelogen hat. Mom sagt das nämlich auch.“

„Ach ja? Und?“

„Na ja, is' doch irgendwie komisch, oder? Dass wir in ganz verschiedenen Zeiten sind und ich trotzdem mit dir reden kann.“

Er zuckt die Schultern. „Es gibt 'ne Menge komischer Sachen. Meine Großmutter Lowry, die Mom von meiner Mom – die hat die ganze Zeit mit dem Erzengel Michael gesprochen. Niemand sonst konnte ihn sehen, aber Großmama hat mit ihm gesprochen, als ob er neben ihr am Küchentisch sitzen würde."

„Ehrlich? Worüber haben sie geredet?"

„Weiß ich nicht. Hab meist nicht zugehört."

„Redet sie immer noch mit ihm?"

„Nö."

„Wieso nicht?"

„Sie ist gestorben."

„Oh."

Für eine kurze Weile spielt er wieder auf seiner Harmonika, dann hört er auf und sieht sich um, als ob er was suchen würde.

Ich sage: „Übrigens, wir sollen es niemand erzählen."

„Was?", fragt er.

„Dass wir in verschiedenen Zeiten leben."

Mac zuckt wieder die Achseln. „Wen interessiert das schon? Dass meine Oma mit einem Engel redet, hat auch niemanden interessiert. Sie ist nicht ganz richtig im Kopf, haben die Leute gesagt."

„Also: Erzählst du's weiter?"

„Nö."

„Ich auch nicht. Aber ich kann dir sagen, wie es in der Zukunft aussieht, wenn du willst. Soll ich?"

„Nö."

Ich lausche, als er wieder ein bisschen spielt. Falls das eine Melodie sein soll, ist es keine, die ich kenne. Ich glaube, er muss noch ziemlich viel üben.

„Spielen wir dann Cowboy und Indianer?"

„Klar!" Er steckt die Harmonika ein, springt auf und hüpft vom Stein. „Jeronimo, Häuptling der Apachen!", schreit er.

Aha, er ist der Indianer. Dann soll ich wohl der Cowboy sein.

19

Meg

Samstag, 20. Juli 1968

Die Post kommt hier nicht ins Haus, sondern wir müssen in die Stadt fahren und sie beim Postamt abholen. Aber ich würde hundertmal am Tag hinfahren, wenn jedes Mal ein Brief von Carl auf mich warten würde. Dies ist der erste Brief, den wir von ihm bekommen, seit wir hier in Black Mountain sind. Es fiel mir nicht leicht, aber ich habe ihn erst geöffnet, als ich wieder zu Hause war. Wenn ich einen Brief von Carl aufmache, ist das immer ein Moment, den ich auskoste.

„Liebe Mom, Dad, Linda und Digger. Mir geht es gut."

So fängt er immer an. „Mir geht es gut." Vermutlich hat er keine Vorstellung davon, dass ich mich an diese Worte klammere wie ein Ertrinkender an ein Seil. Vielleicht ahnt er es auch. Und stellt es deshalb immer an den Anfang, bevor er irgendetwas anderes schreibt.

Ich mache es mir im Schaukelstuhl bequem, bevor ich weiterlese. Es ist kein langer Brief. Ein kurzer Dank für das Päckchen mit ein bisschen Gebäck, das ich noch schnell abgeschickt hatte, bevor wir Abingdon verließen. Die Kekse und den Rührkuchen hat er mit den Kameraden in seiner Unterkunft geteilt und niemand hat sich beschwert, dass sie schon ein wenig trocken waren. Das, was sie da in der Kantine Essen nennen, ist ein schrecklicher Fraß. Carl ist zwar immer satt, aber nie wirklich zufrieden. Er kann es gar nicht abwarten, endlich wieder ein richtiges Essen wie bei Mutter zu bekommen. Er schreibt, er schuftet wie ein Pferd, vor allem mit den Tagesberichten. Diese Berichte, die jeden Abend von Feldwebel und Oberstleutnant durchgesehen werden, halten fest, wo sich jeder einzelne Mann im ganzen Bataillon an jedem Augenblick des Tages befindet. Jedes kleinste Detail muss verzeichnet werden: wenn jemand ausfällt (Besoldungsgruppe, Dienstgrad, Kompanie usw.), wann und woher die Ablösung kommt und wer dazugehört (Namen, Dienstgrade, Kennnummern, Kompanie), kurzfristige Freistellungen, Urlaube, Sonderbefehle, alle Einzelheiten über Wachmannschaften, Rettungstrupps, Versorgungsbasen, Schulungen (hier in den Staaten) etc. Und die Namen und Zahlen ändern sich jeden Tag und jede Einzelinformation erfordert einen eigenen Eintrag. Manchmal treibt es ihn fast zum Wahnsinn. Aber er kommt gut klar mit den Jungs, mit denen er in einem Büro sitzt, und alles in allem hat er keinen schlechten Job. Und jetzt hat er sich endlich auch an die nächtlichen Mörsergranatenangriffe gewöhnt. Die gibt es nicht jede Nacht, aber doch immer wieder. Wenn die Sirene heult, rennen die meisten Jungs einfach splitternackt aus den Unterkünften an ihre Geschütze und das ist fast komisch – wie sie da alle so im Adamskostüm herumrennen –, wenn man nur nicht befürchten müsste, dass die andere Seite auch schießt.

Dann schließt er den Brief, fast ironisch: „Macht euch keine Sorgen." Und ich frage mich: Wie soll ich das anstellen, mir keine Sorgen zu machen, wenn mein Ältester im Krieg ist? Gott sei Dank ist er nicht an der Front, aber auch so stimmt, was Carl selbst in seinem letzten Brief schrieb: „Das hier ist kein Picknickausflug." Nein, es ist kein Picknickausflug, wenn Jungs wie er, die das ganze Leben noch vor sich haben, in Militärsärgen nach Hause verschickt werden.

Ich lehne den Kopf gegen die Stuhllehne und schließe die

Augen. Ich will an nichts Furchtbares denken. Bitte, Gott, lass Carl gesund zurückkommen.

Als ich die Augen wieder öffne, fällt mir das angebissene Sandwich auf dem Tisch auf. Diggers Lunch, das ich ihm noch rasch geschmiert hatte, bevor ich zur Post gefahren bin.

„Linda?“

„Was?“

Sie ist im Wohnzimmer, sieht irgendwas im Fernsehen und lackiert sich dabei die Fingernägel knallrot. Von meinem Platz in der Küche kann ich sie sehen.

„Wo ist Digger?“

„Weiß nicht.“ Sie zuckt die Schultern. „Draußen im Garten, denk ich mal.“

„Ich hab dich gebeten, auf ihn aufzupassen.“

„Bin ich vielleicht sein Kindermädchen?“

„Allerdings, wenn ich nicht zu Hause bin.“

Sie zuckt wieder mit den Achseln.

Ein kurzer Anflug von Panik steigt in mir auf. Ich hätte sofort beim Heimkommen nach Digger schauen sollen, aber ich war so versessen darauf, Carls Brief zu lesen. Ich gehe ans Küchenfenster und schaue hinaus. Der Garten ist leer.

„Linda?“

„Hmmhm?

„Hat Digger dir irgendwas gesagt?“

„Worüber?“

„Wo er hin ist.“

„Nö.“

Meine Panik schlägt in Zorn um. „Linda, jetzt hör mir mal zu. Wie oft soll ich dir noch sagen, wenn ich nicht zu Hause bin, dann bist du gefälligst …“

Das Klappen der Haustür unterbricht mich und Digger stürmt durch den Flur in die Küche. „Hi, Ma“, ruft er. Er ist dreckig und verschwitzt, und als er die Arme um meine Taille schlingt, spüre ich gerührt die Wärme seines kleinen Körpers. Ich drücke ihn an mich und zerzause seinen wuscheligen Blondschopf. „Wo warst du?“, frage ich.

„Draußen. Mit Mac spielen“, sagt er.

„Ach, ja!“, nicke ich. Daran muss ich mich erst noch gewöhnen. „Mac. Dein kleiner Freund aus dem Jahr …“

„Genau“, sagt Digger. „Der Junge von 1916.“

Ich spüre, wie mir ein leichter Schauer über den Rücken läuft. „Und … weiß er, dass du im Jahr 1968 lebst?“

Digger nickt. „Ja, weiß er.“

„Und … findet er das nicht … merkwürdig?“

„Nö.“ Er schüttelt den Kopf. „Ich wollte ihm erzählen, wie's in der Zukunft ist, aber er wollte lieber Cowboy und Indianer spielen.“

„Tatsächlich?“

Ich werde für einen Moment nachdenklich. Würde ich wissen wollen, wie es in der Zukunft ist? Werde ich überhaupt je jemanden treffen, den ich fragen könnte? Na, an einem Ort wie diesem scheint das ja gar nicht mal so unwahrscheinlich.

„Mhm. Also haben wir's gemacht, aber dann musste er weg. Und ich hab Hunger. Was kann ich essen?“

Ich zeige auf den Küchentisch. „Du hast dein Sandwich liegen lassen.“

„Ach, stimmt!“ Er schmeißt sich auf den Stuhl und nimmt mit dem üblichen Appetit einen herzhaften Bissen von seinem Brot.

Ich schüttle den Kopf, gehe zur Spüle und mache mich ans Abwaschen. Vor noch gar nicht langer Zeit lebten wir noch in Abington, Carl war noch bei uns, Patrick war noch Pastor und die Zeit war noch nicht aus den Fugen. Alles, was wir hatten, war der Augenblick im Jetzt.

Jetzt ist nichts mehr so, wie es war. Nicht mal mehr auf die Zeit kann man sich verlassen. Sie hat sich ausgedehnt oder zusammengezogen oder vielleicht ist sie auch geschmolzen und ist nun nicht mehr fest, sondern flüssig. Früher war sie gut geordnet, sie hielt sich an die Rhythmen von Minuten, Stunden, Tagen, Jahren. Aber diese Grenzen sind verschwunden und ich weiß nicht mehr, wonach ich die Zeit messen soll. Oder ob man sie überhaupt noch messen *kann.* Vielleicht gibt es ja an diesem seltsamen Ort auch Momente, in denen die Zeit einfach aufhört, da zu sein, und alle Daten im Kalender gelöscht werden.

Welchen Reim soll man sich denn darauf machen, dass das Leben auf einmal nicht mehr in berechenbaren Zeitabschnitten verläuft?

20

Linda

Samstag, 20. Juli 1968

Ich mache die Tür zu Pops Eisdiele auf und bereue im selben Moment fast, dass ich den Job angenommen habe. Aber nun bin ich schon mal da, binde mir die Servierschürze um und warte, dass Gloria Reynolds mir erklärt, was ich machen soll. Sie strahlt über alle vier Backen und heißt mich in ihrem Mauseloch von Laden willkommen, als ob ich gerade 'ne Topkarriere bei 'nem Weltklasseunternehmen starte. Verschonen Sie mich mit Ihrer Euphorie, Lady! Ich mach das hier nur, damit ich mir 'ne Fahrkarte kaufen und schleunigst den Verduftikus machen kann.

„Also, sehen wir uns doch erst mal unsere Karte an", setzt sie an, wird aber unterbrochen, weil irgendein Mädel in den Laden gestürmt kommt.

„Tut mir leid, bin zu spät, Gloria", schmettert sie durch den Raum. „Ich musste Grandpa noch helfen …"

„Also immer mit der Ruhe", unterbricht Gloria sie. „Es ist gerade erst fünf. Nach meiner Uhr bist du vollkommen pünktlich. Komm, ich möchte dir unsere neue Mitarbeiterin vorstellen."

Das Mädel kommt hinter den Tresen und bindet sich ebenfalls eine Schürze um. Die ganze Zeit starrt sie mich an und strahlt.

Gloria streckt die Hand in meine Richtung und sagt: „Gail, dies ist Linda Crane."

„Kann nicht wahr sein!", ruft Gail. Sie sieht aus, als ob sie gleich vor Begeisterung in Verzückung gerät. „Meine Mom heißt auch Linda!"

„Was du nicht sagst!", knurre ich und muss mich zurückhalten, nicht die Augen zu verdrehen. Das hält die wohl für 'nen Riesenzufall, oder was? Glaubt die vielleicht, sie hat jetzt ein paar Extrapunkte auf dem Persönlichkeitskonto, weil sie zwei von den zwei Milliarden Lindas dieser Welt kennt?

„Und Linda, dies ist Gail Leland. Ihr beide macht die Abendschicht zusammen."

„Hi, Linda, freut mich, dich kennenzulernen", sagt Gail.

„Mhm, ebenso."

„Ich wollte ihr gerade das Wichtigste erklären, bevor nachher zu viel Betrieb ist", sagt Gloria.

Das Wichtigste umfasst das Fabrizieren von Milkshakes, Eisbechern und einfachen Eistüten auf die Hand und das Kassieren mittels der Registrierkasse. Das ist so ungefähr alles, was die Bude hier zu bieten hat, außerdem noch Kaffee, heiße Schokolade, Mineralwasser und ein bisschen Süßkram. Wenn ich mir erst mal merken kann, wo ich was finde, sollte der Job ein Klacks sein.

„Also schön, Mädels, ich bin dann hinten", verkündet Gloria, als sie ihre Einführung beendet hat. „Ruft mich, wenn ihr mich braucht."

Ich sehe Gail an und sie mich. Sie lächelt. Sie ist eigentlich recht hübsch, hat langes braunes Haar, große braune Augen und eine absolut perfekte Haut – nicht die Spur von einem Pickel. Noch nicht mal auch nur den winzigsten Mitesser. Die Nase ist ein Stückchen zu lang geraten, aber das dürfte die Jungs auch nicht abschrecken. Ich glaub, ich könnte sie mögen. Aber das muss ich ihr ja nicht direkt auf die Nase binden.

„Du bist nicht hier aus der Gegend“, sage ich. Sie spricht nicht den örtlichen Dialekt, daher weiß ich’s.

„Nein“, sagt sie und schüttelt den Kopf. „Toledo.“

„Und wie kommst du dann hierher?“

Ein paar Kids kommen rein und wollen Tutti-Frutti-Eis in der Waffel. Ich glaub’s ja nicht – wir haben tatsächlich eine Sorte, die Tutti-Frutti heißt? Gail bedient sie, kassiert und sagt dann: „Mein Dad war lange krank und ist dann letztes Jahr gestorben. Dann waren nur noch Mom und ich übrig und sie wollte lieber in der Nähe meines Opas leben. Der wohnte damals bei Chicago, war aber am Überlegen, für den Ruhestand hier raufzuziehen, nach Black Mountain. Fein, hat Mom gesagt, warum ziehen wir nicht alle drei da hin? Also sind wir jetzt hier.“ Sie zuckt die Achseln.

„Oh.“ Dann fällt mir noch was ein, was sie bestimmt erwartet. „Tut mir leid wegen deinem Vater.“

„Danke.“

„Und – gefällt’s dir hier?“

„Willst du mich veräppeln? Klar! Ich liebe die Gegend.“

Na ja, nach Toledo überrascht das wohl kaum.

Sie sagt: „Du bist auch gerade erst hergezogen, stimmt’s?“

„Mhm. Aus Pennsylvania.“

„Wow. Und, was hältst du bisher so von Black Mountain?“

Ich muss einen Moment überlegen, was ich jetzt sage; schließlich will ich ihre schönen Seifenblasen nicht zum Platzen bringen oder so. „Na ja“, sage ich schließlich. „Es ist anders. Als in Pennsylvania, meine ich.“

„Bestimmt“, lacht sie. „War ja zu vermuten.“ Sie wuselt die ganze Zeit rum, während wir reden, wischt den Tresen ab, füllt die Eisbehälter und die Streuseldosen nach. Ich sollte wohl besser auch was machen, aber ich weiß nicht, was.

Irgendwann kommen vier Gäste, die reinste Kalkfabrik, so alt, wie die sind. Gail begrüßt sie, als ob es Verwandte wären, die sie seit Jahrzehnten nicht gesehen hat. Sie nennt mir ihre Namen und stellt mich vor, alles mit einer solchen Begeisterung, dass man glauben könnte, hier ginge richtig die Party ab. Dabei bedienen wir nur ein paar steinalte Knaben in 'ner unterdurchschnittlichen Eisdiele. Aber ich strahle sie auch an und sage, ich freu mich, sie kennenzulernen. Auch wenn ich viel lieber ein paar Jungs kennenlernen würde, die ungefähr hundert Jahre jünger sind. Sie bestellen „das Übliche" und ich geh mal davon aus, dass Gail weiß, was das ist, denn sie macht sich dran, Eis aus den Behältern zu schaufeln. Die Kalkfabrik schlurft nach hinten und setzt sich an einen Tisch.

„Sie wollen bestimmt auch Kaffee, den kannst du schon mal machen", sagt sie.

Ich bin ganz froh, dass ich was zu tun kriege. Ich gieße Kaffee in Styroporbecher, stelle die auf ein Tablett und bringe sie dem Mumienklub. Sie sitzen an einem der Tische, die Spielbretter als Platten haben. Die Leute können da sitzen, Kaffee schlürfen und spielen oder einfach nur ihr Eis essen.

„Vielen Dank, hübsches Fräulein", sagt einer und dann kommt auch von allen anderen irgendwas in der Richtung und alle sehen mich aus ihren blanken kleinen Knopfaugen an. Am liebsten würde ich sagen, sie können ihre Kommentare für sich behalten und sollen lieber aufpassen, dass ihnen nicht die Augen aus dem Kopf fallen. Aber ich lächle einfach und verzieh mich wieder hinter die Theke. Perverslinge.

„Hey, Gail", ruft jetzt einer. „Kommt Bim heute Abend?"

Gail taucht hinter dem Tresen auf. „Der wird in ein paar Minuten hier sein." Sie hat vier Becher mit Eiskugeln gefüllt und trägt sie jetzt zu den Männern, die inzwischen die Damesteine auf dem Spielbrett verteilen. Als sie wieder zurück ist, erklärt sie mir: „Sie kommen immer freitag- und samstagabends."

Was für ein Glück aber auch! Jetzt weiß ich wenigstens, worauf ich mich die ganze Woche freuen kann.

Inzwischen kriegen wir richtig was zu tun. Die Glocke über der Eingangstür bimmelt wie eine Windharfe im Hurrikan. Nach einer Weile taucht Gloria auf und postiert sich an der Kasse, während Gail und ich uns die Hände abfrieren und für gefühlt jeden einzelnen Bewohner dieser Stadt Eiskugeln aus der Kühlung schaufeln. Der Schuppen ist voll mit wuselnden Kleinkindern, Moms und Dads, ein paar Pärchen, frisch verliebt, und noch mehr Kollegen aus der Kalkfabrik. Und mir fällt bestimmt der Arm ab, bevor die alle haben, was sie wollen.

Ich tauche gerade in einen Behälter mit einem undefinierbaren Kirsch-Walnuss-Gemisch, als ich Gail sagen höre: „Hi, Grandpa, wird auch höchste Zeit, dass du kommst. Die anderen sind schon seit einer guten Stunde da."

Ich schaue hoch und sehe noch einen Uraltknaben vor der Theke stehen. Und uralt ist noch untertrieben. Er sieht aus, als sei er schon fünf Jahre tot und hat es nicht mitgekriegt und niemand hat sich die Mühe gemacht, ihn mal darüber aufzuklären. Die Augen sind eingesunken, die Wangen nicht weniger, unter dem Kinn schlackert eine Hautfalte so groß wie ein Truthahnkropf. Nur noch runzeliger, weil sie auch noch über und über mit grauen Barthaaren verziert ist. Überhaupt hat dieser Moderknabe einen erstaunlichen Haarwuchs – sie sprießen praktisch überall, aus den Ohren, aus der Nase, am Kinn. Und dann erst die Augenbrauen! Als ob direkt vor seiner Nase 'ne Perückenfabrik in die Luft geflogen ist! Schschhhhh! Warum begräbt den denn keiner?

„Linda, das ist mein Grandpa", sagt Gail stolz. „Du kannst ihn Bim nennen. Alle nennen ihn so." Schneller, als ich gucken kann, hat der Alte seine Augen auf mich geheftet. In denen schimmert es wässrig, als ob er gleich das Flennen anfängt oder so, und ich frag mich schon fast, ob er vielleicht wirklich heult. Aber ich weiß ja eigentlich, dass aus irgendeinem Grund bei alten Leuten die Augen immer zu viel Wasser führen.

„Grandpa, das ist Linda. Neu hier in der Stadt. Sie arbeitet seit heute hier mit mir. Ist doch Wahnsinn, was?“

Der Alte nickt kurz. Dann knetet er ungefähr eine Minute lang seine Mundwerkzeuge, als ob er erst mal Spucke sammeln und seine Kehle befeuchten muss, bevor er was sagen kann. Als er schließlich was über die Lippen bringt, kommt es leise und sehr ruhig. „Linda.“ Nichts weiter. Nur mein Name. Als hätte er keine Kraft, noch mehr zu sagen. Caramba! Kann nicht mal jemand den Bestatter holen?

„Hi“, sage ich. Und dabei bleibt's. Bevor ich mich dazu versteige, jemanden Bim zu nennen, lass ich mich lieber umbringen.

Der alte Knabe sieht sich um, als jemand ruft: „Hey, Bim, wo steckst du denn? Ich warte schon ein ganzes Weilchen, mal wieder 'ne Partie gegen dich zu gewinnen.“

„Komm, setz dich, Grandpa“, sagt Gail. „Kaffee kommt gleich.“

Der Alte richtet den Blick noch einmal auf mich. Die Wasserleitung hat er jetzt abgedreht und ich sehe, dass seine Augen tiefblau sind, so tiefblau, dass ich schätze, als er jung war, war das vermutlich das Attraktivste an ihm. Aber das war, bevor der ganze Rest zu diesem wandelnden Dörrobst verschrumpelt ist. Er starrt mich immer noch an und mir liegt auf der Zunge, er soll ein Foto machen, das hält länger, aber ich bringe kein Wort raus. Der Knabe verursacht mir Gänsehaut. Noch so ein Perversling. Da arbeite ich gerade mal zwei Stunden in Pops Eisdiele, hab ein Dutzend alte Knacker, 'nen Haufen mittelalterliche Loser, ungefähr eine Zillion Kleinkinder und ein paar Highschoolkids getroffen, die leider schon vergeben sind, aber ein gut aussehender Knabe, der noch zu haben wäre, ist noch nicht aufgetaucht. Nicht ein einziger wie – na, wie Austin Buchanan zum Beispiel. Das wär's! Jemand wie Austin Buchanan. Ich wünschte, er könnte einfach hier zur Tür hereinspazieren. Aber wir haben 1968 und an diesem Ende des Zeitstrahls ist er wahrscheinlich schon seit mindestens zehn Jahren vermodert. Vielleicht sogar noch länger. Ja, wahrscheinlich sogar noch länger.

21

Patrick

Montag, 22. Juli 1968

Ich reiche einem Mann aus dem Ort namens Ruben Poteat den Zündschlüssel für die Probefahrt mit dem 57er Pickup. Steve hat gesagt, letztes Jahr haben sie einem Kerl namens Ernest Fortune einen nagelneuen Camaro für eine Testfahrt überlassen und der ist damit ab nach Kalifornien. Die Autobahnpolizei etlicher Bundesstaaten war im Einsatz, aber bevor sie ihn aufgespürt und wegen Autodiebstahls verhaftet hatten, hatte Ernest Fortune irgendwo auf dem Highway entlang der Pazifikküste den Camaro zu Schrott und sich selbst totgefahren.

Ich hoffe nur, wir sehen den Pickup wieder. Ruben Poteat wiederzusehen, darauf bin ich nicht so scharf. Es wäre mir sehr recht, wenn er seine Geschäfte woanders tätigt. Ich bin mir nicht sicher, ob ihm zu trauen ist. Aber vielleicht geht ihm das mit mir genauso. Schließlich bin ich Gebrauchtwagenverkäufer.

Hupend und winkend fährt Ruben mit quietschenden Reifen vom Gelände. Na prima. Das hat mir gerade noch gefehlt. Ein verhinderter Formel-1-Fahrer, der sich ausgerechnet eines von meinen besseren Modellen für seine Spritztour schnappt.

Schön, dann geh ich wohl besser wieder an den Schreibtisch. Da wartet noch genug Papierkram auf mich. Die Setterquists – sympathisches junges Paar – wollen wissen, welchen Preis ich ihnen für den 65er Chevelle machen kann. Der Wagen ist gut in

Schuss, mittelgroß, aber geräumig, und hat noch nicht zu viele Kilometer auf dem Tacho. Die beiden werden etwas Größeres brauchen als ihren VW-Käfer, wenn das Baby erst da ist.

Im Bauwagen hängt eine Tabakwolke wie Morgennebel über den Wiesen, steigt auf und stößt sich an den Wänden mit den falschen Eichenpaneelen. Ich habe das Fenster geöffnet und außerdem noch einen Ventilator auf dem Schreibtisch, aber der hilft nicht viel gegen den Gestank. Dafür muss ich meine Papiere mit Briefbeschwerern festhalten. Wie stickig das hier im Winter noch werden soll, stelle ich mir lieber nicht vor.

Ike Kerly hat die Füße auf dem Schreibtisch und die Hände hinter dem Kopf verschränkt. „Dieser Ruben", sagt er mit einem bewundernden Lächeln, „der fährt schon 'nen heißen Reifen, was?"

Ich brumme zustimmend und wende mich wieder meinen Papieren zu. Heute bin ich eine Woche in meinem neuen Job und fühle mich hundsmiserabel. Ich hatte einmal eine Berufung, aber die gibt es nicht mehr. Ich habe sie eigenhändig zerstört.

Auf meinem Schreibtischstuhl mache ich eine Bestandsaufnahme der Werkzeuge für mein neues Gewerbe: Formulare für Ratenzahlungsverträge, Kugelschreiber mit Werbung für Birchfield Chevrolet, Bleistifte, Radiergummi, Schmierpapier, eine Rechenmaschine und Reservepapierrollen dafür.

Ich hasse Zahlen. Die einzigen Zahlen, mit denen ich in meinem früheren Beruf zu tun hatte, waren Kapitel- und Versnummern. Und natürlich das Defizit im Gemeindebudget – aber darüber habe ich mir zum Glück nie allzu große Sorgen gemacht. Ich habe mich tragen lassen von der Gewissheit, dass Gott schon für das Nötige sorgen wird.

Aber das war damals, in meinem anderen Leben. Jetzt sind es diese Zahlen, durch die ich meine Familie ernähre.

Ich schaue aus dem Fenster und sehe ein wenig weiter weg

Steve mit ein paar potenziellen Kunden über das Gelände schlendern. Schon komisch, dass Steve keine Ahnung von all den seltsamen Dingen hat, die bei uns im Haus vor sich gehen. Merkwürdigerweise war es Donna, die meinte, wir sollten ihm nichts sagen. „Ich kenne Steve besser als ihr", hat sie gesagt. „Erzählt ihm, was Vernita gesagt hat, und morgen weiß es nicht nur ganz Black Mountain, sondern die ganze Welt."

Meg und ich haben beschlossen, alles für uns zu behalten. Wir wissen, dass es momentan so am besten ist. Was wir uns allerdings fragen, ist, ob es noch weitere „Erscheinungen" geben wird. Oder ob wir schon alles gesehen haben, was wir sehen sollten. Diese Vernita hat gesagt, das Haus scheint manchmal in Schlaf zu versinken, und dann kann es sein, dass sehr lange gar nichts geschieht. Vielleicht waren die Schüsse nur eine kleine Eruption und der Vulkan hat sich wieder zur Ruhe gesetzt.

Und das wäre ganz bestimmt so in Ordnung. Ich habe hier, im Jahr 1968, gerade mehr um die Ohren, als ich gebrauchen kann. Meg und Linda sind beide nicht gut auf mich zu sprechen und dann ist da natürlich die Erinnerung an Charlene, die mich plagt – wie man es den Frauen recht macht, reicht mir gerade als Mysterium. Das Mysterium, wie man durch die Zeiten hindurchsehen kann, können von mir aus auch Leute lösen, die nach uns einmal in diesem Haus wohnen werden.

Charlene. Jedes Mal, wenn ich an sie denke, ist es wie ein Hieb in die Magengrube. Und doch kann ich nicht anders, als mir Gedanken zu machen, wie es ihr wohl geht. Soweit ich weiß, ist sie nach Des Moines zurückgegangen. Aber was sie dort macht, wie ihre Pläne sind – keine Ahnung. Wir waren alle übereingekommen, dass es keinen Kontakt mehr zwischen uns geben soll, zwischen mir und Charlene. Charlene hat selbst zugestimmt. Zwar unter Tränen, aber sie hat Ja gesagt und ist gegangen, und das war's dann. Selbst das war irgendwie unabgeschlossen, jedenfalls kommt es mir so vor. Ich habe das Gefühl, dass noch irgendetwas unerledigt geblieben ist. Aber jetzt ist es zu spät, die Dinge wieder geradezurücken.

Das Quietschen von Reifen signalisiert Rubens Rückkehr. Ike Kerly stellt die Füße auf den Boden und grinst. In einem der vielen Aschenbecher auf seinem Schreibtisch drückt er seine Zigarette aus und steckt sich gleich die nächste an. Die Tür des Bauwagens fliegt auf und Ruben Poteat spaziert herein, schweißgebadet und zerzaust. „Einen, der es von null auf hundert in dreißig Sekunden oder schneller schafft, haben Sie wohl nicht?", erkundigt er sich.

Ich sehne mich zurück nach den Tagen, in denen Zahlen nur Kapitel und Verse bezeichneten.

22

Meg

Mittwoch, 24. Juli 1968

Ich hatte beschlossen, auf dem Grammofon der alten Witwe ein bisschen Musik zu hören. Also habe ich mir die Platten angesehen und eine mit Brahms-Konzerten aufgelegt. Das *Klavierkonzert Nr. 1.* Jetzt unterbreche ich den Abwasch, um einfach nur zuzuhören. Schon immer habe ich an diesem Stück etwas ungewöhnlich Tröstliches gefunden, so als spräche jemand hinter den Tönen sanfte, beruhigende Worte. Ich könnte stundenlang so hier stehen, aus dem Fenster schauen und der Musik lauschen.

„Wunderschön, nicht?“

Ich drehe mich abrupt vom Spülbecken um, um zu sehen, wer da ist. Eine Frau sitzt in einem der Schaukelstühle am Kamin, in den Händen hält sie eine Teetasse. „Es tut mir leid“, sagt sie, „ich wollte Sie nicht erschrecken.“

Ich spüre mein Herz heftig pochen. Ja, sie hat mich erschreckt, um es mal milde auszudrücken. „Schon gut“, sage ich. „Ich bin es nur nicht gewohnt, dass …“ Ich beende den Satz mit einem Kopfschütteln.

„Dass Leute plötzlich auftauchen?“

„Ja.“

„Es *ist* ziemlich ungewöhnlich, oder?“ Aber sie sieht nicht so aus, als ob sie es wirklich ungewöhnlich finden würde. Sie sieht aus, als sei es für sie die normalste Sache der Welt.

Ich brauche einen Moment, bis ich wieder Luft bekomme und mein Herz sich beruhigt hat. Dann frage ich: „Sie wissen also, was es mit diesem Haus auf sich hat?“

Sie lächelt seelenruhig. „Ja, ich weiß davon.“

Sie ist eine auffallend schöne Frau, mit klaren Gesichtszügen, intelligenten Augen und kaffeebrauner Haut. Das schulterlange Haar hat sie in unzählige kleine Zöpfe geflochten, ganz anders als der Afrolook, der heute so populär ist. Aber sie lebt ja schließlich auch nicht heute, oder?

„Welches Jahr haben Sie“, frage ich, „dort, wo Sie sind?“

Mit dieser unveränderten stillen Gelassenheit in ihren Zügen sieht sie mich an. „2005.“

Ich halte die Luft an, während mich ein Schauer des Erstaunens überläuft. „2005“, flüstere ich. „Das ist ja bereits im einundzwanzigsten Jahrhundert!“

„Und dort, wo Sie sind?“

„1968.“

Sie nickt. „Ich würde Ihnen gern einen Tee anbieten, aber …“ Ihre Stimme verliert sich und sie lächelt entschuldigend.

„Ich weiß“, sage ich. „Meine Tochter hat es mir erzählt. Ich würde die Tasse nicht halten können.“

„Nein. Aber setzen können Sie sich.“ Sie weist auf den anderen Schaukelstuhl. Ich lege meine Hand darauf und finde ihn stabil. Warum auch nicht; schließlich war er das, seit wir hier eingezogen sind.

„Die Stühle gehören zu beiden Zeiten“, sage ich mit fragendem Blick, während ich mich setze.

Sie nickt wieder. „So ist es.“

„Sie leben nicht in meiner Zeit und doch kann ich Sie sehen und mit Ihnen reden.“

„Ja. Erstaunlich, nicht?“

„Ja. Erstaunlich, aber auch beängstigend … Beides.“

„Es gibt keinen Grund, sich zu ängstigen“, sagt sie.

„Sie klingen, als seien Sie so etwas gewohnt."

„Nein, ich bin es nicht gerade gewohnt. Aber man hat mir gesagt, was ich zu erwarten habe. Und schließlich ist es eine Gabe, etwas Gutes. Nichts, wovor man sich fürchten müsste."

„Das hat Vernita Ponder auch gesagt. Kennen Sie sie?"

„Der Name kommt mir bekannt vor, aber ich bin mir nicht sicher, ob ich ihr je begegnet bin."

„Natürlich nicht. Sie würde ja zu Ihrer Zeit nicht mehr leben; die liegt ja noch in ferner Zukunft. Aber … woher wissen Sie dann, was es mit diesem Haus auf sich hat?"

„Ich arbeite für eine ältere Dame in Asheville, eine Mrs Zeh – sie hat es mir erzählt."

„Mrs Zeh?" Ich neige den Kopf angesichts des ungewöhnlichen Namens. „Z-E-H, so?"

„Mhm", macht sie und nimmt einen Schluck Tee. Ihre Augen wandern zum leeren Kamin und sie sitzt einen Moment ruhig da.

„Gibt es in Ihrer Zeit viele Menschen, die von diesem Ort wissen?"

„O nein. Nein, nur sehr wenige wissen davon."

„Aber diese Mrs Zeh – sie weiß es?"

„Ja."

„Aber woher? Woher kann sie es wissen?"

Sie überlegt einen Moment. „Ich bin mir nicht sicher, ob ich Ihnen das sagen darf. Jedenfalls jetzt noch nicht."

Ihre Antwort lässt mich die Stirn runzeln. Ich möchte alles erfahren, möchte den Grund kennen, warum hier passiert, was passiert. Diese Frau weiß etwas, was ich nicht weiß – und was sie mir nicht sagen kann oder will –, und das ärgert mich. Aber gleichzeitig spüre ich, dass ich ihr vertrauen muss und dass sie in dieser ganzen Sache meine Verbündete ist. „Dann wohnen Sie jetzt hier im Haus?", frage ich. „In Ihrem Jetzt, meine ich?"

Sie dreht den Kopf von links nach rechts; die langen Rastazöpfe gleiten über die Schultern ihres Kleids. Es ist aus geblümtem Stoff, ärmellos und untailliert. Eine Art legeres Sommerkleid, das von den Schultern bis zu sandalenbeschuhten Füßen an ihr herabfällt. In dem Kleid sieht sie freier aus, als fühle sie sich wohler als ich vermutlich in meinem Hauskleid und den Lacklederpantoffeln.

„Nein. Ich arbeite hier für Mr Valdez. Halb hier und halb bei Mrs Zeh. Sie hat mir sogar von dieser Stelle hier erzählt. Sie kenne jemanden in Black Mountain, der Hilfe im Haus benötigt, hat sie gesagt und mich hergeschickt, damit ich mit Mr Valdez spreche. Der war ziemlich überrascht, als ich hier auftauchte, und hat gesagt, er habe die Stelle doch noch gar nicht ausgeschrieben. Als ich erwähnte, dass Mrs Zeh mich geschickt hat, schien er zu verstehen und hat mich auf der Stelle engagiert."

Nachdenklich lege ich den Kopf zur Seite. Endlich sage ich: „Ich fürchte, ich verstehe nicht ganz."

Sie lacht und zuckt die Schultern. „Macht nichts", sagt sie. „Es ist nicht so wichtig. Sie haben gefragt, ob ich hier wohne, und die Antwort ist Nein. Ich wohne nicht hier. Ich arbeite hier. Ich kümmere mich um das Haus und um das Kind, Nicolas. Mr Valdez ist zur Arbeit und der Junge macht oben seinen Mittagsschlaf."

„Und wo ist die Mutter des Kindes?", frage ich.

„Oh. Tja, Mrs Valdez ist im Irak und …"

„Irak?", unterbreche ich sie. „Meine Güte! Was macht sie denn da?"

Jetzt verlässt sie zum ersten Mal ihre Gelassenheit. „Nun, wir haben Krieg und …"

„Und sie ist Krankenschwester?"

„Nein. Sie ist keine Krankenschwester. Sie ist Soldatin."

„Soldatin?"

„Ja. In der Nationalgarde."

„Ein Frau als Soldat? In was für einer Welt …?“

Ich beende die Frage nicht. Die Frau lächelt. „Sie ist gar nicht so anders als die Welt zu Ihrer Zeit. Auch damals haben Frauen schon in der Armee gedient.“

„Ja“, sage ich. „Ein paar tun das wohl. Aber in Ihrer Zeit werden auch Mütter eingezogen?“

„O nein.“ Sie schüttelt den Kopf. „Niemand wird eingezogen. Wir haben eine Freiwilligenarmee. Aus Männern und Frauen. Sie sind Soldaten, weil sie es sein wollen.“

„Verstehe“, sage ich wenig überzeugend. Eine Frau, die freiwillig in den Krieg geht und ihr Kind allein zurücklässt?

Sie nimmt einen letzten Schluck Tee und stellt dann Tasse samt Untertasse auf den Kaminsims. Die Platte ist zu Ende und es wird still im Haus. Ich sollte das Grammofon abschalten und den Tonarm zurücklegen. Aber ich möchte jetzt die Gesellschaft dieser Frau nicht verlassen.

Nach einem Moment sagt sie: „Ich bin übrigens Celeste. Celeste Mosley.“

„Celeste“, wiederhole ich. „Was für ein schöner Name. Nun, es freut mich, Sie kennenzulernen, Celeste. Ich bin Meg Crane.“

Sie schenkt mir noch einmal dieses freundliche Lächeln. „Sie sind neu in Black Mountain, oder?“

„Ja. Wir sind gerade erst hergezogen. Aus Pennsylvania. Wir haben in der Nähe von Philadelphia gewohnt. Und Sie?“

„Ich bin hier aufgewachsen. Dann habe ich an der Universität von North Carolina studiert, in Asheville, und danach bin ich nach Dallas gezogen. Ich hatte mein Diplom in Betriebswirtschaft in der Tasche und war bereit, Karriere zu machen.“

„Oh.“ Ich versuche meine Überraschung zu verbergen, aber ich fürchte, es gelingt mir nicht. Die Zukunft hält einfach zu viele Überraschungen bereit. Eine Frau als Soldatin an einem Ort wie dem Irak und eine schwarze Haushälterin mit einem Universitätsabschluss. „Und, was ist passiert?“

„Es ist mir gelungen." Sie unterbricht für einen Moment, als wolle sie mir Zeit lassen, diese Worte auf mich wirken zu lassen. „Ich hatte am Ende eine leitende Stellung bei einem von den ganz großen Unternehmen und habe all meine Zeit damit zugebracht, Geld zu verdienen – und es auszugeben. Und ich kann Ihnen sagen, das hab ich auch nicht zu knapp getan. Aber mir blieb keine Zeit mehr, die Dinge, für die ich mein Geld ausgab, auch zu genießen. Als ich vierzig wurde, habe ich mich gefragt: Celeste, was machst du da eigentlich? Was machst du mit deinem Leben? Und ich hatte keine gute Antwort. Und deshalb bin ich hierher zurückgekommen, dahin, wo ich begonnen habe." Sie schenkt mir noch einmal dieses sanfte, strahlende Lächeln. „Und jetzt verschwende ich kein Geld mehr. Ich verschwende Zeit. Das ist alles. Ich bin zurückgekommen, um Zeit zu verschwenden."

Ihre Worte hängen in der Luft, schweben über unseren Köpfen wie eine schützende Hand. Es scheint, als ob wir beide darin ruhen. Etliche ruhige Momente verstreichen, in denen sie mir erlaubt, ihr einfach beim Zeitverschwenden Gesellschaft zu leisten. Die Uhr auf dem Kaminsims tickt im selben Rhythmus, wie unsere Stühle schaukeln. Die Sekunden fallen herab, nachdem sie ihr Dasein ganz ausgeschöpft haben.

Aber dann unterbricht Celeste plötzlich diesen magischen Kreis der Stille. Sie hebt die linke Hand und verkündet freudig: „Und ich habe mich verlobt." Der Diamant an ihrem Ringfinger funkelt im Licht. „Ich werde schließlich doch noch heiraten, zum ersten Mal", fährt sie fort. „Ich musste erst nach Black Mountain zurückkommen, um einen Mann wie Cleve zu finden. Er ist zweiundvierzig. Und im nächsten Frühjahr bin ich eine Braut. Stellen Sie sich vor."

„Meinen Glückwunsch", sage ich. „Das freut mich für Sie."

Ich würde gern noch mehr von ihrer Geschichte hören, aber nun ertönt von oben das Weinen eines Kindes. Meine Gedanken fliegen zu Digger, aber nein, das Weinen kommt von einem viel kleineren Kind, sicher noch ein Säugling.

„Nicolas ist wach“, sagt Celeste. „Ich sehe also besser nach ihm.“ Sie steht auf, durchquert die Küche, dreht sich noch einmal um und sagt: „Nun, ich glaube, wir sehen uns wieder.“ Dann geht sie ins Esszimmer und ist im wahrsten Sinne des Wortes verschwunden.

23

Linda

Sonntag, 28. Juli 1968

Dad hat sich fast nicht mehr eingekriegt, dass ich zum Gottesdienst mitgekommen bin. Als ob mir Kirche nicht so was von egal wäre! Ich bin nicht hier, weil ich das Gebabbel von einem versteinerten Glatzenkönig von der Kanzel hören will, und ganz bestimmt nicht wegen der Trauergesänge. Ich bin mitgekommen, weil ich den Friedhof sehen wollte. Weil ich sehen wollte, ob die Buchanans dort begraben sind, wie Vernita Ponder gesagt hat.

Mann, ist das heiß hier. Die Leute benutzen den Gottesdienstplan als Fächer und der Pfarrer dröhnt von seiner Kanzel, als ob er wirklich glaubt, irgendjemanden hier interessiere sein Geblubber. Wenn der noch eine Minute so weitermacht, geh ich ihm an die Gurgel. Schluss jetzt, Mann! Merkst du nicht, dass du uns zu Tode langweilst? Dass wir hier in den Kirchenbänken hocken und im Herzen die Todsünde des Mords begehen?

Ich beuge mich vor und flüstere Mom zu: „Ich brauche frische Luft. Wir sehen uns nach dem Gottesdienst draußen."

Sie wirft mir einen Blick zu, der deutlich sagt, dass sie darüber nicht glücklich ist. Aber ich bin ja auch gerade nicht wirklich glücklich und ich werde tun, wozu ich hergekommen bin. Ich stehe auf, dränge mich an Digger vorbei – der will auch raus, aber Mom packt ihn am Arm. Sorry, Kleiner. Und mehr Glück beim nächsten Mal.

Draußen ist es kühler, aber nicht viel. Nach den paar Schritten von der Kirchentür bis zum Friedhof bin ich schon durchgeschwitzt. Caramba, dieser Friedhof ist ganz schön groß. Es könnte den ganzen Tag dauern, diese Leute zu finden. Falls sie überhaupt hier liegen. Vernita hat gesagt, sie glaubt das. Also sollte ich mich wenigstens mal umschauen.

Normalerweise bin ich nicht gerade ein Fan von Friedhöfen. Irgendwas daran macht mir Panik, und wenn ich mir dann noch vorstelle, was da alles so unter der Erde liegt … Zum Beispiel die gesammelten Knochen von Leuten, die mal genauso lebendig hier oben rumgelaufen sind wie ich jetzt. Und jetzt liegen sie da unten und die Haut fault ihnen ab und ihre Augen sind für die Würmer ein Festessen und so. Erinnert mich an was, das Carl immer gesagt hat, wenn wir an einem Beerdigungszug vorbeikamen: *Nie lachen, wenn du einen Leichenwagen siehst. Du weißt nicht, ob es dich nicht als Nächsten trifft* … O Mann! Wie ich diesen Spruch gehasst habe. Ich hasse ihn immer noch.

Also, mal sehen, wer hier so begraben ist. Außer den Hatfields und McCoys, meine ich. Frady. Watford. Milling. Buck. Gupton. Cisco. Cisco? Kommt mir bekannt vor. Gordon Cisco und seine geliebte Ehefrau Evelyn Mae. Klar! Die alte Schrappnelle, die in unserem Haus gestorben ist. 1959, genau. Das ist sie. Ich glaub's ja nicht!

Wie spät es wohl ist? Ob der Pastor endlich zu Ende gelabert hat? Oder klappert der immer noch mit seinem Gebiss? Vielleicht lasse ich die kleineren Steine weg und sehe nur nach den einigermaßen großen. Ich meine, wenn die Buchanans Geld hatten, wie Vernita Ponder gesagt hat, dann haben sie sich vermutlich was Pompöses hinsetzen lassen.

Mann, ey, diese Sandalen sind nicht gerade erste Wahl, um damit auf einem Gräberfeld rumzuwandern. Ich ziehe sie besser aus. Das Gras ist schön kühl unter meinen Füßen.

Also, dieser hier sieht so aus, als könnte … Nö. Otis Emerson

Prichard. Nettes Steinchen hast du gekriegt, Otis. Engel mit Trompete und allem Schnickschnack. Ganz schön edel. Bist bestimmt ein ganz hohes Tier hier in der Gegend gewesen, was? Applaus. Ruh in Frieden.

Also weiter. Badgett. Adams. Clegg. Federspiel. Federspiel? Egal, wie auch immer. Mannomann, ich bin ja um Mitternacht noch nicht hier durch. Ich könnte … Moment mal. Da ist ein alter Stein mit einer kleinen Laterne drauf … und dem Namen Malcolm Buchanan. Malcolm Buchanan! Das muss Mac sein! Das muss – aber nein. Er ist 1919 gestorben, sagt die Inschrift. Unglaublich! Er war fast noch ein Kind, als er starb. Was wohl passiert ist?

„Linda!"

Ich drehe mich um und sehe Mom, die sich zwischen den Grabsteinen einen Weg zu mir bahnt. Sie ist allein. Dad und Digger essen vermutlich noch ein paar Kekse im Kirchenvorraum.

„Sieh mal, Mom!" Ich zeige auf den Stein mit der kleinen Laterne. „Hier liegt Mac!"

Im nächsten Moment steht sie schon neben mir und liest die Inschrift. „Ach je …!", sagt sie.

„Er ist schon 1919 gestorben."

„Ja, das sehe ich." Sie legt eine Faust an die Brust, als ob sie Schmerzen in der Herzgegend hat. Sie denkt an Digger, ganz bestimmt. Oder vielleicht auch an Mac oder an Macs Mutter. Ich weiß nicht. Mom fühlt sich immer wegen irgendwas schlecht.

„Was glaubst du, was passiert ist?", frage ich.

Sie schüttelt den Kopf. „Ich weiß es nicht. Das Leben war damals viel härter. So viele Krankheiten. Und es gab nicht die Medikamente, die wir heute haben." Noch immer schaut sie den Stein an. Nach einer weiteren Minute sagt sie: „Ach, weißt du? In diesem Jahr war eine Spanische-Grippe-Epidemie. Tausende von Leuten sind gestorben. Mein Großonkel Benton und zwei seiner Kinder auch."

„Ach ja?"

„Ja. Vielleicht war es so. Vielleicht ist Mac während der Grippeepidemie gestorben."

„Ja. Vermutlich."

Sie seufzt so schwer, dass ich Angst kriege, sie fällt gleich in sich zusammen wie ein leerer Luftballon. Dann sagt sie: „Linda, hör zu. Sag Digger nichts davon, ja? Dass Mac gestorben ist."

Was kann ich schon machen? Ich zucke die Achseln. „Klar. Ich sag nichts."

„Ich glaube, er versteht es noch nicht."

„Als ob wir es verstehen würden, Mom. Ich meine, wie oft hast du schon mit Leuten geredet, die in einer ganz anderen Zeit leben?"

Mom nickt und zeigt dann auf den Stein neben dem für Mac. „Schau mal. Hast du den gesehen?", fragt sie. „Macs Eltern. Amelia und Palmer."

Der Stein ist doch nicht so groß. Ein ganz normaler Stein mit Namen, Geburtsdatum, Todestag. Hier sind sie also, begraben auf diesem Friedhof, genau wie Vernita Ponder gesagt hat.

„Wow", sage ich. „Palmer Buchanan starb 1929, aber Amelia erst 1948. Sie war ziemlich lang Witwe. Und Palmer hat seinen Sohn um zehn Jahre überlebt."

„Was ihn das Leben gekostet hat, war vermutlich die Tuberkulose."

„Mhm, kann schon sein."

Was ihn das Leben gekostet hat, ist mir ziemlich schnuppe. Ich setze meine Suche fort. Ich suche nach Austin, nach einem Grabstein mit der Inschrift Austin Buchanan. Aber es gibt keinen. Jedenfalls nicht hier, wo der Rest der Familie liegt.

„Austin ist nicht dabei", sage ich.

„Nein?"

Ich schüttle den Kopf. „Wo er wohl liegt?"

„Also …" Mom überlegt ein Weilchen. Schließlich sagt sie: „Schwer zu sagen. Vielleicht hat er den Rest seines Lebens in Chicago verbracht und ist auch dort beerdigt? Oder wer weiß, Linda. Es war schließlich Krieg, der Erste Weltkrieg. Austin kann sehr wohl … na ja, du weißt."

„Du meinst, Austin könnte in diesem Krieg umgekommen sein?"

„Möglich wär's. So viele junge Männer sind gefallen. Zu viele."

Ich denke, sie sagt das, weil sie ständig Angst hat, Carl könnte da drüben in Vietnam auch umkommen. Aber vielleicht hat sie recht. Vom Ersten Weltkrieg weiß ich ein bisschen was. Wie hässlich er war. Wie jeder Krieg eben. Kein Wunder, dass etliche Friedensfreaks rumsitzen und Songs schmettern wie: *Wie viele Tode braucht es denn noch, bis wir wissen, es waren zu viele?* Klar, Bobby Dylan, die Antwort, die verweht im Wind. Als ob das irgendjemandem hilft. Und gut klingt es auch nur, wenn man sich mächtig einen in die Birne geklopft hat.

„Mom, wo würde er dann beerdigt sein? Wenn er im Krieg gefallen wäre, wo würde Austin dann sein?"

„Tja, viele Soldaten hat man in Frankreich begraben", sagt sie. „Es war unmöglich, sie alle zurückzubringen."

Ich habe Austin jetzt schon über eine Woche nicht gesehen. Plötzlich habe ich Angst. Ich meine, die ganze Sache bringt mich ganz schön durcheinander. Ich muss ihn wiedersehen. Ich hoffe nur, es ist noch nicht zu spät. Hoffentlich ist er noch nicht im Krieg.

24

Digger

Dienstag, 30. Juli 1968

Tante Donna und die anderen sollen endlich kommen. Ich warte schon den ganzen Vormittag darauf, dass wir schwimmen gehen. Zum ersten Mal ins Schwimmbad – wow! Wenn Dad doch auch mitkommen könnte, aber er muss ja bei Onkel Steve im Autohaus arbeiten. Aber sobald er mal Zeit hat, geht er mit mir schwimmen, das hat er mir versprochen. Heute soll ich das Einersprungbrett ausprobieren und ihm erzählen, wie doll es schwingt. Ist bestimmt prima für Arschbomben!

„Hey, Digger, wohin gehst du zum Schwimmen?"

Mac! Während ich ganz fest nach Tante Donna Ausschau gehalten habe, ist er plötzlich hier aufgetaucht, direkt vor mir auf der Veranda. Jetzt hockt er sich neben mich auf die Stufe, als ob er k. o. ist.

„Woher weißt du, dass ich schwimmen gehe?", frage ich.

„Das ist doch eine Badehose, was du da anhast, oder? Und außerdem hast du ein Handtuch um die Schultern."

„Oh, ach so."

„Also, wohin willst du?"

„Ins Schwimmbad."

„Es gibt ein Schwimmbad hier in der Nähe?"

„Ja, irgendwo da drüben." Er schaut in die Richtung, in die ich zeige, und dann sieht er wieder mich an.

„Austin und ich, wir gehen zum Schwimmen in den See.“

„Ach ja? Wo ist der denn?“

Er zuckt die Achseln. „Ich weiß nicht. Irgendwo hier in der Nähe.“ Er zieht sein Hemd aus und wischt sich damit das Gesicht ab. „Mann, ist mir heiß. Ich bin fix und fertig. Am liebsten würde ich auch mit euch schwimmen gehen.“

„Das fänd ich auch toll. Aber das geht ja wohl nicht.“

„Glaub ich auch.“

„Was hast du gerade gemacht?“

„Dieser Junge aus der Schule, der Jeb, mit dem war ich unten in der Stadt. Wir haben Pennies auf die Eisenbahngleise gelegt.“

„Wow, die sind dann bestimmt platt wie ein Pfannkuchen.“

„Viel platter. Die werden richtig in die Schienen gepresst. Man kriegt sie nicht mehr ab. Hinterher haben wir gedacht, wir hätten uns lieber ein Eis dafür kaufen sollen.“

„Meine Schwester arbeitet in der Eisdiele. Sie bringt fast immer was mit nach Hause.“

„Was? Hast du's gut!“

„Stimmt.“

Er wirft sein Hemd auf die Veranda und stützt den Kopf in die Hände. „Weißt du, was Jeb mir erzählt hat?“

„Nö. Was denn?“

„Er hat gesagt, dass es hier Gold gibt.“

„Wo?“

„Da oben. In den Bergen. Er sagt, immer wieder kommen hier Leute durch, die auf der Suche sind nach Gold. Sie bauen Stollen in den Berg und kriechen rein und holen das ganze Gold raus. Und sie werden reich.“

„Ganz ehrlich?“

„Das hat Jeb jedenfalls gesagt. Er hat erzählt, sein Onkel hat genug Gold gefunden, um sich davon in Asheville ein schickes großes Haus zu bauen.“

„Stark!"

„Mhm. Wenn ich größer bin, komme ich hierher zurück und suche auch nach Gold."

„Zurück? Von wo?"

„Du weißt schon – Chicago. Da wohnen wir nämlich richtig."

„Du wohnst in Chicago? Was machst du dann hier?"

„Wir sind hergekommen, weil Dad die Schwindsucht hat."

„Was ist das?"

„Na, diese Krankheit, wo man den ganzen Tag hustet. Er musste ewig in diesem Sanatorium bleiben. Aber jetzt geht es ihm besser und der Doktor hat ihn nach Hause gehen lassen. Dad möchte noch ein bisschen hierbleiben, er sagt, es ist gut für seine Lunge. Aber danach gehen wir zurück nach Chicago."

„Für immer?"

„Ich glaub, ja. Aber in den Ferien kommen wir wieder her, sagt Dad. Es gefällt ihm hier. Mir auch. Hier kann man viel mehr entdecken als in Chicago."

„Ja, das glaub ich auch. Also, du wirst später mal Gold finden?"

„Bestimmt. Man muss nur wissen, wo man suchen muss."

„Und weißt du, wo?"

„Noch nicht. Aber ich find's schon noch raus."

„Glaubst du, es ist noch Gold übrig, wenn du mal älter bist?"

Er nickt. „Es wissen ja noch nicht viele Leute davon. Jeb hat mich schwören lassen, dass ich's geheim halte. Aber dir kann ich es ja erzählen. Du bist schließlich noch gar nicht geboren."

„Bin ich doch!"

„Nee, 1916 doch noch nicht."

„Ach ja. Aber wenn du wirklich Gold findest, lässt du mir was übrig, damit ich es dann finden kann, wenn ich mal geboren bin?"

Er zuckt die Schultern. „Versprechen kann ich's nicht. Kommt drauf an, wie viel es gibt."

„Hoffentlich jede Menge."

„Ja, das hoff ich auch."

Ich höre jemanden hupen und Tante Donnas Auto kommt endlich die Einfahrt herauf. Jeff und Marjorie winken mir aus den Fenstern zu. Ich winke zurück und sage: „Also, Mac, ich geh dann mal schwimmen. Wir sehen uns später." Aber als ich mich zu ihm umdrehe, ist er schon verschwunden.

25

Patrick

Freitag, 2. August 1968

Im Zimmer über mir tappen Megs Schritte leise über den blanken Fußboden. Ich lausche noch einen Moment; dann ist es still. Sie ist wohl zu Bett gegangen. Ich sitze hier im Wohnzimmer und schaue die Zeitung von Asheville durch. Ich blättere sie nur herum, lese sie nicht. Mir geht schon genug durch den Kopf, als dass ich noch etwas Neues aufnehmen könnte. Und das Beschämende daran ist: Am meisten von allem beschäftigt mich mein eigener Kummer. So sehr, dass für etwas anderes kaum noch Raum ist.

Ich bin mir sicher: Was Sünde ist, weiß ich jetzt. Sie ist eine Mauer. Eine riesige Mauer, die einen von allem trennt, was im Leben gut ist.

Es ist schon fast Mitternacht. Linda wird bald kommen. Dass sie so spät noch unterwegs ist, gefällt mir nicht, aber wir leben ja jetzt nicht mehr in der Großstadt. Hier in Black Mountain dürfte es ziemlich sicher sein. Steve hat sogar gesagt, es lohne sich kaum, hier die Zeitung zu lesen, es passiert sowieso nie etwas.

Ich werde das Licht für sie brennen lassen, wenn sie kommt. Und gehe dann selbst besser schlafen, bevor es noch später wird. Samstags zu arbeiten und noch dazu früh aufstehen zu müssen, bin ich nicht gewohnt. Und morgen wird es bestimmt anstrengend, mit dem bevorstehenden Sommerschlussverkauf und den Sonderangeboten, die ich noch vorbereiten muss. Jeder Preis für jedes Auto auf dem ganzen Gelände wird reduziert. Ich sollte mich wohl darauf freuen. Wenn ich nur einen Funken Enthusiasmus für diesen Job aufbringen könnte! Vielleicht würde es helfen, wenn ich mir angewöhne, in Ausrufezeichen zu denken – wie auf den Werbeanzeigen, die Steve in der Asheville Tribune inseriert hat: *Großer Sommerschlussverkauf! Alle Preise reduziert! Ein besseres Angebot finden Sie nirgends! Überzeugen Sie sich selbst!*

Hoffnungslos. Es hat keinen Sinn.

Ich schiebe die Zeitung beiseite und gehe zur Treppe, leise, nur in Strümpfen. Oben im Flur brennt ein Nachtlicht für Digger, falls er nachts aufs Klo muss, aber auch, weil er immer noch nicht gern im Dunkeln einschläft. Manchmal wirkt er jetzt schon so groß, dass ich fast vergesse, dass er noch ein so kleiner Kerl ist.

In der Tür zu meinem Zimmer bleibe ich stehen und suche nach dem Lichtschalter, aber noch bevor ich ihn gefunden habe, geht das Licht schon an und ich stelle fest, dass ich nicht allein bin. Am Schreibtisch sitzt ein junger Mann; sein Gesicht ist nur wenige Zentimeter vom Fernsehbildschirm entfernt.

Er dreht sich um, und als er mich sieht, steht er so abrupt auf, als wolle er salutieren. Wir starren einander an, wohl nur ein paar Sekunden, aber es kommt mir sehr, sehr lange vor. Ich weiß, was Meg mir von diesem Haus erzählt hat, und doch habe ich Mühe zu verstehen, wie es sein kann, dass dieser Bursche auf einmal hier ist.

Schließlich sagt er: „Keine Angst."

Ich habe keine Angst, erstaunlicherweise. Ich bin nur verblüfft. Noch mehr durch seine Ankündigung, ich solle keine Angst haben. Eine merkwürdige Art, jemanden zu begrüßen – erst recht jemanden, der eigentlich gar nicht da sein dürfte.

„Ich nehme an, ich sollte überrascht sein, Sie hier anzutreffen“, erwidere ich. „Aber soweit ich weiß, geht es in diesem Haus … etwas …“

Ich weiß nicht genau, was ich sagen soll oder ob überhaupt eine Erklärung vonnöten ist. Aber bevor ich fortfahren kann, nimmt mir der Mann das Wort aus dem Mund und sagt: „Es freut mich sehr, Sie kennenzulernen.“

Ich mache einen Schritt auf ihn zu. „Es scheint, als hätten Sie mich erwartet.“

„Nein, eigentlich nicht. Ich hatte nur gehofft …“

„Sie kennen mich also?“

„In gewisser Weise ja. Ich habe von Ihnen gehört, wissen Sie.“

„In welchem Jahr leben Sie?“

„2005. Und für Sie ist es …“

„1968.“

„Ja.“ Er sagt es so, als hätte er es bereits gewusst und bestätigt es jetzt nur noch einmal. „Ich würde Ihnen ja die Hand geben“, fährt er fort, „aber ich fürchte, das ist nicht möglich.“

„Warum nicht?“

„Das wissen Sie nicht?“

Er streckt mir die Hand entgegen, und als ich versuche, sie zu ergreifen, ist sie irgendwie nicht da, obwohl Haut und Knochen vollkommen solide aussehen.

„Wir dürfen einander nicht berühren.“

„Dürfen?“

„So sieht es aus. Oder können. Ich verstehe es nicht ganz.“

„Ich auch nicht.“

„Tja.“ Er zeigt auf den Ohrensessel neben dem Schreibtisch. „Setzen Sie sich doch einen Moment.“

Mir wird gerade mein eigener Sessel als Sitzgelegenheit angeboten. „Vielen Dank“, sage ich. Wir setzen uns beide. „Ich heiße Patrick Crane.“

„Ja, ich weiß."

„Sie wissen es? Natürlich, das war wohl zu erwarten. Schließlich leben Sie … in der Zukunft. Aber ich weiß nicht, wer Sie sind."

„Oh, verzeihen Sie", sagt er sofort. „Ich hätte mich natürlich vorstellen sollen. Mein Name ist Gavan Valdez."

Gavan Valdez. Der Name amüsiert mich. Er scheint mir das Ergebnis einer ungewöhnlichen Verbindung zwischen einem irischen Mädel und einem spanischen Gentleman zu sein. Aber der Mann vor mir ist hellblond und es ist nicht das kleinste bisschen Spanisches an ihm zu erkennen.

„Valdez", wiederhole ich. „Ein spanischer Name, habe ich recht?"

„Lateinamerikanisch, ja."

„Sie sehen nicht spanisch aus."

„Meine Mutter hat einen Mann aus Costa Rica geheiratet, als ich vier war. Er hat mich adoptiert."

„Ach, verstehe. Und jetzt gehört Ihnen dieses Haus?"

„Ja." Für einen Moment lenkt ihn irgendwas auf dem Fernsehbildschirm ab. Etwas stimmt nicht mit dem Empfang; kreisförmige Gebilde ziehen über den Monitor, wie diese elastischen Spiralen, die Treppen hinuntersteigen können. Er tippt etwas auf eine Art Schreibmaschinentastatur vor dem Fernseher und das Bild wird wieder klar. Aber es gibt keinen Ton.

„Was ist das für ein Fernsehgerät?", frage ich.

„Oh." Er lächelt. „Kein Fernseher. Es ist ein Computer."

Ich bin perplex. Ein Computer? „Aber Computer füllen doch ganze Säle."

„Nein, heute nicht mehr." Er wirkt amüsiert.

Ich frage: „Warum haben Sie zu Hause einen Computer?"

„Den haben heute fast alle. Einen PC. Einen Personal Computer."

„Und jeder hat so ein Gerät?"

„Nicht jeder. Aber die meisten Leute schon. So wie 1968 die meisten Leute einen Fernseher zu Hause hatten."

Ich bin beeindruckt. „Dann sind wir weit gekommen, oder?"

„Das könnte man sagen, ja."

„Was machen Sie mit … diesem Gerät? Diesem Computer?"

„Nun, bevor Sie heraufkamen, habe ich damit geschrieben – ähnlich wie Sie mit einer Schreibmaschine. Man nennt es Textverarbeitung. Man tippt hier auf dem Keyboard. Sehen Sie – Tasten wie bei einer Schreibmaschine, nur mehr. Außer den Buchstaben gibt es noch Funktionstasten. Die Wörter speichert der Computer, und wenn der Text fertig ist, kann man ihn ausdrucken. Hier." Er klopft auf ein kastenartiges Etwas neben dem Computer. „Ich habe gerade einen Stundenplan für das Wintersemester ausgearbeitet. Ich unterrichte am Ridgecrest College, fünf Meilen von hier."

Ich nicke. Das College kenne ich, aber was mich fasziniert, ist diese Maschine. „Es ist also eine moderne Schreibmaschine", schlussfolgere ich.

„Ja, aber er kann viel mehr als eine Schreibmaschine. Der Computer gibt Ihnen zum Beispiel Informationen. Er sagt Ihnen alles, was Sie wissen wollen."

„Soll das heißen, Sie stellen ihm eine Frage und er antwortet?"

„So ungefähr."

„Aber wie funktioniert das?"

„Tja, ich weiß nicht, ob ich das …"

Ein Klopfen an der Tür unterbricht ihn. Bevor ich „Ja, bitte" sagen kann, geht die Tür einen Spalt auf und Linda steckt den Kopf herein.

„Dad", sagt sie, „du bist noch auf?"

„Linda." Ich stehe aus dem Sessel auf. „Ich hab dich gar nicht kommen hören."

„Was machst du noch? Ich dachte, du hättest mit jemandem gesprochen." Sie steht jetzt mitten im Raum.

„Ich …“

Aber Gavan Valdez und seine Maschine sind weg. Er muss in dem Moment verschwunden sein, als Linda an die Tür geklopft hat.

„Ich gehe gleich schlafen.“

„Oh.“

Das scheint ihr als Auskunft zu reichen.

„Du musst auch ziemlich müde sein.“

Sie zuckt die Achseln. „Ich wollte dich was fragen.“

„Gern.“ Merkt sie, wie mich das freut? Wie es mich freut, dass sie mit mir sprechen will?

„Ich möchte Monika anrufen und hören, wie es den anderen zu Hause so geht. Ich weiß, es ist ein Ferngespräch und so, aber ich hab gedacht, ich arbeite jetzt ja und kann das Gespräch bezahlen. Ich rufe morgen an, wenn es billiger ist.“

Ich winke ab. „Liebes, ruf sie einfach an und rede so lange, wie du willst“, biete ich ihr an. „Du musst es nicht bezahlen.“

„Echt nicht?“

„Nein. Lass die Rechnung mal meine Sorge sein.“

„Bist du sicher?“

„Natürlich. Ich hätte es dir schon viel früher anbieten sollen.“

Sie schaut mich an, als sei sie nicht ganz sicher, ob ich es wirklich bin. Schließlich zuckt sie noch einmal die Schultern. „Na dann, vielen Dank, Dad.“

Ich hoffe, ich bekomme noch einen Gutenachtkuss von ihr wie früher, als sie noch ein kleines Mädchen war. Aber das ist zu viel verlangt. Sie lächelt nur kurz und geht. Das ist ja auch schon was. Morgen mag sie wieder so miesepetrig sein wie immer, aber für einen Moment macht die Wärme dieses flüchtigen Lächelns mich zu einem glücklichen Menschen.

26

Linda

Sonntag, 4. August 1968

Es hat also in Asheville einen Doppelmord gegeben, und wer immer das getan hat, läuft noch frei in der Gegend rum. Na bingo! Fantastisch. Und ich sitze hier mutterseelenallein zu Hause und lese die Sonntagszeitung, der Rest der Familie ist in der Kirche und draußen – wer weiß? – schleicht vielleicht in dieser Minute irgendein Irrer mit Hackebeil rum. Black Mountain ist schließlich nur – na, sagen wir, fünfzehn Kilometer weg von Asheville. Das könnte er in einer Nacht locker geschafft haben, auch zu Fuß. *Älteres Ehepaar in eigener Wohnung ermordet* verkündet die Schlagzeile. *Der Täter ist gefährlich und vermutlich bewaffnet.* Und Dad glaubt, hier sind wir sicherer als in Abingdon. Alles klar. Mal sehen, ob er das immer noch glaubt, wenn er nach Hause kommt und meine zerhackte Leiche in Einzelteilen vorfindet …

„Gibt's was Neues?"

Ich lasse die Zeitung fallen und schreie. Das ist er! Der Axtmörder ist im Haus und ich habe nur noch ein paar Sekunden zu leben! Ich …

„Hey, Linda, beruhige dich! Was ist los?"

„Austin! Oh, du bist es!"

„Tut mir leid. Ich wollte dich nicht erschrecken.

Ich ringe immer noch nach Luft, als ich sage: „Das war knapp an einem Herzinfarkt vorbei, du Armleuchter. Wie kannst du dich so an mich ranschleichen?"

„Ich habe mich nicht angeschlichen. Ich hab einfach hier gesessen und dann warst du auf einmal da."

„Oh. Es ist …" Ich weiß nicht weiter.

„Ein bisschen gewöhnungsbedürftig?"

„Genau. Könnte man sagen. Also, was machst du?"

Er sitzt in dem Sessel, wo Dad sonst immer sitzt. Er schwenkt eine Zeitung und lässt sie dann in seinen Schoß fallen. „Ich lese. Wie du."

„Oh. Ist bei dir auch Sonntag?"

„Ja. Sonntagvormittag."

„Bist du allein?"

„Im Moment ja. Die anderen sind in der Kirche."

„Und du bist nicht mit?"

Er guckt angewidert. „Die Kirche ist nur ein Instrument in den Händen der Kapitalisten."

Ich glaub, mich knutscht ein Elch. Wo hat er das denn jetzt her? Ich bin ja selbst nicht gerade ein Kirchenfan, aber diese Sicht der Dinge ist ja mal ganz was Neues. „Wovon um alles in der Welt redest du da?", frage ich.

„Na, es ist doch so: Die Reichen wollen, dass die Armen an den Himmel glauben und sich besser mit ihrem Los auf Erden abfinden. Sie dürfen sich ihr Leben lang abrackern und haben nie genug zu essen. Aber das ist schon in Ordnung, weil am Ende ja die himmlische Belohnung wartet. Wenn die Armen sich damit zufriedengeben und nicht fordern, was ihnen zusteht, bleibt für die Reichen mehr übrig. Die können reicher und reicher werden und die Armen werden nichts dagegen unternehmen."

„Sekunde, Austin. Hör dir mal selber zu. Wie kannst du so reden? Deine Familie ist doch auch reich."

„Wer hat dir das denn erzählt?"

„Vernita Ponder."

„Die schon wieder?"

Ich zucke die Achseln und nicke. „Sie hat gesagt, ihr kommt gar nicht von hier, sondern aus Chicago oder von irgendwo da in der Gegend, und ihr seid nur hier, weil dein Dad Tb hat."

„Stimmt."

„Und sie hat gesagt, ihr seid reich."

„Na ja, meine Familie vielleicht. Aber ich nicht. Ich glaube nicht ans Geldscheffeln."

„Nicht?"

„Nein, ganz und gar nicht. Weißt du, was die Reichen machen? Sie tanzen ihr Leben lang auf dem Boden des Elends von Millionen Menschen."

Das ist ja wirklich irre! Gebt dem Knaben mal 'ne Seifenkiste. Übt der vielleicht für den KP-Parteitag? Für einen Moment verschlägt es mir die Sprache. Dann sage ich: „Du hast ja ein paar ganz schön abgefahrene Ideen."

Er schüttelt den Kopf. „Abgefahren? Was soll das sein? Nein, ich mag nur einfach keine soziale Ungerechtigkeit. Es gefällt mir nicht, dass der Kapitalismus die Ungleichheit fördert. Ich glaube, das ist schlicht und einfach falsch. Und ich habe durchaus vor, etwas dagegen zu tun."

„Ach ja? Was denn wohl?"

Er schwenkt wieder seine Zeitung. „Ich werde der sozialistischen Partei beitreten und dafür arbeiten, das System zu verändern. Es ist die einzige Möglichkeit. Wir können als Nation nicht vorankommen, solange wir ein kapitalistisches Land bleiben."

Ungefähr eine Minute sitzen wir einfach da und starren uns an. Schließlich sage ich: „Ich glaub, da komm ich nicht ganz mit."

„Schön", sagt er. „Wieso bist du übrigens nicht mit deiner Familie in der Kirche?"

„Weil ich das Ganze für hirnrissig halte."

„Aha. Siehst du?"

„Was?“

„Du siehst das ganz richtig. Natürlich ist es Irrsinn. An irgendeinen Gott zu glauben, den noch nie jemand gesehen hat, ist doch reine Dummheit. Und die Kirche tut nichts anderes, als die Unwissenheit der Leute auszunutzen. Und sie unwissend zu *halten,* anstatt ihnen zu helfen weiterzukommen.“

„Tja, Austin, mag ja alles sein. Für mich ist Religion einfach nur so was von egal. Was für Scheinheilige und Heuchler, wie mein Dad.“

„Dein Dad?“

„Mhm. Er war mal Pastor, musst du wissen. Oben in Pennsylvania. Er – na ja, sagen wir mal, er ist aus dem Stand der Gnade gefallen. Und deswegen sind wir hier. Weißt du übrigens, was ich grade bei meinem Job von Gail erfahren habe? Im Nachbarort wohnt Billy Graham. Das ist doch wirklich nicht zu toppen! Da purzelt mein Dad von seiner Kanzel und landet praktisch im Hinterhof von Billy Graham. Wenn das nicht absolut irre ist, dann weiß ich nicht.“

Austin steht das Fragezeichen ins Gesicht geschrieben. „Wer ist Billy Graham?“, fragt er.

„Wer ist Billy …“ Dann fällt es mir wieder ein. „Ach ja. Nicht so wichtig. Ich vergesse immer wieder, dass du ja in einer anderen Zeit steckst.“

Er lächelt kurz. „Ich vergesse es auch immer wieder. Also“, er weist mit dem Kinn auf die Zeitung auf meinem Schoß, „was gibt’s für Neuigkeiten?“

Ich sollte ihm wohl von dem Doppelmord erzählen, aber eigentlich will ich mir mit solchen Sachen nicht das Hirn vollstopfen. „Das meiste davon ist ätzend langweilig“, sage ich. „Wir haben Wahljahr. Du weißt schon: Wählen Sie diesen, wählen Sie jenen, bla, bla, bla. Als ob es wirklich was ausmacht, wer im Weißen Haus wohnt.“

„Du findest, das ist egal?“, fragt er aufgebracht. „Es ist ganz und gar nicht egal, wer ins Weiße Haus kommt! Hör mal, wir haben auch Wahljahr und …" Er bricht plötzlich ab und sieht mich an, als würde er mich zum ersten Mal wahrnehmen. „Sag's mir, Linda. Du weißt, wer gewinnt, oder? Du weißt, wer 1916 die Wahlen gewinnt. Wer?"

Caramba aber auch! Als ob mich jemals interessiert hätte, wer 1916 die Wahlen gewonnen hat. Ich hab zweimal hintereinander 'ne Vier minus in Geschichte gehabt, und das auch nur mit Glück und Rückenwind.

„Ich glaube, das sollte ich dir nicht sagen", erwidere ich. Auch eine Möglichkeit, nicht ganz bescheuert dazustehen.

„Warum nicht?" Er wirkt gekränkt.

„Na ja, es wär irgendwie nicht richtig."

Er setzt an, um etwas zu sagen, überlegt es sich dann aber. Dann lächelt er. „Vielleicht hast du recht. Ich werd's ja sowieso bald erfahren. Wenn Wilson wiedergewählt wird, kann ich nur hoffen, dass er uns aus dem Krieg 'raushält."

„Welchem Krieg?"

„Dem Krieg in Europa."

Endlich fällt es mir wieder ein! Klarstens! Wie konnte ich das nur vergessen? *Viele Soldaten hat man in Frankreich begraben*, hat Mom gesagt. „Der Erste Weltkrieg", sage ich laut.

„Was hast du gesagt?", fragt Austin.

„Der Erste Weltkrieg", wiederhole ich atemlos.

„Was meinst du damit?"

Ich sehe Austin an und plötzlich überfällt mich Furcht. Es ist schon über eine Woche her, seit ich mit Mom auf dem Friedhof war, und ich hatte unser Gespräch über den Krieg und dass Austin nicht zurückkommen würde schon fast vergessen. „Hör mal, Austin", sage ich, „wenn die USA in den Krieg eintreten, dann wirst du doch nicht gehen? Oder? Ich meine, verbrenn den Einberufungsbefehl, das machen die Jungs doch jetzt auch so, ja? Bitte."

„Den Einberufungsbefehl verbrennen? Wer macht denn so was?"

„Ach ja", seufze ich. „Wieder vergessen. Das ist heute. Wegen Vietnam."

„Vietnam?"

„Oh, Mann, ich bin ganz wuschig im Kopf. Was ich meine, ist: Wenn es einen Krieg gibt, wirst du versuchen, dich rauszuhalten, ja?"

Er sieht mich lange an. „Ich glaube nicht an den Krieg", sagt er. „Kriege sind auch etwas, das der Sozialismus abschaffen wird."

„Tatsächlich?"

Er beugt sich in seinem Stuhl vor. „Verstehst du denn nicht, Linda? Wir sind schon im Krieg, jetzt, hier, in diesem Land. In einem Klassenkrieg. Alles nur wegen dem Kapitalismus. Deswegen gibt es Reiche und Arme. Die Armen tragen die ganze Last der Ungerechtigkeit, die sie unterdrückt. Aber es gibt ein paar, ein paar wenige, die versuchen, sich aufzurichten, versuchen, in irgendeiner Form Gleichheit herzustellen. Aber die Reichen setzen alles daran, sie kleinzuhalten. Das ganze System beruht auf Gier, verstehst du. Aber wenn wir erst mal das Privateigentum abgeschafft haben, wenn wir den Kapitalismus entmachtet und durch den Sozialismus ersetzt haben, wenn wir den Klassenkampf gewonnen haben – ich meine, weltweit, nicht nur hier bei uns, sondern überall –, dann werden alle Menschen frei sein. Es wird keine Ausbeutung mehr geben, kein Elend, keine Ungleichheit, keinen Krieg. Wir werden kooperieren, statt miteinander zu konkurrieren. Wir werden zusammenarbeiten, einander helfen, unterstützen, in Frieden leben. Kannst du es dir vorstellen, Linda? Siehst du es vor dir?"

Alles, was ich mir im Moment vorstelle, ist Austin Buchanan in einem Batik-T-Shirt und mit Perlenstirnband, wie er mit ein paar Friedensfreaks um ein Feuerchen hockt, Gras kifft und zur

Melodie von „All you need is love“ mit dem Oberkörper wippt. Wo er steckt, mag es von mir aus 1916 sein; aber was mich betrifft, kann es ebenso gut 1968 sein. Ich meine, was ist er denn? Das Urmodell der Blumenkinder oder so?

Wenn er nicht so galaktisch zum Anbeißen wäre, würd ich ihm voll ins Gesicht lachen. Mach ich vielleicht auch noch. Wie kann man sich denn so ein Gelaber anhören und nicht ausfreaken? Da geht vor deinen Augen die Welt zum Teufel und er sitzt da und faselt was von Frieden und Gerechtigkeit und glaubt, es kann ja nur besser werden? Ich versteh vielleicht nicht ganz, was er da schwafelt, aber ich weiß *ziemlich gut,* wie sich ein paar Dinge zwischen 1916 und 1968 entwickelt haben, und das ist nicht gerade gemütlich.

„Hör zu, Austin“, sage ich. „Ich bin zwar nicht begeistert, dass ausgerechnet ich es dir sagen muss, aber …“

Caramba noch mal! Typisch Mann! Kaum machst du den Mund auf, um ihnen mal ’ne harte Wahrheit zu präsentieren, verschwinden sie plötzlich. Als hätten sie auf einmal beschlossen, es gäbe Wichtigeres, als sich anzuhören, was du zu sagen hast.

27

Patrick

Donnerstag, 8. August 1968

Die Mahlzeiten sind besonders schlimm. So wie im Moment. Wir sitzen zu viert um den Esstisch, schweigen und vernichten unsere Koteletts samt Kartoffelbrei. Messer und Gabeln klimpern dumpf auf den billigen Plastiktellern. Ich zermartere mir das Hirn nach etwas, das ich sagen könnte, irgendetwas, nur um das Schweigen zu brechen. Schließlich fällt mir etwas ein: „Sieht so aus, als ob ich morgen wieder einen Wagen verkaufe", verkünde ich. „Es fehlt nur noch die Unterschrift der Käufer."

Meg sieht mich über den Tisch hinweg an und vollbringt etwas, das fast wie ein Lächeln aussieht. „Das sind gute Neuigkeiten, Patrick", sagt sie.

Linda gibt ein Grummeln von sich, das irgendwie anerkennend klingt, aber ich kann mich auch täuschen.

Digger, den Mund voller Kartoffelbrei, grinst mich an und sagt: „Klasse, Dad! Dann sind wir wohl bald richtig reich?"

„Tja …", stocke ich und räuspere mich. „Das mit dem Reichwerden weiß ich nicht, mein Junge. Aber …"

„Hey", schreit Digger jetzt. „Das hab ich euch noch gar nicht erzählt! Das letzte Mal, als ich Mac getroffen habe, hat er gesagt, es gibt hier in den Bergen Gold, und wenn er mal groß ist, kommt er zurück und findet es."

„Gold?", wiederholt Meg. „Bist du sicher?"

„Ganz sicher! Mac hat erzählt, irgendjemand hat so viel Gold gefunden, dass er sich ein riesiges Haus in Asheville gebaut hat."

„Ganz bestimmt", sagt Linda und verdreht die Augen. „Was für ein Schwachsinn. Es gibt kein Gold in dieser Gegend."

„Gibt es doch! Mac hat es gesagt!"

„Und was weiß dein Mac schon? Er ist doch noch ein Kind."

„Er weiß eine ganze Menge. Wahrscheinlich mehr als du …"

Ich halte den Zeitpunkt für gekommen, mich einzuschalten. „Digger, es gibt hier oben tatsächlich ein paar Minen. Aber da werden vor allem Halbedelsteine abgebaut, soweit ich weiß. Und Glimmer. Und vielleicht gibt's hier und da auch mal einen Fund von Katzengold. Aber dass man hier richtiges Gold gefunden hätte, habe ich noch nie gehört."

„Aber Mac hat mir gesagt, er weiß es ganz genau, dass Leute hier Gold gefunden haben."

„Er glaubt das vielleicht, aber …"

„Pass auf, Digger, ich frage Austin, wenn ich ihn mal wieder sehe", sagt Linda. „Wetten, dass er mir erzählt, sein kleiner Bruder hat eine große Klappe und ist ein mächtiger Schwindler …"

„Mac ist kein Schwindler!"

„Schluss jetzt, ihr beiden", sagt Meg. „Das reicht. Sicher wird sich irgendwie feststellen lassen, ob es hier in den Bergen Gold gibt. Aber für den Augenblick sollten wir das Thema beenden."

Wir konzentrieren uns wieder auf unsere Teller. Das Schweigen kehrt zurück. Aber nach einem Moment nimmt Meg das Gespräch wieder auf. „Linda, wie oft triffst du Austin?"

Wie auf Knopfdruck geht Linda in die Defensive. Wäre sie eine Katze, hätte sie jetzt die Krallen ausgefahren. „Ich kann doch nichts dagegen machen, dass er auftaucht, Mom! Ich meine, ich sitze einfach nur irgendwo und dann ist er auf einmal da. Es ist nicht so, als ob wir miteinander gehen oder so, und außerdem brauchst du dir keine Sorgen zu machen, er kann mich ja nicht anfassen …"

„Linda", unterbricht Meg sie ruhig. „Ich werfe dir doch gar nichts vor. Ich habe nur gefragt, wie oft es vorkommt, dass du ihm begegnest."

Lindas Augen verengen sich zu kleinen Schlitzen und sie presst den Mund zu einer schmalen Linie zusammen, während sie ihr Fleisch in mundgerechte Happen schneidet. Scheint ganz so, als ob sie mehr als angetan ist von diesem jungen Mann, der im Jahr 1916 lebt. Wenn das stimmt, dann steht diese Schwärmerei allerdings unter einem ziemlich schlechten Stern, denn sie kann ja nur in einer Enttäuschung enden.

Schließlich zuckt Linda die Achseln und sagt: „Ich hab ihn nur ein paar Mal gesehen. Letztes Mal am Sonntag und seitdem nicht mehr. Irgendwie ist es unheimlich, dass man nie weiß, wann er auftaucht. Diese Sache kostet mich ganz schön Nerven, aber …"

Sie beendet den Satz nicht.

Ich sage: „Hör mal, vielleicht sollte ich mich doch um eine andere Bleibe für uns kümmern …"

„Nein", erwidert Linda bestimmt. „Nein, ich glaube, wir sollten hierbleiben."

„Das finde ich auch, Dad!", pflichtet Digger ihr bei. „Das ist das coolste Haus, das wir je hatten."

„Aber", entgegne ich, „hier geht etwas vor sich, das wir nicht verstehen. Und ihr müsst zugeben, es ist, wie du gesagt hast, irgendwie unheimlich. Menschen, die nicht in unserer Zeit leben, tauchen auf und verschwinden wieder. Ist das denn für euch alle in Ordnung?"

Schweigen. Kein Wunder, bei so einer seltsamen Frage.

Dann sagt Digger achselzuckend: „Klar. Warum denn nicht, Dad?"

Und Linda ergänzt: „Für mich ist das in Ordnung. Solange Austin nicht auftaucht, wenn ich unter der Dusche stehe oder so."

„Also …“, setze ich an, aber Meg unterbricht mich: „Ich glaube, sie kommen vielleicht nur, wenn wir sie brauchen.“

Alle Augen richten sich auf sie. Linda sagt: „Ach ja? Wie kommst du darauf, Mom?“

„Ich weiß es nicht, Linda. Es kommt mir einfach so vor.“

„Hast du auch jemanden gesehen?“, frage ich Meg.

Sie nickt. „Eine Frau. Sie heißt Celeste. Im Jahr 2005 arbeitet sie hier im Haus.“

„Wow!“, schreit Digger mit Augen so groß wie Untertassen. „Du hast jemanden getroffen, der so weit in der Zukunft lebt?“

Meg nickt wieder und Linda flüstert: „Irre! Warum hast du uns nichts erzählt?“

Meg überlegt einen Moment. „Ich weiß es nicht genau. Ich bin ihr nur einmal begegnet. Sie … sie ist sehr sympathisch. Sie arbeitet für den Mann, dem das Haus zu ihrer Zeit gehört.“

„Gavan Valdez“, sage ich.

„Was meinst du, Patrick?“

„Sie muss für Gavan Valdez arbeiten. Ihm gehört das Haus im Jahr 2005.“

„Woher weißt du das denn, Dad?“, will Linda wissen. „Bist du ihm etwa begegnet?“

„Ja, ich habe ihn gesehen – einmal.“

„Also“, sagt Meg, „es scheint fast so, als hätte jeder von uns seinen … eigenen Jemand, oder?“

„Ich weiß es nicht“, antworte ich. „Aber es hat ganz den Anschein.“

„Was ist das für ein Typ“, will Linda wissen, „dem das Haus in der Zukunft gehört?“

„Er ist ein junger Mann, ein Collegeprofessor.“

„Verheiratet?“

„Das weiß ich nicht.“

„Ja, er ist verheiratet“, sagt Meg. „Aber die Sache ist sehr seltsam. Seine Frau ist …“ Sie bricht ab und sieht in die Runde.

Sie wirkt zögerlich, als sie den Satz beendet. „Sie ist Soldatin in einem Krieg."

„Waaass ist sie?", fragt Linda.

„In welchem Krieg?", frage ich.

„In dem im Jahr 2005."

Wieder Schweigen. Dann sagt Linda: „Ich glaub's echt nicht! Ziehen sie jetzt schon Frauen ein? Ich meine, dann, in der Zukunft? Da bin ich aber froh, dass ich jetzt lebe."

„Gegen wen kämpfen wir?", frage ich.

„Ich weiß es nicht mehr genau. Ich glaube, Celeste hat vom Irak gesprochen. Aber sie hat nicht viel darüber gesagt."

„Ist ja der Wahnsinn! Austin würde ausflippen, wenn er das hört."

„Warum das denn, Linda?"

„Ich weiß nicht, Mom, ich mein ja nur … er ist ganz in Ordnung, aber er hat auch irgendwie 'ne Macke. Er hat diese verrückte Idee, wenn wir bloß erst mal den Kapitalismus abgeschafft haben, gibt es keine Kriege mehr auf der Welt. Wie irre ist das?" Sie stößt einen kleinen Lacher aus und beginnt, an ihren Fingern abzuzählen. „Aber er weiß nichts von den Kriegen, die wir seitdem hatten: den Ersten Weltkrieg, den Zweiten Weltkrieg, Korea und jetzt Vietnam und 2005 offensichtlich *wieder* einen. Scheibenkleister! Wenn er das alles wüsste, er würde aus den Latschen kippen."

Ich frage: „Ist der Junge vielleicht Kommunist?"

„Ich glaube, er hat gesagt, er will Sozialist sein. Er glaubt anscheinend, wenn er in diese Partei eintritt, kann er die Welt verändern. Keine Armut mehr, kein Krieg mehr und so, ihr wisst schon. Nur noch Frieden und Harmonie und Glück für die ganze Menschheit."

„So verwunderlich wäre das nicht, nehme ich an. Um die Jahrhundertwende haben sehr viele Menschen diese Vorstellung gehabt", werfe ich ein. „Wenn ich die Geschichte richtig im Kopf habe, dann war damals der Sozialismus sehr populär, viel mehr als heute."

„Ich war drauf und dran, ihm zu sagen, wenn er glaubt, Amerika ist auf dem Weg in die ewige Glückseligkeit, dann täuscht er sich gewaltig. Und dass die Welt bis 1968 so verkorkst ist, dass niemand das je wieder geradebiegen kann. Aber da ist er einfach aufgestanden und vor meinen Augen verschwunden."

Ich denke einen Moment darüber nach, was sie gesagt hat. „Vielleicht sollte es nicht sein, dass du ihm das sagst."

„Aber warum nicht? Er kann es doch ruhig wissen."

„Vielleicht ist es besser für ihn, wenn er es nicht weiß. Es kann sein ..." Ich presse die Lippen zusammen und mache eine kleine Pause. „Es kann sein, dass es Dinge gibt, die wir ihnen nicht sagen sollen. Und vielleicht auch solche, die sie uns nicht erzählen sollen."

„Warum glaubst du das, Patrick?"

Ich sehe Meg an und schüttle den Kopf. „Ich weiß nicht. Es ist nur so ein Gefühl. So wie dein Eindruck, dass diese Menschen auftauchen, wenn wir sie brauchen."

„Glaubst du, es gibt so was wie Spielregeln?", fragt sie ruhig.

„Wahrscheinlich", antworte ich. „Irgendwas in der Art."

„Todsicher", spuckt Linda aus. „Und wer soll die bitte schön aufgestellt haben?"

Ich spüre, wie sich meine Stirn in Falten legt. „Gott?", sage ich. Es ist keine Antwort. Es ist eine Frage.

Meg sieht mich an, sagt aber nichts.

Linda verdreht nur die Augen.

Digger nimmt sich noch eine Portion Kartoffelbrei.

Das Schweigen kehrt zurück und breitet sich über den Raum.

28

Meg

Dienstag, 8. August 1968

Ich spüle gerade das Geschirr vom Abendessen, als Patrick in die Küche kommt und fragt, ob er abtrocknen soll. Eigentlich ist mir das nicht recht, aber er hat das Handtuch schon in der Hand und fängt an, die Teller zu bearbeiten. Was kann ich also machen?

Es ist noch nicht dunkel draußen und wird es auch eine gute Stunde lang noch nicht sein. Linda ist bei ihrem Job und Digger spielt im Garten. Durch das Fenster über der Spüle kann ich ihn sehen. Er ist so ein glückliches Kind. Ich hoffe, das ändert sich nie. Ich hoffe, seine Freude begleitet ihn auch durch die Pubertät und durch sein Erwachsenenleben.

Patrick sagt etwas; die Worte dringen nur vage in mein Bewusstsein, wie Rauch, der unter einer Tür hindurchzieht. „'tschuldige", sage ich. „Was hast du gesagt?"

„Ich habe gesagt, ich frage mich, warum das alles passiert. Ich meine diese ganze Sache mit dem Haus. Dass wir einen Blick in andere Zeiten tun können. Was glaubst du, warum geschieht es?"

Ich schüttle den Kopf. „Ich hab keine Ahnung. Vielleicht gehört das *auch* zu den Dingen, die wir nicht wissen sollen."

Er antwortet nicht. Er reibt eine ganze Minute lang auf einem einzigen Teller herum, bevor er ihn endlich in den Schrank stellt. Schließlich meint er: „Es muss einen Grund geben."

Digger springt wieder von dem Felsbrocken im Garten, die Arme weit ausgebreitet, als wolle er fliegen. Wenn ich ihm zusehe, wird mir warm ums Herz. „Vielleicht sind wir ja irgendwie bevorzugt, dass wir durch die Zeiten sehen können", sage ich, „aber, Patrick, ich weiß nicht ... Was mich betrifft, so beschäftigt mich 1968 deutlich mehr als jede andere Zeit."

Er hört auf, an einem Glas herumzupolieren, und lächelt mir zu. „Das ist doch auch ganz klar", sagt er. „Dies ist unsere Zeit. Die Zeit, in der wir unser Leben leben."

Ich nicke und widme meine Aufmerksamkeit wieder dem schaumigen Spülwasser im Becken. „Ich stelle fest, dass ich eigentlich gar nicht wissen möchte, was in der Zukunft geschieht."

„Nein, ich auch nicht. Aber ich glaube nicht, dass es das ist, worum es geht."

Ich muss an die Grabsteine auf dem Friedhof denken und dass ich weiß, dass Mac 1919 sterben wird. Wenn mir seine Mutter begegnen sollte – die Frau, die in der Nacht, als die Schüsse fielen, im Flur gestanden hatte –, was sollte ich ihr sagen? Würde ich ihr sagen, sie solle gut auf ihren Sohn achtgeben? Sie solle alles tun, um ihn vor jeder Krankheit zu schützen? Aber ich kann nicht ändern, was geschehen ist, was für sie noch geschehen *wird*. Was geschehen ist, ist geschehen. Mac wird als Kind sterben. Und ich kann seine Mutter nicht warnen, damit sie ihn davor bewahrt. Ich hoffe und bete, dass ich ihr nicht mehr begegne.

Plötzlich schaudernd platze ich heraus: „Wenn doch nur Carl nach Hause käme."

Patrick legt mir seine etwas feuchte Hand auf die Schulter. Ich lasse ihn gewähren. „Das wünsche ich mir auch, Meg", sagt er ruhig. „Wir müssen fest daran glauben, dass er zurückkommt."

„Aber diese Leute aus der Zukunft – Celeste und dieser

Mann, der dir begegnet ist –, sie wissen es. Sie wissen, ob er zurückkommt oder nicht."

„Vielleicht auch nicht. Warum sollten sie das wissen? Nur weil sie in der Zukunft leben, müssen sie nicht unbedingt alles von uns wissen."

„Ich möchte gar nicht, dass sie mir sagen, was passieren wird."

„Ich glaube, das ist auch gar nicht ihre Aufgabe. Und irgendwie denke ich auch, dass sie das wissen, genauso wie wir es wissen."

Ich atme durch und seufze tief. „Es ist alles so sonderbar."

Patrick lacht leise. „Ja. Ja, allerdings. Wer würde uns glauben, wenn wir die ganze Geschichte erzählen?" Er nimmt seine Hand von meiner Schulter und widmet sich wieder dem Abtrocknen.

Wir schweigen für einen Moment. Dann sage ich: „Ich habe Carls Brief – den, der heute gekommen ist – auf deinen Lesesessel gelegt. Hast du gesehen?"

„Ja. Was er schreibt, klingt gut. Für ihn ist das Ganze eine Art Abenteuer, oder?"

„Weil er jung ist", sage ich, „und weil er sich für unbesiegbar hält. Rings um ihn her sterben die Leute und er glaubt immer noch, das hat mit ihm nichts zu tun. Als ob es ihn nicht treffen könnte, nur weil er sich seinen eigenen Tod nicht vorstellen kann."

„Das liegt in der menschlichen Natur, oder? Seien wir froh, dass er in der Schreibstube sitzt und nicht irgendwo im Dschungel einen Spähtrupp anführt."

„Ja, seien wir froh. Auch wenn es mir schwerfällt, für irgendetwas dankbar zu sein, das mit diesem Krieg zusammenhängt. Manchmal glaube ich, er wird nie aufhören. Vielleicht ist dieser Krieg 2005 nur irgendeine Fortsetzung von dem jetzigen. Vielleicht wird Digger auch noch …"

„Er wird aufhören", sagt Patrick bestimmt. „Und Carl wird

heimkommen. Was hat Nixon gestern noch mal gesagt, was seine Toppriorität ist, wenn er Präsident wird? Er will den Krieg in Vietnam auf anständige Weise beenden, war's nicht so? Ich glaube, er meint es ernst. Ich denke, er wird sich für den Frieden einsetzen."

Patricks Äußerung kommt mir naiv vor. „Ich bin mir da nicht so sicher", erwidere ich. „Ein Mann, der Präsident werden will, wird alles sagen, was die Leute hören wollen."

„Ja, vielleicht", gesteht Patrick zu. Obwohl ich aus dem Fenster schaue, weiß ich, dass er mich forschend ansieht. „Was macht dir sonst noch Sorgen?", fragt er schließlich.

Ja, es gibt noch etwas, das mir im Moment Sorgen macht. Ich hole tief Luft und gestehe: „Linda …"

„Oh." Er lächelt verständnisvoll. „Ich weiß, es ist nicht einfach mit ihrer Miesepetrigkeit, aber …"

„Nein, das ist es nicht. Es ist etwas anderes. Diese Mordfälle in Asheville, also … sie machen ihr Angst. Es hat einen weiteren Mord gegeben – du hast bestimmt davon gelesen. Erst das ältere Ehepaar und jetzt eine junge Frau. Auf dieselbe Weise umgebracht." Ich schaue auf den Topf in meinen Händen und schüttle den Kopf. „Es ist eine schreckliche Vorstellung: Jemand bricht in dein Haus ein und tut so etwas. Die Polizei hat nicht die geringste Spur. Jedenfalls ängstigt Linda sich, weil sie so spät von der Eisdiele zurückfährt, ganz allein …"

„Warum hast du mir nichts davon gesagt?", unterbricht Patrick mich. „Ich bleibe natürlich auf, bis sie hier ist. Ich rufe sie an und sage ihr, dass ich auf sie warten werde. Und beim nächsten Mal fahre ich sie hin und hole sie wieder ab, wenn sie will."

„Nun, ich glaube, sie möchte unabhängig sein und selbst fahren. Aber es wäre gut, wenn du ihr sagst, dass du aufbleibst und auf sie wartest. Wir sind hier oben doch sehr isoliert, so weit weg von der Stadt."

„Ich glaube nicht, dass uns das beunruhigen muss."

„Nein. Du glaubst nie, dass uns etwas beunruhigen muss."

Er sieht ein wenig verletzt aus. Ruhig sagt er: „Ich bete immer darum, dass Gott über uns wacht."

Ich lasse die Worte auf mich wirken. „Tust du das wirklich, Patrick?"

„Natürlich."

Ich will mich davon nicht trösten lassen, aber seltsamerweise tue ich es doch. Ich wünschte, ich könnte Gott auch um seinen Schutz bitten, aber ich war noch nie gut im Beten. Ich war noch nie sehr gut darin zu glauben, Gott würde eingreifen, selbst wenn ich ihn darum bitte.

„Dann hoffe ich, dass er dein Gebet erhört, Patrick."

Patrick nickt. Er lächelt, aber in seinen Augen lese ich Traurigkeit.

Dann widmen wir uns wieder dem Geschirr.

29

Linda

Donnerstag, 8. August, 1968

„Hey, Linda, Telefon für dich!“

Kann mir nicht vorstellen, wer mich hier anrufen sollte oder warum. Aber Gloria brüllt aus ihrem Hinterzimmer zu mir rüber, also geh ich wohl besser mal hin und seh nach, wer dran ist. Ich reiche eine Waffel mit Schokoeis über den Tresen, dann gehe ich in den kleinen Büroraum hinten und schnappe mir den Hörer von einem überfüllten Schreibtisch.

„Hallo?“

„Liebes, ich bin's, Dad.“

„Mhm?“

Gloria bedenkt mich mit einem fragenden Blick, so als ob sie befürchtet, es sei etwas passiert. Ich zucke die Achseln.

„Hör mal, Mom hat mir gesagt, dass du dich nicht wohlfühlst, wenn du allein nach Hause fährst …“

„Na ja, also …“

„Ich wollte dir nur sagen: Ich bleibe auf und warte, bis du zu Hause bist. Ich komme dann raus ans Auto und begleite dich ins Haus.“

Brauchst du nicht, liegt mir schon auf der Zunge. Aber wenn ich ehrlich bin, dann wünsche ich es mir doch. Schließlich will ich nicht die Nächste sein, die es in die Schlagzeilen schafft.

„Oh, fein. Okay“, sage ich. „Und … äh … Danke, Dad.“

Ich hänge auf und Gloria fragt: „Zu Hause alles in Ordnung?"

„Klar. Null problemo." Ich werde mich hüten, ihr zu erzählen, dass mein alter Herr auf mich warten will, als sei ich ein Schisshase der besonderen Art. Wenn Gloria sich gern in Stücke hacken lassen will, ist das ihre Sache; ich sorge jedenfalls dafür, dass mir das nicht passiert.

Gail hatte von den Morden in Asheville noch gar nichts gewusst. „Liest du keine Zeitung?", frage ich.

„Nö. Es deprimiert mich zu sehr. Gute Nachrichten gibt es doch nie."

Ich schaue selbst nur höchst selten mal in die Presse, aber das muss ich ihr ja nicht gleich auf die Nase binden.

Gail ist jetzt vorn und bringt den Tattergreisen ihren Kaffee. Dad hat echt 'nen guten Zeitpunkt erwischt, das muss ich ihm lassen. Als die Oldietruppe auftauchte, war ich hinten im Büro. Ich frag mich sowieso, was die hier wollen. Es ist nicht mal Samstag. Schätze, wir haben einfach Pech und sie beehren uns jetzt schon am Donnerstag mit ihrer Gesellschaft. Klar, was sollen die auch sonst machen, als hier rumsitzen, Kaffee in sich reinschütten und Mühle spielen. Beste Aussichten für's Lebensende!

Bim ist auch da, dieser wandelnde Tod. O Mann, was für ein Anblick! An Halloween braucht der keine Maske! Wenn ich Gail wäre, würd ich mir eher die Zunge abbeißen als zugeben, dass ich mit so was verwandt bin.

Aber Gail ist spitze drauf. Ich mag sie, wirklich. Vielleicht würd ich sogar sagen, wir sind Freundinnen. Wow – meine erste Freundin in Black Mountain! Es gibt also doch noch Wunder! Wenn sie auch kein Vergleich ist mit Monica und meiner alten Truppe zu Hause. Oder wer könnte sich vorstellen, dass Gail und ich in die Wälder losziehen und ein paar Joints in der Tasche haben? Keine Chance mit dieser Miss Tugendbolzen.

Sie hat ja im Leben noch keine Zigarette angefasst. Hat sie mir selbst gesagt. „Nein, auf dieses Zeug lass ich mich gar nicht erst ein. Auch nicht auf Tabak", hat sie verkündet.

„Bist du vielleicht so 'ne Art Heilige?", hab ich gefragt.

„Quatsch. Ich möchte einfach nicht in falsches Fahrwasser geraten."

„Ach? Na ja, du weißt eben nicht, was du verpasst."

Aber ich. Mir fehlt hier was, und zwar ganz dringend. Für den kleinsten Joint würd ich wer weiß was machen. Nur einmal wieder high sein! Monica meinte, sie könnte mir ein bisschen Gras mit der Post schicken. Ich hatte schon fast Ja gesagt, aber dann fiel mir ein, dass ja Mom die Post abholt. Und sie würde es bestimmt mitkriegen und mir den Kopf abreißen.

Jetzt steh ich wieder am Tresen und warte darauf, dass ein paar Kids sich endlich entscheiden, was sie wollen. Eine Frau mittleren Alters kommt durch die Eingangstür.

„Hallo, Mom", sagt Gail.

Was soll das hier werden? Ein Familientreffen? Grandpa Bim ist ja schon da und jetzt taucht auch noch die Mama auf.

„Willst du ein Eis?", fragt Gail und strahlt ihre Mom an. Sieht aus, als freut sie sich wirklich, sie zu sehen. Komische Familie!

„Nein, danke, Liebes", sagt ihre Mutter. „Du hast deine Pillen vergessen, also bring ich sie dir lieber vorbei."

Caramba! Gail nimmt die Pille? Nicht zu fassen! Hätt ich nie gedacht …

„Ich nehme ein Antibiotikum." Gail sieht mich an, als könnte sie Gedanken lesen. Sie streicht sich mit dem Zeigefinger über die Schläfen. „Ich hab eine Sinusinfektion."

„Oh." Klar, es konnte ja nicht *die* Pille sein. „Du siehst nicht aus, als ob du Fieber hast. Bist du sicher, dass du hier sein solltest?"

„Ja, bin ich. Es geht mir besser. Ist nicht mehr ansteckend. Ach übrigens, kennst du meine Mutter schon?"

Nein, das Vergnügen hatte ich noch nicht. Wie war noch mal ihr Name? Sie ist Bims Tochter, stimmt's? Dann heißt sie vermutlich … wie wär's mit … Bimbo? Haha …

„Also, Mom, das ist Linda. Und Linda, das ist meine Mom. Ihr heißt beide Linda, weißt du noch?"

Ach ja, das war's. Dieser grandiose Zufall. Gail hatte darüber gelacht wie ein Comedian im Spontantheater, als hätte sie gerade den Witz zum Totlachen erzählt.

Auch ihre Mutter lacht und begrüßt mich. Beim genaueren Hinsehen fällt mir eine große, hässliche Narbe über ihrer rechten Augenbraue auf. Sie hat zwar versucht, den Pony so wachsen zu lassen, dass er die Narbe verdeckt, aber das hilft nicht wirklich. Zwischen den Haarsträhnen schimmert rot und zerklüftet die Narbe durch.

„Freut mich, dich kennenzulernen", sagt sie. „Gail hat schon viel von dir erzählt. Willkommen in Black Mountain."

„Oh, ähm, ja. Danke."

Gail spült ihre Pille gerade mit einem Orangensaft runter. Dann sagt sie: „Mom, setz dich doch für ein Weilchen zu Grandpa. Magst du 'nen Malzkaffee oder was anderes?"

„Nein, danke, Liebes. Sieht so aus, als steckt Grandpa mitten in einem heftigen Mühleduell. Und ich muss nach Hause und die Wäsche aus dem Trockner holen."

Was haben die Leute hier doch für ein Leben! Was hatte da Abington oder was hat ganz Philadelphia zu bieten, verglichen mit so viel Abwechslung wie hier! Ist mir schleierhaft, warum die Leute nicht in Massen in die Berge strömen, um sich bloß nichts entgehen zu lassen!

Gails Mom geht und die Kinder entscheiden sich endlich beide für einen Vanilleshake. Ich mixe die Shakes, kassiere und dann frage ich Gail: „Ähm, woher hat deine Mom diese Narbe an der Stirn?" Ich weiß, es ist ein bisschen heikel. Man fragt solche Sachen nicht. Aber ich will es wirklich wissen.

Gail ist aber nicht verlegen. „Mein Onkel Lyle hat ihr einen Schürhaken an den Kopf gehauen. Aber da waren sie noch Kinder. Zum Glück hat er nicht hart genug zugeschlagen, um sie umzubringen. Aber für die Narbe hat's gereicht."

Hat man Töne? „Willst du sagen, das war ihr eigener Bruder?"

„Genau. Ziemlich hässlich, was?"

„Wie alt war er?"

„Alt genug, um es besser zu wissen."

„O Mann ... Netter Knabe. Und wo steckt dieser Onkel jetzt?"

„In Leavenworth."

Jetzt zerreißt es mich fast. Sicher verarscht sie mich. „Klar. Guter Witz!"

„Nein", sagt sie. „Er ist wirklich in Leavenworth."

Ich höre auf zu lachen. Diese Familie wird von Minute zu Minute seltsamer. Aber irgendwie sind sie auch stark. Ich hab noch nie jemanden gekannt, der Verwandtschaft im Knast hat.

„Was hat er angestellt?"

„Frag lieber: Was hat er *nicht* angestellt?", meint Gail. „Sein Strafregister ist so lang wie dein Arm."

„Ach was!"

„Zuletzt hat er einen Justizbeamten umgebracht. Das hat ihn schließlich nach Leavenworth gebracht."

„Wow." Ich werfe einen Blick nach hinten, wo Bim mit einem anderen Tattergreis am Spielbrett sitzt. Bim ist vielleicht hässlich wie die Nacht, aber andererseits auch viel zu harmlos, um einen Sohn in Leavenworth zu haben. Ich weiß nicht, was ich noch dazu sagen soll. „Wow", wiederhole ich.

„Aber wir haben kaum Kontakt zu ihm", fügt Gail hinzu, als ob sie mir eine Erklärung schuldig ist.

„Mhm. Kann ich verstehen. Hat er Ausgang?"

„Ja", sagt sie ruhig. „Sobald sie ihn auf dem Stuhl gegrillt haben."

Wow und noch mal wow! Todeszelle. Wer hätte gedacht, dass jemand wie Gail eine solche Geschichte zu erzählen hat? Auf einmal kommt sie mir wie verändert vor. Als ob sie irgendwie wirklicher geworden ist, seit ich weiß, dass sie einen Onkel in der Todeszelle hat. Mannometer! Die Leute überraschen einen doch immer wieder.

30

Patrick

Sonntag, 18. August 1968

Draußen fällt ein sanfter Regen. Ich kann Regentropfen und Wind in den Blättern der Bäume hinter dem Haus rauschen hören. Von der Fensterscheibe perlen zahllose winzige Tröpfchen ab. Aber durch das Glas sehe ich jetzt nicht nach draußen, in die Dunkelheit. Was ich sehe, ist mein eigenes geisterhaftes Gesicht und das Spiegelbild von Gavan Valdez, der hinter mir im Sessel sitzt. Er ist gerade eben aufgetaucht, saß da, ein dickes Buch auf dem Schoß, in dem er irgendwelche Notizen auf die Seitenränder kritzelte. Er sagt, er lese gerade etwas über die Unendlichkeit Gottes, der keinen Anfang hat und kein Ende.

„Dann sind Sie Theologieprofessor?", frage ich.

„Ja, stimmt."

Ich wende mich vom Fenster ab und sehe ihn an. Sein Gesicht vermittelt mir immer den Eindruck, ich hätte es schon einmal gesehen, auch vor unserer ersten und bisher einzigen Begegnung hier, aber ich kann diesen Eindruck nicht greifen. Er lächelt mir freundlich zu. Ich fühle mich wohl in seiner Gegenwart, so als würde ich ihn schon sehr lange kennen. „Und, was halten Sie von all dem?", frage ich. „Davon … dass wir uns sehen können. Glauben Sie, das Ganze hat etwas mit Gott zu tun?"

Er klappt das Buch zu und beugt sich im Sessel vor. „Ich glaube, es hat durch und durch mit Gott zu tun."

Ich gehe im Zimmer auf und ab und setze mich dann ihm gegenüber auf die Bettkante. „Wie sollen wir uns erklären, was hier vorgeht?"

„Ich bin mir nicht sicher, dass wir es erklären können. Jedenfalls nicht vollständig."

„Aber haben *Sie* irgendeine Idee?"

„Nun ..." Er runzelt die Stirn und zwischen den Augenbrauen erscheinen zwei tiefe Falten. „Bei den Theologen grassieren recht unterschiedliche Theorien über Gott und die Zeit, wissen Sie."

Ich nicke, auch wenn ich davon in meinem Studium nicht viel mitbekommen habe.

„Manche Theologen sagen, Gott existiert innerhalb der Zeit, ganz ähnlich wie wir, und deshalb erlebt er die Dinge auch in ihrer Abfolge, so wie wir auch. Andere sehen Gott eher außerhalb der Zeit. Sie sagen, er existiert, aber das nicht im Rahmen einer ganz bestimmten Zeit. Oder vielleicht besser: Er existiert jederzeit, in allen Zeiten gleichzeitig. Und so erlebt er die Dinge nicht in ihrer Abfolge, sondern er erlebt alles, was geschieht, auf einmal." Er unterbricht sich und sieht mich einen Moment an. Dann fügt er hinzu: „Natürlich, es ist kompliziert."

„Natürlich", stimme ich ihm zu. „Aber was glauben *Sie?*"

Er nickt. „Ich persönlich glaube, dass Gott außerhalb der Zeit existiert. Ich glaube, er lebt in einem ewigen Jetzt."

„In einem ewigen Jetzt", wiederhole ich. Der Raum ist ruhig. Wir hängen diesem Gedanken nach. „Das hieße, für Gott existieren Sie und ich tatsächlich nicht in unterschiedlichen Zeiten, sondern wir beide gehören ebenfalls in dieses ewige Jetzt?"

„Ja, so scheint es zu sein."

„Und dieser Ort hier, dieses Haus, das ist ebenfalls in diesem ewigen Jetzt angesiedelt, aus welchem Grund auch immer?"

„Anders kann ich es mir nicht erklären. Aber wie ich schon sagte: Niemand kann diese Dinge mit letzter Sicherheit wissen. Denn wer könnte schließlich die Tiefen Gottes ergründen?"

Ich stehe auf und gehe wieder ans Fenster, die Hände ins Kreuz gestützt. Das ewige Jetzt.

„Aber warum?", frage ich. „Warum geschieht es?"

„Nehmen wir es als Geschenk, als eine Gabe", sagt Gavan.

„Oh!" Überrascht wende ich mich wieder zu ihm um. „Das haben Sie also auch gehört? Dass es eine Gabe ist? Wer …?"

„Ich bin nicht sicher, ob ich Ihnen das sagen kann", unterbricht er mich. „Aber – ja, man hat mir gesagt, es sei eine Gabe."

Es gibt noch so vieles, was ich diesen jungen Mann, der in meiner Zukunft lebt, gern noch fragen würde. Aber im nächsten Moment steht er auf. Ich blicke ihn fragend an.

„Mein Sohn weint", erklärt er, während er zu Tür geht. „Vielleicht wieder ein böser Traum. Ich sollte mich besser um ihn kümmern."

Jetzt höre ich es auch – oben weint ein Kind. „Natürlich", sage ich. „Aber …"

In der Tür bleibt Gavan stehen, sieht sich um und gibt mir noch einen Moment Zeit, meinen Satz zu beenden.

„Aber Sie kommen doch wieder, oder?"

„Ich bin immer hier", sagt er. „Wir werden uns bald wiedersehen."

Dann ist er fort und mir bleibt nur mein eigenes Jetzt. Ich bin wieder allein. Was mich erfüllt, ist eine stille Verwunderung.

31

Meg

Montag, 19. August 1968

Ich gehe in die Küche und finde dort Celeste vor, die in einem der Schaukelstühle ein Nickerchen macht, die Füße auf den Kaminsockel gelegt. Unwillkürlich muss ich ihr Gesicht betrachten, bestaunen, besser gesagt, denn es strahlt so eine große innere Gelassenheit und Freude aus. Es ist mitten am Tag und sie sitzt da und hält ein Schläfchen. Ich muss daran denken, was sie mir von sich erzählt hat: dass sie in diese Berge zurückgekommen ist, um hier statt wie früher Geld nun Zeit zu verschwenden. Ich selbst hatte nie viel Geld, das ich hätte verschwenden können. Aber Zeit verschwendet habe ich, glaube ich, auch nicht, jedenfalls nicht in dem Sinn, wie Celeste es meint. Ich habe meine Zeit nicht verschwendet, ich habe sie verplempert. Das wird mir langsam sehr deutlich. Ich habe meine Zeit verplempert.

Ein Telefon klingelt. Aber es ist nicht das Telefon an der Küchenwand. Das Klingeln kommt aus Richtung des Kamins. Es kommt von … nein! … es kommt anscheinend aus Celestes Schuh. Höchst seltsam! Offenbar sind gewöhnliche Menschen 2005 ausgestattet wie James Bond, Agent 007, unterwegs im Auftrag Ihrer Majestät. Sie klappen einfach die Schuhsohle hoch und nehmen einen Anruf entgegen!

Celeste schläft seelenruhig weiter. Ich würde ihr ja die Hand auf die Schulter legen, um sie zu wecken, aber ich weiß, das geht nicht. „Celeste", sage ich. Sie rekelt sich. „Celeste, Ihr Schuh klingelt."

„Was?" Sie sieht mich leicht verwundert an, gähnt und reibt sich die Augen. Das Klingeln hält an. Plötzlich bricht Celeste in Lachen aus. „Oh! Oh, meine Gute!", sagt sie und nimmt die Füße vom Kaminsockel. „Das ist nicht mein Schuh. Das ist mein Handy."

Auf dem Sockel erkenne ich ein seltsames silbriges Gerät. Celestes Füße hatten es verborgen. Sie nimmt es in die Hand, öffnet es so, wie man eine Puderdose öffnet, drückt einen Knopf und sagt: „Hallo?"

Was ist ein Handy?, frage ich mich. Wie kann Celeste mit diesem kleinen Dingsda, das kein Kabel hat und nirgendwo angeschlossen ist, mit jemandem sprechen?

„Ja, Mrs Zeh", sagt sie. Sie lacht; wie es scheint, amüsiert sie etwas. „Nein. Nein, das ist kein Problem. Ich kann das unterwegs holen, wenn ich zu Ihnen fahre … Mhm. Nein, machen Sie sich darüber keine Sorgen. Ich bin um fünf bei Ihnen … Mhm. Okay. Jetzt ruhen Sie sich ein bisschen aus."

Sie verabschiedet sich und klappt das Dingsda wieder zu. Dann sieht sie mich an. „Es war Mrs Zeh. Die Dame, für die ich arbeite. In Asheville."

„Aber was ist das für ein Ding?", frage ich und weise auf das Silbergerät.

„Das? Oh, wie gesagt, das ist ein Handy. Es ist – ach, das ist jetzt nicht so wichtig. In ein paar Jahrzehnten werden Sie wissen, was es ist."

„Brauchen Telefone keine Kabel mehr?"

„Doch, es gibt noch ein paar Festnetzgeräte, die Kabel haben. Aber die Handys haben keins. Sie sind ja dafür gemacht, dass man sie überall hin mitnehmen kann."

„Seltsame Welt", sage ich.

„Ja, das kann man wohl sagen“, stimmt Celeste mir zu. Dann sagt sie: „Ich freue mich, dass wir uns wiedersehen.“

Ich lächle sie an. Ich bin auch froh, sie wiederzusehen, und das sage ich ihr auch. „Es ist nett, hier oben ein wenig Gesellschaft zu haben.“

„Mhm“, sagt sie. „Sicher sind Sie manchmal einsam hier, so ganz neu in der Gegend.“

Ich habe eigentlich noch nicht viel über Einsamsein nachgedacht, jedenfalls nicht bis zu diesem Moment. Aber sie hat wohl recht; manchmal fühle ich mich einsam. Ich setze mich in den zweiten Schaukelstuhl zu ihr an den Kamin.

„Vermissen Sie Pennsylvania?“, will sie wissen.

Ich überlege einen Moment. „Nein“, sage ich schließlich. „Ich glaube nicht. Jetzt möchte ich gar nicht mehr dort leben.“ Ich sehe sie an und plötzlich durchzuckt mich der Gedanke, dass sie vielleicht mehr über mich weiß, als ich dachte. „Wissen Sie, warum wir hergezogen sind?“

Sie lächelt leise und ihre Miene drückt Mitgefühl aus. „Ja, ich fürchte schon“, antwortet sie leise.

„Nun“, erwidere ich, „dann bleibt es mir erspart, es zu erklären. Aber sagen Sie mir: Ist es allgemein bekannt? Weiß jeder in Black Mountain im Jahr 2005, warum wir hergezogen sind?“

„O nein“, versichert sie. „Ich bezweifle, dass überhaupt jemand in Black Mountain im Jahr 2005 noch weiß, dass Sie mal hergezogen sind.“

„Aber Sie wissen es. Und auch, warum.“

„Ja.“

„Darf ich fragen, wie es kommt, dass Sie es wissen?“

Sie schweigt einen Augenblick, dann sagt sie: „Ich bin mir nicht sicher, ob Sie es verstehen würden, wenn ich es Ihnen erzähle.“

Ich nicke. Sie ist im Vorteil, finde ich, denn sie ist die, die in der Zukunft lebt. Aber das war weder ihre Entscheidung noch ist es ihr Fehler. „Vielleicht verstehe ich es irgendwann einmal."

„Ja", sagt sie. „Irgendwann einmal. Bestimmt."

Ein Weilchen schaukeln wir einfach still vor uns hin. Ihre Gesellschaft tut mir gut. Ich fühle mich bemerkenswert entspannt. Schließlich frage ich: „Sind Sie schon eifrig dabei, die Hochzeit zu planen?"

„Oje, ja. Vermutlich habe ich deswegen gerade so tief geschlafen. Ich war die halbe Nacht wach und habe mir Hochzeitszeitschriften angesehen." Ein Lächeln gleitet über ihr Gesicht. Sie hat sehr weiße und gleichmäßige Zähne, die sich wie Elfenbein gegen ihre leicht braune Haut abheben. Für einen Moment beneide ich sie um die Vorfreude. Und fürchte zugleich für sie – wer weiß, wie lange dieses Glück halten wird?

„Ich wünschte, ich könnte Ihren jungen Mann kennenlernen", sage ich.

Sie lacht leise. „Im Moment ist Cleve älter, als Sie es sind."

„Tatsächlich?"

Sie nickt lachend.

„Jedenfalls", sage ich, „wünsche ich Ihnen alles Glück der Welt."

„Vielen Dank." Nach einem Moment fügt sie hinzu: „Aber ich ahne, was Sie denken. Sie denken, jede Braut glaubt, dass sie das große Glück gefunden hat. Aber der Traum wird selten genug wahr."

„Hmm, ja", nicke ich zustimmend. „Allerdings glaube ich schon, dass man auch glücklich werden kann. Manchen Paaren gelingt es wohl."

„Ja", stimmt sie mir zu. „Ich kenne auch Paare, die glücklich miteinander sind. Cleve ist nicht perfekt, aber das bin ich schließlich auch nicht. Ich würde sagen: Wir sind beide nicht perfekt, aber wir sind perfekt füreinander gemacht. Jedenfalls finde ich das. Cleve ist wirklich ein guter Mann."

„Patrick … tja, Patrick natürlich auch. Sicher ist er das. Und wir waren auch lange glücklich miteinander. Aber dann …“

„Aber dann hatte er eine Affäre“, beendet sie den Satz für mich.

Ich nicke, aber ich kann nichts sagen, weil es mir plötzlich die Kehle zuschnürt. Ich dachte, die Tränen hätte ich inzwischen hinter mir, aber anscheinend stimmt das nicht. Ich wische sie weg, schniefe und versuche die Fassung wiederzugewinnen.

„Es tut mir leid“, sagt Celeste ruhig. „Ich weiß: Er hat ihr Vertrauen missbraucht.“

„Ja, das stimmt“, bringe ich heraus. „Und das hat alles verändert. Wenn ich ehrlich bin, war das das Ende unserer Ehe.“

Sie legt den Kopf zu Seite. „Aber Sie sind noch zusammen.“

„Für's Erste“, sage ich.

„Überlegen Sie, ob Sie ihn verlassen?“

„Ich denke jeden Tag darüber nach. Ich weiß nur nicht …“

„Was wissen Sie nicht?“

„Was ich tun soll. Wohin ich gehen soll. Wie ich für mich selbst und für die Kinder sorgen soll.“

„Ja, ich verstehe.“ Sie faltet die Hände und stützt das Kinn darauf. Es sieht so aus, als ob sie intensiv nachdenkt. Dann sagt sie: „Hat er die Beziehung zu der anderen abgebrochen?“

„Ja.“

„Und tut es ihm leid?“

„Das behauptet er jedenfalls.“

„Warum verzeihen Sie ihm dann nicht und lassen die Sache hinter sich?“

Ich wende meinen Blick ab. Was soll ich darauf sagen? „Ich kann nicht“, sage ich schließlich. „Ich kann ihm einfach nicht vergeben.“

„Sie sind noch viel zu zornig.“

Ich nicke langsam und sehe sie wieder an. „Ja. Zornig. Und verletzt. Nichts wird jemals wieder so sein wie früher.“

„Nein", stimmt sie mir zu. „Das wird es wohl nicht."

Ich atme tief durch. Die Tränen sind jetzt versiegt. Ich sage: „Manchmal habe ich den Wunsch, Sie um etwas zu bitten: dass Sie mich in der Zukunft finden und in Erfahrung bringen, wie ich mich entschieden habe. Also ob ich ihn verlassen habe und ob das eine gute Entscheidung gewesen ist."

Darüber muss sie lächeln. „Ich fürchte, über die Zukunft kann ich Ihnen nicht viel sagen. Es ist schlicht und einfach … nicht erlaubt."

„Also gibt es doch Spielregeln?"

„In gewisser Weise schon."

„Sind sie dazu da, damit wir den Lauf der Ereignisse nicht beeinflussen können?"

„Nein, darum geht es nicht. Was geschieht, lässt sich nicht ändern; es geschieht."

„Sie meinen, die Zukunft ist vorherbestimmt, so in der Art, wie Calvin das gesehen hat?"

„Tja, damit kenne ich mich nicht aus. Ich weiß nur, dass es eine Grenze gibt, was wir einander mitteilen können und was nicht. Wenn ich anfangen würde, Ihnen etwas zu sagen, das Sie nicht wissen sollen, dann würden Sie oder ich – eine von uns – einfach verschwinden."

„Ich verstehe nicht …"

„Ich verstehe es auch nicht richtig, ehrlich. Aber hören Sie: Sie müssen nicht in die Zukunft sehen, um zu wissen, was jetzt das Richtige ist."

Das entlockt mir einen Seufzer. „Sie meinen, ich sollte ihm verzeihen, nicht wahr?"

„Ich glaube nicht, dass Sie je wieder glücklich werden, wenn Sie es nicht tun."

Ich betrachte die Hände in meinem Schoß und schüttle den Kopf. „Ich weiß es nicht, Celeste. Ich bin mir nicht sicher, dass ich ihm verzeihen kann – wenigstens nicht von ganzem Herzen."

„So scheint es“, sagt sie. „Aber wissen Sie: Sie müssen ihm ja nicht heute verzeihen. Und auch nicht morgen. Im Moment brauchen Sie vielleicht vor allem Zeit. Gott weiß, dass es Zeit braucht, bis der Zorn sich legt und die Wunden heilen. Wenn ich Ihnen etwas raten sollte, würde ich sagen: Kommen Sie hier in Black Mountain erst einmal an und gönnen Sie sich ein Weilchen Ruhe.“

Ich lege die Stirn in Falten. „Ich verstehe Sie nicht. Ich *bin* in Black Mountain angekommen.“

Celeste hört auf zu schaukeln und beugt sich in ihrem Stuhl vor. „Meine Liebe“, sagt sie, „Ihr Körper ist hier, aber die Seele ist noch in Pennsylvania und quält sich ab mit dem, was dort geschehen ist. Lassen Sie sie nachkommen und gönnen Sie sich eine Pause von all der Quälerei.“ Sie lehnt sich im Stuhl zurück und versetzt ihn sanft wieder ins Schaukeln, als wolle sie mir demonstrieren, wie es aussähe, wenn ich ihren Rat befolgen würde. Dann schließt sie die Augen und summt eine Melodie. Ich erkenne darin den alten Choral, den wir manchmal gesungen haben, als Patrick noch Pastor war. *Ein Balsam ist in Gilead für jeder Seele Schmerz …*

Jetzt lehne ich mich auch im Stuhl zurück und schließe die Augen, höre ihr einfach zu. *Ein Balsam ist, der trefflich heilt das sündenkranke Herz …*

Ich lausche, bis ihre Stimme verklingt und es ganz still im Zimmer ist. Erst dann öffne ich die Augen und stehe langsam auf. Ich trete auf die Vorderveranda hinaus und lasse den Blick schweifen – über den leicht abschüssigen Rasen vor dem Haus, die überragenden Berge, die entfernten Hügel. Hier bin ich also, in Black Mountain, North Carolina. *Kommen Sie an und gönnen Sie sich ein Weilchen Ruhe,* hat sie gesagt. Es ist wie eine Einladung, Zeit zu verschwenden. Es ist möglicherweise die freundlichste Einladung, die ich je bekommen habe.

32

Linda

Mittwoch, 21. August 1968

Austin kommt die Einfahrt hoch. Was für ein Gefühl – genau wie noch bis vor Kurzem, wenn Brian durch die Pausenhalle auf mich zulief. Als ob sich gerade der größte Glücksfall der Weltgeschichte ereignet und ich mit niemandem auf der Welt tauschen, nirgendwo anders sein, absolut nichts anderes tun wollte. Ich will nur noch eins: Genau da sein, wo ich bin – bei ihm. Und wo immer er ist.

Austin setzt sich neben mich auf die Verandatreppe. „Du bringst ganz schön viel Zeit hier auf diesen Stufen zu, stimmt's?", sagt er.

„Mhm", meine ich. „Muss wohl so sein."

„Hast du auf mich gewartet?"

„Wahrscheinlich", gebe ich zu.

„Oh, gut. Ich hatte nämlich gehofft, dass du hier bist."

„Tatsächlich?"

„Tatsächlich."

Einige Minuten sitzen wir einfach da, ohne etwas zu sagen, aber es ist überhaupt nicht peinlich oder komisch. Es fühlt sich eher vertraut an. „Wo bist du gewesen?", frage ich schließlich.

„Arbeiten."

Erst da bemerke ich, dass seine Wangen gerötet sind; Schweiß glänzt auf seinem Gesicht und seine Latzhose ist staubig und voller Flecken. Das recht lange Haar, das er normalerweise über den Kopf nach hinten kämmt, hängt unordentlich in die Stirn.

„Das wollte ich dich sowieso schon länger mal fragen“, sage ich. „Wenn deine Familie so reich ist, warum musst du dann arbeiten?“

„Um zu erfahren, wie hart das Leben für die Arbeiterklasse ist“, sagt er und es klingt, als schieße er die vorformulierte Antwort auf eine Katechismusfrage ab. Als ob er lange gebraucht hat, um sie auswendig zu lernen, und sie nun unbedingt an den Mann bringen will.

Na bingo. Sind wir also wieder bei diesem Geschwafel über die bejammernswerte Arbeiterklasse. Das ist alles, was mir dazu einfällt. Wenn Austin so redet wie gerade jetzt, kommt er mir vor wie ein anderer Mensch. Und mir wäre es entschieden lieber, wenn er einfach nur dieser extrem zum Anbeißen nette Kerl wäre und nicht der intellektuelle Möchtegernsozialist. „Hm“, sage ich. „Und wo arbeitest du?“

„In der Swannanoa-Möbelfabrikation. Liegt unten am Fluss zwischen hier und Asheville. Wir bauen Möbel.“

Wie überraschend! Was sollte man in einer Möbelfabrikation auch sonst tun? „Und du läufst den ganzen Weg bis dahin?“

„Nö. Ein Kumpel, Chester Randolf, nimmt mich mit und setzt mich am Fabriktor ab. Er hat mir auch den Job dort besorgt. Wir arbeiten in derselben Schicht.“

„Und – gefällt's dir da?“

Er lacht leise und wirft mir einen Blick zu, der so viel besagt wie: Du bist vielleicht naiv! „Nein, es *gefällt* mir da *nicht*.“ Er macht mich nach und das gefällt *mir* nicht. Aber ich halte den Mund. Er redet auch schon weiter: „Es ist entwürdigend. Und noch einer dieser Orte, an denen die Bourgeoisie die arbeitende Bevölkerung ausbeutet.“

„Oh. Okay.“ Ich weiß gerade gar nicht, was Bourgeoisie überhaupt bedeutet. Hat was mit den Reichen zu tun, glaub ich.

Mamma mia, Brian hat nie solche Sachen gesagt. Bei ihm ging's nur darum, wo er den nächsten Joint herkriegt, oder um mitternächtliche Straßenrennen vor der Schule. Also Dinge, mit denen ich etwas anfangen konnte.

„Es ist wirklich mörderisch." Austin redet schon weiter. „Man schuftet endlose Stunden, kriegt kaum Lohn dafür und es gibt dort keinen einzigen Menschen, der den Besitzern als Person wichtig wäre. Jeder ist nur ein Rädchen im Getriebe, ein Teilchen in einem Apparat, der nichts für seine Arbeiter tut, aber alles dafür, die Reichen noch reicher zu machen."

„Hmm." Ich lege die Stirn in Falten und gebe mir Mühe, so auszusehen, als ob mir das ernsthaft zu denken gibt. „Sieht das dieser Chester oder wie er heißt genauso?"

Austin ist eine Minute still. Schließlich gibt er zu: „Darüber hat er noch nie was gesagt, weder so noch so. Aber ich bin sicher, er ist auch nicht gern dort."

„Woher willst du das wissen, wenn er es nie gesagt hat?"

„Niemand, der bei klarem Verstand ist, würde wohl in einer Fabrik arbeiten wollen. Jedenfalls niemand mit auch nur ein bisschen Bildung. Und das ist das Problem: Chester hat keine Bildung. Er hat mir erzählt, dass er schon nach der dritten Klasse die Schule verlassen hat. Und deshalb tut er das, was er jetzt tut. Weil ihm nichts anderes übrig bleibt."

„Vielleicht baut er einfach nur gern Möbel. Vielleicht ist er sogar stolz auf das, was er tut. Warum fragst du ihn nicht mal?"

„Da brauche ich nicht erst zu fragen."

„Warum nicht?"

Austin sieht mich an und sagt: „Hör zu. Schon mal was von Eugene Debs gehört?"

Ich schüttle den Kopf. „Glaub nicht. Vielleicht in irgend'ner Geschichtsstunde."

Jetzt sieht Austin verbissen aus. „Jeder sollte Eugene Debs kennen. Eines Tages wird *jeder* wissen, wer das ist. So wie bei

George Washington. Nein. Besser. Weil Debs dieses Land verändern wird. Vielleicht sogar die ganze Welt."

„Wieso? Ist er Politiker oder so?"

„Er ist bisher nur der Führer der sozialdemokratischen Partei", schießt Austin zurück. „Er war schon dreimal Präsidentschaftskandidat der Sozialisten. Nächstes Mal gewinnt er."

Klar doch, ganz sicher. Kann mich nicht erinnern, je von einem Präsidenten Debs gehört zu haben. Aber vermutlich ist es nicht vorgesehen, dass ich solche Dinge ausplaudere.

Plötzlich sieht Austin mich direkt an und sagt: „Hör mal, ich weiß, dass du Dinge über die Zukunft weißt, die ich nicht weiß, und ich mache dir das nicht zum Vorwurf. Aber 1968 ist nicht das Ende der Geschichte. Du weißt auch nicht *alles*. Was *nach 1968* passiert, weißt du auch nicht."

Ich zucke die Schultern und gebe so was wie ein Prusten von mir. Natürlich weiß ich nicht, was nach 1968 passiert – na und? Worauf will er hinaus? Caramba, jetzt ist ihm wohl 'ne Laus über die Leber gelaufen. Ich sehe ihn an und sage: „Und?"

„Und egal, was du mir über die nächsten fünfzig Jahre erzählst, ich werde nicht aufhören, an meinen Traum zu glauben. Und mein Traum ist, dass wir einmal in einer sozialistischen Gesellschaft leben, wo alle Menschen gleich sind und für jeden Einzelnen gesorgt wird. Irgendwann wird es so kommen, ob nun vor 1968 oder danach."

Ich zucke noch mal die Schultern. „Austin, ist ja okay. Das ist ein freies Land hier, oder? Du kannst glauben, was immer du glauben willst."

„Es ist ein freies Land, allerdings, aber nicht auf die richtige Weise. Bis nicht alle Menschen gleich sind, sind wir auf eine falsche Weise frei. Frei sind im Grunde nur wenige. Ein paar Reiche und ein paar Mächtige und das war's. Alle anderen sind Sklaven des Systems."

„Sklaven des Systems?"

„Genau das."

„Also … meine Familie ist wirklich nicht gerade reich, aber ich hab noch nie das Gefühl gehabt, dass ich Sklavin von irgendeinem System bin."

„Das liegt daran, dass du nicht Bescheid weißt."

„Ich weiß nicht Bescheid?"

„Du findest dich einfach damit ab, weil du nicht weißt, dass es ganz anders und viel besser sein könnte."

„Ich finde mich einfach damit ab?"

„Hör zu, Linda, es bricht eine neue Zeit an. Ich weiß nicht, wann genau sie kommt, aber ich werde das Meine dazutun, dass es bald so weit ist. Nur deswegen bin ich doch überhaupt hier. Das ist das Ziel, für das ich lebe. Ich spüre es bis in die Knochen."

Etwas an diesem Gerede von einer neuen Zeit kommt mir jetzt doch bekannt vor. Davon schwafeln die Hippies doch auch in einem fort, oder? Dass jetzt das Zeitalter des Wassermanns anbricht oder so. „Also schön", sage ich, „weißt du, heute gibt es auch jede Menge Leute, die davon reden, dass eine neue Zeit anbricht und so."

„Wirklich?"

„Wenn ich's doch sage. Frieden und Harmonie und alle Menschen werden Brüder und so. Viele Leute meinen, es kann nicht mehr lange dauern, bis es so weit ist. Also kann man wohl schon sagen: Ja, die Leute arbeiten immer noch für eine bessere Welt. Jedenfalls wünschen sich viele diese bessere Welt, das steht fest." Ich schenke ihm ein unwiderstehliches, strahlendes, friedensverliebtes Lächeln.

„Ja?", erwidert er und lächelt ebenfalls. „Gut zu wissen. Wirklich gut. Das heißt, wir sind immer noch unterwegs."

„Tja, scheint fast so." Es besteht die Chance, dass ich bei Austin gerade ein bisschen gepunktet habe. Dass ich von dem Friedensgesäusel kein einziges Wort glaube, muss er ja nicht wissen.

„Kannst du dir vorstellen, Linda, wie es sein wird, wenn wir in einer klassenlosen Gesellschaft leben?"

„Nö. Ich glaub nicht."

Er lächelt verzückt, schließt die Augen, hebt das Gesicht ein wenig ins Licht. „Wie im Paradies", flüstert er.

Ich werd's ihm nicht verraten, aber er sieht aus, als ob er unter den plötzlichen Spätfolgen eines Auftritts von Billy Graham leidet. Als Tochter eines Predigers, der praktisch jeden Sonntagmorgen einen Bekehrungsaufruf von der Kanzel abgelassen hat, muss ich es schließlich wissen. Aber in der Sache bin ich mir nicht sicher – jeder hat eben seine eigene Vorstellung vom Paradies und das ist okay.

„Schön", sage ich, „das heißt also, dass die Welt irgendwann doch noch in Ordnung kommt?"

„Genau." Er öffnet die Augen. „Wenn wir erst mal den Kapitalismus los sind und in einer Gesellschaft ohne Klassenunterschiede leben. Stell dir das doch vor, Linda. Kein Krieg mehr, keine Armut, nie wieder Kriminalität, Hass, Hunger. Keine Krankheiten."

„Keine Krankheiten?" Da ist für mich dann doch eine Grenze erreicht. Scheint mir ein wenig arg weit hergeholt, dass niemand mehr krank werden soll, nur weil man die Regierung mal generalüberholt hat.

„Ja, sicher. Irgendwann ist es so weit."

„Und wie stellst du dir das vor? Wie soll es dazu kommen?"

„Fortschritt", sagt er. „Bildung. Wissen. Wir werden die Dinge erforschen; wir können lernen, wie wir Menschen vor Krankheiten schützen können."

Ich muss daran denken, wie weit wir seit 1916 in der Medizin gekommen sind. Zugegeben, heute haben wir Antibiotika und Polioimpfungen, das hab ich schon mitgekriegt. Aber dass wir herausklamüsern, wie wir Menschen immun machen gegen Erkältungen oder gegen Krebs, kann ich mir dann doch nicht vorstellen. Wie soll das bitte schön gehen? Wollen wir eine Produktion von perfektionierten Körpern starten? Vielleicht liegt's ja an meiner Erziehung, aber eine derart goldene Zukunft kann ich einfach nicht sehen. Dazu ist diese Welt einfach zu grottig und die Menschen – was mich betrifft, ich glaube, sie sind im Grunde ebenfalls grottig. Total vermurkst. Ob das nun was mit dieser Sündenfallgeschichte zu tun hat oder nicht – jedenfalls scheint mir die Welt viel zu kaputt, als dass sie jemals so ideal werden könnte, wie Austin sich das vorstellt.

„Ich weiß nicht, Austin", sage ich, „ich glaube, da kann ich nicht mit. Sieh dir die Welt doch an – da geht's ziemlich übel zu, oder? Ständig passieren irgendwelche haarsträubenden Sachen und ich wüsste nicht, was wir daran ändern könnten. Dad meint, es hat mit dem Sündenfall zu tun."

„Sündenfall?", hakt er nach. „Dann ist dein Vater Prediger, was?"

„Bingo. Jedenfalls war er mal einer."

„Na schön, dann muss er das ja auch glauben. Aber hör zu, du musst das nicht. Vergiss die Sache mit dem Sündenfall. Vergiss, dass es das Böse gibt. So etwas wie ‚das Böse' existiert nämlich gar nicht."

„Tut es nicht?"

„Nein. Nicht eigentlich. Aber Unwissenheit gibt es. Und die ist der Grund für all die Probleme. Es ist die Unwissenheit, gegen die wir kämpfen müssen. Wir müssen entschlossen weitergehen in Richtung Wissen. Wir müssen so viel erkennen und verstehen wie nur irgend möglich. Das ist das Einzige, was uns retten kann."

Träum weiter, Junge. Und das sage ich nicht, weil ich Austin fünfzig Jahre voraus bin, und auch nicht, weil mir nun mal baptistisches Blut durch die Adern strömt. Das sage ich, weil ich Augen im Kopf habe und selbst sehe, wohin die Welt steuert – jedenfalls ganz sicher nicht in Richtung eines Paradieses auf Erden. Eher im Gegenteil, wenn man mich fragt. Die Menschen bleiben so verkorkst, wie sie eben sind, bis wir uns irgendwann mal alle gegenseitig ausgelöscht haben. – So fern liegt ein Atomkrieg ja nicht, oder? Aber Austin würde mir doch nicht glauben, wenn ich ihm erzähle, dass Menschen über den Ozean fliegen, um Atombomben auf Städte zu werfen. Vermutlich kann er sich nichts Schlimmeres vorstellen als Molotowcocktails. Und ein Flugzeug ist für ihn wohl eher ein überdimensionierter Drache. Und da soll ich ihm klarmachen, dass wir aus einem solchen Fluggerät Bomben abgeworfen haben, die in null Komma nichts eine ganze japanische Großstadt mal eben so vom Erdboden getilgt haben? Aber bitte. Soll er sich doch darüber ein Weilchen den Kopf zerbrechen. Schön. Also, Austin, wir haben da inzwischen diese klitzekleine Erfindung gemacht, die Atomkraft heißt. Du hockst da in deiner Vergangenheit und machst dir Gedanken, ob du genug Holz hacken kannst, um im Winter keine kalten Füße zu kriegen. Aber wir hier drüben machen Atomschutzübungen und kauern uns unter Tische, falls die lieben Russen beschließen, mal das ganz große Ding auf uns abzufeuern. Würdest du bitte mal darüber nachdenken? „Atomschutzübung“ und „nuklearer Supergau“ sagen dir nichts? Macht nichts. Willkommen in der Welt des Fortschritts.

Natürlich werd ich Austin davon kein Sterbenswörtchen verraten – selbst wenn der Große Spielregelschreiber mich ließe. Erstens: Austin würde mir doch kein Wort glauben. Zweitens: Ich mag ihn irgendwie – jedenfalls genug, um ihn nicht zu enttäuschen.

„Schön, eins gestehe ich dir zu, Austin“, setze ich an. „Du hast große Pläne für die Menschheit.“

Er nickt. Er sieht tatsächlich ein wenig stolz aus. „Aber nicht nur ich, Linda. Viele Leute glauben dasselbe wie ich. Jede Menge Leute arbeiten dafür. Nur schade, dass ich nicht lange genug leben werde, um es noch mitzuerleben. Aber vielleicht reicht es ja auch, wenn ich dazu beitragen kann, dass diese Welt einmal kommt. Wir werden uns hier auf Erden ein Königreich erschaffen, das besser ist als alles, was irgendein Himmel zu bieten hätte. Falls es denn einen Himmel gibt, natürlich."

„Und den gibt es nicht?"

„Nein. Wir dürfen uns nicht auf irgendein ewiges Leben vertrösten lassen, das irgendwann einmal das ganze Elend auf dieser Erde ausgleichen soll. Wir müssen daran arbeiten, diese Welt zu verändern. Alles, was wir haben, ist das Jetzt."

Das macht mich nachdenklich. Irgendwas daran irritiert mich, etwas, das ich nicht verstehe, und es dauert ein Weilchen, bis ich es in Worte fassen kann. Schließlich sage ich: „Schön, Austin, ich glaub, ich kann dir folgen. Aber eine Sache ist mir unklar. Wenn du recht hast – und ich sage nicht, dass es nicht so ist –, aber wenn du recht hast und wir nichts anderes haben als das Jetzt – welches Jetzt wäre das denn dann, deins oder meins?"

Austin sieht mich an, als ob ich ihm eine Fangfrage gestellt hätte – hab ich aber nicht. Dann wechselt er das Thema.

Vermutlich hat er auf diese Frage auch keine Antwort.

33

Patrick

Sonntag, 25. August 1968

„Ich hoffe, ich bin nicht zu aufdringlich – aber dürfte ich fragen, was Sie damit machen … mit dieser Maschine?"

„Oh, Patrick, hallo. Ich habe Sie gar nicht bemerkt. Sind Sie schon lange hier?"

„Nein. Erst einen Moment."

Gavan wendet sich wieder dem Bildschirm von diesem … wie hieß das noch? PC? … zu. Ein persönlicher Computer. Bis ich ihn unterbrochen habe, hat er intensiv auf diesen Bildschirm gestarrt. „Ich … also, ich lese einen Brief. Einen Brief von Melissa, von meiner Frau."

„Einen Brief?" Ich lehne mich in meinem Sessel vor und versuche, auf dem Bildschirm Worte zu erkennen, bis mir einfällt, wenn es tatsächlich ein Brief ist, dann ist er nicht an mich adressiert und nicht für meine Augen bestimmt. Ich schaue weg und richte den Blick stattdessen wieder auf Gavans Gesicht.

„Man nennt es E-Mail", erklärt Gavan. „Elektronische Post, sozusagen."

„Aber … wie haben Sie den Brief in diesen … Computer gekriegt?"

Gavan legt nachdenklich die Stirn in Falten. „Ich hab ihn nicht hineingetan. Melissa hat ihn geschickt, von einem Computer dort, wo sie ist. Und hierher gelangt er durch ein Kabelmodem."

„Ich fürchte, ich verstehe nicht ganz."

„Hmm. Also, die Nachricht wird von einem Computer zu einem anderen geschickt, so ähnlich wie – sagen wir, wie man früher Telegramme von einem Telegrafen zu einem anderen gesendet hat. Melissa tippt den Brief in ihren Computer und schickt ihn dann an meinen. Und da kann ich ihn abrufen und lesen."

Die Kluft zwischen den Zeiten, in denen wir leben, ist zu groß für mich. Ich kann verstehen, warum Menschen sich im Sekundentakt fortbewegen müssen, immer einen Moment nach dem anderen, warum sie das Leben nur in kleinen Portionen aufnehmen können.

„Ihre Frau", sage ich, „ist Soldatin, stimmt das?"

„Ja. Sie ist bei der Nationalgarde. Ihre Einheit ist gerade im Einsatz."

Das übersteigt meine Vorstellungskraft. Diese Frau zieht in den Krieg und ihr Mann bleibt einfach an der Heimatfront zurück? Noch dazu mit einem Kind. Und das nicht einmal vierzig Jahre von heute. Was steckt denn bloß in all diesen einzelnen Momenten, die vor uns liegen, dass die Dinge sich einmal derart ändern?

„Wie kommt es", frage ich, „dass heute die Frauen in den Krieg ziehen?"

Das entlockt ihm ein Grinsen. „Es ist ja nicht so, dass die gesamte Armee jetzt nur aus Frauen besteht. Beim Militär sind sie noch immer absolut in der Minderheit. Und sie werden auch nicht eingezogen. Männer übrigens auch nicht mehr. Wir haben jetzt eine Freiwilligenarmee, zumindest im Moment. Soldat wird man freiwillig, egal ob Mann oder Frau."

„Soll das heißen, die Frauen, die in den Krieg gehen, *wollen* das so?"

„Ich denke, so könnte man es ausdrücken. Aber es ist nicht so, dass sie unbedingt *im Kriegseinsatz* sein wollen. Sie *wollen* in der Armee sein, ob die Nation nun gerade im Krieg ist oder nicht."

„Und deswegen werden sie Soldaten, wie die Männer?"
„Tja, meistens wohl schon."
„Frauen? Ehefrauen und Mütter?"
„Ja."
„Sie werden in den Krieg geschickt und … kommen um?"
Gavan nickt ernst. „Ja. Manchmal schon."
Das verschlägt mir die Sprache. Ich versuche mir Linda vorzustellen, wie sie in den Krieg marschiert. Es gelingt mir nicht. Das wird sie auch nie tun, natürlich nicht. Linda bestimmt nicht. Aber wenn es das ist, was die Zukunft bereithält, dann könnte es einmal ihre Tochter sein, die es tut. „Und das erlauben wir – als Nation?"
„Wir können gar nicht anders. Wir könnten es nicht verbieten. Wir haben inzwischen die Gleichberechtigung von Mann und Frau."
„Ich bin mir nicht sicher, ob ich von dieser Idee viel halte", bemerke ich.
„Da sind Sie nicht der Einzige", versichert Gavan mir. „Aber heutzutage stehen Frauen viele Möglichkeiten offen, die zu Ihrer Zeit noch undenkbar waren."
„Das muss wohl so sein. Aber wie können Sie … also, ich weiß nicht, ob ich zulassen würde, dass meine Frau in den Krieg geschickt wird."
Gavan schenkt mir ein verständnisvolles Lächeln. Aber im nächsten Moment zuckt er die Schultern und sagt: „Melissa war schon bei der Armee, als wir geheiratet haben. Sie hat mich nicht erst später damit überrascht. Es gehört einfach zu ihr, dass sie Soldatin ist."
„Aber wäre es Ihnen denn nicht lieber, es wäre umgekehrt? Dass Sie dort wären und Ihre Frau hier?"
„Verstehen Sie doch", antwortet er lächelnd. „Es war ihre Entscheidung. Sie wollte gehen."
„Ist es deswegen richtiger?"

„In ihren Augen wohl schon."

Er scheint ein wenig unsicher, vielleicht verlegen, so, als ob ich seine Qualitäten als Ehemann infrage stelle oder überhaupt als Mann. Ich will es aber einfach nur verstehen. Aber jetzt lasse ich das Thema fallen und lenke das Gespräch in eine andere Richtung. „Nun, wie auch immer. Jedenfalls haben wir es wieder einmal dazu gebracht, dass wir in einen Krieg verwickelt sind, stimmt's?"

„Ich fürchte, ja."

Ich denke an Vietnam und wie wenig wir dort bisher erreicht haben und dass wir wohl besser überhaupt nicht erst hätten eingreifen sollen. „Dieser Krieg, den wir da gerade führen – ist er notwendig?"

„Ja, ich glaube, das ist er. Aber das denken bei Weitem nicht alle. Sehr viele sind absolut dagegen. Leider ist das ein Thema, das die Nation gerade spaltet."

„Also so ähnlich wie Vietnam."

„Ähnlich insofern, als auch Vietnam das Land gespalten hat. Der letzte Krieg, hinter dem die ganze Nation gestanden hat, war wohl der Zweite Weltkrieg. Die Kriegsanleihen, die schrottreifen Autos, alle hielten zusammen … Sie wissen schon. Heute sind die Amerikaner zu sehr damit beschäftigt, sich zu streiten, statt dem Feind in geschlossener Front gegenüberzutreten. Und deshalb", er lächelt säuerlich und zuckt die Achseln, „ob wir nun Krieg haben oder nicht – es kann auf den Titelseiten manchmal alles andere als schön zugehen."

„Die Welt im Jahr 2005 scheint ein recht seltsamer Ort zu sein."

„Ja. Aber war sie das nicht 1968 auch schon?"

Wenn ich an meine eigene Epoche denke, an all die Umbrüche in unserer Kultur und die Drogenexzesse mit ihren traurigen Folgen, muss ich ihm recht geben. Vermutlich ist jede Generation auf ihre je eigene Weise ziemlich seltsam.

„Aber … Gavan?"

„Ja, Patrick?"

„Entschuldigen Sie, dass ich frage. Haben Sie denn keine Angst? Sie haben mit Ihrer Frau ein Kind. Haben Sie keine Angst, sie zu verlieren?"

„Oh doch. Natürlich habe ich Angst. Ich bete, dass sie heil zurückkommt."

„Aber wie … wie leben Sie damit?"

Er presst die Hände ineinander und stützt nachdenklich das Kinn darauf. Schließlich sagt er: „Ich weiß, dass Gott bei ihr ist. Oder falls sie getötet wird, weiß ich, dass sie bei Gott sein wird. Gott ist da, was auch geschieht. So lebe ich damit. Anders könnte ich es nicht."

Gott ist bei ihr oder sie ist bei Gott.

Nachdenklich nicke ich. Dann dreht sich Gavan um und konzentriert sich wieder auf seine Maschine und auf seinen Brief.

34

Linda

Montag, 2. September, 1968

Das ist also Gails Zuhause – sieht ungefähr so aufregend aus wie 'ne Marmeladenschnitte, der Schuppen. Dürfte 'ne Spur größer sein als ein Wohncontainer, aber nicht viel. Im Vergleich dazu wohne ich in 'ner Villa. Aber in dieser Gegend sind die Häuser fast alle so ... äh ... nobel wie das hier. Oder noch schlimmer. Außer dort, wo Onkel Steve wohnt. Da haben sich die Leute mit dem dicken Bankkonto zusammengerottet und schöne dicke Paläste hingebaut.

Aber egal. Jedenfalls bin ich froh, dass sie mitkommt zu Onkel Steves Party. Dann haben wir einander und ich muss nicht so tun, als sei ich hellauf begeistert, einen Haufen Leute zu treffen, die ich noch nie gesehen habe, und als ob hier die Party meines Lebens abgeht – bloß damit Tante Donna nicht denkt, sie ist 'ne schlechte Gastgeberin. Als ob ich nichts Besseres zu tun hätte, als den Tag der Arbeit mit den lieben Verwandten und 'nem Trupp ihrer gruseligen Freunde zu verbringen. Aber tja ... dieses Bessere gibt's hier auch nicht wirklich, oder?

Ich drücke auf die Klingel und schon kommt Gail durch den Flur gehüpft. Sie reißt die Tür weit auf und begrüßt mich mit ihrem typischen Millionen-Kilowatt-Lächeln. „Hey, Linda! Los, komm rein", sagt sie. Sie hat ihren nördlichen Akzent gegen die hier übliche Begrüßungsfloskel ausgetauscht: Jeder, den sie trifft, kriegt ein schallendes „Hey!“ um die Ohren geknallt. Ich muss mich vorsehen, sonst ende ich selbst noch als Provinznestsüdstaatler.

„Fertig?“, frage ich.

„Fast.“

Nicht, dass ich es eilig hätte, auf diese wunderbare Party zu kommen. Mir wär's viel lieber, wenn Gail und ich diese Veranstaltung einfach auslassen und stattdessen rüber nach Asheville fahren und endlich mal wieder shoppen gehen. Aber Mom würde einen Tobsuchtsanfall kriegen, und sich ihren ewigen Zorn zuzuziehen, das wäre es nicht wert. Also werden wir auftauchen, uns ordentlich durchfuttern und wer weiß, vielleicht wird's ja doch ganz lustig. Obwohl ich nicht weiß, was hier in der Gegend überhaupt lustig sein soll. Das Einzige, was mir hier Spaß macht, ist, dass ich Austin treffen kann, und das auch noch selten genug. Schließlich kann ich ja nicht bei ihm anrufen und ihn fragen, ob er nicht mal wieder vorbeikommen will. Er taucht einfach aus dem Nichts auf, bleibt ein Weilchen und ist dann wieder verschwunden. Und wir können auch nur reden. Nicht mal Händchenhalten ist drin. Klar, für Mom und Dad wär das der Kick! Ist besser als jeder Keuschheitsgürtel, wenn man sich in jemanden verliebt, der in einer anderen Zeit feststeckt.

Ich folge Gail aus dem Flur in ein Zimmer. Wo wir hingehen, ist mir ebenso schleierhaft wie die Frage, warum wir nicht geradewegs in den Wagen steigen, den ich vor der Haustür geparkt habe, leider halb auf dem Fußweg. Rückwärts einparken war noch nie meine Stärke, und dass ich auf dem Fußweg stand, hab ich erst gemerkt, als ich schon ausgestiegen war. Aber ich bleib ja nur 'ne Minute.

Das Zimmer, das wir betreten, scheint ein Wohnzimmer zu sein, aber es gibt keinen Teppich, nur den blanken Fußboden, und die Möbel sehen aus, als ob sie direkt vom Sperrmüll kommen. Na ja, kaum jemand, der verwitwet ist und versucht, die

Familie zusammenzuhalten, lebt wohl im Luxus. Tut mir leid für Gails Mom, dass ihr Mann gestorben ist und alles. Und dass sie jetzt auch noch arbeiten muss. Selbst heute, wo doch Feiertag ist. Aber die Läden haben heute ihren großen Verkaufstag. Mrs Leland arbeitet drüben bei Harris in der Damenwäscheabteilung. Was für ein Leben!

„Hey, Grandpa", sagt Gail und erst da bemerke ich den alten Knaben – in dem hässlichsten und flohverseuchtesten Ohrensessel, den ich je gesehen habe. Er sieht aus, als ob er gleich darin versinkt, als ob die Federn alle rausgefallen sind oder so und es gar nichts mehr gibt, das ihn aufrecht halten kann, außer seinen Füßen, die in Socken auf der zum Sessel passenden Fußbank stehen.

„Ich geh jetzt, Grandpa, mit Linda", sagt Gail und der Alte sieht mich an, als ob er nicht ganz sicher ist, dass ich ihm seine Enkeltochter nicht entführe und ob er mir trauen kann, dass ich sie ordnungsgemäß wieder abliefere. „Ich hol nur noch rasch den Kuchen aus der Küche." Sie dreht sich zu mir um und erklärt: „Ich hab gebacken. Ich wollte nicht mit leeren Händen kommen."

„Das ist nett", sage ich, obwohl *ich* es jetzt bin, die mit leeren Händen zur Party meines eigenen Onkels erscheinen wird, und sie mich wie einen Manierentrottel dastehen lässt. Na ja, Mom nimmt bestimmt was zu essen mit und das zählt vielleicht für mich mit. Egal. Sie soll nur endlich ihren Kuchen schnappen und in die Gänge kommen. Ich bin nämlich kein Fan davon, in einem Raum mit einem Halbtoten zu sein, schon gar nicht mit einem, der einen anstarrt und sich gar nicht losreißen kann. Alte Leute sind einfach gruselig und alte Männer besonders.

„Ich bin gleich wieder da", sagt Gail.

Ich würde zwar nichts lieber tun, als ihr zu folgen, aber ich rühre mich nicht von der Stelle, weil sich das wohl so gehört – dableiben und mit ihrem Großvater reden. Obwohl es das

Letzte ist, was ich möchte. Er sitzt da in diesem Sessel wie in einem Krater und starrt mich an, als ob er darauf wartet, dass ich was sage. Schließlich ringe ich mich dazu durch, den Mund aufzumachen, denn alles ist besser, als hier rumzustehen und sich anzuschweigen. Das ist nur peinlich. „Und wie geht es Ihnen?“, frage ich. Ich will ihn um nichts in der Welt Bim nennen und auch nicht Grandpa Leland. Also rede ich ihn überhaupt nicht an.

Er starrt mich weiter an, als ob ich Chinesisch rede oder so was, aber schließlich antwortet er: „Nicht schlecht für einen alten Mann.“

Ich lache, weil ich denke, das soll ein Witz sein. Aber er lächelt nicht mal und mir bleibt das Lachen im Hals stecken. Mein Mund wird trocken. In meinem Magen dreht sich alles und ich wünsche mir, dass Gail endlich mit diesem vermaledeiten Kuchen auftaucht. Was macht die da nur so lange? Muss sie das Teil noch mal backen, oder was?

„Und wie geht es dir?“, sagt der alte Knabe und dann fügt er hinzu: „Linda …“ – und mir werden die Knie weich, *wie* er meinen Namen sagt. Und dann ist da noch dieser Speicheltropfen auf seinen Lippen, der sich zwischen Ober- und Unterlippe dehnt, wenn er spricht, und eine kleine Speichelsäule bildet, die wie ein Gummiband schrumpft und wächst.

Ich sage, mir geht's prima, aber ich könnte ausflippen, wenn er mich mit diesen Knopfaugen anstarrt. Er nickt kaum wahrnehmbar und sieht aus, als versuche er, sich an etwas zu erinnern, was immer das auch sein mag. Na ja, wenn er so ist wie die anderen Oldies in der Eisdiele, dann wünscht er sich vermutlich nur, dass er noch mal achtzehn wäre. Tja, tut mir leid. Dein Leben ist rum und du hast leider deine Chance verpasst.

„Bist du gern in Black Mountain?“, fragt er jetzt mit dieser rauen Stimme. Die kleine Speichelsäule stürzt von der Oberlippe ab und fällt in sich zusammen.

„Ja, klar", sage ich. Wenn Gail jetzt nicht auf der Stelle auftaucht, werde ich hier schneller die Fliege machen, als man gucken kann. Aber zuerst drehe ich Gail den Hals um. Mich hier mit dem Alten allein zu lassen!

„Du wohnst oben im alten Cisco-Haus, stimmt's?"

„Ja, stimmt. Warum? Kennen Sie es?"

Jetzt mahlen seine Kieferknochen ein Weilchen, als ob es einen Fehlstart in seinem Mund gegeben hat und er erst den Motor wieder in Gang bringen muss, bevor er ein weiteres Wort rausbringt. Dann sagt er endlich: „Nein. War nie dort." Er schüttelt den Kopf und sagt noch einmal: „War nie dort. Nie." Und ich frage mich, warum er sich solche Mühe gibt, mich davon zu überzeugen. Schließlich gibt es nichts, was mich weniger interessieren könnte.

In dem Moment ruft Gail aus der Küche: „Tut mir leid, dass es so lange dauert. Ich finde einfach die Kuchenhaube nicht."

Vergiss die Kuchenhaube, möchte ich rufen. Vergiss den *Kuchen*. Lass uns bloß hier wegkommen. „Kann ich helfen?", rufe ich in der verzweifelten Hoffnung, dass sie den panischen Ton in meiner Stimme bemerkt.

Aber sie ruft nur zurück: „Nein, schon gut. Hab sie gerade gefunden. Bin gleich da."

Ich sehe wieder zu dem alten Mann hinüber. Er blickt mich immer noch an. Aber jetzt mit einem merkwürdigen Ausdruck im Gesicht, den ich nicht deuten kann – als ob ihn etwas beunruhigt oder als ob er etwas sagen möchte, aber nicht weiß, wie. Oder vielleicht will er auch nur um Hilfe rufen, weil dieser Sessel ihn in sich reinsaugt wie eine Venusfliegenfalle und er Angst hat, dass er nie wieder rauskommt. Da endlich taucht Gail auf, die Plastikkuchenhaube in der Hand, vor guter Laune strotzend wie eh und je und ohne jede Ahnung, dass ihr alter Grandpa und ich gerade so was wie den absoluten Albtraum an Konversation erlebt haben.

„Bis später, Grandpa." Sie beugt sich über ihn und drückt ihm einen Kuss auf die faltige alte Wange. Vielleicht ist es nur meine lebhafte Fantasie, aber ich kann seinen üblen Atem riechen, als ob ich es bin, die ihn küsst. „Ich lass dich gar nicht gern hier allein. Ich wünschte, wir könnten dich mitnehmen."

Nur über meine Leiche! Zum Glück winkt der alte Knabe nur ab und sagt: „Schon gut, meine Liebe. Geh und amüsier dich gut."

In meinem ganzen Leben war ich noch nie so froh, aus einem Haus rauszukommen. Jedenfalls nicht seit diesem unsäglichen Abendessen bei Monika und ihrem Großonkel, dem aus Sausalito. Der hat den ganzen Abend lang Schleim ausgehustet und ihn ins Taschentuch gespuckt. Ich hoffe nur, Gott ist so vorausschauend, dass er mich umbringt, bevor ich alt werde. Lieber sterbe ich jung, als dass ich die letzten Jahre meines Lebens damit zubringe, mich vor mir selbst zu ekeln.

35

Digger

Dienstag, 3. September 1968

Dad sitzt ganz krumm an seinem Schreibtisch. Er hat die Stirn in die Hände gestützt. „Dad?“, frage ich.

Er sieht hoch und scheint überrascht, als ob ich ihn vielleicht aufgeweckt habe. „Oh, Digger, hallo. Komm rein.“

„Was machst du grade?“

„Ich schreibe Überweisungen, bezahle Rechnungen. Und ich sehe die Finanzen durch. Da gibt’s leider nicht viel zu lachen.“

Ich gehe vor bis zum Schreibtisch, der voller Papiere ist.

Er lächelt mich an, aber glücklich sieht er nicht aus. Er sieht aus, als ob ihm der Bauch wehtut. „Machst du dich fertig zum Schlafengehen?“, fragt er.

„Ja, mach ich.“

„Morgen ist ein großer Tag, was?“

Ich nicke. Morgen fängt die Schule wieder an. Ich wünsche mir, dass der Sommer nie zu Ende geht. „Linda ist sauer, dass sie mich jetzt jeden Tag zur Bushaltestelle fahren soll.“

„Sie wird drüber hinweggkommen.“

„Nächstes Jahr muss sie es ja nicht mehr machen. Dann ist sie auf dem College. Und dann kann sie mich nicht mehr herumkommandieren.“

Dad lächelt wieder. „Wenn sie fort ist, wirst du sie vermutlich sehr vermissen.“

„Bestimmt nicht! Dann bin ich nämlich das einzige Kind im Haus. Und kann machen, was ich will, ohne dass mich jemand anmotzt."

Jetzt versucht Dad, streng auszusehen, aber ich weiß trotzdem, dass er nur so tut. „Na ja, ganz so wird es nicht sein, Digger. Mit deiner Mutter und mit mir wirst du noch auskommen müssen."

„Ach, das ist okay. Ihr seid ja nett."

Er legt mir die Hand auf den Kopf und wuschelt mir durch die Haare. Das macht er immer, wenn ich was sage, worüber er sich freut. „Ich bin froh, dass du das denkst, mein Junge."

Ich schaue auf all die Papiere auf seinem Schreibtisch. „Dad?"

„Ja, Digger?"

„Ich habe fünfundneunzig Cent von meinem Taschengeld gespart. Die kannst du haben, wenn das was nützt."

Dad sagt gar nichts, und das ziemlich lange. Er sitzt nur da und sieht mich an. Die Lippen hat er ganz fest zusammengepresst. Dann sagt er doch noch was: „Danke, Digger. Aber behalt mal dein Geld. Wir kommen schon zurecht."

Ich zucke die Achseln. „Okay. Wenn du sicher bist."

„Ganz sicher."

Er lächelt wieder und ich jetzt auch. Dad sieht auf die Uhr und sagt: „So, nun aber rasch ins Bett. Liest Mom dir noch was vor?"

„Ja. Sie hat gesagt, ich soll rufen, wenn ich fertig bin."

„Hast du die Zähne geputzt?"

„Hab ich."

„Zeig mal her."

Ich setze mein breitestes Lächeln auf, da kann er alle meine Zähne sehen. Dann fällt es mir wieder ein. „Guck mal, Dad. Der hier ist ziemlich locker."

Ich nehme seinen Finger und lege ihn auf den unteren Zahn, der schon wackelt. Dad zieht die Augenbrauen hoch und er sieht überrascht aus, aber auch glücklich, als ob ich was richtig Gutes gemacht hätte.

„Na, so was!“, sagt er. „Kann nicht mehr lange dauern, bis die Zahnfee kommt. Das heißt, wenn du jetzt nicht schon zu groß bist für die Zahnfee.“

Und auf meinen Penny verzichten? Kommt nicht infrage. Ich schüttle den Kopf, so schnell ich kann. „Nö, bin ich nicht. Sobald er raus ist, leg ich ihn gleich unters Kopfkissen.“

„Fein“, sagt Dad. „Und für einen Gutenachtkuss bist du auch noch nicht zu groß, oder?“

Er breitet die Arme aus und ich lasse mich hineinfallen. Das mache ich total gern, denn er fängt mich immer auf. Er zieht mich noch kurz auf seinen Schoß und schaukelt, so als ob wir einen kleinen Tanz machen, und dann gibt er mir einen Kuss auf die Wange und ich kann noch was von dem Rasierwasser riechen, das er immer nimmt. Es riecht gut. Es riecht nach Dad.

„Gute Nacht, Dad“, sage ich.

„Träum was Schönes, Digger.“

Ich gehe raus auf den Flur und rufe nach unten, damit Mom kommt und mir noch was vorliest.

36

Meg

Samstag, 7. September 1968

„Und wie geht's den Kindern in der Schule?", fragt Donna.

Wir sitzen in den Schaukelstühlen beim Kamin in der Küche, sie und ich. Digger und Marjorie spielen draußen im Garten. Steve und Patrick sind zur Arbeit. Linda hat sich mit Gail Leland angefreundet, erfreulicherweise, und ist für den Nachmittag bei ihr. Abends arbeiten sie dann beide in der Eisdiele.

„Na ja, du kennst ja Digger", sage ich. „Er kommt überall gut zurecht. Er mag seine Lehrerin und die anderen Kinder in der Klasse auch, hat er gesagt. So weit, so gut – was die dritte Klasse anbetrifft. Aber Linda …" Ich zucke die Achseln und sehe über Donnas Schultern hinweg durch die offene Küchentür hinaus. Ich kann die Kinder im Garten lachen hören. Ein Klang, den ich liebe. „Linda erzählt nicht viel, weißt du."

Donna wirft einen Blick zur Zimmerdecke und signalisiert mit einem Nicken Verständnis. „Mit Jeff ist es dasselbe, seit er sechzehn ist. Er lebt in seiner eigenen kleinen Welt, in die er uns nicht den kleinsten Einblick geben will."

Wir tauschen ein vielsagendes Lächeln, das Siegel unserer Verbundenheit als Mütter von Teenagern. „Ich habe das Gefühl, es läuft für Linda besser, als sie erwartet hat", sage ich. „Wenigstens hat sie etwas ausgespuckt, das wie ein Ja klang, als ich sie gefragt habe, ob sie ihre Lehrer mag. Und in ausdrücklichen

Worten hat sie mir erklärt, dass sie sich für das Team gemeldet hat, das das Jahrbuch erstellt. Das kann nur bedeuten, dass ein paar Leute in diesem Team es doch wert sein könnten, dass man sie kennenlernt – ihrer bescheidenen Meinung nach. Vermutlich ist der Redakteur ein Knabe aus der Abschlussklasse – groß, dunkelhaarig, attraktiv."

Donna lacht. „Wo du es sagst – ich glaube, in diesem Jahr ist es Rodney Sugarman. Dunkelhaarig ist er nicht, aber groß und attraktiv kommt hin. Ich glaube, er ist auch Mannschaftsführer im Leichtathletikteam. Einer von der Sorte, die überall mitmischen und in allem ziemlich gut sind."

„Nun, das dürfte Lindas plötzliches Interesse am Jahrbuch wohl erklären."

Draußen stimmt Marjorie ein Geheul an; irgendetwas hat ganz offensichtlich ihren Unmut erregt. Donna seufzt, erhebt sich aus dem Schaukelstuhl und geht zur Tür, mich im Schlepptau.

„Kinder, was ist los?", ruft sie.

Marjorie stampft mit dem Fuß auf und wirft Digger einen zornentbrannten Blick zu. „Ich hab ihm eine Blumenkette gemacht und er will sie sich nicht umhängen."

Ich muss in mich hineinlachen, während ich über Donnas Schulter hinweg rufe: „Digger, sei nett. Häng dir die Girlande um."

„Och, Mom. Das ist doch Mädchenkram."

„Es sieht ja niemand, nur Marjorie. Tu's einfach ihr zuliebe."

Marjorie streift Digger mit einem triumphierenden Blick die Kette über den Kopf. Er zieht einen Flunsch, aber im nächsten Moment hebt er die Arme, stößt einen gespielten Schrei aus und jagt seine Cousine durch den Garten. Sie quietscht vor Vergnügen und ergreift die Flucht, aber sie ist längst nicht so schnell wie Digger und ein paar Augenblicke später liegen die beiden im Gras und lachen schon wieder.

„Digger nimmt nie lange irgendwas krumm“, bemerkt Donna.

„Nein. Er ist ein prächtiger kleiner Bursche.“ Ich bin so stolz auf meinen Sohn, dass ich förmlich spüre, wie meine Mutterliebe in meinem Brustkorb anschwillt.

Ich biete Donna einen Kaffee an, aber sie lehnt ab und wir setzen uns wieder. „Ich habe eigentlich zu Hause hundert Dinge zu erledigen“, sagt sie, „aber die werden eben warten müssen. Im Moment sitze ich einfach viel lieber bei dir und unterhalte mich.“

„Es ist schön, dass du da bist“, sage ich. „Du kommst viel zu selten vorbei.“

Sie nickt. „Das Leben hat so eine Art, immer dazwischenzukommen, wenn wir gerade etwas Schönes machen, nicht wahr?“

„Ja, vermutlich. Man hat einfach nie genug Zeit für alles.“

„Nein“, stimmt sie zu. Dann sagt sie: „Gestern war ich in der Stadt beim Friseur. Ich habe mit Vernita Ponder gesprochen.“

„Ach ja?“

„Sie hat mich in ihr Büro gewinkt und gefragt, ob wir irgendjemandem von dem Haus erzählt hätten. Sie ist sehr besorgt, dass die Sache bekannt wird.“

„Das muss sie nicht sein. Ich werde bestimmt niemandem was erzählen und Patrick und die Kinder ebenfalls nicht.“

„Meinst du nicht, Digger könnte in der Schule mal ein falsches Wort herausrutschen?“

„Nein, das glaube ich nicht. Und falls doch – wer würde ihm so was denn glauben? Er ist eben ein Kind. Kinder erfinden die unwahrscheinlichsten Geschichten und niemand glaubt sie.“

„Ja, vermutlich hast du recht.“

„Und du? Hast du es irgendwem gesagt?“

„Lieber Himmel, nein.“

„Auch nicht Steve?“

„Nein“, sagt sie noch einmal und mit Nachdruck. „Vielleicht erzähle ich es ihm irgendwann mal. Aber jetzt noch nicht.“

Eine Weile sitzen wir schweigend da. Hören den Kindern zu, die draußen spielen. Dann sagt sie: „Glaubst du, ich könnte Celeste auch einmal begegnen, wenn ich lange genug hier sitzen bleibe?"

„Ich habe keine Ahnung. Warum?"

„Na ja, irgendwie beneide ich dich ein bisschen, weißt du. Ich würde auch mal gern jemanden aus einer anderen Zeit treffen, so wie ihr alle."

Ich habe ihr von Celeste erzählt und auch das Wenige, was ich über Mac und Austin und Gavan Valdez weiß. Jetzt fällt mir nichts ein, was ich sagen könnte. Wie soll man darauf reagieren, dass einen jemand beneidet?

Sie fragt: „Was meinst du, warum geschieht das alles?"

Genau. Das ist eben die große Frage. Vor Kurzem hat Patrick mich genau dasselbe gefragt. Als ob ich die Antwort wüsste! „Ich habe nicht die leiseste Ahnung", gebe ich zu und sage ihr, was ich auch Patrick gesagt habe. „Vielleicht gibt es überhaupt keinen Grund. Vielleicht ist es nur etwas, was eben einfach so *ist* – so, wie die Berge eben Berge sind. Sie sind einfach da und wir leben darin."

Sie sieht mich nachdenklich an, lehnt den Kopf gegen das Polster und versetzt den Stuhl mit dem Ballen ihres Fußes ins Schwingen. „Ich weiß nicht, Meg. Ich glaube eigentlich, dass alles, was geschieht, einen Grund hat."

Ich atme tief durch und hebe ratlos die Schultern. „Kann schon sein. Aber ich zumindest weiß überhaupt nicht, was für ein Grund das in diesem Fall sein sollte."

„Vielleicht weißt du es nur *noch* nicht. Vielleicht findest du es eines Tages heraus."

„Vielleicht."

Sie hört abrupt auf zu schaukeln und schenkt mir ein fragendes Lächeln. „Für jemanden, dem etwas so … na ja, etwas so *Ungewöhnliches* zustößt wie dir – einen Blick in andere Zeiten zu werfen –, also dafür klingst du nicht gerade übermäßig beeindruckt."

Ihre Bemerkung macht mich nachdenklich. Was empfinde ich eigentlich wirklich? „Donna, es ist irgendwie seltsam", gestehe ich ein. „Ich habe das Gefühl, als ob … also, ich weiß nicht … als ob ich auf irgendetwas warte. Als ob ich warte und Ausschau halte. Nach irgendwas. Aber ich weiß nicht, wonach."

„Hmm." Sie schüttelt den Kopf. „Das weiß ich natürlich auch nicht."

Jetzt schaut sie verträumt auf den leeren Herd und ich folge ihrem Blick zu dem Kessel, der darüber baumelt. Sie sieht ihn gar nicht, das weiß ich, denn sie ist völlig in ihre Gedanken versunken. Aber ich kann nicht umhin, mich zu fragen, ob vielleicht gerade in diesem Moment jemand in einer früheren Zeit diesen Kessel benutzt, um darin über dem Feuer Wasser zu erhitzen und sich eine Tasse Tee zu machen. Vielleicht jemand, der müde ist und einfach eine kleine Pause braucht. Vielleicht jemand, der, wie Celeste es über die Leute hier in den Bergen sagt, einfach ein wenig Zeit verschwenden möchte.

Jetzt dreht Donna sich um und sagt: „Also, wenn du ihn schon gekocht hast, nehme ich doch gern eine Tasse Kaffee."

Ich gieße uns beiden eine Tasse ein. Dann plaudern wir weiter, lassen unsere Spekulationen über das Haus hinter uns und wenden uns anderen Dingen zu, Dingen, die nicht so bedeutsam sind. Ein Thema ergibt das nächste. Die Minuten verstreichen. Ich genieße es, ihrer kultivierten, melodischen Stimme zu lauschen und auch dem Lachen der Kinder, das gelegentlich aus dem Garten hereindringt. Es liegt eine besondere Schönheit über diesen Augenblicken, etwas Weltentrücktes, Abgeklärtes. Ich bin beinahe glücklich, dass ich in diesem Moment genau da bin, wo ich bin: hier in diesem Haus in Black Mountain, North Carolina.

Schließlich neigt sich der Nachmittag seinem Ende zu und

es wird Zeit fürs Abendessen. Donna erhebt sich, um zu gehen. Sie ruft Marjorie aus dem Garten herein. Mit roten Wangen, erhitzt und glücklich kommt das Kind ins Haus. Mehrere Blumenkränze schmücken den kleinen Kopf.

„Das kannst du wirklich gut“, sage ich zu dir, „diese Kränze flechten.“

Sie strahlt mich an. „Ja, und Digger gefällt seiner auch. Jedenfalls hat er ihn nicht wieder abgenommen.“

Digger ist noch draußen und versucht mit ganzer Anstrengung, einen Stock in den Boden zu stoßen, sodass er gerade wie ein Flaggenmast stehen bleibt. Dass er noch immer den Blumenkranz um den Hals hat, hat er anscheinend völlig vergessen.

An der Vordertür haucht Donna nah an meiner Wange ein Küsschen in die Luft, nennt mich in ihrer goldigen Südländerart „Schätzchen“ und sagt, dass sie bald mal wieder zu einem Besuch herüberkommt. Ich muss lächeln. Ich habe sie früher gar nicht gekannt – jedenfalls nicht wirklich. Ich glaube, nun, wo wir hier sind, könnten wir Freundinnen werden.

Ich gehe in die Küche und mache mich daran, das Abendessen vorzubereiten: Nudelauflauf, frische Maiskolben, grünen Salat. Und Kirschpudding. Patrick wird das mögen, vor allem den Pudding. Ich unterbreche meine Arbeit und hebe den Kopf. Komisch – ich denke an Patrick und was ihm schmeckt. Fast so wie früher, wie in uralten Zeiten.

Tja, was soll's. Vielleicht sterben alte Gewohnheiten einfach nur schwer.

Heute Abend sind wir nur zu dritt. Linda bleibt bei Gail. Irgendwann einmal werden wir wieder zu fünft um den Esstisch sitzen. Wenn Carl endlich aus Vietnam zurück ist.

Ich stelle den Auflauf in den Backofen und schaue durch das Fenster über der Spüle nach draußen. Der Stock, den Digger mit so viel Mühe in die Erde gebohrt hat, steht noch, wenn auch mit leichter Neigung. Digger ist nicht zu sehen.

Ich trete aus der Hintertür und rufe nach ihm. Keine Antwort. Nach einem Moment rufe ich noch einmal. Schweigen. Wie oft habe ich ihm gesagt, dass er nicht in den Wald laufen soll. „Digger“, rufe ich lauter. „Wo steckst du?“

Vielleicht ist er einfach ums Haus gegangen, in den Vorgarten. Vielleicht spielt er in der Einfahrt mit seinen Spielzeugautos. Aber wenn er irgendwo im Garten wäre, hätte er mich doch hören müssen.

Auf einmal packt mich eiskalte Angst. Digger ist etwas zugestoßen, da bin ich mir plötzlich sicher – aber ich weiß nicht, was. Nein, ich darf jetzt nicht in Panik geraten. Er muss irgendwo hier sein, ganz in der Nähe. Er *muss* hier sein.

„Digger!“

37

Linda

Samstag, 7. September 1968

Caramba noch mal, was hab ich mir nur gedacht? Ich hätte knallhart und sofort Nein sagen sollen, als Gail mich zu sich nach Hause eingeladen hat. Ich meine, ich hab eben *überhaupt nicht* gedacht, und das ist das Problem. Ich hab mir nicht überlegt, wie es sein würde, an einem Tisch mit einer Mumie zu sitzen, die allerdings noch zu essen geruht. Und auch noch direkt mir gegenüber. Also ehrlich … versuch mal zu kauen, wenn du die Haftcreme fürs Gebiss vergessen hast. Wahrlich kein erhebender Anblick. Gail hat mir nicht erzählt, dass ihr Opa ein Gebiss hat, aber wenn er den Mund aufmacht und der Oberkiefer ganz nackt ist, weil seine oberen Zähne an den unteren hängen geblieben sind, ist es wohl offensichtlich. Gail und ihre Mutter haben so getan, als kriegten sie davon nichts mit, aber vermutlich nur, weil sie schon dran gewöhnt sind. Na ja, ich bin's nicht, und wenn ich noch sehr viel länger gezwungen bin, mit anzusehen, wie dieser verschrumpelte alte Ziegenbock seine spaghettiverklebten Zähne an ihren eigentlichen Bestimmungsort zurückschiebt, dann muss ich bestimmt kotzen.

„Du bist also jetzt auch im Jahrbuch-Team, Linda?" Gails Mutter sieht mich an und lächelt. Die lange Narbe auf ihrer Stirn ist ungefähr ebenso appetitlich wie die falschen Zähne ihres alten Herrn, aber zumindest klebt da keine Tomatensoße dran.

„Mhm“, mache ich. „Ich musste eine AG wählen und ich dachte mir, das sei von allem, was im Angebot ist, noch das kleinste Übel.“

„Und dass Rodney der Redakteur ist, schadet auch nicht gerade“, ergänzt Gail.

„Oh, verstehe“, sagt Mrs Leland. „Er ist ein feiner Kerl.“

„Feiner Kerl?“, wiederholt Gail. „Mom, er ist absolut traumhaft. Stimmt's, Linda?“

„Ähm, klar, er ist in Ordnung.“ Während ich das sage, fällt mir auf, dass die wässrigen Augen des Alten sich auf mich richten.

„Ich würde alles tun, um ein Date mit ihm zu kriegen“, plappert Gail weiter. „Ein einziges Date! Das wäre der siebte Himmel!“

Na ja, er ist nun wirklich nicht der bestaussehende Knabe, den ich je gesehen hätte – an Austin kommt er längst nicht ran –, aber auch ich würde 'ne Menge dafür geben, wenn er mir hier am Tisch gegenübersäße und nicht dieser alte Tattergreis. Zumindest fallen Rodney beim Essen nicht die Zähne aus dem Mund.

„Und was wird deine Aufgabe im Jahrbuch-Team sein?“, fragt der Alte.

Wenn ich nicht unhöflich sein will, muss ich ihn anschauen, während ich antworte. „Och, ich weiß es noch nicht“, sage ich achselzuckend. „Vielleicht mach ich die Bilder.“

Eilig wandert mein Blick zurück auf meinen Teller und ich konzentriere mich darauf, die Spaghetti um die Gabel zu wickeln. Inzwischen bin ich mir sicher: Es kann sich nur noch um Minuten handeln und dann kommt es mir hoch.

„Ich glaube, es wird dir gefallen“, sagt Mrs Leland. „Ich bin übrigens froh, dass ihr beiden etliche Kurse gemeinsam habt. Das ist eine schöne Sache.“

„Ja, ist es“, bestätigt Gail. „Wir können zusammen für Mathe und für die Biologie-Tests lernen. Ist doch super, oder, Linda?“

Ich nicke und bemühe mich, wenigstens ein bisschen Begeisterung zu versprühen. „Ja, super."

„Ach, übrigens, Gail", sagt Mrs Leland, „hab ich dir gesagt, dass Abner und seine Frau nächstes Wochenende Goldene Hochzeit feiern? Wir sind zum Empfang in der Gemeinde eingeladen. Das war doch so, oder, Dad?"

Der alte Mann nickt. Sprechen kann er nicht, weil er gerade wieder den Daumen im Mund hat.

„Glaubt man das?", ruft Gail. „Goldene Hochzeit? Fünfzig Jahre? Ehrlich? Hey, Linda, hast du vielleicht Lust mitzukommen?"

Ich sehe sie an, als könne ich nicht glauben, was sie da sagt. Ich würde eher einen verendeten Straßenköter verspeisen, als zum Ehejubiläum von einem von diesen Tattergreisen zu gehen. Richtig gehört! Inzwischen hab ich die Namen von all diesen Oldies gelernt – und kann sie sogar richtig zuordnen! Abner ist der, dem der Bauch über den Gürtel hängt. Otis hat ein Glasauge, das ganz starr ist. Luther ist der mit den behaarten Knöcheln und der platten Nase – die hat er davon, dass er mal betrunken voll mit dem Gesicht auf den Gehsteig geknallt ist. Buford ist der, dem ein Stück vom rechten Ohr fehlt. Hat ihm ein Bär abgebissen, behauptet er, aber das glaub ich nicht. War wahrscheinlich seine Frau und vermutlich aus dem einzigen Grund, dass er Buford heißt. Keinen einzigen guten, vernünftigen, soliden Namen findet man bei denen. Nichts als Provinzlernamen. Hinterprovinzlernamen.

Und dann ist da natürlich noch Bim. Ich weiß nicht mal, wie er wirklich heißt, aber ehrlich gesagt: Es interessiert mich auch nicht die Bohne. Kann sowieso nichts Gutes sein. Nichts Vernünftiges, so wie Austin. Aber Austin kommt ja schließlich auch aus Chicago, wo es normale Menschen gibt, die ein bisschen Selbstachtung im Leib haben und ihre Kinder nicht nach irgendwelchen Comicfiguren benennen.

Bim sieht mich jetzt grade an, als warte er drauf, von mir zu hören: *Aber klar komme ich zum Ehejubelfest der Oldies.* Ich stelle es mir grade vor: Mit einem Haufen verbrauchter alter Knacker und ihren Frauen in irgendeinem Gemeindehauskeller festzusitzen … genau mein Traum! Jetzt klingelt das Telefon. Mrs Leland entschuldigt sich, geht in die Küche und nimmt den Hörer vom Apparat an der Wand. Nachdem sie Hallo gesagt hat, höre ich, wie sie fortfährt: „O ja, Mrs Crane, sie ist noch hier. Wir sind noch nicht ganz fertig mit dem Abendessen, ehrlich gesagt, aber das ist in Ordnung. Ich geb sie Ihnen mal. Hier kommt sie."

Ich bin schon aufgesprungen und eile durch die Küche, angetrieben von meinem Bedürfnis, dem Blick des Alten zu entkommen. Ich nehme den Hörer von Mrs Leland, die mir ihr liebenswürdiges Lächeln schenkt, bevor sie an den Tisch zurückkehrt.

„Hallo, Mom?", sage ich. „Was ist los?"

„Tut mir leid, dass ich dich störe", sagt Mom. „Aber ich muss dich bitten, nach Hause zu kommen."

Zuerst bin ich nichts als erleichtert, aber dann wird mir klar, dass es einen Grund dafür geben muss, dass ich nach Hause kommen soll, also frage ich, warum.

„Digger ist verschwunden", sagt sie und klingt, als ob sie gleich in Tränen ausbricht.

Ich wende den drei anderen am Tisch, die mich jetzt anstarren, den Rücken zu und sage: „Was meinst du damit, er ist verschwunden?"

„Er hat draußen im Garten gespielt und jetzt kann ich ihn nirgends finden. Ich habe deinen Vater schon angerufen. Er und Onkel Steve sind schon unterwegs."

„Und was willst du von mir?"

„Ich möchte, dass du nach Hause kommst …"

„Mom, du weißt doch, dass ich heute Abend arbeite. Und

überhaupt, vermutlich ist er einfach ein bisschen im Wald spielen und kann es nicht hören, wenn du rufst. Der kommt bestimmt bald nach Hause."

„Vielleicht hast du recht, aber ich bin mir nicht sicher." Jetzt weiß ich, dass sie weint; ich höre sie am anderen Ende der Leitung schniefen.

„Okay, Mom. Gail kann Gloria ausrichten, dass ich heute nicht kommen kann. Ich bin in ein paar Minuten da."

Noch während ich den Hörer auflege, denke ich: Ich gehe jede Wette ein, dass Digger zurück ist, bevor ich hier raus und ins Auto geklettert bin. Der Trottelkopf sammelt wahrscheinlich irgendwelche Tierköttel im Wald und hat die Zeit vergessen. Wenn ich nach Hause komme, werde ich mitanhören müssen, wie Mom ihm mordsmäßig die Leviten liest, in Tränen aufgelöst. Ja, und diesmal wird er wirklich mal echten Ärger kriegen, und zwar mit beiden, mit Mom und mit Dad. So perfekt und engelhaft ist er nämlich gar nicht, unser perfekter kleiner Engel.

„Alles in Ordnung, Linda?", fragt Mrs Leland.

„Mhm." Ich zucke die Achseln. „Aber ich muss jetzt gehen. Digger ist irgendwie verloren gegangen und ich schätze mal, ich soll helfen, ihn wiederzufinden."

Während ich das sage, werden die Augen des Alten so groß wie sein Essteller und ich fürchte schon, sie fallen ihm gleich aus dem Kopf. „In diesen Bergen", sagt er, „muss man vorsichtig sein. Vielleicht solltet ihr die …"

Den Rest höre ich nicht mehr, denn ich bin schon halb durch den Flur in Richtung Eingangstür und danke meinem Schicksal für diesen perfekten Vorwand, den schlackernden zahnlosen Kiefern der Wandelmumie zu entkommen.

38

Patrick

Samstag, 7. September 1968

„DIGGER!"

Ich lausche auf eine Antwort. Sie kommt nicht.

„Digger! Wo bist du, Kleiner?"

Beim letzten Wort bricht meine Stimme, aber es ist ja ohnehin niemand da, der mich hören könnte. Seit einer Stunde durchkämme ich jetzt den Wald in Richtung Berggipfel; Steve sucht talwärts. Er folgt der Straße, die zu unserem Haus führt; ich taste mich durch einen zugewachsenen Waldweg, der kaum zu erkennen ist. Ich muss mich zusammennehmen, sonst verlaufe ich mich auch noch. Ich sollte wieder im Haus sein, bevor es ganz dunkel wird, und das wird nicht mehr lange dauern. Aber ich kann nicht ohne meinen Sohn von diesem Berg zurückkommen.

„Digger! Wo bist du?"

Meine Angst droht jetzt vollends in Panik umzuschlagen. Das darf ich nicht zulassen. Ich muss einen kühlen Kopf bewahren.

O Gott, bitte hilf mir, meinen Sohn zu finden. Bitte beschütze du ihn und bring ihn uns heil und gesund zurück.

Ich möchte die Worte laut ausrufen, aber sie zerfallen in meiner Kehle wie Ascheflocken. Wenn ich es erst einmal laut ausgesprochen habe, heißt das, dass Digger wirklich verschwunden ist.

Was war das? Irgendwo ein Rascheln im Laub. Ich drehe mich eilig um, das Herz schlägt mir bis zum Hals. Digger?

Ein Eichhörnchen huscht über den Pfad und ich beobachte, wie es im Unterholz verschwindet. Die Welt kommt mir viel zu groß vor; ich weiß nicht, ob ich ihr gewachsen bin.

Und wo in dieser Welt ist mein kleiner Junge? Er muss doch irgendwo sein. Leute verschwinden doch nicht einfach so. Vielleicht ist er ja längst zu Hause, wenn ich von diesem Berg zurückkomme. Vielleicht hat Steve ihn gefunden und sicher nach Hause zurückgebracht.

Digger, du weißt doch, dass du im Garten bleiben sollst. Du weißt das doch. Und du bist doch kein Kind, das sich nicht an Regeln hält. Ja, in Kleinigkeiten manchmal schon, aber doch nicht bei den wirklich wichtigen Regeln. Den lebenswichtigen Regeln. Warum hast du dich nur diesmal nicht daran gehalten? Was hat dich denn dazu gebracht, so unverfroren ungehorsam zu sein und einfach davonzuspazieren?

O Gott, bitte, Digger, sei zu Hause, wenn ich zurückkomme.

Ich bleibe stehen, mitten im Wald, lausche, spähe durchs Unterholz. Wie weit soll ich noch gehen? Bis ganz auf den Gipfel? Wenn ich bis zum Gipfel laufe, wirst du dort sein?

Ich muss an die Bären denken, aber ich verbanne den Gedanken sofort. Auch den an Giftschlangen. Diese Wälder sind ein gefährlicher Ort für einen kleinen Jungen. Wenn wir dich finden, Junge, dann kriegst du eine Strafe, die du dein Leben lang nicht mehr vergisst. Das kannst du mir glauben, Digger, das wird dir eine Lehre sein. Du hast mich vielleicht noch nie zornig erlebt, aber diesmal wirst du sehen, wie das ist. Ich schwöre es dir, Junge, wenn du mir unter die Augen kommst, werde ich … werde ich … o Gott, dann werde ich dich in die Arme schließen und festhalten und ich weiß nicht, ob ich dich je wieder loslassen kann.

Ich sehe hinauf in die Baumwipfel. Ein gespenstischer Mond steht bleich und durchsichtig am Himmel.

„Digger!“

39

Meg

Samstag, 7. September 1968

Ich höre Schritte auf der vorderen Veranda und mein Herz macht einen hoffnungsvollen Satz. Aber im nächsten Moment weicht die Hoffnung schon wieder der Angst. Es ist Steve, aber er ist allein. Er kommt ins Haus und schüttelt den Kopf. „Ich habe überall gesucht", sagt er, „aber es war keine Spur von ihm zu entdecken."

„Keine Spur?", wiederhole ich. Meine Stimme ist brüchig. „Gar nichts?"

Linda nimmt meine Hand. „Mach dir keine Sorgen, Mom", sagt sie. „Vielleicht hat Dad ihn gefunden. Er ist sicher bald wieder da."

Ich wende mich von Steve ab und lasse mich von Linda hinaus in den Garten ziehen. Dort stehen wir, die Arme umeinandergelegt, und warten, dass Pat zurückkommt. Ich weiß nicht, ob ich mich auf den Beinen halten könnte, wenn Linda mich nicht stützen würde.

Habe ich eigentlich vor diesem Abend gewusst, was Angst ist? Ich dachte, ich hätte es erfahren, als Carl nach Vietnam ging. Ja, auch das war Angst. Aber jetzt weiß ich, dass die Angst grenzenlos ist, dass sie einen in Tiefen stürzt, von denen ich nicht wusste, dass es sie gibt.

Steve kommt jetzt auch nach draußen und setzt sich in den

Klappstuhl auf dem Rasen. Er nimmt ein Päckchen Zigaretten und ein Feuerzeug aus der Hemdtasche, zieht mit den Lippen eine Zigarette aus der Zellophanhülle und zündet sie an. Seine Finger zittern dabei. Er blinzelt durch den Qualm, nimmt einen tiefen Zug und stößt den Rauch aus. Sein Blick geht in die Wälder. Wie Linda und ich weiß nun auch er nicht, was er noch tun könnte, außer darauf zu warten, dass Pat zurückkommt.

Es ist jetzt schon dämmrig und der Mond zeigt sich bereits am Himmel, voll und strahlend. Bald werden die Sterne folgen. Und die Dunkelheit. Und dann weiß ich nicht mehr, was ich noch tun soll, um nicht den Verstand zu verlieren.

„Wenn Patrick ohne ihn zurückkommt", sagt Steve, „müssen wir den Sheriff einschalten. Ich werd ihn anrufen. Das hätten wir vielleicht schon eher tun sollen; wir hätten gar nicht erst abwarten sollen. Aber ich war mir sicher, dass er irgendwo hier in der Nähe steckt. Ich meine, so ein kleiner Knirps kann doch nicht wirklich weit kommen, oder? Hör zu, Linda, mach dir nicht zu viele Sorgen, ich gehe mit dem Sheriff noch mal alles ab. John ist ein guter Mann, ausgesprochen fähig in seinem Job. Er und seine Leute finden Digger. Sie werden Suchtrupps zusammenstellen und diese Berge so schnell durchkämmen, dass …"

Wenn Steve erst mal anfängt zu reden, kann man ihn nicht stoppen. Aber ich kann diesen ununterbrochenen Redeschwall nicht mehr ertragen. Ich habe dafür keinen Platz mehr. Die Angst hat mein Inneres bis auf den letzten Millimeter besetzt.

O Gott, wo ist mein Sohn? Was hast du mit meinem Sohn gemacht?

„Mom. Mom." Linda drückt meinen Arm.

„Was denn, Linda?" Unsere Stimmen klingen dünn und wie von weit weg, so als ob ich nur halb bei Bewusstsein bin.

„Was ist das da für ein Licht?"

Sie nimmt einen Arm von meiner Schulter und weist nach

oben. Ich folge ihrem Finger in den dunkler werdenden Himmel. Ich kann keinen Gedanken fassen. Ich bin erschöpft und mir ist schwindelig vor Angst. „Ein Stern", sage ich. „Vielleicht die Venus." Warum redet sie überhaupt von irgendwas anderem als von Digger?

„Das glaub ich nicht", sagt sie. „Die Venus würde ich erkennen, das ist nicht die Venus. Das ist der größte Stern, den ich je gesehen habe."

Ich muss tief durchatmen. Was kümmern mich denn die Sterne, der Himmel, die Erde oder irgendetwas auf der Welt – außer meinem Sohn? Plapper doch hier nicht rum! Sag mir lieber, wo mein Sohn ist!

„Meg." Steve steht abrupt auf. „Ich hab gerade ein Licht hinten im Wald gesehen. Muss Patricks Taschenlampe sein. Er wird gleich hier sein."

Jetzt kann ich es auch sehen; ein dünner Lichtstrahl flackert zwischen den Baumstämmen.

„Patrick!", ruft Steve. „Hast du ihn gefunden? Hast du Digger entdeckt?"

Pat antwortet nicht. Ein paar qualvolle Momente vergehen, in denen das Licht näher kommt. Ich zittere am ganzen Körper. Ich vergesse zu atmen.

Als Pat aus dem Wald auftaucht, fragt Steve noch einmal: „Hast du ihn gefunden, Patrick?"

Aber Pat reagiert noch immer nicht. Er schüttelt nicht mal den Kopf. Es ist nicht nötig. Er ist allein und das ist die Antwort.

Digger ist fort. Es ist Nacht geworden. Und ich weiß so sicher, wie ich hier stehe, dass das Leben nie wieder so sein wird, wie es einmal war.

40

Patrick

Samstag, 7. September 1968

„Fangen wir mal mit dem Einfachsten und Wahrscheinlichsten an", sagt der Sheriff. „Haben Sie die Freunde des Jungen angerufen? Möglicherweise hat er jemanden zum Spielen gesucht und steckt in irgendeinem Haus in dieser Stadt."

Freunde? Es war uns gar nicht in den Sinn gekommen, irgendwen anders anzurufen als Steve. Digger hat keine Freunde. Bis auf Mac. Aber wie sollen wir die Sache mit Mac erklären? Wir würden uns selbst verdächtig machen. Der kleinste Hinweis auf dieses Durch-die-Zeiten-Sehen, und sie würden uns für verrückt halten. Und damit auch für fähig, wer weiß was alles mit unserem eigenen Sohn anzustellen.

Bevor ich ein Wort herausbringe, redet Meg. „Wir sind erst in diesem Sommer hergezogen", sagt sie. „Er hatte noch keine Gelegenheit, Freunde zu finden. Er hatte seine Cousine Marjorie zum Spielen. Die Kinder in seiner Klasse hat er gerade erst kennengelernt und er war ja erst drei Tage in der Schule, bevor …"

Sheriff Fields nickt und setzt sich im Sessel zurecht. Der Polizist, der neben ihm steht, zieht ein kleines Notizbuch aus der Brusttasche und beginnt mitzuschreiben. Der Bleistiftstummel kratzt übers Papier, sobald jemand nur ein einziges Wort äußert.

Aber Worte und Gekratze verstummen angesichts dessen,

was Meg nicht ausgesprochen hat. Wir wissen alle, was sie sagen wollte, aber nicht über die Lippen gebracht hat. *Bevor Digger verschwunden ist.*

Der Sheriff räuspert sich. „Verstehe“, sagt er. „Er war also noch nie bei irgendeinem Schulkameraden zu Hause?“

Ich schüttle den Kopf. Irgendwo in meinem Hinterkopf spüre ich einen Schmerz; er verstärkt sich, wenn ich tief Atem hole. „Nein“, sage ich. „Jedenfalls nicht, dass wir wüssten.“

„Schön. Und Sie glauben nicht, er könnte irgendwo doch Kontakt zu anderen Kindern gehabt haben, die ihn zu irgendwas überredet haben könnten, was er besser nicht tun sollte?“

Ich schüttle den Kopf, diesmal energischer. „Nein. Da sind wir ganz sicher.“

Wir sitzen im Wohnzimmer, Meg und ich auf der Couch, Steve im Ohrensessel. Sheriff John Fields und ein Beamter sind vor ein paar Minuten eingetroffen. Sie tragen ihre Autorität vor sich her wie ein zweites Dienstgradabzeichen auf der Uniform. Diese imponierende Anwesenheit tröstet mich und erfüllt mich zugleich mit Furcht.

Wir beantworten gerade die letzten Fragen des Sheriffs, als Linda mit einem Schulfoto von Digger in der Hand zurückkommt, das sie von oben geholt hat. Sie reicht es dem Sheriff, der es einen Moment lang studiert und dann an seinen Beamten weitergibt. Linda setzt sich nicht, sondern geht zu dem Türbogen zwischen Wohnzimmer und Küche und bleibt dort stehen, als ob sie die Dinge lieber vom Rand her verfolgen will.

„Erzählen Sie mir, was heute war“, fährt der Sheriff fort. „Ist irgendetwas Außergewöhnliches vorgefallen?“

„Außergewöhnliches?“, wiederholt Meg.

„Hat er sich mit jemandem gestritten, hat er was angestellt? Haben Sie ihn vielleicht wegen irgendwas bestraft?“

Meine Augen wandern hinüber zu Linda, die eine Faust vor den Mund presst und zuhört.

Ich höre Meg sagen: „Nein, da war nichts dergleichen. Es ist nichts Besonderes passiert. Donna und Marjorie sind vorbeigekommen und die Kinder haben im Garten gespielt. Sie haben sich gut vertragen und hatten ihren Spaß."

„Linda", sage ich ruhig, „weißt du irgendetwas?"

Sie macht große Augen und schüttelt den Kopf. „Nein. Ich weiß nichts."

„Hast du dich heute mit Digger gestritten?"

„Gestritten? Ich war ja kaum zu Hause. Ich war mit Gail in Asheville, wir haben einen Einkaufsbummel gemacht und danach sind wir zu ihr, um die Hausaufgaben zu erledigen. Als Mom anrief und sagte, dass Digger verschwunden ist, waren wir grade beim Abendessen."

„Schön", sagt Sheriff Fields. „Was ist mit der Schule? Hatte er Probleme mit den Lehrern?"

„Ganz und gar nicht", sagt Meg. „Er hat gesagt, dass er seine Lehrer mag und dass er sich in der Schule wohlfühlt. Wir haben ganz sicher aus der Schule nichts davon gehört, dass er da Schwierigkeiten gehabt hätte."

Der Sheriff sieht uns beide einen langen Augenblick an. Im Haus wird es so still, dass ich hören kann, wie das Blut in meinen Ohren pulsiert. Schließlich fragt Sheriff Fields: „Ist Ihr Sohn früher schon mal weggelaufen?"

Meg ringt nach Luft. Röte steigt ihr über den Hals bis in die Wangen. Ich spüre, wie sich meine Kiefernmuskeln anspannen. Inzwischen ist der Schmerz vom Hinterkopf bis zur Stirn gewandert und hat sich dort festgesetzt. Mein Kopf fühlt sich an wie in einem Schraubstock.

„Digger ist noch nie fortgelaufen", erklärt Meg dem Sheriff. „Er ist ein unkomplizierter Junge."

Der Blick des Sheriffs wandert von Meg zu mir. Er wartet darauf, dass ich auch etwas sage. Der Polizist hält den Bleistiftstummel einsatzbereit.

„Es steht nicht zur Debatte, dass er bewusst weggelaufen ist“, sage ich entschieden. „Das hätte er nie getan. Er hatte keinen Grund dazu.“

„Dann war der Junge also zu Hause glücklich?“

„Natürlich!“ Megs Hände ballen sich zu Fäusten. Die würde ich gern in meine Hände nehmen, um Meg zu trösten, aber ich wage es nicht.

Der Sheriff sieht mich an und ich nicke bekräftigend. Digger war vielleicht der Einzige in diesem Haus, der glücklich war.

„Hör zu, John“, mischt sich jetzt Steve ein. „Ich kenne meinen Neffen. Wir haben es hier nicht mit einem Ausreißer zu tun.“

Der Sheriff atmet tief durch. „Ich weiß, wie Ihnen allen zumute ist. Ich habe einen Sohn im selben Alter wie Ihrer. Ich weiß, das ist nicht einfach, aber es gibt ein paar Dinge, die ich einfach sagen muss.“ Er unterbricht sich lange genug, um zu husten und sich noch einmal zu räuspern. „Was hat Ihr Sohn angehabt, als er verschwand?“

Meg legt eine Hand an die Stirn. „Ähm, ein gestreiftes T-Shirt.“

„Welche Farbe?“

„Grün und weiß. Ein weiß-grün gestreiftes Shirt und braune Shorts. Blaue Turnschuhe.“

„Socken?“

„Ja, weiße Socken. Und er hatte einen Blumenkranz um den Hals.“

„Einen Blumenkranz?“ Auf der Stirn des Sheriffs bilden sich zwei steile Falten.

„Den hatte seine Cousine Marjorie für ihn gemacht.“

„Verstehe.“

Ich weiß, was der Sheriff denkt. Warum hat Meg diesen Blumenkranz erwähnt? Es wird ihn nicht mehr lange geben.

Als ob sie die unausgesprochene Frage gehört hat, sagt Meg:

„Vielleicht finden Sie den Kranz ja irgendwo. Dann wüssten wir, dass Digger an diesem Ort gewesen ist."

Der Sheriff nickt. „Gibt es charakteristische Merkmale? Narben? Muttermale?"

Ich überlege eine Minute. Beinahe hätte ich den losen Zahn erwähnt, aber den wird es auch nicht mehr lange geben. Er war ja schon fast raus. Mein Herz zieht sich zusammen aus Angst, dass der Zahn nie unter dem Kopfkissen liegen wird, damit ich ihn gegen einen Penny eintauschen kann.

Meg schüttelt langsam den Kopf. „Nein, keine nennenswerten Narben. Und keine Muttermale."

Wir sitzen einen Moment ruhig da und warten darauf, dass der Bleistift auf dem Notizblock des Beamten aufholt. Die leicht hochgezogene Stirn des jungen Mannes signalisiert, dass er gleich so weit ist.

Aber ich kann nicht länger warten. „Ich habe den Wald hinter unserem Haus am Berg abgesucht", erkläre ich dem Sheriff, „und Steve ist die Straße bis ins Tal runter abgegangen. Wir haben nichts entdeckt. Wie rasch können Sie Ihre Männer ausschicken?"

Sheriff Field sieht bedauernd aus, aber seine Stimme ist fest. „Für mindestens vierundzwanzig Stunden nach dem Verschwinden können wir nichts unternehmen."

Ich kann nicht fassen, was ich höre. „A-aber warum nicht?", stottere ich.

„So sind nun mal die Vorschriften, Mr Crane. Das Problem ist, dass wir keinen Anhaltspunkt haben. Wir wissen noch nicht mal, ob wir es mit einem Verbrechen zu tun haben oder einfach mit einer vermissten Person."

„Was wollen Sie damit sagen, Sheriff?"

„Nun, er könnte verschwunden sein, weil er sich irgendwo in den Wäldern verlaufen hat. Ich mag mir diese Dinge auch lieber nicht vorstellen, aber er könnte in eine Bärenfalle geraten sein.

Oder ein Bär hat ihn erwischt oder irgendein anderes Raubtier. Wenn es sich so verhält, reden wir nicht von einem Verbrechen. Aber Digger könnte auch entführt worden sein. Irgendjemand kann ihn mitgenommen haben."

„Aber", fleht Meg, „darum geht es doch, oder? Wo immer er ist, er braucht doch unsere Hilfe jetzt!"

„Ja, Ma'am", bestätigt Sheriff Fields höflich. „Und deswegen würde ich Sie ermutigen, sich umzuhören. Rufen Sie jeden in dieser Stadt an, der irgendetwas über sein Verbleiben wissen könnte. Aber wie ich schon sagte: Eine Vermisstenmeldung kann ich frühestens in vierundzwanzig Stunden herausgeben. Ohne den kleinsten Anhaltspunkt kann ich so lange nichts tun. Im Moment können wir auch nicht ausschließen, dass der Junge von selbst nach Hause kommt."

Der Gedanke, so lange zu warten, trifft mich wie ein Schlag in die Magengrube und nimmt mir den Atem. Schließlich gelingt es mir zu fragen: „Was würde Ihnen denn einen Anhaltspunkt geben können?"

„Nun, Anzeichen für einen Kampf. Irgendeinen Hinweis, dass ein Fremder ihn entführt hat. Überhaupt irgendetwas."

Meg sagt: „Er war draußen im Garten. Und dann war er fort. Es gab keine Anzeichen für einen Kampf. Ich habe ihn auch nicht rufen oder schreien gehört. Wie hätte jemand Digger mitnehmen können, ohne dass ich es gehört hätte?"

Der Sheriff seufzt tief, als sei er unsere Fragen leid. „Und aus diesem Grund glaube ich, dass der Junge freiwillig davonspaziert ist. Das Wahrscheinlichste ist, dass er auch von selbst wieder auftaucht. Natürlich können wir eine Entführung nicht ausschließen. Es ist zwar unwahrscheinlich, aber immerhin möglich, dass Ihr Sohn gekidnappt wurde."

„Aber warum? Wer sollte unseren Sohn entführen?"

„Es gibt viele mögliche Gründe." Der Sheriff betrachtet seine Hände. Ich habe das Gefühl, ich möchte nicht hören, was er gleich sagen wird. „Jemand könnte Geld brauchen und ein Lösegeld fordern, damit Sie den Jungen zurückbekommen."

„Lösegeld?", frage ich. „Warum gerade von uns?" Ich weise mit der Hand durch den Raum, wie um zu sagen: *Wir haben offensichtlich nicht das große Geld.* „Entführen Kidnapper nicht eher die Kinder von reichen Eltern?"

„Manchmal. Nicht immer. Vielleicht schätzt jemand falsch ein, wie viel Geld Sie haben."

„Schön", sage ich langsam. „Wenn es so wäre, wann müssen wir dann mit einer Lösegeldforderung rechnen?"

„Tja, genau kann ich das natürlich nicht sagen, aber sie würde recht bald kommen. In einem Tag, vielleicht zwei. Aber wenn wir es hier mit Kidnapping zu tun haben, dann ist Geld nicht der einzige Grund, wenn ein Kind entführt wird. Da draußen gibt es ein paar sehr unangenehme Gestalten, die ein Kind zu ihrer eigenen Befriedigung mitnehmen könnten."

Steve richtet sich in seinem Sessel auf. „Redest du von Kinderschändern, John?"

„Leider ja, Steve."

„Erzähl mir nicht, hier in Black Mountain gibt es solches Gesindel."

„Das sage ich auch nicht, aber ich kann auch nicht garantieren, dass es nicht so ist. Sehr oft kommen die Täter aus dem eigenen Familienkreis, aus der Nachbarschaft; es sind Leute, mit denen man arbeitet."

„Mag sein, John, aber ich kenne die Leute hier seit zwanzig Jahren und ich sage dir, da ist keiner drunter, der irgendwie pervers ist."

„Ja, Steve. Aber auch hier in Black Mountain ziehen Leute fort und andere ziehen her. Man kann nicht immer sicher sein, wer sich da niederlässt."

„Wollen Sie sagen, unser Sohn …", setze ich an, aber der Sheriff unterbricht mich.

„Ich sage im Moment noch gar nichts, Mr Crane. Ich skizziere nur Möglichkeiten, vom wahrscheinlichsten bis hin zum allerunwahrscheinlichsten Szenario."

Steve fragt: „Wann gab es zum letzten Mal eine Entführung in der Gegend?"

Sheriff Fields nickt. „Das ist lange her, das gebe ich zu. Seit ich im Amt bin, noch nie. Kein Fall von Kidnapping in den letzten fünf Jahren. Und ich kann mich auch nicht erinnern, in den zehn Jahren davor je von einer Kindesentführung gehört zu haben. Ich glaube ... wenn ich mich recht erinnere, dann hatten wir das letzte Kidnapping vor zwanzig Jahren. Da hat ein Vater sein Kind entführt, der mitten in einem Sorgerechtsstreit steckte. Man fand den Jungen dann auf einem luxuriösen Anwesen in Florida und er wollte nicht nach Black Mountain zurück." Der Sheriff sieht seinen Beamten Bestätigung heischend an und der entspricht dem Ansinnen mit einer raschen Bewegung des Kinns.

„Ja, so war's", sagt er. „Er ist nicht wieder in die Gegend zurückgekommen. Kann man ihm auch nicht verdenken."

„Dann ist es nicht sehr wahrscheinlich", sagt Steve, „dass Digger gekidnappt wurde."

„Nicht sehr wahrscheinlich, nein, aber immerhin eine Möglichkeit, die wir in Betracht ziehen müssen. Wir müssen die Sache aus jeder denkbaren Perspektive betrachten. Und im Moment können wir auch noch keine Möglichkeit ausschließen, auch nicht die, dass der Junge ausgerissen ist. Das kommt immer wieder vor, dass Kinder davonlaufen und glauben, irgendwo anders wäre das Leben für sie leichter oder schöner. Nun, die finden wir für gewöhnlich rasch – im Umkreis des Busbahnhofs in einer der benachbarten Städte, wo sie versuchen, genug Kleingeld für ein Ticket aufzutreiben. Die Ausreißer kommen meist nicht weit."

„Aber das sind meistens ältere Kinder, Jugendliche", wirft Steve ein. „Das sind doch keine Achtjährigen, oder?"

„Nein, da hast du recht, Steve“, bestätigt der Sheriff. „Die meisten sind älter. Teenager. Alt genug, um zu beschließen, dass sie ihr Leben nicht in einem kleinen Nest in den Bergen verbringen wollen.“

„Und wie ist es mit Verirren in den Wäldern?“, frage ich. „Kommt das oft vor?“

„Es kommt schon mal vor“, gesteht der Sheriff zu, „aber diese Kinder finden meist selbst wieder nach Hause oder wir finden sie schließlich. Nicht viele verschwundene Kinder bleiben hier in der Gegend sehr lange verschwunden.“

Das sollte mich vermutlich trösten, tut es aber nicht. „Okay“, sage ich, „aber unser Sohn ist irgendwo da draußen, hat sich verirrt, vielleicht verletzt, und Sie sagen, Sie können nicht nach ihm suchen?“

„Nicht in den nächsten vierundzwanzig Stunden, vielleicht auch nicht in den nächsten zweiundsiebzig“, wiederholt der Sheriff.

Mein Kopf schmerzt jetzt zum Zerspringen. Meg schluchzt leise in ihr Taschentuch, von dem ich gar nicht wusste, dass sie es hatte. Steve muss es ihr gegeben haben. Linda steht immer noch im Durchgang, mit der Faust vor dem Mund.

„Sheriff Fields?“, sage ich.

„Ja, Mr Crane?“

Ich lege eine Hand an den Kopf im nutzlosen Versuch, das Hämmern darin zum Schweigen zu bringen. „Was glauben Sie, wo unser Sohn ist?“

Der Sheriff schnieft, reibt die Hände aneinander und sagt: „Das sollte ich besser Sie fragen, Sir. Was glauben *Sie,* wo Ihr Sohn ist?“

Ich starre ihn an, der Mund bleibt mir offen, mein Verstand schaltet ab, so absurd ist die Frage. Schließlich bringe ich heraus: „Wenn ich nur die geringste Ahnung hätte, Sheriff Fields, dann säßen wir nicht hier. Dann würden wir unseren Sohn heimholen.“

Der Bleistift hört auf zu kratzen. Der Raum versinkt im Schweigen.

Ich glaube, nicht nur mein Kopf, sondern auch mein Herz muss gleich zerspringen, so schlimm ist der Schmerz.

41

Meg

Sonntag, 8. September 1968

Kein Gedanke an Schlaf in der Nacht und jetzt, um fünf Uhr dreißig morgens – es ist noch dunkel –, ist der Garten voller Männer, alle aus der Stadt. Darunter ein paar, die wir kennen, die meisten kennen wir nicht. Ein halbes Dutzend Hunde sind mit dabei, Spürhunde. Die Männer haben freiwillig angeboten, Suchtrupps zu bilden und Digger zu suchen. Wenn die Polizei es nicht macht, haben sie gesagt, dann machen sie es. Steve hat die ganze Sache in Gang gebracht. Er hat einen Bekannten gefragt, der wieder einen anderen, und schließlich kam eine ganze Karawane von Pick-ups und Pkws den Berg hochgefahren zu uns.

Die Frauen haben massenweise Essen mitgebracht. Die Männer müssen sich stärken, bevor sie losziehen. Wir werden hier sein, wenn sie zurückkommen. Es gibt alles, von Sandwiches über Tomatensalat und Donuts bis zu riesigen Thermoskannen mit Kaffee. Ich stehe in der Küche und helfe, das Essen zu verteilen. Donna ist auch da. Und Linda. Wir schauen uns nicht an. Wenn wir einander in die Augen sehen würden, könnten wir nicht weitermachen. Wir müssen einfach funktionieren, tun, was vor die Hand kommt, als hätten wir Herzen aus Stein.

Die Männer stehen in kleinen Gruppen und essen von ihren Papptellern. Sie sehen ernst aus, reden, nicken, entwickeln eine

Strategie. Die Hunde sind noch auf den Pick-ups angebunden, aber sie sind heiß darauf, dass es losgeht. Donna streicht Mayonnaise auf Baguettescheiben und ich gieße Kaffee in zahllose Tassen. Linda verteilt den Kartoffelsalat. Einige Frauen schnippeln Gemüse für den Eintopf, den die Männer später bekommen sollen, wenn sie von ihrem Einsatz zurück sind. Diggers Lehrerin, Miss Purcell, ist auch gekommen und macht einen Schokoladenkuchen. Sie hat gefragt, was Digger am liebsten isst, und als ich ihr die Packung mit der Fertigmischung gegeben habe, hat sie sich gleich an die Arbeit gemacht und gesagt: „Wenn er heimkommt, ist der Kuchen fertig."

Der Bürgermeister von Black Mountain, ein Mann, den alle schlicht Big Joe nennen, scheint die Zügel in die Hand zu nehmen. Jetzt schwenkt er den Arm und ruft die Männer zusammen. Sie scharen sich im Kreis um ihn, immer noch kauend oder Kaffee aus Styroporbechern schlürfend. Sie hören aufmerksam zu, nicken, wechseln Blicke. Die Stimmen dringen aus dem Garten herein, gedämpfte Stimmen, die von Orten reden, die ich nicht kenne, Orten, an denen sie nach meinem Sohn suchen werden. Ein kleines Pflänzchen Dankbarkeit keimt in meinem Herzen. Die Polizei muss Bestimmungen einhalten und warten, bis die vorgeschriebene Zeit abgelaufen ist. Aber diese Männer lassen den Nachtschlaf und die Arbeit eines Tages liegen, um nach einem vermissten Jungen zu suchen, den sie gar nicht kennen.

Durch das Fenster sehe ich, wie Patrick sich von der Gruppe entfernt. Er kommt in die Küche und legt mir sanft die Hand auf die Schulter. „Wir brauchen ein paar Kleidungsstücke von Digger", sagt er.

„Kleidungsstücke?"

„Ja, möglichst keine frisch gewaschenen. Am besten Socken, Unterwäsche, Hosen – alles, was seinen Geruch an sich hat. Für die Hunde. Du hast seit gestern nicht gewaschen, oder?"

Ich schüttle den Kopf und sage: „Ich bringe dir, was ich finde."

Er nickt und kehrt zu den Männern zurück. Ich gehe nach oben in Diggers Zimmer. Unten in seinem Schrank finde ich, was ich suche. Auf den Knien hocke ich vor dem alten Möbelstück, suche Shirts und Unterwäsche heraus und stelle plötzlich überrascht fest, dass ich die gebrauchte Wäsche an die Brust presse.

O Digger. Kann das alles denn wirklich wahr sein?

Ob Digger diese Sachen je wieder tragen wird? Wie gern würde ich nicht seine Kleider, sondern *ihn* in den Armen halten! Jetzt fließen die Tränen.

Aber ich kann mich nicht so lange hier aufhalten. Die Männer warten. Es ist höchste Zeit, dass sie aufbrechen.

Ich bringe die Kleidungsstücke in den Garten. Irgendjemand hat einen der Hunde geholt. Ich erfahre, dass dieser Hund mit einem Trupp noch einmal den Berg hinter unserem Haus absuchen wird. Die anderen werden sich verteilen und systematisch die Umgebung rund um die Stadt herum durchkämmen.

Ich reiche Patrick die Sachen und er verteilt sie an die verschiedenen Trupps. Jemand hält dem Spürhund ein T-Shirt vor die Nase. Das Tier nimmt die Witterung auf, wird unruhig und zerrt an der Leine. Drei Männer folgen ihm durch den Garten in die Wälder.

Big Joe sieht mich an und sagt: „Seien Sie ganz beruhigt, Mrs Crane. Wir finden Ihren Sohn und bringen ihn nach Hause."

Ich kann nicht antworten. Mir fehlt die Luft zum Atmen. Der Bürgermeister nickt verständnisvoll und geht den restlichen Männern voraus zu den wartenden Fahrzeugen.

„Wir sind bald zurück", sagt Patrick im Vorbeigehen.

Ich stehe regungslos da und sehe zu, wie sie losziehen. Ich höre das Gebell der Hunde, das Starten der Motoren, die tiefen Männerstimmen, die sich kurze Anweisungen und Absprachen zurufen.

Jetzt kommt Linda heraus und stellt sich neben mich. „Miss Purcell hat den Kuchen gerade in den Ofen geschoben. Ich hoffe, bis Digger zurück ist, hat sie ihn auch glasiert."

Der Kies in der Einfahrt knirscht unter den Rädern, als die Fahrzeugkarawane sich talwärts in Bewegung setzt. Motorengeräusche und Hundegebell verhallen, bis es schließlich ganz still im Garten ist.

Linda nimmt meinen Arm und führt mich ins Haus zurück. In der Küche herrscht emsiges Treiben wie in einem Bienenstock, aber niemand sagt ein Wort. Schweigend kochen die Frauen, waschen ab, trocknen Geschirr. Wir müssen uns beschäftigen, denn unsere Geschäftigkeit trägt irgendwie dazu bei, Digger nach Hause zu bringen. Und solange meine Hände in Bewegung sind, verliere ich vielleicht noch nicht den Verstand.

42

Linda

Montag, 9. September 1968

Die Männer haben viele Stunden nach Digger gesucht, aber am Ende sind sie alle mit leeren Händen zurückgekommen. Den ganzen Tag waren sie gestern unterwegs, bis in die Nacht. Eine Gruppe ist sogar heute Morgen noch mal losgezogen. Keiner der Hunde hat auch nur eine Fährte aufgenommen. Sie haben kein Lebenszeichen von Digger gefunden, keinen Blumenkranz, keinen Schuh … keinen Körper. Nichts. Er ist spurlos verschwunden.

Es gab auch noch keine Lösegeldforderung. Nicht in der Post. Auch nicht an der Haustür. Keine Anrufe von fremden Männern, die mit verzerrter Stimme durch ein Taschentuch sprechen, das über den Hörer gelegt wurde. Niemand hat Geld verlangt im Austausch für Diggers Leben. Nichts. Einfach gar nichts.

Die Polizei sagt endlich, dass genug Zeit verstrichen ist und sie ihre Suche jetzt beginnen wird. Was soll das – besser spät als nie? Sie sind ein Haufen nutzloser Idioten. Es ist schließlich ihr Job zu helfen, aber ihre Dienstauffassung oder das Gesetz oder was weiß ich hat sie davon abgehalten, das zu tun, was die Männer aus der Stadt gleich getan haben. Sie hätten sofort losziehen und nach Digger suchen sollen. Jetzt, achtundvierzig Stunden später, können sie ihre Suchmeldung ausgeben, na super. Es ist zu wenig und es kommt zu spät. Es wird auch nichts nützen. Was sollen sie schon finden, das die Männer mit den Hunden nicht gefunden haben?

Manchmal glaub ich fast nicht, dass das alles hier wirklich passiert. Digger ist jetzt schon seit achtundvierzig Stunden weg. Mom liegt schon den ganzen Tag im Bett. Sie ist krank vor Sorge. Es gibt keinen Ort in diesem Haus, wo ich ihr Schluchzen nicht hören kann. Dad läuft durch die Gegend wie im Schock. Und ich fühle mich so elend, dass ich keinen Bissen runterbringe.

Dad hat erlaubt, dass ich heute nicht zur Schule gehe. Ich konnte einfach nicht hin und all den anderen ins Gesicht sehen, nachdem die Geschichte heute Morgen in der Zeitung stand und jeder inzwischen darüber Bescheid weiß. „Junge aus Black Mountain vermisst". Seitdem klingelt das Telefon ununterbrochen. Der alte Pfarrer von der Kirche in der Stadt rief an und hat lange mit Dad geredet. Gail hat angerufen und gefragt, ob ich vielleicht gern Gesellschaft hätte. Ich hab ihr gedankt und gesagt, nein, ich müsse jetzt allein sein. Vernita Ponder hat angerufen und wollte Mom sprechen, aber als Dad gesagt hat, sie sei nicht zu sprechen, wollte sie mich sprechen. Dad hat die Hand auf den Hörer gelegt und gefragt, ob ich mit ihr reden wolle. Ich hätte fast Nein gesagt, aber dann hab ich doch angenommen. Eine ganze Viertelstunde lang hat die alte Lady über den Zeitungsartikel gequasselt und mir beteuert, wie leid es ihr tue, dass Digger vermisst ist, und schließlich hat sie gesagt: „Aber ihr dürft nie vergessen, dass dieses Haus ein guter Ort ist und dass alles, was dort geschieht, ein Geschenk ist." Am Ende hab ich den Hörer auf die Gabel geknallt – aber erst, nachdem ich ihr klargemacht hatte, dass Digger jetzt nicht verschwunden wäre, wenn wir nie in dieses vermaledeite Haus gezogen wären.

Ich weiß, ich hab mich immer so verhalten, als ob Digger mir tierisch auf die Nerven geht. Aber die Wahrheit ist: Ich liebe meinen Bruder. Und wenn er jetzt tot ist oder so und ich ihn nie wiedersehe, dann weiß ich nicht, was ich tun werde.

Dad wollte mich nicht mitnehmen zum Suchen. Ich hab gebeten und gebettelt, aber er hat Nein gesagt. Er hat gesagt, er will mich nicht auch noch verlieren und er will jederzeit wissen, wo ich stecke.

Er hat geweint, als er es gesagt hat – nicht geschluchzt oder so –, aber die Tränen standen ihm in den Augen und er hat sich ziemlich schnell umgedreht und so getan, als ob er was anderes zu tun hat. Ich war nah dran, ihn in den Arm zu nehmen und ihm zu sagen, dass er mich nicht verlieren wird, aber ich hab's nicht gemacht. Ich hab's nicht gemacht, weil meine Wut auf ihn nur noch größer geworden ist; schließlich hat er uns hierher gebracht und jetzt ist diese schreckliche Sache passiert. Wenn wir noch in Abington wären, wär Digger jetzt nicht weg.

Onkel Steve und Tante Donna sind heute Abend hier. Schon wieder. So wie gestern. Tante Donna ist oben und versucht, Mom zu trösten. Dad und Onkel Steve reden im Wohnzimmer mit dem Sheriff. Von meinem Platz in der Küche kann ich ihre Stimmen hören, aber sie reden so leise, dass ich nicht verstehe, was sie sagen. Ich weiß auch gar nicht, ob ich's überhaupt verstehen will.

Onkel Steve hat seine Zigaretten auf dem Küchentisch liegen lassen. Ich weiß, ich sollte das nicht tun, aber ich kann mir nicht helfen. Ich brauche was, um meine Nerven zu beruhigen. Mannomann, ich glaub's nicht, wie meine Finger zittern, als ich eine Zigarette aus dem Päckchen ziehe. In einer Schublade finde ich eine Schachtel Streichhölzer und verziehe mich dann in den Garten.

Ich laufe bis zum Waldrand und setze mich dort hinter einen Baumstamm. Meine Hände zittern immer noch so, dass ich mir kaum die Zigarette anzünden kann. Ich sag euch was: Wenn Digger mit Absicht abgehauen ist, dann bring ich ihn eigenhändig um, wenn wir ihn je wiederfinden. Aber das kann ich mir nicht vorstellen. Digger würde nicht weglaufen. Es würde einfach nicht zu ihm passen, so was zu machen.

Ich nehme einen tiefen Zug von der Zigarette. Während der Rauch in meine Lungen dringt, schließe ich die Augen und genieße das Gefühl. Puh, wie lange habe ich mich schon nach einer Fluppe gesehnt. Klar, in der Schule würde ich eine kriegen, aber doch nicht hier zu Hause. Seit Digger weg ist, hatte ich noch keinen einzigen Zug Nikotin.

Ich denke nach. Wenn Digger nicht durchgebrannt ist, was ist dann passiert? Ist er wirklich einfach losgestiefelt und hat sich im Wald verlaufen? Möglich wär's schon bei dem Schusselkopf. Neulich hat er was von Gold in den Bergen erzählt, aber Scheibenkleister, wer wäre draufgekommen, dass er tatsächlich loszieht? Ich meine, er würde doch nicht einfach abhauen, um Gold zu suchen, oder? Und wenn doch und wenn er sich verirrt hat, dann ist er wahrscheinlich noch am Leben. Und versucht vermutlich gerade, den Rückweg zu finden. Aber andererseits, all diese Suchtrupps – wieso haben sie nicht die kleinste Spur von ihm gefunden? *Irgendetwas* müssten sie doch gefunden haben, oder? Wenn Digger irgendwo da draußen im Wald wäre, weil er nach Gold suchen wollte?

Aber was ist dann passiert? Ein Bär? Der ihn im Garten erwischt und mitgeschleppt hat? Und wenn, hätte man doch auch irgendwelche Spuren finden müssen. Einen Schuh oder Blut oder so was. Verschlingt ein Bär einen ganzen Menschen mit Haut und Haaren? Vermutlich wohl nicht. Selbst wenn es ein Bär war, müsste es doch irgendwelche Spuren geben.

Ich nehme noch einen tiefen Zug und blase den Qualm langsam aus. Ich lege die Stirn auf die Knie. Ich will nicht mehr darüber nachdenken, was ich wirklich glaube, was passiert ist. Und ganz sicher will ich es nicht aussprechen, denn das könnte bedeuten, dass es wahr ist. Das Einzige, was ich mir wirklich vorstellen kann, ist, dass Digger gekidnappt wurde. Und zwar nicht von irgendeinem Kidnapper, sondern von dem Killer, der diese Leute in Asheville umgebracht hat und den sie noch nicht geschnappt haben. Ich glaube, der Killer hat Digger entführt und irgendwohin verschleppt und er wird ihn auch umbringen.

Ich drücke die Zigarette auf dem Waldboden aus, denn es ist schwierig, gleichzeitig zu rauchen und zu schluchzen.

Digger, Mensch, Digger, wenn du bloß nach Hause kommst! Ich sag nie wieder was Gemeines zu dir, Ehrenwort! Bitte, Digger, bitte, komm doch nach Hause!

43

Patrick

Montag, 9. September 1968

Ich sage Steve und Donna Gute Nacht und bin mir der Ironie dabei voll bewusst. Gute Nacht? Wie kann die Nacht gut sein, für sie oder für mich, wo Digger verschwunden ist? Wie kann überhaupt eine Nacht – oder ein Tag, wenn wir schon dabei sind – je wieder gut sein, ohne meinen Sohn?

Sheriff Fields ist vor einer Stunde gegangen und hat das meiste von meiner Hoffnung mitgenommen. Er hat gesagt, er sei sicher, dass Digger von selbst zurückkommt. Oder von irgendwo aus der Stadt anruft, dass wir ihn abholen sollen. Was der Sheriff nicht gesagt hat, ihm aber ins Gesicht geschrieben stand, war, dass jetzt, wo zwei Tage vergangen sind, die ganze Sache eine völlig neue Dimension annimmt. Sozusagen von mittlerer zu höchster Alarmstufe aufsteigt. Er hat Vermisstenanzeigen in alle Städte in der näheren Umgebung geschickt. Er hat Suchmannschaften organisiert, die morgen bei Tagesanbruch ihre Suche beginnen werden. Er weiß, dass die Männer aus Black Mountain bereits überall gesucht haben – erfolglos. Polizei und freiwillige Feuerwehr werden noch einmal überall da nachsehen, wo die Männer schon waren. Aber er will uns in regelmäßigen Abständen informieren. Wir sollten zuversichtlich bleiben, hat er gesagt, aber natürlich schwinden die Chancen, Digger zu finden, mit jeder Stunde, die verstreicht.

Die Chancen, ihn lebendig zu finden. Oder ihn überhaupt zu finden.

Kommt das vor, frage ich, dass Kinder vermisst werden und nie gefunden? O ja. Nicht hier in der Gegend, aber anderswo in den Staaten – ja, das sei gar nicht so selten. Gerade waren sie noch da und im nächsten Moment sind sie weg und das war's.

Damit endet ein Leben. Damit endet unser aller Leben, wie wir es bisher gekannt haben.

Mein Blick folgt den Rücklichtern von Steves und Donnas Chevy talwärts, bevor ich schließlich die Haustür schließe. Irgendwo da draußen im Dunkeln ist Digger, vielleicht ganz allein. Irgendwo dort draußen ist er und ich weiß nicht, wo oder wie ich ihn finden soll. In meinem ganzen Leben habe ich mich noch nie so ohnmächtig gefühlt.

Mit ziellosen Schritten wandere ich durch die unteren Räume und schließlich hinaus in den Garten. Aber gibt es hier irgendeinen Ort, an den mich die Angst nicht begleitet?

Donna hat gesagt, Meg sei jetzt eingeschlafen, wenn auch unruhig. Sie haben geredet und Meg hat geweint, aber sie war so erschöpft, dass sie schließlich mitten im Schluchzen weggenickt ist.

Ich bin mir nicht sicher, ob ich Schlaf finden werde. Es ist jetzt die dritte Nacht.

Digger. Wo bist du nur, mein Sohn?

„Dad?"

Die Stimme aus der Dunkelheit lässt mich aufschrecken. Aber es ist nicht Digger. Natürlich ist es nicht Digger. Linda kommt durch den Garten auf mich zu.

„Was machst du hier draußen, Liebes?"

„Ich weiß nicht. Ich musste einfach aus dem Haus raus."

Ich nicke verständnisvoll.

Sie fragt: „Sind Onkel Steve und Tante Donna schon weg?"

„Ja, sie sind heimgefahren."

„Und die Polizei? Was wollen die jetzt tun?“

„Sie fangen an zu suchen.“

„Glauben die denn, es gibt noch eine Chance, Digger zu finden?“

„Natürlich.“

Sie sieht mich lange an, als ob sie nicht sicher sei, ob ich ihr was vorlüge. Schließlich sagt sie: „Dad, was glaubst du, wo er ist?“

„Liebes, wenn ich das wüsste, dann wäre ich dort und nicht hier!“

Sie runzelt die Stirn und kneift die Augen zusammen, als ob sie nachdenkt. Sie scheint etwas sagen zu wollen, tut es dann aber doch nicht. Wir alle haben Ängste, die sich dagegen sperren, in Worte gefasst zu werden.

Jetzt dreht sie den Kopf und sieht hoch und dabei nehme ich den schwachen Geruch von Zigarettentabak wahr. Sie glaubt, ich weiß nicht, dass sie raucht. Sie glaubt, ich denke, sie habe es aufgegeben, nachdem wir sie damals in Abington deswegen zur Rede gestellt haben. Aber ich weiß, dass sie sich immer noch hin und wieder eine Kippe ansteckt. Ab und zu. Wenn sie an Zigaretten drankommt. Aber im Moment ist das so unwichtig, so unwichtig, dass ich darüber hinwegsehe. Sie ist hier und sie ist meine Tochter und sie wird mir immer am Herzen liegen, egal, was sie tut.

„Dad?“

„Ja, Linda?“

„Hast du diesen ungewöhnlichen Stern auch schon entdeckt?“

Mein Blick folgt ihrem Zeigefinger zum Himmel. Der Stern ist so groß, dass ich nicht verstehen kann, warum ich ihn noch nie bemerkt habe.

„Was, glaubst du, ist das?“, fragt sie.

Ich schüttle den Kopf. „Ich bin kein Astronom. Aber manchmal kreuzen sich die Bahnen von Sternen und Planeten, nehme ich an. Wenn sie nah genug beieinander sind, erscheinen sie uns vielleicht als ein einziger großer Stern, auch wenn das nicht wirklich so ist."

„Du meinst also, es ist vielleicht ein Planet, vielleicht die Venus, und daneben irgendein großer Stern oder so?"

„Anders kann ich es mir nicht erklären."

„Weißt du, was verrückt ist? Das ist schon die dritte Nacht, in der ich ihn sehe."

„Ach ja?"

„Ja. Das erste Mal hab ich ihn in der Nacht gesehen, als Digger verschwunden ist. Und Mom hat ihn auch gesehen. Du nicht?"

Ich schüttle noch einmal den Kopf.

Sie sagt: „Na ja, vielleicht konntest du ihn nicht sehen, weil du ja im Wald warst."

„Vielleicht", sage ich. „Aber gestern Nacht mit dem Suchtrupp waren wir auch in offenem Gelände, wo man den Himmel sehen konnte, und da habe ich ihn auch nicht gesehen."

„Nein?"

„Nein."

Wir schweigen einen Moment. „Na ja", sagt sie, „vielleicht hast du ihn einfach nicht bemerkt."

„Ziemlich schwierig, so etwas nicht zu bemerken."

„Vielleicht hast du einfach nicht zum Himmel hochgeschaut."

„O doch, das hab ich." Alle fünf Minuten, bei jedem Gebet, das ich zum Himmel geschickt habe, habe ich zum Himmel hochgeschaut.

„Na, egal." Sie zuckt kurz die Achseln. „Vielleicht steht morgen was darüber in der Zeitung. Und irgendein Reporter erklärt, was es damit auf sich hat."

„Ja. Kann sein."

Sie macht ein paar Schritte auf das Haus zu, als wolle sie hineingehen. Aber plötzlich bleibt sie stehen und sagt: „Dad, das klingt jetzt vielleicht wirklich komisch …"

„Was denn, Linda?"

Sie hat das Gesicht zum Himmel gewandt und das Licht des Sterns spiegelt sich in ihren Augen. „Ich hab einfach so ein Gefühl, dass Digger – wo immer er auch ist – also, dass er diesen Stern auch sieht und sich fragt, was das ist. Also, weißt du, er sieht den Stern und wir sehen ihn auch und es ist wie eine Art Brücke zwischen uns."

Ich bekomme kein Wort heraus, denn meine Gefühle stecken mir als Kloß in der Kehle. Linda scheint es zu verstehen. Ich höre, wie sie tief Atem holt und ihn mit einem Seufzer wieder ausstößt.

„Also Gute Nacht, Dad", sagt sie.

„Gute Nacht, Linda", flüstere ich und dann stehe ich schweigend da und starre auf den Stern.

44

Meg

Dienstag, 12. September 1968

Digger bleibt verschwunden. Aber ich bin seine Mutter, und wenn Digger tot wäre, würde mein Herz mir das sagen. Ich glaube nicht, dass er tot ist. Ich weiß nicht, wo er ist, aber *irgendwo* ist er – und er ist am Leben. Jedenfalls ist es das, was mein Herz mir sagt. Solange ich kann, werde ich mich an diese Hoffnung klammern.

In der Stadt geht das Leben weiter wie immer. Ich sitze hier auf einer Bank, schaue auf die vorbeifahrenden Autos, auf die Menschen, die vorübergehen. Ich bin für einige Besorgungen in die Stadt gekommen, aber nach so einer kleinen Herausforderung, wie den Berg herunterzufahren, fühle ich mich jetzt zu schwach, um weiterzugehen. Ich muss mich zuerst ausruhen und abwarten, ob ich die Kraft habe, in die Bäckerei zu gehen und ein frisches Brot zu kaufen.

Ich habe seit fünf Tagen kaum etwas gegessen. Seit fünf Nächten kaum geschlafen. Ich habe im Bett gelegen, zerfressen von Angst. Ich erinnere mich, dass jemand ins Zimmer gekommen ist – Donna, Steve, Patrick, Linda. Haben wir uns unterhalten? Was haben wir gesagt? Ich weiß es nicht. Ich kann mich nicht erinnern. Mein Verstand hat sich in Gefilden aufgehalten, wo es weder Klang noch Licht gab. Nichts.

Aber ich konnte dort nicht bleiben. Ich musste aufstehen

und versuchen, mit dem Leben weiterzumachen. Und das habe ich heute Morgen getan. Ich bin aufgestanden, habe geduscht, einen Kaffee getrunken und bin in die Stadt gefahren. Und da bin ich nun, hier auf dieser Bank. Über mir steht eine gleichgültige Sonne am Himmel und die Menschen, die vorübergehen, bemerken mich nicht. Und dafür bin ich dankbar. Wie könnte ich mich mit irgendwem unterhalten, als sei nichts geschehen? Ich bin nur noch ein Fragment meiner selbst, in tausend Stücke zerborsten, weil mein Sohn nicht mehr da ist.

Digger, wo bist du? Ich weiß, dass du irgendwo bist. Wirst du nach Hause kommen? *Kannst* du nach Hause kommen?

Gestern Abend, als ich an Patricks Zimmer vorbeigegangen bin, stand die Tür halb offen und ich sah ihn auf den Knien vor seinem Bett. Er hat Gott bestürmt, dass Digger heil zurückkommt, das weiß ich. Patricks Zuflucht war immer das Gebet. Insgeheim beneide ich ihn um diesen Ort des Trostes.

Gibt es denn eine Hoffnung für mich? O Gott, hast du auch noch ein paar Worte des Trostes für mich übrig?

Aber nein, ich wusste nie, wo ich dich finden kann. Oder ob du dich überhaupt finden lassen wolltest. Meine Augen können das Unsichtbare nicht sehen und meine Ohren hören keine Stimmen, die nicht sprechen.

Ein Polizeiwagen fährt vorbei und eine neue Welle von Angst schwappt über mich hinweg. Der Beamte im Auto hat vermutlich heute nach Digger gesucht. Er war einer von denen, die diese Berge durchkämmt, nach meinem Sohn gerufen und keine Antwort bekommen haben.

Wie soll ich nur ohne dich leben, Digger?

Ich krame in meiner Handtasche und ziehe ein Taschentuch heraus. Es ist bereits zerknüllt und tränendurchweicht.

Unsichtbarer Gott, siehst du diese Tränen?

Ich wische mir die Augen, putze mir die Nase. Ich atme tief durch, um meine Fassung wiederzufinden. Ich muss von dieser

Bank aufstehen und zum Bäcker gehen. Ich muss irgendwie mit dem Leben weitermachen.

Aber ich stehe nicht auf und im nächsten Moment taucht ein kleines Mädchen auf und setzt sich neben mich auf die Bank. Sie schleckt an einem Vanilleeis, zwei Kugeln in der Waffel. Natürlich, die Eisdiele ist ja nur um die Ecke. Sie hat bekommen, was sie wollte, und genießt die Leckerei nun im Freien.

Ist sie allein? Sie kann kaum älter als fünf Jahre sein. Sie trägt ein kurzärmeliges kariertes Wollkleid und verkratzte Lackschuhe. Beim Eisschlecken dreht sie den Kopf hin und her. Das kräftige dunkle Haar ist in viele kleine Zöpfe geflochten und mit bunten Spangen zusammengehalten. Vor dem sahneweißen Schnurrbart, den sie sich auf die Lippen fabriziert hat, hebt sich die dunkle Schokoladenfarbe ihrer Haut besonders gut ab.

Jetzt hört sie auf zu schlecken und sieht mich an. Unsere Augen treffen sich. Die ihren sind verblüffend klar; tiefbraune Tropfen in kleinen weißen Schalen.

Sie lächelt. Und jetzt kann ich mich nicht mehr beherrschen. Wieder steigen mir Tränen in die Augen. Ihr Lächeln verschwindet, sie furcht die Stirn und schürzt die Oberlippe. „Oh, Ma'am", sagt sie, „bitte nicht weinen. Hier." Sie reicht mir ihre Eistüte. Das Eis ist schon geschmolzen und läuft ihr zwischen den Fingern herunter. „Möchten Sie probieren? Dann fühlt man sich gleich besser."

„Oh, ich …"

„Celeste!"

Das Mädchen dreht sich um und wirft einen Blick über die Schulter. „Ich bin hier, Mama!"

„Ich habe doch gesagt, du sollst drinnen auf mich warten!" Eine Frau mit zwei Kugeln Schokoladeneis in der Waffel und steilen Falten auf der Stirn kommt aus der Eisdiele.

„Mama, ich musste einfach rausgehn", ruft das Mädchen. „Die Sonne hat nach mir gerufen!"

„Dann muss die Sonne ebenso ungezogen sein wie du, wenn sie dich fortruft, obwohl ich dir gesagt habe, dass du drinnen warten sollst. Und jetzt belästigst du auch noch diese freundliche Dame.“ Sie wendet sich an mich. „Hat sie Sie belästigt, Ma'am?“

„O nein, überhaupt nicht. Ich …“

„Ich wollte ihr nur was von meinem Eis abgeben, Mama. Ich wollte doch nur nett sein.“

Die Frau lacht. „Nun, ich bin sicher, sie will nichts von dem Eis eines klebrigen kleinen Mädchens. Komm, Celeste, gehen wir heim.“

Die Frau streckt eine Hand nach dem Mädchen aus. Das Mädchen schaut mich an. „Tut mir leid“, sagt sie, „aber ich muss jetzt gehen.“

„Das ist in Ordnung“, sage ich. Und füge hinzu: „Celeste.“ Ein leises Staunen schwingt in diesem Namen mit. Aber natürlich – an einem Septembertag 1968 hätte ich in Black Mountain die kleine Celeste treffen können.

Sie lächelt mich an. Ich lächle zurück.

„Wir sehen uns sicher einmal wieder“, sage ich.

Sie hüpft von der Bank und geht Hand in Hand mit ihrer Mutter davon. Und ich fühle mich jetzt stark genug, um aufzustehen und meinen Tag in Angriff zu nehmen.

45

Linda

Montag, 16. September 1968

Mein Bruder ist vermisst und vermutlich ist er tot. Und ich sitze hier und starre auf die aktuelle Folge von *Laugh-In,* der neuesten Comedyshow. Mom und Dad sind oben – sicher jeder in seinem Zimmer – und ich hocke hier unten und ziehe mir dämliches Zeug rein. Dabei würd ich am liebsten auch oben in meinem Zimmer sein und nur schreien oder auf die Wände eindreschen. Die letzten Tage sind das Allerschlimmste, was mir in meinem Leben bisher begegnet ist, und ich glaube nicht, dass der Horror so schnell ein Ende hat – ich bezweifle nämlich, dass wir Digger je wiedersehen. Zuerst hab ich gedacht, er hat sich bestimmt nur im Wald verlaufen und findet schon wieder nach Hause. Und selbst wenn ihn jemand entführt hat, dann hab ich mir vorgestellt, wie er dem Kerl abhaut. Mit 'ner Glasscherbe die Fesseln um seine Handgelenke durchschneidet, während der Kidnapper schläft oder so. Ich sah Digger schon auf der Veranda auftauchen, völlig erschöpft und außer Atem, weil er die hundert Meilen von dem Ort, an den der Kerl ihn verschleppt hat, gerannt ist, und hab schon gehört, wie er an die Tür hämmert und uns entgegenruft: „Mom, Dad, Digger ist da!“ Und wie wir ihn alle in die Arme schließen und fast erdrücken und weinen und lachen und völlig aus dem Häuschen sind.

Wenn man sich etwas nur verzweifelt genug wünscht, spielt einem die Fantasie schon mal die merkwürdigsten Streiche.

Jedenfalls weiß ich eins: Digger ist nicht von diesem Axtmörder umgebracht worden, der die Leute drüben in Asheville auf dem Gewissen hat. Gestern war ein großer Artikel in der Zeitung: Sie haben den Killer irgendwo in einem Schlupfloch in den Wäldern von Tennessee geschnappt. War da bei seinem Cousin untergeschlüpft, so 'nem verkrachten Typen in seiner verkommenen Blockhütte, der sich als Gastgeber für den Axtmörder betätigte. Die beiden waren sternhagelvoll, als die Streife auftauchte, die sie geschnappt hat. Tja. Zwei der dicksten Fische aus dem ganzen Süden sitzen jetzt hinter Gittern. Der Killer heißt Lloyd Drucker, sein Cousin Ernest Drucker. Aber dieser Ernest behauptet, dass sein Cousin seit mehr als zwei Wochen bei ihm war und dass er keine Ahnung hatte, dass Lloyd durch die Gegend zieht und Leute abmurkst. Meinte, wenn er es gewusst hätte, hätte er Lloyd eigenhändig der Polizei ausgeliefert. Aber vermutlich geht's ihm nur darum, dass es nicht so aussieht, als ob er einen flüchtigen Verbrecher gedeckt hat. Wer weiß, wie's war. Kümmert mich sowieso nicht mehr. Nur in einem Punkt: Wenn Ernest die Wahrheit sagt, dann war sein Cousin in Tennessee, als Digger verschwunden ist. Und damit ist die Möglichkeit erledigt, dass der Axtkiller Digger in den Fingern haben könnte, und darüber bin ich mordsfroh.

In der Schule sind sie komisch zu mir. Als ob sie Angst vor mir haben. Jetzt bin ich echt außen vor – das Mädchen mit dem vermissten Bruder. Und jeder denkt vermutlich, hoffentlich passiert mir so was nicht. Gail folgt mir auf Schritt und Tritt, als ob sie mein Bodyguard ist, und sie geigt jedem gehörig die Meinung, der blöd genug ist, irgendwas Bescheuertes zu sagen. Natürlich sind nicht alle schräg drauf wegen Digger. Manche sind echt nett und strengen sich richtig an, mir was Freundliches zu sagen. Und die Lehrer – da muss ich zugeben, die waren echt in Ordnung, seit das passiert ist. Aber ich will doch daraus kein Kapital schlagen! Ich versuch einfach meine Aufgaben pünktlich abzuliefern. Ich will Digger nicht als Ausrede missbrauchen. Das wär doch so, als würd ich auf dem Grab meines Bruders tanzen. Mir wird ganz schlecht, wenn ich mir das nur vorstelle.

In dieser dämlichen Show bringen sie anscheinend gerade die ganze Welt zum Lachen. Ich finde es überhaupt nicht komisch, selbst nicht mit diesem Nixon-Typen. Und so was will Präsident werden. Nicht zum Lachen. Ich glaub, ich werd überhaupt im ganzen Leben nie mehr lachen.

Ich stehe auf und stelle den Fernseher ab. Dann laufe ich einfach durch die Zimmer, mit geballten Fäusten. Und dann muss ich heulen, so sehr, dass das Schluchzen mich schüttelt. Ich trommele mit den Fäusten aufs Sofa und vergrabe mein Gesicht in den Kissen und heule und heule, bis ich völlig erschöpft bin. Das Haus ist jetzt ganz still und ich weiß, ich sollte aufstehen und meine Hausaufgaben für morgen noch machen. Aber ich will einfach nicht aufstehen. Ich will, dass Digger heimkommt. Ich will, dass das Leben wieder so ist, wie es vorher war.

„Linda?“

Na prima. Das ist Dad. Ich mag ihn jetzt nicht sehen, mag nicht mal den Kopf heben. „Was denn?“, murmele ich nur.

„Was ist denn?“

Es ist nicht Dad. Ich setze mich auf und wische mir mit den Händen die Tränen aus dem Gesicht. Auf einem Stuhl neben der Couch sitzt Austin.

„Austin!“ Ich schniefe laut und wünschte, ich hätte ein Taschentuch. „Schon ein Weilchen her, dass ich dich gesehen habe.“

Er zuckt mit den Achseln, beugt sich vor und sieht mich forschend an. „Warum weinst du?“, fragt er. „Was ist passiert?“

„Digger ist weg.“

„Weg?“

Ich nicke. Dann muss ich wieder heulen. „Als ob er sich in Luft aufgelöst hat. Wir können ihn nirgends finden.“

„Ihr könnt ihn nicht finden? Seit wann ist er weg?“

„Schon seit zehn Tagen.“

„Zehn Tage?“ Seine Augen weiten sich. Zehn Tage sind lang, das wissen wir beide. Wer kann denn nach zehn Tagen noch Hoffnung haben? „Hat man in den Bergen nach ihm gesucht?“

„Natürlich. Jede Menge Leute haben alles durchkämmt. Die Polizei, Dad und Onkle Steve, Freiwillige aus der Stadt. Niemand hat irgendwas gefunden. Nicht die kleinste Spur.“

„Was denkst du, was passiert ist?“

Ich schüttle den Kopf. „Ich weiß es nicht. Niemand weiß es. Aber wenn ich raten sollte, dann würde ich sagen, vermutlich hat ihn jemand gekidnappt. Irgend so ein Irrer, du weißt schon.“

Ich kann nicht weitersprechen. Austin streckt mir die Hand hin, aber sie baumelt da einfach irgendwo zwischen uns in der Luft. Er schaut sie an und lässt sie dann in den Schoß zurückfallen. Wir wissen beide, dass Berühren nicht vorgesehen ist.

Er steht auf und wandert im Raum hin und her. Fährt sich mit der Hand durchs Haar und ich sehe, dass seine Finger zittern. Er murmelt irgendwas vor sich hin, das ich nicht verstehe.

„Wovon redest du, Austin?“, will ich wissen.

Er bleibt abrupt stehen und wendet sich zu mir um. Seine Augen glänzen, als ob er gleich in Tränen ausbricht. „Ich kann nicht glauben, dass das wahr ist, Linda“, sagt er. „Ich fühle mich so ohnmächtig. Ich kann ja nicht mal eben fünfzig Jahre meiner Zeit vorauseilen, um dir zu helfen. Ich kann gar nichts tun.“

Einen Moment lang bin ich sprachlos. Am liebsten würde ich ihm einfach die Arme um den Hals schlingen und ihm dafür danken, dass ihm genug an mir liegt, dass er mir helfen möchte. Und ich möchte, dass er mich festhält und ich all die schlimmen Gefühle aus mir herausschluchzen kann. Denn wenn es irgendjemanden gibt, der mir helfen kann, mich ein wenig besser zu fühlen, dann ist es Austin. Aber ich kann ihn ja nicht berühren und er kann mich nicht festhalten. Schließlich sage ich bloß: „Nein, man kann nichts mehr tun, Austin. Ich glaube, es ist zu spät.“

Er schlägt eine Faust in die andere Hand und nimmt seinen Rundgang wieder auf. Mit dem Rücken zu mir reibt er sich mit beiden Händen das Gesicht und schnieft vernehmlich. Dann dreht er sich um und sagt: „Vielleicht ist es noch nicht zu spät. Vielleicht findet ihr ihn doch oder er findet nach Hause. Vielleicht ...“

So gern ich mich von ihm trösten lassen würde und so dankbar ich ihm bin – wir wissen beide, dass er nach jedem Strohhalm greift. Kein Kind in Diggers Alter überlebt in den Bergen länger als eine Woche. Und wenn er gekidnappt wurde – das möchte ich mir lieber gar nicht erst vorstellen.

Ich wische mir wieder die Augen und atme tief durch. „Na ja“, sage ich, „du weißt ja, wie es ist, einen Bruder zu verlieren.“

„Wie?“ Er sieht mich verblüfft an.

„Na ja, da ...“ Dann fällt es mir ein. Es ist noch nicht 1919. Mac ist noch am Leben. Ich fürchte, ich habe die Linie überschritten und Austin wird gleich verschwinden. Aber es passiert nichts, außer dass er mich weiter anstarrt und darauf wartet, dass ich was sage. „Nein, also, ich meine, ich hab gerade an jemand anders gedacht. Nicht an dich. Tut mir leid, Austin, ich bin einfach total durcheinander.“ Ich stehe auf. „Hör zu, ich gehe ein wenig nach draußen. Frische Luft schnappen. Kommst du mit?“

Er zögert einen Augenblick. Dann holt er tief Luft, so als ob er versucht, die Fassung wiederzufinden. „Na schön.“ Er folgt mir durch die Küche raus in den Garten und da stehen wir dann dicht bei dem großen Felsbrocken, an dem Digger immer gespielt hat.

Mir kommt ein Gedanke. „Weißt du, Digger hat doch immer mit Mac gespielt. Hat er ihm vielleicht irgendwas erzählt?"

„Was sollte er ihm erzählt haben?", fragt Austin.

„Na ja, vielleicht, dass er vorhat abzuhauen oder so. Hat er das?"

Austin überlegt einen Moment und schüttelt dann den Kopf. „Nein, Mac hat jedenfalls nichts erzählt. Natürlich hab ich gewusst, dass er Digger getroffen hat, aber er hat schon lange nichts mehr davon erwähnt. Ich hab angenommen, er hat ihn schon ein Weilchen nicht mehr gesehen."

„Ja", sage ich, „so wird's wohl sein. Wir haben ihn alle schon eine Weile nicht mehr gesehen. Das ist das Problem. Die Polizei sagt, normalerweise gibt es irgendeinen Hinweis, irgendwas, das dich auf eine brauchbare Spur führt. Aber von Digger gibt es nichts. Nur dass ich ihn im Haus noch immer riechen kann. Aber ansonsten ist es so, als hätte es ihn nie gegeben."

Austin legt die Stirn in Falten und schaut in den Himmel. Lange Zeit stehen wir einfach da und hängen jeder den eigenen Gedanken nach. Schließlich sagt Austin: „Mein lieber Schwan! Das ist aber ein riesiger Stern da oben."

Ich folge seinem Blick. Ich hab mich inzwischen an den Stern gewöhnt. „Ja, das ist echt seltsam. Seit Digger verschwunden ist, hab ich den Stern jeden Abend gesehen."

„Wirklich? Ich hab ihn heute Abend zum ersten Mal bemerkt."

Ich nicke. „Er ist schon die ganze Zeit da. Ich hab ihn jeden Abend angeschaut und mich gefragt, was das wohl ist. Erinnert irgendwie an die Sterne, die man auf Weihnachtskarten sehen kann, oder? An den Stern von Bethlehem."

„Ach ja?" Austin schweigt einen Moment. „Das muss ein ganzer Haufen Sterne sein, die zusammenkleben, oder ein Stern und ein Planet oder so was."

„Mhm", mache ich. „So hat Dad es auch erklärt. Aber Planeten bewegen sich. Wieso bewegt sich dieser Stern dann nicht von der Stelle?"

„Vielleicht bewegt er sich ja, nur sehr, sehr langsam."

„Ja, vielleicht."

„Es muss schließlich eine Erklärung geben. Wir kennen sie nur nicht."

„Muss wohl so sein."

„Ein Astronom würde es wissen. Die Wissenschaft kann alles erklären."

„Muss wohl so sein", wiederhole ich. „Aber ich frage mich doch, ob die Wissenschaft auch erklären kann, was wir hier gerade machen."

„Was meinst du?"

„Na, dass wir miteinander reden."

„Du meinst, weil wir in verschiedenen Zeiten leben?"

„Genau."

Er überlegt wieder ein Weilchen, bevor er sagt: „Ich nehme an, so weit ist die Wissenschaft einfach noch nicht. Bisher. Aber es wird kommen. Irgendwann. Was ist zum Beispiel mit diesem Physiker da in Deutschland, dieser Mensch, der über Relativität schreibt … Wie heißt er noch mal?"

Ich lege nachdenklich eine Hand vor den Mund. „Meinst du Albert Einstein?"

„Ja, genau den. Hat er eine Theorie über die Zeit aufgestellt?"

„Kann schon sein. Aber ich hab noch nie davon gehört."

„Na, vielleicht kommt das noch. Vielleicht findet er erst noch raus, wie Menschen über die Zeiten hinweg miteinander reden können."

„Das glaub ich kaum. Er ist ja schon gestorben, als ich noch nicht geboren war. Wenn er irgendwas Bahnbrechendes über die Zeit herausgefunden hätte, dann würde doch heute die ganze Welt davon sprechen."

Austin wippt auf den Zehenspitzen hoch und runter. „Na,

wenn Einstein nicht draufgekommen ist, dann gelingt es vielleicht jemand anderem. Nur der ist vermutlich noch nicht geboren."

„Meinst du?"

„Natürlich. Irgendwann wird die Wissenschaft uns alle Antworten geben, die wir brauchen."

Das bringt mich zum Nachdenken. Nach einer Minute frage ich: „Auch die Antwort auf die Frage, wo Digger ist?"

Seine Augen verengen sich. Er sagt kein Wort.

46

Patrick

Samstag, 28. September 1968

Drei Wochen. Mein Gott.

Drei qualvolle Wochen. Jede Nacht gehe ich auf die Knie und bete darum, dass du meinen Sohn zurückbringst. Aber du schweigst. Wenn ich jemals eine Antwort gebraucht habe, dann jetzt. Und so knie ich hier vor dem Bett, die Finger ineinandergekrallt, die Stirn auf die Bettdecke gepresst, und warte.

Worte des Propheten Habakuk fallen mir ein. Natürlich! Was auch sonst? Sie sind jetzt mein eigenes Gebet, das einzige, das mir geblieben ist. *„Herr, wie lange soll ich schreien und du willst nicht hören?"*

Das Schweigen ist überwältigend. Es gibt nichts außer diesem Schweigen.

Zornig stehe ich auf und beginne durch das Zimmer zu wandern. Die Suche ist jetzt abgebrochen worden. Alle haben aufgegeben. Aber ich bin sein Vater. Wie kann ich aufhören, nach ihm zu suchen? Ich fahre alle Straßen noch mal ab, wenn es sein muss. Und noch mal und noch mal. Irgendwann muss sich doch etwas im Scheinwerferlicht zeigen. Das ist meine Hoffnung. Morgen früh gehe ich noch mal über diesen Hügel und werde seinen Namen rufen, immer in der Hoffnung: Einmal kommt eine Antwort. Ich werde …

„Patrick?"

Ich wirbele herum. Gavan sitzt am Schreibtisch. Plötzlich wird mir klar, dass ich darauf gewartet habe, dass er auftaucht. Die ganzen letzten drei Wochen habe ich mir gewünscht, ich könnte mit ihm sprechen.

„Digger ist verschwunden", sage ich.

Er nickt mit undurchdringlicher Miene, die mir nichts verrät.

„Aber das wissen Sie vermutlich schon, oder?" Ich mache einen Schritt auf ihn zu und bemerke die dünne blinkende Linie auf seiner Maschine, diesem Computer.

„Ja", sagt er, „ich wusste es."

Noch ein Schritt. „Sie sind wie Gott. Sie kennen die Zukunft."

Er schüttelt leicht den Kopf. „Nein. Ich kenne die Vergangenheit und die Gegenwart. Meine Gegenwart. Das ist alles."

„Aber Ihre Gegenwart ist meine Zukunft, nicht?"

Er sieht mich an, ohne zu antworten. Ich spüre, wie wieder Zorn in mir aufsteigt. Ich weise mit der Hand auf den Computer. „Können Sie nicht in Ihrer Maschine da nachsehen und mir sagen, wo mein Sohn ist?"

In seinem Blick liegt jetzt aufrichtiges Bedauern und Mitgefühl. „Nein, Patrick. Das kann ich nicht. Das ist nicht vorgesehen. Und das wissen Sie."

Ich lasse mich aufs Bett sinken und schlage die Hände vors Gesicht. Die Enttäuschung ist größer als jeder Schmerz, den ich bisher erlebt habe.

„Dann sagen Sie mir wenigstens dies: Sollte ich mich damit abfinden, dass er … tot ist?"

Er legt die Hände ineinander und hebt sie an die Lippen, als ob er beten würde. „Patrick …"

„Ich weiß. Auch das verstößt gegen irgendwelche Regeln."

Er seufzt und lässt die Hände sinken. „Ich wünsche mir auch jemanden, der mir sagen könnte, dass meine Frau heil und gesund zurückkommt. Ich sehne mich nach dieser Gewissheit, aber nur Gott allein kennt die Antwort. Nur Gott allein, Patrick."

Ich überlege ein wenig und mir fällt ein, was Meg gesagt hat, als wir zum ersten Mal von der Legende um dieses Haus hörten. „Alpha und Omega", sage ich leise. „Der das Ende der Zeiten schon von Anbeginn kennt."

„Ja", nickt Gavan.

Trotzdem. Ich möchte am liebsten Gavans Hirn anzapfen und herausziehen, was er über Digger weiß. „Gavan?"

„Ja?"

„Können Sie mir irgendetwas über meinen Sohn sagen?"

Er runzelt die Stirn. Er spielt mit seinem Bleistift und tippt mit dem Radiergummi auf den Schreibtisch. „Ich kann Ihnen ehrlich sagen, dass ich nicht weiß, was Ihrem Sohn passiert ist. Das heißt, nicht in dem Sinn, dass ich es verstanden hätte. Verstehen *kann* ich es nicht."

„Sie können es nicht verstehen?"

„Nein. Ich bin mir nicht sicher, ob überhaupt jemand das kann."

Mir zittern die Knie. Ich hole tief Luft. „Können Sie mir irgendetwas sagen, das mir Hoffnung gibt?"

Gavan nickt kaum wahrnehmbar. „Was ich Ihnen sagen kann, ist dies: Gott ist bei Digger. Und falls Digger tot ist, dann ist er bei Gott."

Ach ja, ich erinnere mich. Das war doch seine Weise, mit den Ungewissheiten in seinem Leben fertigzuwerden. „Was auch geschieht", wiederhole ich seine Worte vom letzten Mal, „Gott ist da."

„Ja", sagt er leise. „Und deshalb vertrauen wir dem, der weiß, was wir nicht wissen."

Ich stehe vom Bett auf und wandere wieder durchs Zimmer. „Trotzdem – unter diesen Umständen ist das einfach nicht genug. Es muss mehr geben. Mehr, das ich wissen oder tun kann."

„Aber es gibt nicht mehr, Patrick. Sie sind ein Mensch mit begrenzten Möglichkeiten. Genau wie ich."

„Ja, ich bin begrenzt. Das ist mir sehr wohl klar. Aber wenn ich nur wüsste, warum das alles geschieht! Wenn ich den Grund wüsste, warum Gott zugelassen hat, dass Digger uns genommen wurde! Glauben Sie, ich werde je verstehen, warum?"

„Ja. Eines Tages werden Sie es verstehen, das glaube ich."

„Aber wohl kaum in diesem Leben."

„Wohl kaum." Er schüttelt den Kopf. „Solange wir Uhren ticken hören, verstehen wir immer nur einen Teil des Ganzen. Später werden wir mehr begreifen. Und bis dahin beugen wir uns entweder vor Gottes Souveränität oder wir wehren uns verzweifelt dagegen, dass es so ist. Letzteres ist immer ein vergebliches Unterfangen, das wissen Sie ja."

Ich bleibe stehen und sehe Gavan an. „Und Ersteres?"

„Ist die einzige Hoffnung, die wir haben."

Ich atme tief durch und nicke. Er dreht sich um und ist verschwunden. Ich falle wieder vor meinem Bett auf die Knie.

Drei Wochen. Mein Gott.

Drei endlos lange Wochen. Du weißt, wo Digger ist, aber du willst mir deine Gedanken nicht anvertrauen. Der Himmel hüllt sich in Schweigen.

Ich presse die Stirn wieder auf die Bettdecke. Ich werde weiter warten.

47

Meg

Mittwoch, 9. Oktober 1968

Taumelnd fallen die Blätter im Abendlicht zu Boden, ein sicheres Zeichen, dass der Herbst jetzt da ist. Bald werden es keine Blätter mehr sein, sondern Schneeflocken. Der Winter kommt rasch. Was hat C. S. Lewis über Narnia gesagt? Immer Winter, aber nie Weihnachten. Von jetzt an werden wir unser Leben in diesem Narnia verbringen, denn für uns wird es auch kein Weihnachten mehr geben. Kein Weihnachten und keinen Frühling. Kein Ostern, keinen Maifeiertag, keine Mittsommernacht. Nur den endlosen Winter, in dem unsere Herzen in der Zeit erstarrt sind, weil unser Sohn nicht mehr da ist.

Ich sitze am Kamin in der Küche und lese noch einmal den Brief von Carl. Ob wir die Beerdigung verschieben können, bis er nach Hause kommen kann, fragt er. Er wolle doch dabei sein, es gehe ja schließlich um seinen kleinen Bruder. Die Worte haben etwas Anrührendes, aber der Gedanke an eine Beerdigung lässt mich schaudern. Wie kann ich meinen Sohn beerdigen, bevor er tot ist? Wie kann ich ihn beerdigen, wenn mein Herz sich mit jeder Faser an die Hoffnung klammert, dass er noch lebt?

Wie kann ich ihn überhaupt begraben? Wir haben ja seinen Körper nicht. Kann man eine Beerdigung abhalten für jemanden, der einfach verschwunden ist?

Ich schließe die Augen, möchte am liebsten wegdämmern, aber dann schrecke ich hoch. Eine Stimme. „Tatsächlich, jetzt haben wir wirklich Herbst. Sehen Sie nur diese Blätter."

Celeste dreht sich vom Küchenfenster um und setzt sich in den Schaukelstuhl mir gegenüber. Sie schaut mich seelenruhig an und in ihren braunen Augen liegt etwas Sanftes. Patrick hat mir von seinem Gespräch mit Gavan erzählt. In der Zukunft wissen sie, was geschehen ist, aber sie dürfen es nicht sagen.

„Sie wissen, was passiert ist, nicht wahr?", sage ich.

„Digger ist verschwunden."

Ich nicke.

Sie beginnt langsam zu schaukeln. „Ich weiß, es ist jetzt schon über einen Monat her. Ich wünschte, es wäre mir möglich gewesen, Sie schon früher zu sehen."

Dann erinnere ich mich. „Aber ich habe Sie gesehen."

„Ach ja?"

„Ja."

„Wann?"

„Ich habe Sie in der Stadt getroffen. Sie waren ungefähr fünf Jahre alt."

Sie sieht verblüfft aus. „Tatsächlich?"

„Ja. Ich bin mir ganz sicher. Das Mädchen hieß Celeste und es schleckte an einer Eiswaffel."

„Ach ja." Celeste lächelt. „Mama hat mich oft mit in die Eisdiele genommen. Wir hatten beide eine Schwäche für Süßes."

„Sie hatten Vanille und Ihre Mutter zwei Kugeln Schoko."

Celestes Augen strahlen. „Ja, das waren wir. Waren wir in der Eisdiele?"

„Nein, ich saß auf der Bank davor und Sie haben sich zu mir gesetzt."

Ihr Blick geht über meine Schulter, als ob sie rückwärts durch die Zeit schaut bis zurück ins Jahr 1968. „Das weiß ich nicht mehr“, sagt sie. „Wir waren so oft in dieser Eisdiele, dass ich mich nicht an Einzelheiten erinnere. Haben wir miteinander gesprochen, Sie und ich?“

Ich lächele schwach. „Ich habe geweint und Sie haben mir angeboten, an Ihrem Eis zu schlecken.“

„Oh, wirklich?“

„Ja“, sage ich. „Ich habe das Angebot aber nicht angenommen. Trotzdem danke. Irgendwie hat es mir Kraft gegeben.“

Celestes Blick kehrt zu mir zurück und sie nickt. „Das freut mich, Meg. Ich habe mich schon gefragt, warum ich Ihnen so lange nicht begegnen durfte. Aber es sieht ja so aus, als sei es doch geschehen. Zumindest dieses eine Mal.“

Wir schweigen einen Moment lang. Dann sage ich: „Wer stellt die Regeln auf, Celeste?“

„Die Regeln?“

„Sie wissen schon, die Regeln für dies alles.“ Ich mache mit der Hand eine weitläufige Bewegung. „Wer erlaubt uns, einander zu sehen? Wer entscheidet, wann wir uns begegnen und wann nicht? Patrick meint, es sei Gott. Er redet davon, dass Gott das ewige Jetzt sei. Was denken Sie, Celeste? Glauben Sie auch, dass Gott es ist?“

„Ja“, sagt sie. „Ja, das glaube ich. Mr Valdez und ich unterhalten uns oft darüber. Ich weiß, dass Patrick von diesem Ewigen spricht, und ich stimme ihm zu. Dies alles ist irgendwie ein Geschenk von Gott.“

„Aber warum?“, frage ich. „Warum, glauben Sie, passiert es überhaupt?“

„Ich glaube, es hat mit Liebe zu tun.“

„Liebe?“

„Alles, was Gott tut, tut er aus Liebe.“

„Alles?“

„Natürlich.“

Natürlich? Alles? Auch Diggers Verschwinden?

Ich stehe auf und gehe zum Fenster. Die Blätter fallen noch immer. Wie gebannt von dem Farbenspiel, das da vom Himmel niedersinkt, sehe ich nach draußen, vergesse die Zeit, bis Celeste fragt: „Was denken Sie denn, Meg?“

Ich drehe mich zu ihr um. „Ich denke, dass es nie wieder Frühling wird. Nicht für mich. Nicht ohne Digger.“

„Oh“, sagt sie und ihre Augen werden groß. Sie zieht die Brauen hoch. „Jetzt verstehe ich.“

„Was? Was verstehen Sie?“

Sie antwortet nicht, sondern steht jetzt auch auf und kommt einen Schritt auf mich zu. „Ich wünschte, ich könnte Sie in die Arme nehmen und trösten, aber das kann ich nicht. Aber ich habe Gavan gebeten zu helfen.“

„Gavan? Wie könnte er uns helfen?“

„Ich habe ihn gebeten, Patrick etwas von mir auszurichten. Wie es aussieht, ist es mir nicht erlaubt, Ihrem Mann zu begegnen. Ich kann nur Sie sehen.“

„Gavan sollte etwas ausrichten?“

Sie nickt. „Ich muss jetzt nach Nicolas schauen. Aber ich hoffe, wir sehen uns bald wieder.“

Bevor ich antworten kann, ist sie fort. Ich höre Schritte auf der Treppe, aber sie kommen herunter, nicht hinauf. Im nächsten Moment betritt Patrick die Küche. Nicht ungewöhnlich, es ist Zeit zum Abendessen. Ich habe den ganzen Nachmittag vertan und kein Essen vorbereitet.

„Meg?“

„Es tut mir leid, Patrick. Im Kühlschrank ist noch ein bisschen Aufschnitt, ich habe die Sandwiches gleich fertig.“

„Oh, darum komme ich nicht. Es ist nur …“

„Was denn, Patrick?“

Er runzelt die Stirn, als mache ihn etwas ratlos. „Ich habe gerade mit Gavan gesprochen. Er hat mich gebeten, dir eine Botschaft von einer Mrs Zeh weiterzugeben.“

„Mrs Zeh?“

„Ja. Anscheinend die Dame, für die deine Freundin Celeste arbeitet. Sie wohnt in Asheville.“

„Ja, ich weiß, wer sie ist. Und sie hat eine Botschaft für mich? Sie weiß von mir?“

„Das muss sie wohl. Sie hat Celeste die Botschaft anvertraut, die hat sie Gavan weitergegeben und der dann mir. Und ich soll sie dir weitergeben.“

„Und wie lautet sie?“

„Ganz einfach: Der Frühling kommt bestimmt. Es mag vielleicht jetzt nicht danach aussehen, sagt sie, aber der Frühling wird kommen.“

Mir bleibt die Luft weg.

„Sagt dir das etwas?“, fragt Patrick.

Ich nicke beinahe unmerklich. „Ich weiß nicht genau, was, aber – ja, es sagt mir etwas.“

Er kommt einen Schritt näher, zögernd. „Da ist noch etwas.“

Erwartungsvoll sehe ich ihn an. „Was gibt es noch, Patrick?“

Er sagt: „Wenn es dir nichts ausmacht, dann soll ich …“ Er breitet die Arme aus. „Sie hat mich gebeten, dich in den Arm zu nehmen.“

Ich starre ihn an, wie er da steht, die Arme einladend ausgebreitet. „Das hat sie getan?“, flüstere ich.

Er nickt.

Ich halte den Atem an und muss blinzeln, aber es nützt nichts. Die Tränen fließen schon. „Und … ist dir das recht?“

„Bitte.“ Er nickt noch einmal.

Ich gehe auf ihn zu, auf diesen Fremden, den Vater meines Sohnes. Ich lehne meinen Kopf an seine Schulter und er schließt mich in die Arme. Was uns verbindet, ist die Trauer; denn die Trauer bestimmt uns beide, mich und ihn. Aber bisher haben wir sie nicht gemeinsam getragen. Jetzt verliert sie an Gewicht und macht Raum für eine Sturzflut von Trost, die an den Ketten und Schlössern und Gräbern rüttelt und die Erinnerung daran freilegt, was unsere Liebe einmal gewesen ist. Zum ersten Mal seit Monaten frage ich mich: Werden wir irgendwann vielleicht doch diese Liebe wiederfinden?

48

Patrick

Freitag, 11. Oktober 1968

Das junge Paar, das sich für den 63er Impala interessiert, hat sich noch immer nicht entschieden. Letzte Woche sind die beiden drei Mal aus Asheville herübergekommen, haben zwei Probefahrten gemacht und im Moment stöbert der Mann unter der Motorhaube herum, als ob da irgendwo sein Name stehen müsse. Es ist ein schöner Wagen, kaum rostanfällig, mit 4-Gang-Schaltgetriebe – und das scheint der Grund zu sein, warum sich die Sache so hinzieht. Die Frau besteht darauf, dass sie einen Automatik-Wagen kaufen wollten, das hätten sie doch beschlossen. Aber ihr Mann scheint dieses Abkommen in dem Moment vergessen zu haben, als ihm der glänzende rote Impala zum ersten Mal unter die Augen kam.

Sie sitzt auf dem Fahrersitz und zweckentfremdet den Rückspiegel, um sich die Lippen nachzuziehen, während ihr Mann die Innereien des Wagens einer millimetergenauen Prüfung unterzieht.

„Du weißt doch, was ich dir gesagt habe, Lenny", ruft sie aus dem heruntergekurbelten Fenster. „Ich bin noch nie einen Schaltwagen gefahren und ich will auch gar nicht erst damit anfangen. Es ist so umständlich."

„Es ist ein Kinderspiel, Darling", antwortet Lenny. „Du schaffst das mit links. Du wirst sehen."

„Aber ich kapiere diesen Schaltknüppel nicht. Und ich hab auch nur zwei Füße. Wie soll ich da drei Pedale bedienen?“

„Du bedienst sie ja nicht alle auf einmal.“ Lenny richtet sich auf und schlägt die Motorhaube zu. Dann zieht er ein Taschentuch aus der Hosentasche und wischt sich die Hände ab. „Hör zu, Liebling. Ich bringe dir alles bei, was du wissen musst. Wenn du es erst mal raushast, wirst du begeistert sein.“

Sie zieht die Stirn kraus, steckt den Lippenstift in die Hülle und versenkt ihn in ihrer Handtasche. „Na schön. Aber du musst mir versprechen, dass du nicht sauer wirst, wenn ich es nicht gleich kapiere und Fehler mache.“ Die frisch geschminkten Lippen formen sich zu einem beachtlichen Schmollmund.

„Aber Schatz, du weißt doch, ich könnte nie sauer sein auf die schönste Frau der Welt“, sagt er.

Flitterwochen, vermute ich. Oder dieser Kerl ist wirklich ganz versessen auf den Wagen.

Er beugt sich durch das Fenster zu seiner Frau und küsst sie. „Was meinst du, Süße? Nehmen wir ihn?“

Aus ihrem Lächeln schließe ich, dass er gewonnen hat.

„Sieht bestimmt schick aus, wenn er in der Garage steht.“

Der Mann stößt ein Freudengeheul aus. „Das ist doch ein Wort“, sagt er und trommelt begeistert mit der flachen Hand auf das Dach.

Dann hilft er seiner Frau aus dem Auto und küsst sie noch einmal, als ob da kein ungeduldiger Verkäufer direkt neben ihnen stünde, der auf eine Entscheidung wartet. Einen Arm um die Schultern seiner Frau gelegt und mit einer Pose, als habe er gerade den Superpreis in „Geh auf's Ganze“ gewonnen, dreht er sich zu mir um und sagt: „Wo soll ich unterschreiben?“

Ich führe sie in mein Büro und muss dabei an Meg denken. Wir waren auch mal wie dieses junge Paar, wir beide. Verliebt und voller Hoffnung. Beinahe erinnere ich mich noch daran, wie das war. Und dass ich geglaubt habe, es würde sich nie ändern.

Wir erreichen den Bauwagen und ich weise auf meinen Arbeitsplatz. Ike Kerly ist mit einem anderen Kunden unterwegs – auch wenn eine noch qualmende Zigarette im Aschenbecher auf seinem Schreibtisch verglimmt. Irgendwann wird er noch mal den ganzen Wagen in Brand setzen – dann sind die Unterlagen von Jahren dahin. Ich kann nicht behaupten, dass es mir leidtäte, wenn diese Behelfsbaracke verschwinden würde – nur dass es Steve in schlechte Laune versetzen und Ike Kerly seinen Job kosten würde.

Die beiden Flitterwöchner (wenn sie das sind) machen es sich auf zwei grauen Metallklappstühlen mir gegenüber bequem, während ich die erforderlichen Formulare aus der Schublade hole. Ich stoße die Papiere einmal auf dem Schreibtisch auf zu einem ordentlichen Stapel, den ich schräg nach links geneigt vor mich hinlege. Ich greife zu meinem Kugelschreiber, drücke die Miene heraus und bin bereit, alle Informationen zusammenzutragen, die ich für diesen Vertragsabschluss brauche. Als ich die beiden jetzt ansehe, fällt mir der grüblerische Gesichtsausdruck der jungen Frau auf. Ihr Blick wandert von meinem Namensschild zu meinem Gesicht und wieder zurück zum Namensschild, dann wieder zum Gesicht. Es hat auch in Asheville in der Zeitung gestanden und jetzt zählt sie eins und eins zusammen. Zögernd sagt sie: „Oh … Sie sind es … es ist Ihr Sohn …“ Dann bricht sie ab. Sie hätte vielleicht richtiger sagen sollen: Es *war* Ihr Sohn, aber wir wissen alle, was sie meint.

„Ja“, sage ich und nicke kurz.

Der Mann hustet und sieht zu Boden. Sie wirft ihm einen Blick zu, dann sieht sie wieder mich an. „Wir … ähm … haben noch keine Kinder, aber ich kann mir vorstellen, was Sie durchmachen. Ich … es tut mir leid.“

„Vielen Dank.“

Jetzt zieht der Mann eine Zigarette aus der Tasche und zündet sie an. „Sucht die Polizei noch?“, fragt er.

„Nicht aktiv“, sage ich. „Aber natürlich ist der Fall nicht abgeschlossen.“

Er nimmt einen tiefen Zug von der Zigarette. Die Frau hat die Hände im Schoß geballt. Ich vermute, wir wünschen uns alle, sie hätte das Thema nicht angesprochen.

„Mr Crane?“, sagt sie. „Würden Sie bitte Ihrer Frau unser tiefes Mitgefühl aussprechen?“

„Natürlich. Vielen Dank.“

„Ich kann mir nicht vorstellen, wie sie …“ – sie bricht ab und lässt den Blick durch den Wagen schweifen – „… wie sie damit fertigwird“, schließt sie dann.

Ich lege den Kugelschreiber aus der Hand, falte die Hände auf dem Schreibtisch und beuge mich leicht zu ihr vor. „Sehen Sie“, sage ich, „es gibt da etwas, das meiner Frau und mir Halt gibt.“ Für Meg trifft das vielleicht nicht mehr zu, aber ich werde auch für sie sprechen.

Interessiert neigen sich die Köpfe der beiden nun auch mir entgeben.

„Es gibt etwas, das wir ganz sicher wissen“, fahre ich fort. „Gott ist bei unserem Sohn oder unser Sohn ist bei Gott. Wie auch immer – wir sind in dieser Sache nicht allein. Gott ist an unserer Seite.“

Der junge Mann räuspert sich, nimmt einen letzten hastigen Zug von der Zigarette und drückt den erst halb aufgerauchten Glimmstängel im Aschenbecher aus. Der Blick der Frau ist endlich auf meinem Gesicht zur Ruhe gekommen. Sie hat den Mund leicht geöffnet und die Stirn gefurcht. Ich kann nur raten, was ihr durch den Kopf geht. Aber ich habe eine Ahnung, dass es da gerade drunter und drüber geht, dass sich ihre Gedanken überschlagen bei dem Versuch zu verstehen, was ich gesagt habe.

Und dann lächelt sie. So leise, dass es fast kein Lächeln ist. Aber dieses winzige Lächeln und das zunehmende Leuchten in ihren Augen sagen mir, dass sie verstanden hat, was ich zu sagen versucht habe.

Soeben habe ich in der Gebrauchtwagenabteilung von Birchfield Chevrolet meine erste Predigt gehalten.

49

Meg

Dienstag, 24. Dezember 1968

So vergeht die Zeit. Minuten und Stunden. Tage und Wochen. Und nun schon Monate.

Meine Zeitrechnung beginnt jetzt mit dem Tag, an dem Digger verschwunden ist.

Ein leichter Schnee fällt vom nächtlichen Himmel. Der Winter ist da. Heute ist Heiligabend. Niemand kann vier Monate allein in diesen Bergen überleben. Ein Kind schon gar nicht.

Warum finde ich dann immer noch Hoffnung in meinem Herzen?

Nur deswegen, weil ich sonst kein Mensch wäre?

Patrick sagt: „Gott ist bei ihm oder er ist bei Gott. In jedem Fall hält Gott unseren Sohn fest in seinen Händen."

Das sagt Patrick. Und ein Teil von mir glaubt ihm.

Jetzt stehen wir alle, wir drei Zurückgebliebenen, im Garten, dort, wo ich Digger zum letzten Mal gesehen habe. Eingepackt in Mäntel, Schals, Handschuhe und Wollmützen stehen wir hier und Linda hält meine eine Hand, Patrick die andere. Wir heben die Gesichter zum Himmel, zu dem leuchtenden Stern, der seit jenem Tag immer zu sehen war. Seit dem Tag, der alles veränderte. Seit dem Tag, an dem meine neue Zeitrechnung und unser neues Leben begonnen hat.

Wir stehen schon etliche Minuten schweigend beieinander, als Patrick schließlich sagt: „Das Volk, das im Finstern wandelt, sieht ein großes Licht."

Dann schweigen wir wieder, lassen die Worte auf uns wirken. Es ist so kalt, dass der Atem kleine Wölkchen in der Luft bildet.

„Dad?", fragt Linda.

„Ja, Liebes?"

„Glaubst du, es könnte tatsächlich der Stern von Bethlehem sein?"

„Ja, Linda, das glaube ich."

„Aber … ich meine … das ist doch zweitausend Jahre her."

Patrick nickt. „Das ist anscheinend das Geschenk dieses Hauses, nicht wahr? Unten in der Stadt und von keinem anderen Ort aus kann man den Stern sehen. Nur hier."

„Aber warum?", flüstere ich. „Was soll er denn bedeuten? Für uns, meine ich?"

„Ich weiß es nicht genau."

„Glaubst du, wir werden es je wissen?"

Patrick nickt wieder. „Ja. Zur rechten Zeit werden wir es wissen."

„Und wann wird das sein, Dad?"

Ein kleines Lächeln gleitet über Patricks Profil. „Da fragst du den Falschen, Linda. Die Antwort auf diese Frage kennt nur Gott. Alles, was ich im Moment sicher weiß, ist dies: Wenn wir die Jahrhunderte sozusagen abschälen könnten und in die Zeit zurückwandern, zurück nach gestern und nach vorgestern und immer weiter zurück durch zwei Jahrtausende, dann würden wir in dem Moment ankommen, in dem Gott ein Mensch aus Fleisch und Blut wurde und sich auf diese Welt eingelassen hat."

Linda seufzt tief, und als sie ausatmet, verfliegt ihr Atem in der Nachtluft. „Ich hab nie wirklich geglaubt, dass das alles wahr ist", sagt sie. „Es hat sich immer so angehört wie eine Geschichte, ein Märchen, etwas, das sich jemand ausgedacht hat."

Patrick nickt, sagt aber nichts. Ich wünschte, auch uns würden Engel erscheinen, so wie damals den Hirten, und uns erklären, was das alles zu bedeuten hat.

„Eins verstehe ich allerdings wirklich nicht", sage ich. „Warum wir? Wer sind wir denn, dass ausgerechnet uns etwas so Außergewöhnliches passieren sollte? Man sollte doch meinen, Gott würde sich dafür jemanden aussuchen, der … ich weiß auch nicht … der berühmt ist oder irgendwie wichtig."

Patrick sieht mich nicht an, aber ich weiß, dass er über meine Worte nachdenkt. Schließlich sagt er: „Vielleicht sind wir ihm wichtiger, als wir glauben."

Ich spüre, wie Linda meine Hand drückt. „Also, frohe Weihnachten, Mom und Dad."

Eine unerwartete Freude lässt mein Herz höherschlagen. „Frohe Weihnachten, Linda", sage ich.

„Frohe Weihnachten, Liebes", fügt Patrick hinzu.

Wir müssen ins Haus gehen. Es ist spät und wir sind schon ganz durchgefroren.

Aber Linda zögert noch einen Moment. Sie wirft einen letzten Blick auf unseren Stern und sagt leise: „Frohe Weihnachten, Digger."

Der Stern funkelt auf uns herab. Der Himmel schweigt, aber als wir an diesem Abend zu Bett gehen, tragen wir dennoch eine winzige Hoffnung im Herzen. Wie ein winziger Lichtpunkt leuchtet sie an einem Ort, an dem es ansonsten sehr dunkel ist.

Teil 2

Was ist also die Zeit?
Wenn mich niemand darnach fragt, weiß ich es.
Wenn ich es aber einem, der mich fragt,
erklären sollte,
weiß ich es nicht.

Aurelius Augustinus

50

Linda

Sonntag, 6. April 1969

Es ist fast Mitternacht, aber ich kann nicht ins Bett gehen, bis ich diese blöde Hausarbeit fertig habe, die ich morgen abgeben muss. Das ganze Jahr haben die Lehrer mich irgendwie besonders behandelt, also, ich meine, besonders nett, wegen allem, was passiert ist. Sie haben mir immer angeboten, ich könnte meine Arbeiten auch später abgeben, wenn ich noch Zeit bräuchte. Aber ich hab es nie in Anspruch genommen. Nicht ein einziges Mal. Und jetzt werd ich auch nicht damit anfangen. Das könnte ich Digger niemals antun.

Mom und Dad sind schon vor ein paar Stunden nach oben gegangen. Ich sitze hier unten am Esstisch, jede Menge Bücher und Zettel und Notizen um mich herum. Ich versuche etwas dazu zu schreiben, was ein Gedicht von Emily Dickinson wohl bedeutet, aber ich hab keine Ahnung, ob meine Gedanken irgendeinen Sinn ergeben. Ich hab mir das Gedicht selbst ausgesucht und Mrs Crowell hat mich ganz komisch angesehen und gefragt, ob ich wirklich ausgerechnet über dieses Gedicht etwas schreiben wollte. Ich hab Ja gesagt, weil es eins von Emilys Gedichten ist, mit denen ich wirklich was anfangen kann. Ja, ich weiß, wovon sie da redet: Es stirbt jemand in ihrem Haus und sie muss ihr Herz auskehren und ihre Liebe irgendwo verstauen, weil sie sie nicht mehr brauchen wird, bis zur Ewigkeit –

ja, ich denke, das sagt mir durchaus was. Ich kann sie verstehen. Ich hoffe nur, dass das, was ich dazu schreibe, für Mrs Crowell auch nachvollziehbar ist. Schließlich verteilt sie die Noten.

Mom will immer noch nicht akzeptieren, dass Digger fort ist. Sie sagt, sie glaubt, er lebt noch. Ich wünschte, ich könnte das auch sagen. Aber ich kann mir nicht vorstellen, wie das möglich sein sollte, nach so langer Zeit. Ich meine, was für ein Wunder würde es brauchen, dass ein achtjähriges Kind, das allein in der Wildnis herumirrt, so lange am Leben bleibt? Digger war nicht mal bei den Pfadfindern. Er hat nicht mal gewusst, wie man Feuer macht oder irgendwo was zu essen schnorrt oder sich aus Blättern und Zweigen einen Unterschlupf baut. Und wenn er sich da draußen verirrt hat, dann wäre er wohl kaum darauf gekommen, in die nächste Stadt zu stiefeln, sich irgendwo ein paar Cent zu erbetteln und uns anzurufen.

Es nützt nichts. Wir müssen den Tatsachen ins Auge sehen. Digger ist fort und er kommt nicht zurück. Er ist tot und wir werden ihn nie wiedersehen.

Ich glaube, Dad denkt das auch, aber genau weiß ich's nicht. Jedenfalls hab ich noch nie mitgekriegt, dass er versucht hätte, Mom dazu zu bringen zu akzeptieren, dass Digger tot ist. Er lässt ihr einfach ihre Hoffnung, wenn sie daran festhalten will.

Carl kommt bald aus Vietnam zurück. Vielleicht kann er Mom ja umstimmen und ihr helfen anzunehmen, was passiert ist. Jedenfalls wird sie glücklich sein, dass er wieder zu Hause ist.

Seit Digger fort ist, war es im Haus meistens sehr ruhig, was diese Sache mit den verschiedenen Zeiten angeht. Der Stern geht immer noch jeden Abend auf. Was wir aber nicht viel zu sehen kriegen, sind Menschen. Ein paar Mal hab ich Austin getroffen und Mom und Dad ihre Gesprächspartner aus anderen Zeiten ebenfalls. Aber das war's dann auch. Wenn tatsächlich Gott hinter dieser ganzen Show steckt, dann lässt er sich ziemlich viel Zeit, bis er die Pause beendet.

Also los, noch der letzte Absatz für die Arbeit und dann ab ins Bett. Wie fasse ich am besten zusammen, was ich oben beschrieben habe, was Emily hier sagt? Was vielleicht gar nicht das ist, was sie tatsächlich meint, aber wie soll man verstehen, was jemand meint, der sich in Gedichten ausdrückt? Ich …

„Hallo, Linda."

Als ich meinen Namen höre, springe ich auf. „Austin!", rufe ich und es kommt so laut heraus, dass ich befürchte, Mom und Dad könnten vor Schreck aus dem Bett fallen. Aber ich kann es eh nicht mehr ändern. Was bin ich froh, ihn zu sehen! „Was machst du hier?", frage ich.

Was für eine bescheuerte Frage. Er macht nichts anderes als sonst auch. Er sitzt mir gegenüber am Tisch, auf dem er ungeduldig mit den Fingern herumtrommelt.

„Ich wollte dich sehen", sagt er. „Ich habe gehofft, dass es klappt … irgendwie."

„Stimmt was nicht?"

Er hört auf zu trommeln. „Nein. Ich meine … also, hör zu, Linda. Ich muss in den Krieg."

„Du musst was?"

„Ich muss in den Krieg. Präsident Wilson hat heute dafür geworben, Deutschland den Krieg zu erklären, und der Kongress hat zugestimmt. Ich melde mich freiwillig."

Ich hab ja gewusst, dass es passieren würde. Aber ich will's nicht glauben. „Aber ich dachte, du bist Pazifist, Austin! Du hast mir doch selbst gesagt, du glaubst nicht an den Krieg."

„Tu ich auch nicht." Er schüttelt energisch den Kopf. „Tu ich nicht. Aber jetzt, wo wir Krieg haben, kann ich mich nicht wie ein Feigling davonstehlen. Ich muss gehen."

„Warum wartest du nicht, bis sie dich einziehen?"

Er schüttelt immer noch den Kopf, als ob er gar nicht mehr damit aufhören kann. „Ich gehe jetzt. Ich warte nicht ab."

Ich kann die Vergangenheit nicht ändern. Wenn ich jetzt

irgendwas Falsches sage, wird er verschwinden. Also nicke ich nur.

„Hör zu", fährt er fort. „Mir ist klar, dass du weißt, wer diesen Krieg gewinnen wird. Mir ist auch klar, dass du es mir nicht sagen kannst. Ich bin nicht hier, um das rauszufinden."

„Klar", sage ich. Ich komme mir blöd vor, aber mir fällt keine bessere Antwort ein. Ich will ihm gar nicht sagen, wer den verdammten Krieg gewinnt. Alles, was ich will, ist ihn bitten, dass er *nicht* geht. Weil ich weiß, dass er in Frankreich begraben ist und Amerika nie wiedersehen wird.

„Ich will dir Auf Wiedersehen sagen", meint er schließlich.

Wir sehen uns lange an. Mir laufen Tränen über die Wangen. Sein Gesicht wirkt ganz ruhig, aber er hat die Hände zu Fäusten geballt, als ob er schon mitten im Kampf steckt.

„Du wirst mir fehlen, Austin", sage ich. Meine Kehle ist zugeschnürt und es kommt nur ein Flüstern heraus.

„Du mir auch." Jetzt glänzen seine Augen und ich denke, gleich fließen auch bei ihm Tränen, aber er kann sie zurückhalten.

„Was sagen deine Eltern dazu, dass du dich meldest?", frage ich.

„Ich hab's ihnen noch nicht gesagt."

Ich nicke. „Sie erfahren es noch schnell genug, oder?"

„Morgen früh gehe ich nach Asheville und melde mich."

Ich greife nach dem Kuli, der mir aus der Hand gefallen ist, als Austin aufgetaucht ist, und tippe damit nervös auf das aufgeschlagene Heft vor mir. „Ich wünschte, ich könnte dich bitten, mir zu schreiben, aber …" Ich zucke nur ratlos die Achseln.

Er versteht. „Das kann ich natürlich nicht. Deshalb wollte ich dir etwas geben. Damit du mich nicht vergisst."

„Wie?", frage ich. „Wie kannst du mir etwas geben?"

„Ich habe es an einen Platz gelegt, wo du es finden kannst", sagt er und nickt in Richtung Küche. „Unten am Kamin gibt es einen gelblichen, leicht ovalen Stein. Er ist locker, und wenn niemand zwischen jetzt und deiner Zeit ihn verfugt hat, ist er das vielleicht immer noch. Dahinter findest du, was ich für dich hingelegt habe."

„Soll ich jetzt gleich nachsehen?"

„Ja. Ich möchte gern wissen, ob du mein Geschenk bekommst."

Ich nicke und schiebe meinen Stuhl zurück. Austin folgt mir in die Küche, wo ich mich vor den Kamin knie und nach dem ovalen Stein suche.

„Dort", sagt Austin. „Weiter rechts."

Ich folge seiner ausgestreckten Hand und entdecke einen Stein, der gelblich ist und eine leicht ovale Form hat. Ich berühre ihn mit den Fingerspitzen. „Dieser?"

„Ja. Versuch mal, ob du ihn rauskriegst."

Ich kriege ihn raus. Ganz leicht gleitet er aus der Fassung. Darunter finde ich ein Päckchen aus Mulltuch, das mit einem weißen Band verschnürt ist. Vorsichtig nehme ich es heraus.

„Das hast du für mich hier hingelegt, Austin?"

Er lacht leise. „Sei nicht so begriffsstutzig. Mach's schon auf."

Meine Finger zittern, als ich das Band aufknote, das Tuch aufschlage und mit einer Hand die lange Kette darin hochhebe, bis der leicht angelaufene Herzanhänger daran über der Handfläche meiner anderen Hand baumelt. „Sie ist wunderschön", sage ich.

„Kannst du sie ummachen?"

Ich werfe einen Blick auf den kleinen Karabinerverschluss. „Ja, ich versuch's." Im nächsten Moment liegt die Kette um meinen Hals. Ich stehe auf und lächle Austin zu. Unsere Augen halten einander fest. „Danke."

„Vergiss mich nicht, bitte."

Ich muss schon wieder weinen. „Wie könnte ich dich je vergessen?"

Er hebt eine Hand zum Mund und haucht mir einen Kuss zu. Ich umklammere den Anhänger auf meiner Brust.

„Alles Gute, Linda."

„Alles Gute, Austin."

Und damit verblasst er buchstäblich und verschwindet, wie ein Traum verblasst, sobald man die Augen öffnet.

51

Meg

Montag, 7. April 1969

„Nur noch zweieinhalb Monate, dann bin ich verheiratet.“ Celeste schenkt mir ein Lächeln und spielt mit dem Diamantring an ihrer linken Hand.

„Ich habe Sie lange nicht gesehen“, sage ich. „Sind alle Hochzeitsvorbereitungen erledigt?“

„Fast.“ Sie nickt und seufzt glücklich. „Heute Vormittag habe ich das Kleid von der Schneiderin geholt, die die Änderungen vorgenommen hat. Sie sollten es sehen! Es ist einfach traumhaft.“

„Ich wünschte, ich *könnte* es sehen“, sage ich. „Ich wünschte, ich könnte zur Trauung kommen. Ich weiß, es wird wunderbar werden.“

„Oh, machen Sie sich keine Sorgen, Sie werden …“ Sie hält einen Moment inne, als sei ihr plötzlich etwas in den Sinn gekommen. Schließlich sagt sie: „Ich berichte Ihnen hinterher alles haarklein. Bestimmt werde ich eine ganze Weile überhaupt nicht aufhören können, davon zu reden.“

Die Freude, die sie versprüht, wärmt mich, wie ich überrascht feststelle. Es ist gut, daran erinnert zu werden, dass es noch möglich ist, sich zu freuen.

Linda ist heute mit Tränen in den Augen zur Schule gegangen. „Austin ist fort“, hat sie gesagt. Mehr nicht. Und selbst das kam nur in einem erstickten Flüstern, als breche die Nachricht ihr das Herz.

Nachdem Linda fort war, habe ich mich hier in der Küche an den Kamin gesetzt, um eine Tasse Kaffee zu trinken und mich meinem morgendlichen Ritual zu widmen: meiner Zeitrechnung. Heute ist der 7. April 1969. Digger ist am 7. September 1968 verschwunden. Genau vor sieben Monaten. Sieben Monate lang habe ich meinen Sohn nicht gesehen. Der Sheriff ruft immer noch einmal in der Woche an, manchmal zweimal, und berichtet über den Stand der Dinge. Er sagt immer dasselbe. Keine neue Spur. Keine Hinweise. Nichts.

Heute Morgen habe ich gerade daran gedacht, dass ich auch Celeste fast sechs Monate lang nicht gesehen habe, als sie plötzlich auftauchte, wie so oft in dem anderen Schaukelstuhl, eine Tasse Tee in der Hand. Sie hatte ein versonnenes Lächeln auf den Lippen, sodass ich sie mit der Frage begrüßt habe, woran sie gerade denke. An die Hochzeit natürlich.

Ich versuche sie anzulächeln, als ich jetzt frage: „Wird Mrs Zeh zur Feier kommen?"

„O ja, natürlich. Sie wird dabei sein." Celeste nippt an ihrem Tee und ihre Stirn kräuselt sich leicht, als sei sie in Gedanken. „Warum fragen Sie nach Mrs Zeh?"

„Ich weiß nicht genau", sage ich, obwohl ich es natürlich weiß. Ich seufze, stehe auf und schenke mir noch eine Tasse Kaffee ein. „Heute Morgen fiel mir wieder ein, was sie über den Frühling gesagt hat. Sie wissen schon, dass der Frühling auf jeden Fall kommen würde. Jetzt haben wir April und überall sprießt und knospt und blüht es." Ich trete ans Fenster und schaue hinaus. „Aber es ist nicht Frühling. Nicht wirklich."

Immer Winter und nie Weihnachten, denke ich. *Und ganz sicher nie wieder Frühling.*

Ich gehe zurück zum Kamin und setze mich in meinen Schaukelstuhl. Celeste nickt. Sie stellt ihre leere Tasse samt

Untertasse auf den Kaminsims. „Ich wünschte, ich könnte Ihnen sagen, was Mrs Zeh gemeint hat. Aber ich weiß es auch nicht."

„Das ist schon in Ordnung", sage ich. Ich schaue auf den Kaffee in meiner Tasse und spüre, wie mein Magen rebelliert. Ich will doch keinen Kaffee mehr und stelle Tasse und Untertasse ebenfalls auf den Kamin. „In diesem Haus geschehen seltsame Dinge und nichts davon ergibt sehr viel Sinn. Vermutlich sollte ich inzwischen daran gewöhnt sein, falls man sich an so etwas" – ich mache eine ausladende Handbewegung – „gewöhnen kann."

Celeste schaukelt schweigend vor sich hin. „Ich glaube, eines Tages wird alles einmal einen Sinn ergeben – alles, was hier geschehen ist und noch geschieht, meine ich."

„Glauben Sie wirklich?"

„Ja. Absolut." Sie hört auf zu schaukeln und lehnt sich in ihrem Stuhl vor. „Ich habe Ihnen etwas zu sagen. Noch eine Botschaft von Mrs Zeh. Ich weiß nicht genau, ob es vorgesehen ist, dass ich solche Botschaften weitergebe, aber …" Ihre Augen schweifen durch den Raum, als warte sie ab, ob irgendjemand oder irgendetwas sie daran hindert weiterzusprechen.

„Woher weiß Mrs Zeh überhaupt von mir?", frage ich rasch, für den Fall, dass sie gleich verschwindet.

„Oh, das kann ich Ihnen nicht sagen, das zumindest weiß ich genau", sagt sie kopfschüttelnd.

„Okay. Aber können Sie mir sagen, was sie mir ausrichten lässt?"

Ihre warmen Augen ruhen jetzt auf meinem Gesicht und sie lächelt. „Sie sagt, es müsse Vergebung für Patrick geben."

Überrascht zucke ich zurück. „Woher weiß sie, dass ich ihm nicht vergeben habe? Haben Sie ihr etwas erzählt?"

„Nein. Ehrenwort, ich habe ihr nichts erzählt."

„Wer ist diese Mrs Zeh überhaupt? Vielleicht eine Art Hellseherin oder so?"

Celeste lacht leise. „Meine Güte, nein. Überhaupt nicht. Ganz und gar nichts in der Art."

„Nun, dann *müssen* Sie ihr von mir erzählt haben."

„Ein wenig. Nicht viel, wirklich nicht." Sie schweigt kurz und fügt dann hinzu: „Was ich Ihnen sagen kann, ist: Sie ist eine Frau, der etwas an Ihnen liegt."

„Ihr liegt etwas an mir? Sie kennt mich doch gar nicht."

„Na ja, sie hat eben ein gutes Herz."

„Und hat diese Mrs Zeh auch einen Vornamen?"

Celeste lächelt wieder in sich hinein. „Natürlich. Sie heißt Margaret."

„Mhm."

Am liebsten würde ich Celeste auch eine Botschaft an Margaret Zeh mitgeben, und zwar die, dass sie sich um ihre eigenen Angelegenheiten kümmern soll. Aber natürlich tue ich es nicht.

Ich tue es nicht, weil ich weiß: Margaret Zeh hat recht. Es ist schon ein Jahr her, dass Patrick mich zum ersten Mal um Verzeihung gebeten hat. Aber ich habe ihm nicht verziehen.

Ich stehe auf und gehe zurück ans Fenster. Ich sehe hinaus auf all die knospenden Pflanzen, die jungen Blätter an den Bäumen, die Krokusse und Osterglocken hinten im Garten, die gerade die Köpfe aus dem Boden stecken. Hinter mir höre ich Celeste sagen: „Mrs Zeh ist eine alte Dame, wissen Sie. Wie die eben so sind. Sie reden immer davon, wie rasch die Zeit vergeht, wie schnell das Leben vorüber war. Dass die Jungen meinen, sie hätten alle Zeit der Welt, und dann merken sie plötzlich, dass ihre Zeit verstrichen ist. Das einzig Sichere an der Zeit ist: Irgendwann ist sie in jedem Fall aufgebraucht."

Ich denke einen Moment über ihre Worte nach. Dann, immer noch den Blick aus dem Fenster gerichtet, sage ich: „Alles gut und schön. Aber was hat das mit mir zu tun?"

„Sie möchte wissen, worauf Sie warten", sagt Celeste. „Denn wenn Sie zu lange warten, wird es zu spät sein."

In der Tat: Worauf warte ich eigentlich? Wann soll denn der Moment kommen, in dem ich Patrick endlich verzeihe? Wird es je so weit sein, dass ich das überhaupt will?

Eine Wolke vor der Sonne zieht weiter und plötzlich glänzt der Garten in vollem Licht, das sanft über dem Rasen liegt. Der Winter ist tatsächlich dem Frühling gewichen, ob ich das nun so empfinde oder nicht. Bei all meiner Zeitrechnerei in den letzten Monaten habe ich eins nicht mit einbezogen: dass die Zeit vergeht. Ich weiß, Mrs Zeh hat recht und ich muss dahin kommen, dass ich meinem Mann verzeihen kann, auch wenn der Schmerz in meinem Herzen nicht kleiner geworden ist. Vielleicht muss es nicht heute sein und auch nicht morgen, aber doch in nächster Zeit. Jedenfalls muss ich es sehr bald tun.

Ich drehe mich zu Celeste um, aber der Stuhl, in dem sie gesessen hat, ist leer und ihre leere Tasse ist auch vom Kaminsims verschwunden.

52

Patrick

Freitag, 11. April 1969

„Pat, da ist jemand für dich.“ Ike Kerly nimmt den Zigarettenstummel aus dem Mund und wirft ihn mit einer kleinen Handbewegung fort. Er landet auf der Motorhaube eines 62er Nova, wovon Ike aber keine Notiz nimmt. Er ist damit beschäftigt, sich schon die nächste Kippe anzustecken.

„Wer denn?“, frage ich. Ich bin auf dem Gelände unterwegs, um neue Preisschilder hinter die Windschutzscheiben zu verteilen.

„Ich kenne sie nicht. Hab sie nie zuvor gesehen und sie wollte ihren Namen nicht nennen.“ Sein Handgelenk flattert wie ein aufgescheuchter Vogel, als er das Streichholz löscht und zu Boden fallen lässt. Ich bin drauf und dran, ihn darauf hinzuweisen, dass das Gelände sauber bleiben soll (nachdrückliche Bitte von Steve), aber da redet er schon weiter: „So viel kann ich dir sagen: Sie ist ein echter Hingucker.“

Ich hätte ganz und gar nichts dagegen, Ike diese Kundin zu überlassen. Es ist fast Feierabend, ich bin müde und nicht sicher, ob ich noch die Geduld aufbringe, mit jemandem zu reden, der vermutlich nicht die geringste Ahnung von Autos hat. „Du bist sicher, dass sie nach mir gefragt hat?“

„Du heißt doch Patrick Crane, oder etwa nicht?“

Dieser Schlaumeier. Seufzend werfe ich Ike einen Blick zu,

der hoffentlich ausreichend genervt wirkt, drehe mich um und gehe zum Büro. Unterwegs schaue ich auf die Uhr: 16:24. Je nachdem, was diese Dame will, komme ich sicher nicht vor fünf weg.

Meine Füße tragen mich nur zögernd über die beiden Betonstufen, die in den Bauwagen führen. Ich öffne die Tür und finde innen eine blonde Frau, die aus dem Fenster schaut und mir den Rücken zukehrt. Sie trägt einen Baretthut und ein tailliertes blaues Kostüm, sehr offiziell, wie zu einem besonderen Anlass.

„Guten Tag“, sage ich. „Kann ich etwas für Sie tun?“

Als sie sich umdreht, trifft es mich wie ein Fausthieb in die Magengrube. Die Welt beginnt sich zu drehen und ich klammere mich an den Türgriff, um Halt zu finden.

„Charlene!“, sage ich.

„Hallo, Patrick.“ Ihre Stimme ist kühl, selbstsicher. Sie kommt einen Schritt auf mich zu und erst jetzt bemerke ich das kleine Bündel in ihrem Arm. Der Blick auf das schlafende Baby lässt mir kalten Schweiß den Rücken hinablaufen. Ich wische mir über die ebenfalls schweißfeuchte Stirn. „Ich weiß, du hast mich nicht erwartet“, sagt Charlene.

„Nein, ich …“ Ich schüttle nur unbeholfen den Kopf. Der Raum scheint zu schwanken, als ob die Erdachse sich plötzlich verschiebt.

„Ich habe mich entschieden zu kommen. Ich muss dich sprechen“, sagt sie.

Und ich muss mich setzen. Mit zitternder Hand weise ich auf die Stühle vor meinem Schreibtisch. „Willst du nicht Platz nehmen?“

Sie wählt einen Stuhl und verlagert das schlafende Kind in den anderen Arm. Dann schenkt sie mir ein verhaltenes Lächeln.

Irgendwie schaffe ich es zu meinem Schreibtisch und sinke

in den Stuhl. Ich falte die Hände auf der Tischplatte, um das Zittern zu beherrschen. Meine Augen wandern immer wieder zur Tür.

O Gott, wenn du je meine Gebete gehört hast, dann hör mich jetzt. Bitte lass Ike jetzt nicht hier reinkommen.

„Ich habe von Digger gehört“, sagt sie unvermutet. Meine Augen wandern von der Tür zu ihrem Gesicht, zu diesem verführerischen jungen Gesicht. „Du sollst wissen, wie leid es mir tut. Er war so ein feiner Junge.“

„Ja. Danke. Er ist ein feiner Junge“, wiederhole ich und mache dabei unwillkürlich die Vergangenheit ihres Satzes zur Gegenwart.

„Meine Mutter hat es mir erzählt, schon im Oktober, als es gerade passiert war. Damals, als Steve die Verwandtschaft informiert hat. Er hat meine Mutter benachrichtigt und die hat es mir erzählt. Ich konnte es kaum glauben. Ich kann es immer noch kaum glauben.“

Ach, richtig, Charlenes Mutter ist ja Steves Tante. Und Megs Tante natürlich auch. Ja, natürlich, man ruft die Familie an, wenn sich Tragödien ereignen. Die Leute müssen Bescheid wissen.

„Ich wäre schon damals gekommen“, fährt sie fort, „aber ich konnte zu der Zeit nicht reisen.“ Sie senkt vielsagend den Blick und lässt ihn auf dem Gesicht des Kindes ruhen. Das Baby ist winzig klein und ich verstehe, dass es ein Neugeborenes ist, wohl kaum einen Monat alt, vielleicht zwei.

„Bist du hier, um Meg zu sehen?“, frage ich hoffnungsvoll.

Der Blick dieser blauen Augen hebt sich und begegnet meinem; es liegt etwas darin, das ich nicht ganz verstehe. „Nein, Patrick“, sagt sie langsam. „Ich bin hier, um dich zu sehen. Ich dachte, du solltest es wissen.“ Sie hebt das Kind den Bruchteil eines Zentimeters. „Es ist dein Sohn.“

„Mein … Sohn?“

„Ja. Dein Sohn und mein Sohn. Dies ist unser Sohn."

Jetzt bin ich mir sicher, dass die Erde aus ihrer Bahn gekippt ist. Ich klammere mich an den Schreibtisch, als ginge es um mein Leben. Wenn ich loslasse, werde ich ohne jeden Halt ins Weltall treiben. „Bist du sicher?", frage ich töricht. „Absolut sicher?"

Der Blick in ihren Augen sagt mir jetzt deutlich, dass sie verletzt ist, aber auch ein wenig zornig. „Natürlich bin ich sicher." Sie schüttelt den Kopf. „Du warst der Einzige."

Ich starre auf meine ineinander verkrallten Hände auf dem Schreibtisch. Ich will das Kind nicht sehen, will sein Gesicht nicht anschauen. Ganz bestimmt will ich nicht glauben, dass es mein Sohn ist. „Aber als wir uns getrennt haben", murmele ich, „hatte ich keine Ahnung …"

„Als wir uns getrennt haben, wollte ich nicht, dass du es weißt. Ich war mir lange nicht sicher, ob ich es dir je sagen würde. Aber dann …"

„Was dann, Charlene?"

Ihre glänzenden roten Lippen sind zu einem schmalen Strich zusammengepresst. „Dann habe ich von Digger gehört. Zuerst wusste ich nicht, wie ich mich verhalten sollte. Aber nachdem er geboren war" – sie wirft wieder einen Blick auf das Kind – „da dachte ich … also …"

Ich warte. Sie sieht mich herausfordernd an, als wüsste ich schon, was sie sagen will.

Nach einem langen, schmerzhaften Schweigen sagt sie schließlich: „Ich bin gekommen, um dich zu bitten, mich zu heiraten, Patrick. Wir haben ein Kind. Du hast Digger verloren, aber du hast wieder einen Sohn. Du kannst noch einmal von vorn beginnen. Wir drei – wir können eine Familie sein."

Jetzt explodiert der Schweiß geradezu auf meiner Stirn. „Aber Charlene, ich *bin* verheiratet. Ich habe eine Frau …"

„Aber du liebst sie nicht, Patrick."

„Nein, da irrst du dich. Ich liebe Meg. Ich habe sie imm…“

Plötzlich fliegt die Tür auf und Ike Kerly zwängt sich in den Wagen. Er muss den Ausdruck des Schreckens auf meinem Gesicht bemerkt haben, denn er hält mitten im Schritt inne. Seine Augen wandern von mir zu Charlene und dann tut er einmal in seinem Leben das einzig Richtige: Er dreht sich um und verschwindet ohne ein Wort.

Ich atme mehrmals tief durch und danke Gott für die Unterbrechung. Schließlich sehe ich Charlene an. „Hast du einen Anwalt?“

„Nein.“ Ihre Stimme ist sehr leise. Sie schüttelt den Kopf.

„Nimm dir einen“, sage ich. „Nimm dir einen und gib ihm meine Adresse. Wir werden alles für den Unterhalt regeln. Ich kann versprechen, dass ich dich finanziell unterstütze. Aber mehr kann ich nicht tun.“

Die blauen Augen verwandeln sich in schimmernde Teiche. Plötzlich steigt das Wissen um meine eigene Verkehrtheit wie eine Woge in mir auf. Was habe ich dieser jungen Frau angetan? Auf wie viele Weisen habe ich sie verletzt? Was sie in den Armen hält, ist der Beweis für meine Niedertracht.

„Charlene“, sage ich, „ich wünschte, ich könnte ungeschehen machen, was geschehen ist. Ich wünschte, du hättest mich nie getroffen.“

„Mir tut es nicht leid, Patrick. Ich habe dich geliebt. Ich liebe dich noch immer.“ Sie unterbricht sich, wartet auf meine Antwort. Ich kann nichts sagen. Zögernd fragt sie: „Und du … liebst du mich nicht mehr?“

Ich verspüre ein plötzliches Bedürfnis, mich selbst zu zerfleischen, mir Glieder auszureißen, das Gesicht zu zerkratzen, mir das Fleisch von den Knochen zu trennen, das mich in diese Situation gebracht hat. „Nein“, sage ich und meine Stimme zittert. „Nein. Es tut mir leid. Aber ich liebe dich nicht mehr.“

Ihre Augen werden feucht und dann rinnt ihr eine Träne

über jede Wange. Aber sie versucht zu lächeln. „Das habe ich auch nicht erwartet", sagt sie. „Aber ich musste dich fragen. Ich wollte mir sicher sein. Ich wollte mich nicht mein Leben lang fragen, ob es nicht vielleicht doch mit uns gegangen wäre. Das kannst du mir nicht verdenken, oder?"

Ich schüttle langsam den Kopf. „Nein. Das kann ich dir nicht verdenken."

„Ich habe natürlich gehofft, dass du die Dinge vielleicht inzwischen anders siehst. Wenn du erst einmal das Baby gesehen hast und so."

„Es tut mir leid", wiederhole ich. „Wirklich. Es tut mir alles so leid."

Ich warte darauf, dass sie zornig wird. Dass sie mir ihre Vorwürfe um die Ohren schlägt. Sie muss doch wütend sein, oder? Welche Frau wäre das nicht? Wenn sie mit Worten um sich schlagen würde, vielleicht sogar körperlich, ich hätte es verdient.

Aber sie tut es nicht. Sie greift einfach nach Papier und Bleistift, kritzelt etwas auf ein Blatt und schiebt mir das über den Schreibtisch zu. „Meine Adresse und Telefonnummer", sagt sie ruhig. „Für den Fall, dass du es dir anders überlegst."

Dann steht sie auf, um zu gehen.

„Charlene?"

Sie bleibt stehen. Sie sieht mich nicht an.

„Versprich mir, dass du einen Anwalt nimmst. Du hast mein Wort, ich helfe dir finanziell."

Sie nickt.

„Und hör zu … wenn du je etwas brauchst, über das Vereinbarte hinaus … für den Jungen … oder überhaupt, dann musst du es mich wissen lassen."

Sie sieht mich an, nickt wieder – nur ein kaum merkliches Heben des Kinns – und geht zur Tür. Dort zögert sie kurz, die Hand schon am Türknauf. „Patrick?"

„Ja, Charlene?"

„Bevor ich gehe … möchtest du nicht … also, willst du ihn dir nicht ansehen? Willst du nicht sehen, was für ein schönes Baby er ist?“

Ich senke den Blick und schüttle den Kopf. „Nein. Bitte … es ist das Beste, wenn ich das nicht tue. Es tut mir leid. Bitte, versuch mich zu verstehen.“

Ich höre, wie sie seufzt. Die Tür öffnet sich quietschend und langsam. Ich hebe den Blick. Sie schaut sich noch einmal über die Schulter zu mir um. „Dein Sohn heißt Gavan“, sagt sie. „Wenigstens das solltest du von ihm wissen.“

Damit verlässt sie den Wagen und schließt leise die Tür hinter sich.

53

Linda

Freitag, 11. April 1969

Wieder mal Freitagabend. Wieder mal schaufele ich Eiskugeln in Waffeltüten. Hinten in der Ecke hocken ein paar Kids aus der Schule, die anscheinend einen Mordsspaß haben. Ein halbes Dutzend, drei Jungs, drei Mädels. Ich kenne ihre Namen und ich weiß, ein paar aus der Clique sind echte Snobs, aber das war's dann auch schon. Das Schuljahr ist praktisch vorbei und außer Gail habe ich niemanden gefunden, den ich als Freund bezeichnen könnte. Wohl vor allem deshalb, weil es von Anfang an irgendwie verfahren war. Ich war fast sofort die Neue mit dem vermissten Bruder, die seltsame Fremde aus dem Norden, an der Tragödien und Missgeschicke und vermutlich jede Menge Flüche kleben wie schlechter Körpergeruch. Ich konnte hingehen, wohin ich wollte, es war überall dasselbe. Und niemand wollte mit einem solchen Mädchen etwas zu haben – das Unglück könnte ja abfärben und plötzlich könnten noch weitere kleine Brüder oder Schwestern verschwinden oder sonst was Katastrophales passieren.

Ich werfe niemandem was vor, echt nicht. Schließlich wollte ich am Anfang ja selbst so schnell wie möglich hier weg. Die Schule fertig machen und dann ab in den Norden, bloß weg von diesen Hinterwäldler-Clowns. Also war ich auch nicht grade der Charme in Person, und wenn das Jahrbuch erscheint, werd ich vermutlich entdecken, dass ich darin den Platz „Wird wohl allein leben und sterben“ besetze. Von mir aus. Sollen sie doch denken, was sie wollen. Wenn ich mal aus Black Mountain verschwinde, werd ich wissen, dass ich zumindest zwei gute Freunde hier hatte: Gail und Austin. Das reicht.

Beim Gedanken an Austin greife ich unwillkürlich an meine Kette. Schon wieder. Ich hab sie die ganze Woche nicht abgenommen, nicht mal in der Badewanne. Gail hat mich Montag in der Schule gefragt, von wem ich sie habe. Ich hab gesagt, ein früherer Freund hätte sie mir geschenkt. Was aus ihm geworden sei, wollte sie wissen und ich hab gesagt, er sei jetzt im Krieg. Sie glaubt, ich meine Vietnam. Sie kann schließlich nicht ahnen, dass ich vom Ersten Weltkrieg geredet hab. Ob er umgekommen sei, hat sie gefragt. Ich hab Ja gesagt. Sie war überrascht, dass ich ihr noch nie von ihm erzählt habe, und wollte seinen Namen wissen. Ich hab gesagt, ich will nicht drüber reden, es sei zu bitter. Tatsächlich musste ich dann ganz schnell so tun, als ob ich was in meinem Schließfach suche, sonst wär ich in Tränen ausgebrochen.

„Hey, Linda! Noch mal einen großen Schoko-Malz-Shake, ja?“ Der Typ, der das ruft, hebt die Hand und schnippt doch tatsächlich mit den Fingern. Bin ich vielleicht sein Sklave?

Typisch Jimmy Barton. Der ist in der Abschlussklasse und versucht ständig, sich vor seiner Tussi aufzuspielen, dieser Arlena Jo. Die hat ihre Haare so hochtoupiert, dass sie sich vermutlich jedes Mal ducken muss, wenn sie durch eine Tür geht. Und ich würde wetten, dass sie ihre Wimpern von irgendeinem Grabbeltisch bei Woolworth hat. Die trägt ihre Nase so hoch, dass sie mich keines Blickes würdigt – vermutlich, weil sie ja zu den Cheerleadern gehört und ich nicht. Sie und Jimmy sind das perfekte Paar – eingebildet bis unter die Kopfhaut und vermutlich mehr verliebt in sich selbst als ineinander.

„Und noch zwei Strohhalme, ja!“, poltert Jimmy.

Ich lächle verächtlich, aber er sieht es nicht, weil mein Kopf schon wieder über dem Vanillebehälter im Kühltresen hängt.

„Das ist ein Idiot“, flüstert Gail mir ins Ohr. „Und sie ist nicht viel besser.“

Das ist mir zwar nicht wirklich neu, aber ich nicke. Ich klatsche Eis, Milch und das Malzschokopulver in den Edelstahlbecher und überlege, ob ich noch eine kleine gemeine Zutat ergänzen sollte – Rosinen oder vielleicht besser Zigarettenasche oder einen Schuss Spucke –, entscheide mich dann aber dagegen. Aber nur, weil ich meinen Job nicht loswerden will.

Was soll's. Ich klinke das Gefäß in den Milchshaker und stelle ihn an, und während ich noch mit dem Rücken zur Tür stehe, höre ich die Glocke und wie Gail sagt: „Na, hallo, Grandpa! Und die ganze Truppe! Willkommen! Ich hab mich schon gefragt, ob ihr heute überhaupt noch auftaucht.“

Ach ja, es ist gleich neun und normalerweise sind die Tattergreise spätestens um acht hier, schlürfen ihren Kaffee und spielen Brettspiele. Ich werfe ihnen über die Schulter einen Blick zu und frage mich, was die Totengang heute Abend wohl so lange aufgehalten hat. Vielleicht sind sie in irgend'ner Bar hängen geblieben, beim vergeblichen Versuch, Frauen aufzureißen. Offensichtlich haben sie da voll eingeschlagen. Welch Überraschung!

Im Moment bin ich nicht wirklich gut drauf. Ich glaub, ich hasse die ganze Welt.

Ich bringe den Schoko-Malz-Shake mit den gewünschten zwei Strohhalmen an Jimmys Tisch. Während ich durch den Raum gehe, habe ich die ganze Zeit das Gefühl, dass jemand mich genau beobachtet.

„Macht fünfzig Cent“, sage ich zu Jimmy.

Er kramt in seiner Hosentasche und fördert zwei Vierteldollars zutage. „Mit Vergnügen“, sagt er. „Der Rest ist für dich.“ Dabei zwinkert er Arlena Jo zu und die kriegt sich vor Lachen gar nicht mehr ein.

Ich schieße beiden einen verächtlichen Blick zu und beschließe, mich das nächste Mal nicht zu beherrschen. Dann kriegen sie in ihren Shake mit zwei Strohhalmen eine Portion Abführmittel, natürlich mit Schokogeschmack. Und dann wollen wir mal sehen, wie der romantische Abend weitergeht.

Okay, ich geb's zu. Eigentlich beneide ich die beiden. Immerhin haben sie einander. Ich bin eifersüchtig, weil ich allein bin. Der Einzige, an dem mir was lag, musste ja unbedingt in den Krieg. Und jetzt ist er tot.

Als ich zur Theke zurückkehre, bemerke ich, dass Bim mich mit seinen wässrigen blauen Augen anstarrt. Kaum bin ich hinter dem Tresen, als er vom Tisch aufsteht und zu uns nach vorn kommt.

„Was soll's für dich sein, Grandpa?", fragt Gail.

„Könntest du mir eine heiße Schokolade machen, Kindchen?", fragt er.

„Sicher, Grandpa. Dauert nur eine Minute."

Gail werkelt herum und ich stehe tatenlos da und wünsche mir verzweifelt weitere Kunden, die ich bedienen könnte, denn der Alte starrt wie gebannt auf meine Kette. Um ihn zu ärgern, lege ich meine Hand auf den Anhänger, als ob ich ganz in Gedanken versunken bin, schaue mich im Laden um und beachte ihn gar nicht. Die Glocke bimmelt und jetzt hab ich endlich was zu tun und kann den beiden Pärchen, die aufgetaucht sind, ihre Erdbeerbecher fertig machen. Ich bin noch damit beschäftigt, als Bim sich weit über den Tresen lehnt und meint: „Schöne Kette, die du da umhast, Linda." Sein Kommentar bringt mich innerlich auf hundertachtzig. Der Alte geht mir wirklich tierisch auf die Nerven und ich wünsche mir nichts mehr, als dass er verschwindet.

„Vielen Dank", sage ich, ohne ihn anzusehen. Am liebsten würde ich ihm stecken, dass ihn das nichts angeht, und wenn er die Story dahinter hören will, soll er Gail fragen. Die kennt sie zwar auch nicht, aber was soll's. Nur ich kenne die wahre Geschichte. Ich und Austin. Basta.

Gail reicht Bim seine Schokolade. Er wirft mir noch einen letzten Blick zu, bevor er an seinen Tisch zurückschlurft. Dich bin ich los, Knacker. Pass besser in Zukunft auf, wo du deine Augen hast.

Noch zwei Stunden, bis ich nach Hause kann. Ich will nicht hier sein. Irgendjemand soll mich bitte hier wegholen. Ich will nur nach Hause und mich einfach ausheulen.

Gleich halb elf. Ich muss in einem fort gähnen. Traurigkeit schafft einen eben. Wenn ich einen Wunsch frei hätte, dann wär's, dass ich die Zeit zurückdrehen könnte und dann nicht so eklig zu Digger wäre. Dieses Bedauern macht mich ganz fertig. Es ist, als ob mir ein kleines Tierchen mit scharfen Zähnen am Verstand rumknabbert, und manchmal kann ich an nichts anderes denken als daran, wie gemein ich manchmal zu dem Kleinen war. Wenn ich ihn nur noch mal wiedersehen könnte! Ich würd ihm vielleicht sogar sagen, wie lieb ich ihn hab, auch wenn er mich vermutlich anstarren würde, als ob ich den Verstand verloren hätte. Na und? Ich würd's ihm sagen. Damit er's weiß. Dann würde dieser Plagegeist in meinem Kopf vielleicht endlich verschwinden.

Noch 'ne halbe Stunde, dann kann ich hier raus. Der Abend war lang. Mein rechter Arm ist ganz lahm, so viel Eis hab ich heute aus der Truhe geschaufelt. Mein Kopf fühlt sich an, als ob da drin gleich ein Damm bricht. Aber das hier ist nicht der richtige Ort für Wasserspiele, Linda. Reiß dich zusammen. Hier wird nicht geheult. Schon gar nicht vor den Kunden.

Ich wische den Tresen mit einem Lappen ab, der nach Salmiak riecht, als Bim aufsteht und seinen Stuhl an den Tisch schiebt.

„Gute Nacht allerseits", sagt er und schlurft vor zum Tresen. „Wir seh'n uns gleich zu Hause, Gail. Hast du deinen Schlüssel?"

„Ja, hab ich", sagt Gail. „Wenn du noch ein halbes Stündchen wartest, kann ich dich im Auto mitnehmen."

Er schüttelt den Kopf. „Nein, ich geh gern zu Fuß. Ein bisschen Bewegung wird mir guttun."

„Na schön, Grandpa. Dann bis später."

Ich sehe gerade lange genug hoch, um ihm Gute Nacht zu wünschen, und widme mich dann wieder meiner Putzerei. Ich spüre den Blick des alten Mannes auf mir ruhen, aber als ich dann wieder hochgucke, ist er schon fast zur Tür raus.

„Ey, Bim!" Das ist einer der Tattergreise, der mit dem Namen Buford. „Deine Brille! He, du hast dein Lesegerät vergessen!"

Er schwenkt eine dunkel gerahmte Brille durch die Luft, aber die Tür hat sich schon geschlossen und Bim geht draußen vor dem Glasfenster vorbei. Buford hämmert an die Scheibe und schwenkt die Brille. „Bim! He, Austin, alter Knabe! Deine Brille."

Mein Kopf schnellt hoch. Bim sieht seine Brille, nickt und dreht um, aber Buford ist schon an der Tür. Vor dem Laden trifft er auf Bim und gibt ihm die Brille, der sie in seine Hemdtasche steckt. Die beiden nicken einander zu und jeder geht seines Wegs.

„Gail", sage ich. Meine Hand hört auf, mit dem Lappen Kreise über den Tresen zu ziehen. Ich folge Bim mit den Augen. Als Gail endlich „Was ist?" fragt, ist er schon nicht mehr zu sehen.

„Warum hat Buford deinen Großvater Austin genannt?"

„Weil er so heißt. Das ist sein richtiger Name." Sie zuckt die Achseln, zu beschäftigt, den Milkshaker sauber zu machen, um mich anzusehen.

„Er heißt Austin Leland?"

Das bringt sie zum Lachen. „Nein, du Hirni. Er heißt Austin Buchanan."

Ich fühle mich, als hätte sie mir eine gescheuert. Ich bin fast zornig. „Bist du sicher?"

„Was soll das heißen? Er ist mein eigener Großvater, oder? Ich werd ja wohl wissen, wie er heißt."

„Aber warum heißt er nicht Leland?"

„Na, das ist der Name meines Vaters. Bevor meine Mutter geheiratet hat, hieß sie Buchanan."

„Dann ist dein Großvater Austin Buchanan?"

„Erfasst. Warum? Was ist daran so wichtig? Ich meine – hey, Linda, wo willst du hin? Was …"

Den Rest höre ich nicht mehr. Ich bin schon zur Tür raus und renne den Gehsteig entlang. Ich hab mir nicht mal die Mühe gemacht, die dreckige Servierschürze abzumachen. Ich winke und rufe: „Warten Sie! He, warten Sie doch kurz, bitte!"

Endlich bleibt er stehen und dreht sich um. Er steht im Lichtkegel einer Straßenlampe, und als ich bei ihm ankomme, starren wir einander an und ich suche in seinem Gesicht nach etwas … irgendetwas, das mir sagt, dass er es wirklich ist.

„Austin?", sage ich endlich. „Austin Buchanan?"

Er nickt knapp. „Richtig."

Ich kneife die Augen zusammen und beuge mich weiter vor, um sein Gesicht besser zu sehen. Die Augen sind dieselben – ja, das sind Austins tiefblaue Augen. Trotzdem sage ich: „Ich glaub es nicht. Sie sind Austin Buchanan. Aber Sie sind nicht der, den ich kenne."

Er schnieft, als ich das sage, zeigt auf meine Kette und sagt: „Du hast sie in einem Mulltuch unter einem losen Stein in eurem Kamin gefunden."

Als er das sagt, fürchte ich, gleich in Ohnmacht zu fallen, weil ich weiß, es muss wirklich Austin sein. Aber ich kann nicht glauben, dass dieser alte Mummelgreis der attraktive junge

Mann ist, in den ich mehr oder weniger verliebt bin. Und überhaupt: Er ist doch weggegangen, in den Krieg, und umgekommen, irgendwo da drüben in Frankreich.

„Sie können nicht Austin sein!“ Ich schreie es fast. „Wer hat Ihnen von der Kette erzählt?“

Er hält seine gichtknotige Faust vor die Brust. Sein Gesicht ist jetzt ernst und er runzelt die Stirn, als ob er etwas Saures im Mund hat. „Ich *bin* Austin, Linda“, sagt er. „Ich bin der Austin Buchanan, der die Kette für dich hinterlegt hat. Ich bin hier drin.“ Er tippt sich mit der Faust auf die magere Brust und wiederholt: „Ich bin hier drin.“

Ich zittere am ganzen Körper und möchte schreien, bis meine Stimmbänder reißen, weil ich nicht glauben kann, dass das hier wirklich passiert. Ich schüttle den Kopf, versuche zu verstehen. „Aber Sie sind tot“, sage ich. „Austin Buchanan ist tot.“

Seine Stirn furcht sich noch mehr und sein Kopf fällt zur Seite. Dann lächelt er und ich denke, es ist fast ein Grinsen, als er sagt: „Vielleicht *sehe ich aus,* als ob ich tot bin, aber …“

„Aber Sie sind tot! Sie sind tot und begraben, drüben in Frankreich.“

„In Frankreich begraben? Wie kommst du auf diese Idee? Ich bin nirgendwo begraben, Linda. Ich bin noch nicht tot.“

„Aber … sind Sie nicht im Krieg gefallen?“

„Nein.“ Er schüttelt langsam den Kopf. „Nein. Ich bin nicht gefallen. Ich bin zurückgekommen. Ich kam nach Hause, habe geheiratet, hatte Kinder. Und ich bin alt geworden. Das ist alles. Ich bin einfach nur alt geworden.“

Während er noch redet, dämmert mir was. „Gail ist Ihre Enkeltochter und Linda Ihre Tochter und ich glaube … ich glaube …“

„Du hast recht, Linda. Ich habe meine Tochter nach dir benannt.“

„Dann haben Sie mich nie vergessen?“

„Natürlich nicht."

„Aber was hat Ihre Frau dazu gesagt, dass Sie Ihre Tochter nach mir benannt haben?"

„Sie hat nicht gewusst, dass unsere Tochter deinen Namen trägt. Wie hätte ich es erklären sollen? Hätte ich sagen sollen, unsere Tochter hat ihren Namen von einem Mädchen, das ich mal kannte, das aber noch nicht geboren ist?"

Nichts von all dem hier ergibt für mich irgendeinen Sinn. Ich schüttle einfach nur den Kopf und denke: *Mein Gott, was geschieht nur mit den Menschen? Was geschieht mit den Menschen?* Ich hab mir noch nie klargemacht, dass alte Leute wirklich einmal jung waren. Schließlich hab ich noch nie miterlebt, dass jemand Junges alt geworden ist. Die alten Leute, die ich kenne, waren schon immer alt und alle jungen Leute bleiben jung und enden doch bestimmt nicht mal so wie …

„Warum glaubst du, ich bin in Frankreich begraben?", fragt Austin und unterbricht meine Gedanken.

„Oh, ähm …" Ich hab immer noch so ein Gefühl, als ob gleich Jules Verne hier auftaucht und mich einlädt, in seine Zeitmaschine zu steigen. Es ist einfach nicht zu glauben, dass Bim die ganze Zeit Austin gewesen ist. Ich reibe mir die Stirn und befehle mir selbst weiterzureden. „Ich hab die Grabsteine Ihrer Familie auf dem Friedhof an der Kirche gefunden", sage ich. „Den von Ihrer Mutter und Ihrem Vater und den von Mac. Mac ist als Kind gestorben. Mom hat gemeint, vermutlich war es die Grippeepidemie. Und weil es keinen Grabstein von Ihnen gab, haben wir vermutet, dass Sie im Krieg umgekommen und in Frankreich begraben worden sind."

„Nun, ich bin immer noch sehr lebendig, auch wenn dir das ein wenig fraglich erscheinen mag. Und Mac … nein, es war nicht die Grippe. Es war …"

Er beendet den Satz nicht. Ich warte, aber er sieht über meine Schulter hinweg in die Ferne, als ob er hinter mir tatsächlich

Mac auf uns zukommen sieht. Seine Augen werden groß und dann fällt ihm sozusagen der Unterkiefer herab. Ich drehe mich um, um zu sehen, was er da anstarrt, aber der Gehsteig ist leer, so weit man sehen kann. Kein Mensch in Sicht. Ich drehe mich wieder zu ihm um und warte. Endlich sagt er: „Ich muss gehen, Linda", und setzt sich in Bewegung. Ich rufe ihm nach: „Aber wohin gehst du, Austin?" Er antwortet nicht. Er geht einfach fort in die Nacht, genauso wie vor einer Woche, als er für immer aus meinem Leben verschwunden ist.

54

Meg

Samstag, 12. April 1969

Ich bin seit fünf Uhr morgens dabei zu backen. Jetzt ist es gleich sieben und die beiden runden Biskuitböden kühlen aus, während ich den Guss zubereite. Schokolade, natürlich. Schokoladenkuchen mit Schokoladenguss. Auf dem Küchentresen steht die Schachtel mit den Kerzen, und während ich den Guss wärme, frage ich mich wieder, was ich mich schon frage, seit ich aufgewacht bin: *Warum mache ich das hier? Habe ich jetzt doch den Verstand verloren?*

Aber ich werde diesen Kuchen glasieren und ich werde die Kerzen draufstecken. Solange der Stern jeden Abend auftaucht, werde ich die Hoffnung nicht aufgeben. Wenn er einmal nicht mehr erscheint, gebe ich auf. Ich weiß nicht, was dieser Stern zu bedeuten hat, aber irgendeine Bedeutung *muss* er haben. Und solange er scheint, werde ich wissen, dass all dies hier noch nicht zu Ende ist. Etwas muss noch kommen.

Ich frage mich, ob Patrick daran gedacht hat. Bestimmt. Vielleicht hat er deshalb gestern so mitgenommen ausgesehen, als er von der Arbeit kam. Vielleicht ist er deshalb geradewegs in seinem Zimmer verschwunden und nicht mehr aufgetaucht. Als das Abendessen fertig war und ich ihn holen wollte, lag er auf dem Bett, einen Arm übers Gesicht gelegt. „Ich bin nicht hungrig“, hat er gesagt. „Tut mir leid. Esst einfach ohne mich.“

„Bist du krank?“, habe ich gefragt.

Wie es schien, musste er über diese Frage lange nachdenken. Schließlich sagte er: „Ja.“ Ein Wort, sonst nichts.

„Kann ich dir irgendwas bringen? Ein Aspirin oder was für den Magen?“

„Nein“, hat er gesagt. „Ich glaube nicht, dass mir das hilft. Ich brauche einfach … Zeit.“

„Zeit?“

„Ich muss mich ausruhen. Dann geht's schon wieder.“

Ich konnte seine Augen nicht sehen. Er hat den Arm nicht vom Gesicht genommen. Als ich ging, habe ich die Tür vorsichtig zugemacht.

Der Kuchen ist noch nicht genug abgekühlt, um ihn zu glasieren. Ich schenke mir noch eine Tasse Kaffee ein und setze mich zum Warten in meinen Schaukelstuhl. Ich merke, dass ich mir wünsche, Celeste würde kommen. Es wäre nett, mich mit ihr zu unterhalten. Ich finde es immer erholsam, mit jemandem zusammen zu sein, der „Zeit verschwendet“.

Ich trinke meinen Kaffee in kleinen Schlucken und schaukele langsam vor mich hin. Ich schließe die Augen und lehne meinen Kopf an die Stuhllehne. In meiner Erinnerung taucht Diggers Gesicht auf, so real, als wäre er hier. Ich kann ihn spüren, als wäre er greifbar. Die Zeit heilt nichts. Mein Herz brennt vor neuer Sehnsucht, aber auch vor neuer Hoffnung. Hoffnung ist unsichtbar und ungewiss, aber zugleich handfester als Fleisch, härter als Knochen. Die Hoffnung ist das, was mich aufrecht hält, stelle ich fest. Mehr noch: Diese Hoffnung – woher immer sie kommen mag –, diese Hoffnung sagt mir, dass alles, was geschieht, so ist, wie es sein soll.

Schritte nähern sich. Ich öffne die Augen in der Annahme, ich werde Celeste sehen, aber es ist Patrick. Er betritt die Küche, immer noch im selben Hemd und derselben Hose, die er gestern Abend getragen hat. Sein Haar ist zerzaust, das Gesicht grau vom Zweitagebart. Er sieht aus, als ob er die ganze Nacht kein Auge zugetan hat.

„Patrick?", sage ich.

Er setzt sich in den Schaukelstuhl neben mir und seufzt schwer. Er betrachtet seine Hände, die er zwischen den Knien gefaltet hat. Ich spüre, wie mein Puls schneller geht.

„Was ist los, Patrick?"

Als er den Blick hebt, sehe ich, dass seine Augen gerötet sind. „Ich habe Charlene getroffen", sagt er.

Die Tasse in meiner Hand zittert so heftig, dass Kaffee auf mein Schürzenkleid kleckert. „Wo? Wann?"

„Gestern. Sie ist ins Geschäft gekommen."

„Warum? Was wollte sie?"

„Meg, sie kam mit einem Kind."

„Mit einem Kind?"

„Mit einem Baby."

Etwas Eisiges überkommt mich. Ich zittere. „Was sagst du da, Patrick?"

„Sie sagt, es ist von mir."

Ich habe das Gefühl zu fallen, obwohl ich in Wirklichkeit aufstehe und mit weichen Knien zur Spüle gehe. Ich stelle Tasse und Untertasse hinein, das Porzellan klappert. Mit beiden Händen umklammere ich die Kante des Spülbeckens, um Halt zu finden. „Glaubst du, dass sie die Wahrheit sagt?"

„Ja." Der Schaukelstuhl knarrt, als Patrick aufsteht. „Ich glaube, der Junge ist von mir."

„Junge?"

„Ja, es ist ein Junge."

Ich höre mich selbst aufschluchzen, ein schriller Verzweiflungsschrei, der sich meiner Kehle entringt. Noch einmal dieselbe Szenerie wie vor einem Jahr. Nur diesmal ist der Zorn größer und der Schmerz tiefer. Untreue ist eine Sache, aber ein Kind …

Mein Blick fällt auf den Kuchen, auf die Schüssel mit dem Guss. Mit zitternden Fingern greife ich zum Teigschaber und verteile den Guss mit zornigen Bewegungen auf dem ersten Boden.

„Es tut mir leid, Meg", sagt Patrick so leise, dass ich ihn fast nicht höre.

„Weißt du, was heute für ein Tag ist?", frage ich. Tränen laufen mir übers Gesicht. Ich wende Patrick den Rücken zu, damit er sie nicht sieht.

„Ja, das weiß ich."

„Digger ist heute neun Jahre alt."

„Ja."

Ich nehme den zweiten Boden, lege ihn auf den ersten und leere den restlichen Guss darüber aus. „Und da erzählst du mir, du hast einen Sohn mit Charlene."

Er gibt keine Antwort. Ich spüre, dass er näher kommt, dann seine Hand auf meine Schulter legt. „Meg", sagt er.

„Fass mich nicht an." Ich weiche ihm aus.

„Meg, bitte, ich …"

„Dann hast du jetzt einen Ersatz für Digger, ja?"

„Nein, Meg. Nein. Niemals."

Ein Schatten verdunkelt den Rasen vor dem Fenster; eine Wolke muss sich vor die Sonne geschoben haben. Ich wische mir mit dem Geschirrhandtuch die Tränen ab und atme ein paarmal tief durch. „Was willst du jetzt tun?", frage ich, noch immer, ohne ihn anzusehen. „Hast du vor, mich zu verlassen und mit ihr zu leben, wo ihr jetzt ein Kind habt?"

„Nein, Meg. Ich will dich nicht verlassen. Ich werde Unterhalt für das Kind zahlen, aber das ist alles."

Ich lasse die Worte einen Moment auf mich wirken, denke daran, dass das unser ohnehin schon recht mageres Budget noch weiter belasten wird. Mein Zorn ist als harter Knoten in der Brust spürbar. „Wie viel?"

„Wie viel was?“

„Wie viel wirst du monatlich zahlen?“

„Ich weiß es noch nicht. Ich muss erst mit ihrem Anwalt sprechen.“

„Und was hat Charlene gesagt?“

„Sie … sie hat gedacht, wir sollten von dem Jungen erfahren. Aber sie weiß, mein Platz ist hier.“

Ich drehe mich heftig um und sehe Patrick in die Augen. „Ist das so?“

„Ich hoffe es, Meg“, flüstert er. In den geweiteten Augen lese ich Furcht. „Ich möchte dich nicht verlassen. Es sei denn, du willst es.“

Ich wende mich ab und beschäftige mich wieder mit dem Kuchen. Ich kann ihm nichts sagen, das ihm die Angst nehmen könnte. Ich nehme neun Kerzen aus der Schachtel und stecke sie auf den fertig glasierten Kuchen. „Das kann ich dir nie verzeihen, Patrick“, sage ich.

Der Raum ist so still, dass ich ihn atmen hören kann. Schließlich sagt er: „Ich verstehe. Ich werde dich nicht darum bitten.“

Seine Schritte im Flur sagen mir, dass er gegangen ist.

Ich beginne zu schluchzen, die Tränen tropfen auf den Kuchen. Meine Opfergabe für meinen Sohn, getauft mit Kummer.

55

Linda

Montag, 14. April 1969

Heute früh haben Mom und Dad mich gebeten, ins Wohnzimmer zu kommen. So, wie sie aussahen, hab ich gleich gewusst, dass was total Rottiges passiert ist. Vielleicht haben sie jetzt doch Diggers Leichnam gefunden, hab ich gedacht, oder was davon übrig ist. Aber es hatte gar nichts mit Digger zu tun.

Also, Linda, du erinnerst dich doch an Charlene?, haben sie gefragt.

„Ähm, klar“, habe ich gesagt, aber was ich gedacht habe, ist: Soll das ein Witz sein? Bin ich etwa so blöd, dass ich Moms Cousine vergessen würde, wo sie doch wer weiß wie lange bei uns gewohnt hat? Die Person, die schuld daran ist, dass wir hier herziehen mussten und jetzt in der Pampa kampieren? Allerdings erinnere ich mich an Charlene! Nur zu gut.

Also, Charlene hat ein Baby. Es ist von Dad. Du hast einen Bruder.

Ich muss in zehn Minuten los zur Schule und die finden, es ist eine gute Idee, mir ausgerechnet jetzt zu erzählen, dass ich von heute auf morgen einen neuen Bruder hab? Caramba noch mal! Als ob es noch ’nen Beweis gebraucht hätte, dass einer von deinen Eltern echt Mist gebaut hat! Ein Baby! Das gibt der Sache eine ganz neue Dimension. Jedenfalls weiß ich jetzt, warum Dad das ganze Wochenende ausgesehen hat wie ein Zombie und rumgeschlichen ist, als ob er gerade aus der Gruft gekrochen wäre. Und Mom war auch nicht grade allerbester Laune. Ich hätt's mir denken können: Irgendwas ist faul.

„Und? Kommt er zu uns?", hab ich gefragt.

„Nein", hat Dad gesagt. Wie aus der Pistole geschossen kam das. „Er bleibt bei Charlene."

„Dann haben wir nichts mit ihm zu tun, richtig?"

„Tja, also in gewisser Weise ja. Aber wir dachten, du solltest es wissen."

Vielen Dank auch. Ich hätt's vorgezogen, nichts davon zu erfahren. Mannometer, allein mir das vorzustellen ist ja schon gruselig. Moms Cousine ist die Mutter meines Bruders? Pffffftttt … Zählt das nicht schon irgendwie als Inzest? Und selbst wenn nicht – es ist doch so, als ob Dads Ehebruch damit sozusagen in Stein gemeißelt ist. Unter den Teppich kehren kann man da nichts mehr. Vergessen auch nicht.

Ich hab noch gefragt: „Und wie heißt er?" – und da wurde die ganze Sache erst richtig krass. Mom hatte offensichtlich noch gar nicht danach gefragt und Dad hat rumgedruckst, als ob er's uns am liebsten nicht sagen wollte. „Was jetzt?", hab ich nachgehakt. „Hat Charlene dir etwa nicht gesagt, wie er heißt?"

„Doch, hat sie", hat er gesagt. Und dann irgendwie genuschelt: „Der Junge heißt … Gavan."

„Gavan?", hat Mom wiederholt und monstergroße Augen gemacht.

Und ich hab gefragt: „Heißt so nicht auch der Typ, dem du hier immer mal begegnest, der aus dem nächsten Jahrtausend?"

Dad hat genickt. Und uns immer noch nicht in die Augen gesehen. „Aber das muss nicht heißen, dass die beiden dieselbe Person sind. Der Gavan, der mir hier manchmal begegnet, heißt Valdez, nicht McMurphy."

Na und? Charlene wird sich ja vermutlich noch irgendwann unterwegs 'nen Ehemann angeln. Warum nicht einen, der Valdez heißt? Hoffentlich nicht so 'nen Loser wie dich, Daddylein.

Das hab ich natürlich nicht laut gesagt, aber gedacht hab ich's. Und nach allem, was ich in Moms Blick gelesen hab, hat sie's auch gedacht.

Gratuliere, Daddy. Fein gemacht. Du hast eine Affäre und wir müssen hier in dieses gottverlassene Nest ziehen und dann verschwindet Digger. Kann's noch schlimmer werden? Nein, haben wir gedacht. Aber dann spazierst du hier rein und verkündest, du hast ein Kind mit deiner Geliebten und die ist zufällig eine jüngere Cousine von Mom. Galaktisch, muss ich schon sagen. Wieso hab ich da so eine Ahnung, dass du wohl nicht zum „Ehemann des Jahres" nominiert wirst, hä?

Ganz sicher ist mir heute nicht danach, in die Schule zu gehen. Am liebsten würd ich mich irgendwohin verkrümeln und in aller Ruhe gründlich vollaufen lassen.

Ich biege auf den Schulparkplatz ein, finde eine Lücke und stelle den Motor ab. Ich werd einfach noch ein paar Minuten im Auto sitzen bleiben. Ich muss mich erst mal sammeln. Es muss jede Minute läuten und ich komm zu spät, aber das ist mir scheißegal. Jetzt könnt ich 'ne Kippe gebrauchen. Es gibt irgendwo 'ne Grenze, was man verkraften kann. Ich will keinen Babybruder. Ich will, dass Digger wieder da ist.

Okay, Linda, reiß dich zusammen, schnapp deine Bücher und los. Einfach so tun, als ob alles in Butter ist, als ob du dir gar kein besseres Leben wünschen könntest.

„Hey, Linda! Wart mal!"

Die Stimme kenne ich. Gail rennt hinter mir her.

„Hi, Gail", sage ich. Hoffentlich klingt's lässig.

Sie holt mich ein und ist ganz außer Atem. „Hör mal", sagt sie, „ich hab schlechte Nachrichten."

Ach, du auch? Schlimmer als meine können sie wohl kaum sein. Ich werd natürlich den Teufel tun und davon erzählen. „Worum geht's?", frage ich und leg die Stirn in Falten. Man muss ja wenigstens besorgt tun.

„Bim ist im Krankenhaus“, sagt sie. „Er hat einen Herzinfarkt gehabt.“

Ich bleibe stehen und starre sie an. Jetzt bin ich *wirklich* besorgt. „Wann?“

„Samstag“, sagt sie, streicht sich die Haare aus der Stirn und nimmt ihre Schulsachen in die andere Hand. „Ich hätte dich angerufen, aber ich war die meiste Zeit im Krankenhaus und da war ich zu durcheinander, um was anderes zustande zu bringen, als rumzusitzen und zu warten.“

„Und … wird er wieder gesund?“

Sie schüttelt den Kopf. „Sie haben gesagt, für einen Herzinfarkt hat er Glück gehabt. Aber er wird sich sehr schonen müssen.“

„Wie ist es passiert?“

Sie reißt die Augen weit auf. „Das ist ja das Merkwürdige, Linda. Du wirst es mir nicht glauben, aber er …“

Wir hören die Glocke läuten. Gail will rasch reingehen, aber ich packe sie am Arm und halte sie zurück. „Wie ist es passiert?“

„Er hat nach deinem Bruder gesucht.“

„Was? Er hat nach Digger gesucht? Was soll das denn heißen?“

„Er hat immer davon geredet, dass sein Bruder nicht auf ihn gehört hat. Dass Mac versprochen hätte, nicht auf Goldsuche zu gehen, aber dann hat er’s doch gemacht. Als sie einmal im Sommer wieder hier in den Bergen waren, ist Mac losgezogen und irgendwo in einen alten Schacht gestürzt. Grandpa sagt, das hat ihn umgebracht. Und er hat gedacht, dass Digger vielleicht auch in diesen Schacht gestürzt sein könnte. Also ist der alte Sturkopf losgezogen in die Berge, aber es war etwas zu viel für ihn.“

„Und hat er den Schacht gefunden? Hat er da irgendwas entdeckt?“

„Nichts. Ja, die alte Mine hat er gefunden, aber keine Spur von Digger. Er ist dann einfach umgekehrt und nach Hause gegangen und da hat's ihn dann erwischt. Mom musste den Notarzt rufen und der hat ihn sofort ins Krankenhaus eingewiesen. Ich schwöre dir, Linda, ich hab gedacht, ich sterbe. Der verrückte Kerl, sich eine solche Bergtour zuzumuten."

Sie schüttelt den Kopf und sagt, jetzt müssten wir aber machen, dass wir in die Klasse kommen. Ich bin mit den Gedanken ganz woanders. Ich bin bei Austin, wo auch immer der gerade steckt. Mein Herz fühlt sich an wie ein Stein, denn ich sehe nicht Bim vor mir; ich sehe Austin, wie er in die Berge geht, um meinen Bruder zu suchen. Wenn wir beide zur selben Zeit gelebt hätten, dann hätt ich ihn geliebt, das weiß ich. Wir wären zusammen alt geworden. Und wer weiß, wenn ich auch schon alt wär, würd ich mich vielleicht nicht so vor ihm gruseln. Ich würd ihn einfach immer noch lieben und wir würden zusammen sein und alles wär, wie's sein soll.

„Kann ich ihn besuchen?" Ich muss laut rufen, weil Gail schon auf den Eingangsstufen ist.

„Was?", ruft sie zurück.

„Ob ich Aust…" – ich unterbreche mich. Gail weiß ja nicht, dass ich ihren Großvater gekannt habe, als er jung war. „Ob ich Bim im Krankenhaus besuchen kann."

Ich gehe jetzt auch auf die Treppe zu. Sie hebt die Schultern und sieht ein bisschen erstaunt aus. „Klar, wenn du willst. Er liegt auf der Geriatrie. Du weißt, wo das ist?"

„Ich find's bestimmt."

„Okay, aber hör zu. Geh heute noch nicht hin. Gönn ihm ein paar Tage Ruhe, bevor du ihn besuchst, ja?"

Ich nicke. Dann also am Samstag. Am Samstag fahr ich rüber nach Asheville und werd so lange auf der Geriatrie herumwandern, bis ich Austin finde. Und bitte, Gott, lass ihn bis dahin nicht sterben. Ich muss mich einfach bei ihm bedanken, dass er versucht hat, meinen Bruder zu finden.

56

Patrick

Montag, 4. April 1969

Ich bin kein Sünder. Ich bin die Sünde in Person.

Fleisch, Blut, Knochen – nichts als Sünde. Es ekelt mich vor mir selbst. Und es gibt kein Entkommen.

Nicht, wenn ich die Sache nicht auslöschen kann, so wie Ike Kerly seine Zigaretten im Aschenbecher. Ein glimmender Stummel, zerquetscht, ausgelöscht unter dem Druck von Ikes tabakgelbem Zeigefinger.

Wie gut es wäre, wenn man gar nicht da wäre.

Immer wieder ertappe ich mich dabei, wie ich auf die Tür starre, halb in der Erwartung, dass sie aufgeht und Charlene hereinkommt, das Kind im Arm. Mein Kind.

Meine Verfehlungen lasten auf mir wie Blei. Eine Last, die mich vernichten wird. Sie tut es jetzt bereits. Ein Sohn tot. Ein anderer, der nie hätte geboren werden sollen.

Die Worte auf dem Kreditantrag vor mir sind sinnlose Zeichen, völlig ohne Bedeutung. Ich tue so, als ob ich lese, an Anträgen und Unterlagen arbeite, auch wenn kein Kunde vor mir am Schreibtisch sitzt. Wenn ich beschäftigt bin, guckt Ike vielleicht weiter in seine Zeitung und versucht nicht, ein Gespräch anzufangen.

Ich habe nichts zu sagen – ihm nicht und auch sonst niemandem. Ich bin ein toter Mann ohne Worte.

Es gab eine Zeit, in der ich geglaubt habe, Meg würde sich dazu durchringen können, mir zu verzeihen. Jetzt glaube ich das nicht mehr. Jede Hoffnung ist gestorben. Ich habe ein Kind zu viel und werde nie mehr eine Familie haben.

Ich frage Gott, warum er zugelassen hat, dass das alles passiert – und dann fällt mir wieder ein, dass es nicht seine Schuld ist, sondern meine. Das rufe ich mir in Erinnerung, wenn ich versucht bin, wütend auf Gott zu sein, und dann richtet mein Zorn sich gegen den, der ihn verdient. Ich habe mir selbst mein Grab geschaufelt, höchst eigenhändig, ohne jede Hilfe von dir, Gott, und jetzt werde ich mich ins Dunkel betten und die Augen schließen und du kannst deine auch schließen. Es ist aus zwischen uns.

Ich schrecke auf, weil Ike plötzlich laut auflacht. „Hey, Pat", sagt er, „das musst du dir anhören. Erinnerst du dich an den Kerl, den sie letztes Jahr geschnappt haben, den, der die Morde in Asheville begangen hat?"

Ich sage Ja, auch wenn ich mich nicht erinnere.

„Er hat gesagt, er hat die Leute umgebracht, weil er Stimmen gehört hat, die ihm befohlen haben, sie zu töten. Behauptet, er hätte diesen Stimmen gehorchen müssen, sonst hätten sie *ihn* umgebracht! Als ob man ihn nicht rankriegen könnte, weil er ja nur getan hat, was ihm befohlen wurde."

Er lacht noch einmal laut und schüttelt den Kopf. Ich sehe ihn aus Augen unter bleischweren Lidern an.

„Aber klar, Sir, geht doch nichts über den guten alten Unzurechnungsfähigkeitsparagrafen, was?" Er faltet die Zeitung zusammen und schlägt damit auf den Schreibtisch. „Da wirst du auf frischer Tat beim Mord erwischt und musst bloß sagen, du hast den Verstand verloren, und alles ist in Butter."

Der Gedanke, den Verstand zu verlieren, hat etwas Verlockendes. Ich werde mir selbst nie verzeihen. Es gibt keine Milde und ich werde nicht auf Gnade hoffen.

57

Meg

Donnerstag, 17. April 1969

Bald ist er zu Hause. Mein Sohn kommt heil und gesund zurück.

Ich drücke Carls Brief an mein Herz und atme tief durch vor Erleichterung. Er ist schon wieder im Land und wird mit dem Zug kommen. Ich werde ihn noch einmal in die Arme schließen und an mich drücken.

Ich stehe auf dem Balkon im Obergeschoss und sehe hinaus auf die Berge mit ihrem frischen Grün. Jedenfalls in diesem Sinn ist es tatsächlich Frühling geworden. Carl kommt unversehrt aus dem Krieg zurück.

Ich spüre Dankbarkeit und mein Verstand formt die Worte: Gott sei Dank.

Aber bist du denn der, dem ich danken kann? Du, der meinen anderen Sohn nicht beschützt hat?

„Hallo, Meg. Ein Brief von Carl?"

Ich bin nicht überrascht, dass Celeste plötzlich neben mir auf der Veranda steht. Ich bin nur froh. „Er kommt heim, Celeste", sage ich. „In einer Woche sollte er hier sein."

„Gott sei Dank."

Ich nicke glücklich. „Ja."

Wir schweigen einen Moment. Dann sage ich: „Celeste, ich möchte Sie gern etwas fragen."

„Nur zu.“

„Der Mann, für den Sie arbeiten …“

„Mr Valdez?“

„Ja. Gavan, oder?“

„Ja, das stimmt.“

„Wissen Sie, wie seine Mutter hieß?“

„Seine Mutter? Ich habe keine Ahnung. Warum fragen Sie?“

„Ich glaube, er könnte Patricks Sohn sein.“

Jetzt sieht sie mich erstaunt an. „Sein Sohn?“

„Wie alt ist er?“

Celeste überlegt einen Moment. „Er muss irgendwas bei Mitte dreißig sein.“

„Das käme hin.“

„Meg, ich verstehe nicht ganz. Warum glauben Sie, er ist Patricks Sohn?“

Ich spüre, wie meine Finger Carls Brief zusammenpressen. „Patrick hat ein Kind mit Charlene. Das ist die Frau, mit der er eine Affäre hatte. Wir haben erst neulich davon erfahren.“

Celeste seufzt. Ihr Blick geht in die Berge, als ob sie dort nach einer Antwort sucht. „Ich weiß nicht sehr viel über das Privatleben von Mr Valdez“, sagt sie.

Am liebsten würde ich sie bitten, Gavan zu fragen, wer sein Vater ist, aber es kommt mir irgendwie nicht richtig vor. „Was für ein Mensch ist er?“, frage ich. „Gavan, meine ich. Was können Sie mir über ihn erzählen?“

Sie nickt. „Er ist ein guter Mensch. Und sehr freundlich. Ein wunderbarer Vater für seinen Sohn. Er ist Theologe. Er unterrichtet an einem der Colleges hier im Ort.“

„Theologe.“ Ich lache leise. „Nun, das passt.“

„Meg, es war sicher nicht leicht für Sie zu erfahren, dass Patrick einen Sohn hat“, sagt sie.

Ich spüre, wie mir die Tränen kommen. Ich will jetzt nicht weinen. „Es macht den Ehebruch irgendwie amtlich.“

Sekunden verstreichen. Ich beiße mir auf die Lippen, um die Tränen zurückzuhalten.

„Meg?"

Ich antworte nicht.

„Ich will Ihnen die Wahrheit sagen, Meg", fährt sie fort. „Wenn Cleve mir das antut, wenn wir verheiratet sind, dann werde ich versucht sein, ihn still und heimlich umzubringen."

Aus den Augenwinkeln werfe ich ihr einen Blick zu und versuche zu lächeln.

„Und was würde unsere gute Mrs Zeh dazu sagen?", frage ich.

Jetzt lächelt Celeste auch. „Dasselbe, was sie mir schon tausendmal gesagt hat. Vergebung ist die Verbindung zwischen Himmel und Erde."

„Ich verstehe." Meine Augen verengen sich. „Das glaubt sie wirklich?"

„Sie glaubt es nicht. Sie weiß es."

„Und hat ihr Mann sie je betrogen?" Meine Worte schmecken bitter, ich kann Celeste nicht ansehen.

„Nun, genau wie Sie hat sie auch einige schwere Dinge erlebt", sagt Celeste. „Sie hat es lernen müssen zu vergeben."

Ich seufze tief. „Es ist eigenartig", sage ich, „ich war fast so weit, Patrick zu verzeihen. Ich habe lange gebraucht, ich weiß, aber ich war endlich so weit. Und jetzt das. Ein Kind mit Charlene. Und ich stehe wieder ganz am Anfang. Ich bin mir nicht sicher, ob ich ihm verzeihen kann – oder ob ich es überhaupt will. Nicht, wenn ein Kind im Spiel ist."

Sie nickt. „Ich kann verstehen, was Sie empfinden, Meg. Aber ich bin mir nicht sicher, ob uns der Luxus gegönnt ist zu wählen."

„Zu wählen? Was?"

„Welche Schulden wir erlassen und welche wir eintreiben."

Darüber muss ich nachdenken. Ich weiß, sie meint die Bitte aus dem Vaterunser: *Vergib uns unsere Schuld, wie auch wir vergeben unseren Schuldigern.*

„Ich nehme an, Mrs Zeh wäre immer noch der Meinung, dass ich Patrick verzeihen muss, selbst wenn es jetzt dieses Kind gibt."

„Mhm." Celeste nickt. „Sie kann manchmal stur sein. Ja, auch wenn es jetzt noch ein Kind gibt, würde sie wahrscheinlich immer noch für Vergebung plädieren."

Ich schnaube, es soll ein Lachen sein. „Also gut", sage ich. „Noch weitere Weisheitsworte aus dem Mund einer älteren Dame?"

„Ehrlich gesagt, ja, wenn Sie schon fragen", sagt Celeste. „Ich soll Ihnen sagen: Solange der Stern scheint, dürfen Sie die Hoffnung nicht aufgeben. Das kann Sie trösten, denn alles geschieht genau so, wie es sein soll."

Die Worte von Margaret Zeh verursachen mir eine Gänsehaut. Kann diese Frau meine Gedanken lesen?

58

Linda

Samstag, 19. April 1969

Eine Station voller Grufties. Und das Gruselige an all den uralten Knackern hier im Krankenhaus ist: Die waren alle mal jung. Das hab ich jetzt kapiert. Und ich hab auch kapiert, was sie an diesen Ort des Grauens gebracht hat, wo sie verschrumpelt und mit glasigen Augen in Rollstühlen hocken oder durch die Gegend schlurfen wie ein Haufen Zombies: die Zeit. Wenn sie sich nicht in der Zeit verheddert hätten, wären sie immer noch jung. Zum ersten Mal im Leben fällt mir auf, dass an der ganzen Sache was megafaul ist – am Altwerden und Sterben, mein ich. Als ob wir besser alle außerhalb der Zeit leben und einfach für immer jung und lebendig bleiben sollten. Zu wissen, dass ich im selben Zug sitze wie die alten Knaben hier und dass ich nicht aussteigen kann, macht mich ganz fertig. Es kann einen fast so weit bringen, dass man sich wünscht, man wär nie geboren.

Hier ist das Zimmer. Ich muss tief durchatmen, bevor ich reingehe. Nicht, dass ich den Geruch hier unbedingt zu tief inhalieren will – der reicht fast, um mich direkt vor dem Porzellanthron auf die Knie gehen zu lassen, wie Carl immer gesagt hat. Carl, der aus dem Krieg zurück ist, der Vietnam überlebt hat und der eines Tages trotzdem so enden wird wie die Leute hier, alt und bereit zu sterben. Am Ende verliert man doch.

Ah, da ist Austin. Er sieht noch toter aus als sonst, nur dass er noch atmet. Jedenfalls kann ich sehen, dass die Decke über seiner Brust sich hebt und senkt. Gott sei Dank. Ich bin mordsfroh, dass er noch lebt. Ich betrete den Raum und gehe zum Bett, und als er meine Schritte hört, macht er die Augen auf. Er sieht mich an, als ob er mich noch nie gesehen hat und nicht weiß, wer ich bin. Aber ich weiß, dass er nur überrascht ist, denn wieso sollte er schließlich damit rechnen, dass ich ihn hier besuchen komme? Wir sehen einander mindestens 'ne Minute lang an, ohne was zu sagen, bis es mir dann doch rausrutscht: „Gail hat gesagt, du bist ein verrückter alter Sturkopf."

Er muss lächeln und sein Kopf zuckt auf dem Kissen rauf und runter, als ob er versucht zu nicken. „Vermutlich hat sie recht."

„Du hast eine Bergtour gemacht, um Digger zu suchen!"

„Tja. Hab ich gemacht."

„Und dabei hast du dir diesen Herzinfarkt eingehandelt."

„Ich fürchte, ja."

„Schön, also, hör zu … ich meine, also, es war echt nett von dir, weißt du, dass du das gemacht hast. Ich möchte, dass du weißt, dass mir das viel bedeutet."

Er schließt die Augen und lächelt noch einmal. Er sieht aus, als ob meine Worte bewirkt haben, dass er sich für ein paar Sekunden deutlich besser fühlt. Aber dann wird sein Gesicht traurig und er sagt: „Ich wünschte nur, ich hätte ihn gefunden."

„Auch wenn du ihn aufgespürt hättest", sage ich, „wär er immer noch tot. Ich meine, du hättest ja höchstens seinen Leichnam gefunden, und der dürfte inzwischen in ziemlich schlechtem Zustand sein."

„Aber wenigstens hätte ich den Leichnam nach Hause bringen können und ihr hättet ihn beerdigen können. Und dann hätten deine Eltern – und du – vielleicht ihren Frieden damit machen können. Das wollte ich gern für euch tun."

Ich nicke. „Jetzt weiß ich, dass du wirklich Austin bist", sage ich. „Du wolltest schon immer das Leben für andere verbessern. Als ob du am liebsten die ganze Welt retten wolltest."

„Die ganze Welt retten", wiederholt er kaum hörbar. Er lächelt wehmütig und schüttelt den Kopf. „Ich fürchte, diesen Ehrgeiz habe ich schon vor sehr langer Zeit aufgegeben. Man kann die Welt nicht retten. Es hat keinen Sinn. Die Leute versuchen es immer wieder, so wie ich damals, aber … tja, sie finden's schon raus. Irgendwann finden sie's raus."

„Was? Was meinst du, Austin?"

Er atmet tief ein und es schüttelt seinen ganzen Körper. Vielleicht ist es nicht gut, dass ich hier bin. Vielleicht strenge ich ihn zu sehr an. Ich bin kurz davor „Schon gut" zu sagen, aufzustehen und ihm seine Ruhe zu lassen. Aber da sagt er: „1917, als ich dich das letzte Mal gesehen habe, da war ich drauf und dran, in den Krieg zu ziehen. Erinnerst du dich?"

Ich nicke und lege meine Hand an die Kette. „Klar."

„Tja, ich war im Krieg. Und ich habe Dinge gesehen, die …" – er bricht ab und sieht mir direkt in die Augen – „die ich hoffentlich in meinem ganzen Leben nicht mehr sehen muss. Dinge, die zu entsetzlich sind, um darüber zu sprechen. Aber nach dem Krieg habe ich immer noch gedacht, dass es noch Hoffnung gibt. Das war schließlich der Krieg, mit dem alle Kriege ein Ende finden sollten. Genau das. Wir konnten doch jetzt aufhören zu kämpfen und lernen, friedlich miteinander zu leben. Aber dann kam der Zweite Weltkrieg und dann Korea und jetzt Vietnam. 1917, als wir uns zum letzten Mal gesehen haben, hast du das alles schon gewusst, oder?"

Ich muss ein Lachen unterdrücken; schließlich will ich nicht unhöflich sein. „Ja, ich hab's gewusst. Ich meine, mein eigener Bruder war in Vietnam. Ich glaub, das hab ich dir nie erzählt."

Jetzt zuckt sein Kopf wieder auf dem Kissen rauf und runter. „Es spielt keine Rolle. Es hätte nichts geändert, wenn du es mir gesagt hättest. Es war nicht der Krieg, der mich erkennen ließ, wie falsch ich mit meinem Denken lag und wie vergeblich meine Hoffnungen waren."

„Nicht der Krieg?"

„Nein. Es war mein Sohn."

„Dein Sohn?"

„Lyle." Er schluckt schwer und hat plötzlich feuchte Augen. „Er ist ein verurteilter Verbrecher. Ein Mörder. Er war schon ein Meister darin, sich in Schwierigkeiten zu bringen, als andere Kinder erst Fahrradfahren lernten. Was ich auch versuchte, ich konnte ihn einfach nicht dazu bringen, sich an Regeln zu halten und einigermaßen anständig zu benehmen. Noch heute habe ich jeden Tag vor Augen, was er seiner Schwester angetan hat." Er tippt sich mit der Hand an die Stirn, als sei die Narbe dort und nicht an Lindas Kopf. „Jetzt sitzt er in der Todeszelle. Das Gesetz sagt, er hat den Tod verdient. Wenn ich nicht mal meinen eigenen Sohn ändern und was Ordentliches aus ihm machen konnte, welche Chance hätte ich wohl gehabt, die ganze Welt zu retten?"

Wir schweigen einen langen Augenblick. Ich trete von einem Fuß auf den anderen. Ich fürchte schon, Austin fängt gleich an zu heulen, aber das tut er nicht. Er sieht aus dem Fenster, als ob er sich plötzlich mächtig für die Wolken interessiert, die am Himmel ständig neue Formen bilden.

„Austin", sage ich, „wenn du aus dem Krankenhaus kommst, möchte ich dir was zeigen."

Er richtet seinen Blick wieder auf mich. „Möchtest du mir sagen, was?"

„Nein." Ich schüttle den Kopf. „Ich möchte es dir einfach zeigen."

„Schön. Die Ärzte sagen, in ein paar Tagen sollte ich so weit sein, dass ich nach Hause kann."

„Gut. Das heißt also, du wirst wieder richtig gesund?"

„Bestimmt“, sagt er. Und fügt dann hinzu: „Jedenfalls noch für ein paar Jährchen.“

Klar, wir leben ja alle nicht ewig, oder? Aber gerade darüber will ich ja mit Austin reden, wenn er erst mal raus ist aus diesem Schreckensort, wo die Leute reihenweise sterben.

59

Patrick

Sonntag, 20. April 1969

Als ich in mein Zimmer komme, sitzt er am Schreibtisch und starrt konzentriert in diese Maschine, die er hat. Sein Profil im Blick, sehe ich heute, was mir vorher nicht aufgefallen ist. Er kommt mir deshalb so bekannt vor, weil er mir so ähnlich sieht. Er ist mein Sohn.

„Hallo, Gavan", sage ich.

Er dreht sich um und lächelt. „Hallo, Patrick. Ich hab Sie ja ein ganzes Weilchen nicht gesehen. Und, wie geht's?"

Angesichts dessen, was ich ihn fragen muss, scheint es kaum eine überflüssigere Floskel zu geben, aber ich beantworte sie trotzdem. „Gut, danke. Und Ihnen?"

„Auch gut. Ich lese gerade mal wieder einen Brief von meiner Frau. Sie kommt bald nach Hause."

Ich nicke kurz. „Wunderbare Nachrichten. Mein Sohn Carl kommt auch zurück aus Vietnam, diese Woche noch."

„Sehr gut", sagt er. „Wir haben viel Grund, dankbar zu sein."

„Ja, in der Tat." Ich gehe zum Bett und setze mich darauf. Ich bin ihm jetzt so nah, dass meine ausgestreckte Hand ihn berühren könnte – wenn das möglich wäre. Wenn er für mich greifbar wäre. Aber das ist er nicht. „Gavan?"

„Ja, Patrick?"

„Sie sind mein Sohn, nicht wahr?"

Ich höre, wie er scharf die Luft einzieht. Er stützt die Ellenbogen auf die Armlehnen des Stuhls und verschränkt die Hände. „Dann wissen Sie … weißt du es also."

„Ja. Deine Mutter hat es mir gesagt."

Sein Kopf wippt auf und ab, während er nachdenkt. „Ja, ich wusste, dass sie kommen würde. Ich wusste nur nicht, wann."

„Warum bist du hier?", frage ich. „In diesem Haus."

Er beugt sich zu mir vor. „Ich wollte dich treffen."

„Dann treffen wir uns also in deiner Zeit nie?"

„Nein."

Ich frage nicht, warum. „Woher wusstest du, dass ich hier sein würde?"

„Von Linda."

„Linda? Meine Tochter Linda?"

Er nickt. „Sie hat mich ausfindig gemacht. Wir haben uns angefreundet", sagt er. Dann fügt er hinzu: „In meiner Zeit, nicht in deiner."

„Wie hat sie dich gefunden?"

Er nickt in Richtung Maschine. „Internet. Etwas, das sich Facebook nennt."

„Facebook?"

„Ja. Das ist eine recht neue Sache …"

Meine erhobene Hand lässt ihn abbrechen. „Schon gut", sage ich. „Deine Welt überfordert mich. Ich möchte nur wissen, warum du beschlossen hast, in dieses Haus zu kommen."

Er runzelt die Stirn und befeuchtet seine Lippen. „Also zuerst mal, wie schon gesagt, weil ich dich treffen wollte." Er sieht mich einen Moment an; ich nicke ihm zu fortzufahren. „Und zweitens, weil ich dir etwas sagen wollte, das du sonst nie erfahren würdest." Er betrachtet seine Hände und schluckt.

„Ich höre dir zu."

Sein Blick findet meinen und er lächelt. „Ich wollte einfach, dass du weißt: Ich bin froh, dass ich am Leben bin."

Ich muss innehalten, selbst den simplen Akt des Atmens einstellen, um diese Worte in mich aufzunehmen.

„Na ja“, fährt er fort, „ich weiß schließlich, dass die Umstände meiner Geburt … also, dass ich etwas überraschend kam. Nein, das ist vermutlich eine Untertreibung.“ Er lächelt entschuldigend, bevor er weiterredet. „Ich kann mir vorstellen, dass es für dich ziemlich hart war und du dir gewünscht hast, es wäre nie geschehen. Aber ich – ich kann natürlich nicht anders, als dankbar zu sein, dass ich geboren wurde. Als ich vier war, hat Mutter Aidan Valdez geheiratet. Und er war ein sehr guter Ehemann und ein sehr guter Vater. Er hat uns ein sorgenfreies Leben geschenkt. Ich wusste schon sehr früh, dass er mein Stiefvater ist, und ich habe immer wissen wollen, wer mein leiblicher Vater ist. Ich wollte dich einfach treffen und dir sagen, auch wenn es für euch alle wirklich hart war, ich bin froh, dass ich lebe. Und ich versuche, so zu leben, dass ihr stolz auf mich sein könnt.“

Die Menge an Gefühlen, die in mir aufwallen, sprengt mir fast die Brust und ich spüre den Schmerz. Ich wünschte, ich könnte meinen Sohn berühren, seine Hand halten, ihn in die Arme schließen. Aber auch, wenn das nicht möglich ist – es ist doch ein Geschenk, dass ich ihn sehen kann, seine Worte hören kann; und es genügt. „Ich *bin* stolz auf dich, Gavan. Mehr, als ich sagen kann.“

Jetzt lächelt er breit. „Danke.“

„Und deine Mutter? Ist sie … war sie glücklich?“

„Ja. Sehr. Sie lebt noch und ihr Mann auch.“

„Glaubst du, sie hat mir verziehen?“

„Ich glaube es nicht nur, ich weiß es. Von ihr habe ich gelernt, dich zu lieben.“

„Von ihr?“

„Ja. Sie hat etwas Zeit gebraucht, aber dann hat sie dich wirklich geachtet.“

„Geachtet? Mich? Wofür?“

„Dafür, dass du deine Frau nicht verlassen hast, als du es leicht hättest tun können."

„Es fällt mir schwer, das zu glauben."

„Du kannst es ruhig glauben. Es ist wahr."

Ich stehe vom Bett auf und gehe kopfschüttelnd zum Fenster. Ich blicke hinaus in den Nachthimmel und suche nach den richtigen Worten. Schließlich bringe ich heraus: „Ich frage mich, warum ausgerechnet wir? Meg, Linda, ich – wir haben uns alle gefragt, warum ausgerechnet wir?"

Als ich mich umdrehe, sieht Gavan mich fragend an. „Was meinst du mit ‚ausgerechnet wir', Patrick?"

„Warum wir in dieses Haus gekommen sind. Warum wir dieses Geschenk bekommen. Ich weiß jetzt ohne jeden Zweifel, dass es ein Geschenk ist."

Gavan zuckt die Achseln und schüttelt den Kopf. „Ich fürchte, darauf habe ich keine Antwort. Manche Geschenke bekommt man einfach aus Liebe."

„Weil der, der sie macht, uns liebt?"

„Ja."

Ich lege eine Hand auf die Brust, um das Pochen darin zu spüren. „Gnade", flüstere ich.

Er spitzt die Ohren. „Was sagst du?"

Aber ich antworte nicht. Ich denke über das Geschenk nach. „Stell dir vor, wie es wäre, wenn alle Menschen durch die Zeiten sehen und erfahren könnten, was wir wissen müssen; wenn wir wissen könnten, was Gott weiß."

„Aber das können wir nicht." Er neigt den Kopf zur Seite. „Ja, wir haben das Vorrecht, dass wir hier sind und etwas davon sehen können. Aber wir sehen nicht alles, nicht so, wie Gott alle Dinge sieht. Aber es ist auch gar nicht nötig, dass wir wissen, was Gott weiß. Wir müssen nur wissen, dass Gott da ist."

Ich nicke langsam. „Und deshalb vertrauen wir dem, der weiß, was wir nicht wissen."

„Ja. Man nennt es Glauben."

„Ich habe vom Glauben gehört. Ich kann mich erinnern."

„Du wirst auch selbst wieder glauben." Er steht auf und schiebt den Stuhl an den Schreibtisch. „Patrick, komm mit. Ich möchte dir etwas zeigen."

Ich folge ihm auf den Flur und nach nebenan in Diggers Zimmer. Im sanften Schein eines Nachtlichts sehe ich das schlafende Kind im Bett, einen Jungen von drei Jahren. Gavan und ich stehen am Bett und lauschen auf die ruhigen Atemzüge.

„Nicolas. Mein Sohn", sagt Gavan. „Dein Enkelsohn."

„Mein Enkelsohn", wiederhole ich und in meiner Stimme schwingt etwas wie Ehrfurcht. „Er sieht meinem Sohn Digger sehr ähnlich."

Gavan nickt lächelnd. „Wie hat ein sehr weiser Mensch einmal gesagt?", flüstert er. „Für alles auf der Welt hat Gott schon vorher die rechte Zeit bestimmt."

60

Meg

Dienstag, 22. April 1969

Wir stehen am Bahnsteig unter einem wolkenlosen Himmel und warten darauf, dass der Zug einfährt. Er sollte jetzt jede Minute kommen. Ich trage mein neues Kleid, figurbetont, blau, ärmellos. Wenn ich meinen Sohn zu Hause begrüße, muss ich einfach neu mit dem Leben beginnen.

Linda sitzt auf einer Bank, wippt nervös mit einem Bein und hält Ausschau auf die Gleise. Patrick marschiert den Bahnsteig auf und ab und sieht ständig auf die Uhr. Wir sind nicht allein; hier und im kleinen Bahnhofsgebäude warten auch andere. Gelangweilt sehen sie aus, wie gefangen in der täglichen Routine. Vielleicht wollen sie jemanden abholen, vielleicht auch selbst den Zug nehmen; wie auch immer, es ist ein ganz gewöhnlicher Tag. Aber nicht für mich. Für mich – und auch für Patrick und Linda – ist heute ein Freudentag. Und weiß Gott, davon gibt es viel zu wenige.

Patrick bleibt abrupt stehen. „Ich glaube, ich höre ihn schon", sagt er.

Linda steht auf und tritt neben mich. Ich lausche. „Aus welcher Richtung kommt er?", frage ich.

„Von dort", sagt Patrick und weist mit dem Finger die Schienen entlang.

Mein Blick bohrt sich in die Gleise, als wolle ich den Zug

mit schierer Willenskraft zwingen, endlich aufzutauchen. Und dann ist er zu sehen. Zuerst die Lok an der Zugspitze. In einem der Waggons, die ihr folgen, muss Carl sein.

Linda hakt sich bei mir unter und legt ihr Kinn auf meine Schulter. „Ich hätte nie gedacht, dass ich mal solche Sehnsucht nach Carl haben würde", sagt sie mit einem kleinen Lachen. Ich nicke und atme ein paarmal tief durch, um meine Fassung zu bewahren. Patrick nimmt meine Hand und drückt sie. Ich lasse ihn, denn in diesem Moment bin ich glücklich. Ich stelle mir vor, wie Carl durch das Zugfenster nach uns Ausschau hält. Wie er uns drei hier stehen sieht; sieht, dass wir auf ihn warten. Ich hoffe, das ist ein Anblick, bei dem sein Herz höherschlägt.

Die Lichter der Lokomotive kommen näher. Die Räder rattern über die Gleise, Stahl reibt auf Stahl und beruhigt sich langsam, während der Zug am Bahnsteig ausrollt. Der Bahnsteig bebt unter unseren Füßen. Eine Bö Fahrtwind, das Leuten der Signalglocke von der Lok, das Quietschen von Bremsen, und der Zug kommt zum Stehen.

Männer und Frauen verlassen die Waggons. Meine Augen durchforsten die Menge nach einem vertrauten Gesicht. Einen schrecklichen Moment lang frage ich mich, ob er vielleicht nicht kommt, ob er den Zug verpasst hat oder alles nur eine gewaltige Lüge ist und mein Sohn überhaupt nicht aus Vietnam zurück ist. Aber dann … ja, das ist er. Dieser hochgewachsene junge Mann, der alle anderen zu überragen scheint.

„Carl!", ruft Linda und winkt lebhaft mit beiden Armen.

Ich entziehe Patrick meine Hand und mache einen Schritt auf Carl zu. Er sieht mich. Er winkt, lächelt, läuft mir entgegen. Ich vergesse alles um mich herum, als er mich in die Arme schließt. Er hebt mich ein wenig hoch; meine Füße verlieren den Halt. Mein Herz läuft über.

Gott sei Dank, mein Sohn ist zurück.

61

Linda

Donnerstag, 24. April 1969

Gail sieht mich schräg an, als sie mir auf mein Läuten die Tür öffnet.

„Warum willst du plötzlich Grandpa mit zu euch nehmen?“, fragt sie.

„Hab ich dir doch schon gesagt“, erwidere ich. „Weil ich ihm was zeigen will.“

„Und wieso kann ich nicht mit?“

„Hab ich dir auch schon gesagt. Das geht nur Bim und mich was an.“

„Was kann es wohl geben, das nur Bim und dich was angeht? Bisher hast du noch nie erkennen lassen, dass er dich überhaupt interessiert, geschweige denn, dass du ihn magst.“

„Tja … ähm … es hat nichts damit zu tun, ob ich ihn mag oder nicht. Und ich mag ihn, um ehrlich zu sein. Jedenfalls so, wie man einen alten Knaben eben gernhaben kann. Du weißt schon.“

Ihre ohnehin schon gekrauste Stirn legt sich noch tiefer in Falten. „Jetzt bist du aber echt seltsam, Linda“, sagt sie.

Ja, mag schon sein. Aber ich würd gern mal sehn, wie du dich benehmen würdest, wenn du mit deinem Großvater reden könntest, als er achtzehn war, im Jahr 1916. Seltsame Geschehnisse bringen die Leute eben dazu, seltsam zu sein.

„Ist er fertig?“

„Ich glaube ja.“ Sie wirft einen Blick über die Schulter und ruft: „Grandpa, Linda ist da. Bist du so weit?“

Ich stehe immer noch auf der obersten Stufe unter dem Verandalicht; Gail hat mich nicht reingebeten. Nicht, dass mich das stören würde. Ich will sowieso rasch wieder los.

Endlich kommt Bim den Korridor entlanggeschlurft, auf dem Fuß gefolgt von seiner Tochter, die an ihm herumzupft und darauf besteht, dass er noch was überziehen soll. Diese Tochter, die Linda heißt. Nach mir.

„Also schön“, sagt Bim, „wenn es dich glücklich macht, gib mir die Strickjacke schon.“ Er schlüft hinein, kommt an die Tür und sagt zu mir: „Lass uns gehen, bevor sie mich noch zwingt, Gummistiefel anzuziehen.“

„Mir geht es doch nur um deine Gesundheit, Dad“, sagt Linda, die andere. „Die Abende sind immer noch kühl und schließlich hast du gerade erst einen Herzinfarkt überstanden.“

„Danke für diese Neuigkeit, Schatz“, sagt Bim. „Ich werd’s mir merken.“

Bim tritt hinaus in die Dunkelheit und gemeinsam gehen wir zu meinem Auto, das am Bordstein geparkt ist. Oder besser auf dem Bordstein, wie üblich. Wir haben kaum den halben Weg bis zum Wagen geschafft, als Mrs Leland uns aus der Tür nachruft: „Bring ihn nicht zu spät zurück, Linda.“

Tss! Gehen wir vielleicht auf ein Date oder so? „Wir sind in einer halben Stunde wieder da!“, rufe ich zurück.

Wir steigen ein, und nachdem ich den Motor angelassen habe, sagt Bim: „Weißt du, ich bin wohl seit fünfzig Jahren nicht mehr in dem Haus gewesen.“

„Nein?“, sage ich. „Na ja, es sieht immer noch ziemlich so aus wie damals, nur womöglich noch ein bisschen älter und verwohnter.“

„Und was genau möchtest du mir zeigen, Linda?“ Er schaut

mich an und ich sehe noch einmal in Austins tiefblaue Augen. Wenn sich das Scheinwerferlicht von vorbeifahrenden Autos darin fängt, funkeln sie.

„Ich zeig's dir, wenn wir da sind“, vertröste ich ihn.

Er lehnt sich im Sitz zurück. „Na schön. Werden wir deinen Eltern begegnen?“

„Nein, hoffentlich nicht“, sage ich. „Sie sind zu einem Kurzbesuch bei Onkel Steve und seiner Sippe. Sie und mein Bruder Carl. Ich war zuerst auch mit, bin aber früher gegangen, um dich abzuholen. Sie denken, ich bin abgehauen, weil ich noch Hausaufgaben erledigen muss.“

„Sie sollen nicht wissen, dass ich ins Haus komme?“

„Besser nicht.“

„Warum nicht?“

„Wenn ich wüsste, wie ich dir das erklären soll.“

Aus dem Augenwinkel sehe ich, wie er nickt. „Carl ist also zurück“, sagt er.

„Ja. Seit zwei Tagen ist er wieder zu Hause.“

„Und er war in Vietnam, sagst du?“

„Exakt.“

„Der Krieg verändert einen, weißt du. Wer aus dem Krieg zurückkommt, ist nicht mehr der, als der er mal fortging.“

„Ja? Na, Carl hat seine Zeit damit rumgekriegt, dass er irgendwelche Berichte getippt hat. Er hat keine Leute in die Luft gesprengt oder so. Aber ich sag dir was, Bim: Ganz Vietnam hatte für Carl wohl kaum was so schwer Erträgliches zu bieten wie das, womit er sich jetzt auseinandersetzen muss.“ Ich werfe ihm einen Blick zu und sehe, dass er mich anschaut. Er sagt nichts, sitzt einfach nur neben mir und wartet, dass ich weiterrede. Also sage ich: „Er hat jetzt verstanden, dass Digger wirklich tot ist.“

Bim schluckt schwer; sein beachtlicher Adamsapfel wandert die faltige alte Kehle hoch und runter. Er sagt noch immer nichts, aber er macht eine Miene, als sei jemand gestorben. Was ja wohl auch der Fall ist. Auch wenn wir keinen Körper gefunden haben und es nie eine Beerdigung gab.

Wir nähern uns auf der kurvigen Bergstraße unserem Haus. „Habt ihr deinem Bruder von der Besonderheit des Hauses erzählt, ich meine, dass man hier in andere Zeiten sehen kann?", fragt er.

„Noch nicht. Mom und Dad haben's vor, aber sie wollen noch ein paar Tage warten, bis er richtig angekommen ist, bevor sie ihm diese Nachricht zumuten. Inzwischen hoffen wir einfach, dass er nicht gerade über jemanden stolpert, der eigentlich gar nicht da ist. Du weißt schon, was ich meine."

„Allerdings." Er bringt ein kleines Grinsen zustande. „Ich weiß genau, was du meinst. So wie ich das erste Mal über dich gestolpert bin. Du hast draußen in der Sonne gelegen mit nichts als diesem knappen Badeanzug auf der Haut."

„Und du hast gedacht, ich liege in Unterwäsche draußen rum."

„Ich hatte ja noch nichts Vergleichbares gesehen. Jedenfalls nicht 1916. Du warst für mich das schönste Mädchen, das mir je vor die Augen gekommen war."

Ich will schon protestieren, aber dann fällt mir wieder ein, wie er damals vor mir gestanden hat. Jung und – wow! – zum Anbeißen. „Meinst du das ernst?", frage ich. „Das hast du wirklich gedacht?"

„Ja, Linda, das hab ich wirklich gedacht."

„Danke", sage ich. Und dann noch: „Austin."

Wir parken vor dem Haus und ich stelle den Motor ab. „Komm rein", sage ich.

Bim schält sich so langsam aus dem Auto, als ob ihm die Gelenke eingerostet sind. Wir steigen die Stufen zur Vorderveranda hoch und er sagt: „Hier auf den Stufen hast du immer auf mich gewartet."

„Ja, so war's wohl."

„Kommt mir vor, als wäre das sehr lange her."

„Für dich ist es das ja auch. Für mich allerdings nicht."

Ich öffne die Haustür und er tritt ein. Ich folge ihm. Er schaut sich forschend um, als habe der Ort ihn in seinen Bann gezogen. Schließlich sagt er: „Du hast recht. Es hat sich nicht sehr verändert."

„Komm mit", sage ich und nicke in Richtung Küche.

„Wohin gehen wir?"

„In den Garten."

„Nach draußen?"

„Richtig. Komm."

Er folgt mir durch die Küche zur Tür in den Garten. Ich merke, dass er die Strickjacke enger zieht, als wir draußen stehen. Ach ja, alte Leute frieren ja immer, fällt es mir wieder ein. Und plötzlich möchte ich ihn am liebsten anschreien, wie er es mir antun konnte, so schnell so viel älter zu werden. Als ob er das mit Absicht gemacht hätte. Ich weiß ja, dass es nicht so ist, aber ich wünsche mir den alten Austin zurück – oder vielmehr den jungen. Ich will den Austin, der mir die Kette geschenkt hat. Aber ich weiß, dass ich ihn nicht haben kann.

Wir stehen mitten im Garten unter dem funkelnden Sternenhimmel. „Und?", sagt er.

Ich weise nach oben. „Erinnerst du dich?"

Er legt den Kopf zurück. „Erinnern? Woran?"

„Daran", sage ich, „an den Stern. Weißt du noch, dass wir ihn schon einmal zusammen angeschaut haben?"

Lange sagt er kein Wort. Schließlich schüttelt er den Kopf. „Nein, ich erinnere mich nicht. Was ist das für ein Stern?"

„Der Stern, der zum ersten Mal an dem Tag zu sehen war, als Digger verschwunden ist. Und seitdem habe ich ihn jeden Abend gesehen. Aber das geht nur von hier aus. Von keinem anderen Ort kann man ihn sehen. Er muss also in eine andere Zeit gehören."

„In eine andere Zeit?“, wiederholt er.

„Ja. Ich hab dich schon mal mit nach hier draußen genommen und ihn dir gezeigt, als du noch der junge Austin von 1916 warst. Weißt du das nicht mehr?“

Er kneift die Augen zusammen und stöhnt, als ob ihm plötzlich der Kopf wehtut. Er schaut hoch in den Himmel, aber ich weiß, dass er an früher denkt und versucht, sich zu erinnern. „Oh, doch“, sagt er. Er spricht so leise, dass ich ihn kaum verstehen kann. „Ja, jetzt fällt es mir wieder ein.“

„Damals warst du ganz sicher, dass es irgendeine wissenschaftliche Erklärung gibt oder einmal geben würde. Ich hab gedacht, da hast du vermutlich recht. Aber jetzt bin ich mir da nicht mehr so sicher.“

„Warum hast du mich gerade heute mitgenommen, Linda? Warum wolltest du, dass ich den Stern gerade jetzt sehe?“

„Weil ich denke, es ist der Stern von Bethlehem. Das hab ich dir auch schon mal gesagt, weißt du noch? Ich würd einfach gern wissen, was du heute darüber denkst. Glaubst du, es könnte wirklich der Stern von Weihnachten sein?“

Seine Augen werden noch schmaler und er bewegt langsam den Kopf auf und ab. „Tja, ich weiß es wirklich nicht“, sagt er. „Wenn man den Stern nur von hier und von sonst keinem Ort sehen kann, dann muss er wohl aus einer anderen Zeit stammen. Aber der Stern von Bethlehem …?“

„Also, wenn er es *ist* – und ich sage, er ist es, denn er muss einen besonderen Sinn haben –, würde das nicht heißen, die ganze Geschichte ist wahr? Dass Gott auf die Welt kommt und so? Ich konnte das immer nur schwer glauben; es kam mir vor wie ein Märchen, irgendeine ausgedachte Geschichte. Aber jetzt, wo ich jeden Abend diesen Stern sehe, scheint mir das gar nicht mehr so sicher.“

Er hört auf, in den Himmel zu starren, und sieht stattdessen mich an. Er reibt sich den Nacken, als ob der ihm vom langen

Hinaufschauen wehtut. „Ich hab nie daran geglaubt, Linda. Das weißt du ja. Auch nicht an Gott. Und schon gar nicht daran, dass ein Gott Mensch wird."

„Aber der Stern!"

Er geht ein paar Schritte, schaut wieder hoch, schaut wieder nach unten. Er schreitet einen kleinen Kreis ab und kommt schließlich zurück zu mir. „Er ist wirklich da, nicht? Der Stern ist echt."

„Ja", sage ich. „Natürlich ist er echt. Wir können ihn sehen, oder etwa nicht?"

„Aber das heißt noch nicht, dass er das ist, was du denkst. Das bedeutet nicht …" Er bricht ab und nimmt seinen Rundgang wieder auf.

„Dad hat neulich was gesagt, so in der Richtung, wenn wir die Zeit sozusagen jahrhunderteweise zurückblättern könnten, dann würden wir irgendwann an dem Tag landen, an dem Jesus geboren wurde. Er sagt, das ist eine historische Tatsache, es ist also wirklich passiert."

Bim bleibt stehen. Er sieht mich an und scheint verärgert. „Worauf willst du hinaus, Linda?", will er wissen.

Ich zucke die Achseln. Es tut mir schon fast leid, dass ich ihn mit hier hoch gebracht hab. „Im Krankenhaus, da kamst du mir so traurig vor. Ich dachte, wenn ich dich mitnehme hierher und dir den Stern zeige und dir sage, dass ich denke, die ganze Geschichte könnte tatsächlich wahr sein, dann … also, ich hab gehofft, das würde dir ein bisschen Hoffnung geben."

Er sieht mich lange an, als ob ich gerade was ganz Entsetzliches gesagt hab, aber dann legt er wieder den Kopf in den Nacken und schaut hoch zum Stern. „Blanker Unsinn", sagt er. „Aber vielleicht hast du ja recht. Vielleicht ist es ja Unsinn – ein ganz wunderbarer Unsinn. Man könnte mal drüber nachdenken."

Ich weiß nicht genau, wovon er redeet. Aber wie er so dasteht und das Licht des Sterns ihn bescheint, kann ich sehen, wie sich die Traurigkeit aus seiner Miene davonstiehlt. Er atmet tief durch, so als ob er schon lange nicht mehr richtig Luft geholt hätte. Dann sieht er mich wieder an und sagt: „Danke, dass du mich heute Abend hierhergebracht hast, Linda."

Ich nicke ihm kurz zu. „Sehr gern, Austin. Sehr gern."

„Vielleicht komme ich auch wieder und sehe mir den Stern noch einmal an. Du hast mir heute viel zum Nachdenken mitgegeben."

„Aber gern."

„Aber für heute bin ich müde. Ich denke, ich sollte besser jetzt zurückfahren."

„Okay, gleich … Austin?"

„Ja, Linda?"

„Ich spreche nur für mich selbst, aber ich finde es immer leichter, an Gott zu glauben."

Er nickt, sagt aber nichts, und wir gehen über den Rasen zurück ins Haus.

62

Patrick

Samstag, 26. April 1969

Carls Blick wandert um den Esstisch herum, von mir zu Meg, zu Linda und wieder zu mir. Seine Gabel verharrt über dem Teller in plötzlichem Stillstand, mitten in ihrer ansonsten hektischen Reise zum nächsten Bissen. Schließlich sagt er: „Ihr habt nicht zufällig ein paar Joints zu viel geraucht, während ich weg war?"

„Ich wünschte, so wär's", sagt Linda, aber als ich sie ansehe, zuckt sie die Schultern. „War nur so dahingesagt, Dad."

Meg sagt: „Also, Carl … wir wissen alle, es klingt verrückt. Und wir haben es ja zuerst auch nicht glauben können, weiß der Himmel. Aber es ist wahr."

Carls Augen verengen sich. Die Gabel schwebt noch immer reglos über dem Hühnerfrikassee, das Meg zum Mittagessen gekocht hat. „Ihr wollt mir allen Ernstes erzählen, dass ihr in diesem Haus Leute trefft, die in anderen Zeiten leben?"

„Genau das wollen wir sagen, Junge", bestätige ich.

„Und? Sind das Geister? Gespenster?"

Linda schüttelt den Kopf. „Keine Geister. Manche leben sogar noch. Und manche sind noch nicht mal geboren, wenn wir schon dabei sind."

„Noch nicht mal geboren?", wiederholt Carl. „Wie zum Beispiel wer?"

„Tja", sagt Linda, „Dad sagt, er hat Gavans Sohn Nicolas gesehen. Der wird aber erst im nächsten Jahrtausend geboren."

„Im nächsten Jahrtausend?"

Ich hebe die Hand. „Verstehen lässt sich das nicht, Carl", sage ich. „Aber so viel kann ich dir doch sagen: Es ist ein Geschenk. Aus irgendeinem unbekannten Grund lässt Gott uns einen Teil der Wirklichkeit sehen, die er umfassend vor Augen hat. Er schenkt uns einen kurzen Blick in sein ewiges Jetzt."

„Meinst du?" Carl klingt skeptisch. „Und warum sollte er das bitte schön tun?"

Aus Liebe, denke ich.

Bevor ich etwas sagen kann, antwortet Meg. „Wir wissen es nicht wirklich, Carl. Wir wollten nur, dass du darauf gefasst bist, dass du hier vielleicht eine ungewöhnliche Begegnung haben könntest."

„Du meinst, falls jemand plötzlich neben mir auf dem Sofa erscheint, wo ich gerade fernsehe?"

„Genau", bestätigt Linda.

Die Gabel spießt jetzt zögernd ein Stück Hähnchenfleisch auf und transportiert es in Carls Mund, der es langsam zerkaut. Er schluckt den Bissen hinunter und sagt: „Peyote, oder? Magische Pilze? Die können so wirken, hab ich gehört. Da scheint sich die Zeit zu verschieben und man sieht Dinge, die überhaupt nicht da sind. Ich hab's zwar noch nie selbst ausprobiert, aber …"

„Sicher nicht, Carl", fällt ihm Linda ins Wort.

„Aber um ehrlich zu sein", fährt Carl fort, „ihr macht mich ganz schön nervös. Da kommt man aus Vietnam zurück und freut sich darauf, dass das Leben endlich wieder normal verläuft, und muss feststellen, dass die eigene Familie inzwischen die Traumschaukel entdeckt hat und auf den neuesten LSD-Guru schwört."

Meg seufzt vernehmlich. Sie schaut mich an und hofft wohl,

dass ich eine Antwort habe, die Carl überzeugt. Ich nehme einen tiefen Schluck aus meinem Wasserglass, um meine Bedenkzeit zu verlängern.

„Hör zu, Junge“, sage ich schließlich. „Du kennst uns gut genug. Wir würden keine Drogen nehmen und ganz sicher würden wir dich nicht belügen. Andererseits können wir nicht erwarten, dass du uns glaubst. Vielleicht erfährst du es ja selbst, vielleicht nicht. Für den Moment sollten wir die Sache erst mal ruhen lassen. Einverstanden?“

Aber Carl ist noch nicht ganz dazu bereit. „Und übrigens“, sagt er und lässt den Blick noch einmal in die Runde schweifen, „was ist so fantastisch an einem Ort, an dem wir Digger verloren haben? Wie kann das ein Geschenk sein?“

Seinen Worten folgt Schweigen. Ich empfinde sie als Vorwurf. Als ob ich vergessen hätte, was hier passiert ist. Wie könnte ich das je vergessen?

„Pass auf, Carl“, sagt Linda, „warum machen wir beide jetzt nicht einen kleinen Gang in die Eisdiele? Ich arbeite da, weißt du, und ein Gratisbananenbecher sollte für uns beide drin sein.“

„Gute Idee. Das machen wir.“ Carl legt seine Gabel aus der Hand und steht vom Tisch auf. Er geht hinüber zu Meg und küsst sie auf die Stirn. „Tolles Essen, Mom. Deine Küche hat mir gefehlt.“

Sie lächelt ihn an und tätschelt die Hand, die sich gerade auf ihre Schulter gelegt hat. Dann sind Carl und Linda fort und Meg und ich bleiben zurück, um uns über den Tisch hinweg anzustarren. Es gab einmal Zeiten, in denen wir uns danach gesehnt haben, miteinander allein zu sein, sie und ich. Jetzt macht es uns verlegen und ängstlich. Sie ist blass geworden und hat die Lippen leicht geöffnet, als ob sie etwas sagen will und gleichzeitig auch wieder nicht. Ich versuche zu schlucken, aber mein Mund ist trocken. Das Herz in meiner Brust ist schwer wie Blei.

63

Meg

Samstag, 26. April 1969

Jetzt, ohne Carl und Linda, ist es so ruhig im Zimmer, dass ich das Ticken der Uhr hören kann, der Uhr auf dem Kaminsims in der Küche. Die Sekunden verstreichen und sagen mir: Es ist Zeit. Warte nicht länger. Denn die Zahl der Sekunden ist begrenzt. Eines Tages werde ich sie verbraucht haben. Sagt jedenfalls Mrs Zeh. Und ich weiß, sie hat recht.

Die Worte stecken mir schon in der Kehle, aber sie bis auf die Zunge vordringen zu lassen bringe ich nicht fertig. Ich falte die Hände im Schoß und bitte Gott um den Mut, den ich brauche. Aber die Uhr tickt noch etliche weitere Sekunden fort und der Augenblick ist vorüber. Patrick unterbricht die Stille.

„Tja", sagt er, „es war wohl kaum zu erwarten, dass Carl anders reagiert hätte. Es ist ja wirklich … jenseits aller Wahrscheinlichkeit, sozusagen." Er versucht zu lächeln, aber seine Lippen beben.

Ich nicke. Es ist nicht das, worüber ich gern gesprochen hätte, aber ich muss reagieren. „Ich nehme an, er muss es einfach selbst erleben, um es zu glauben", erwidere ich.

„Ja, das ist wohl so. Zumindest wird es ihn nun nicht völlig unvorbereitet treffen, falls er eine unerwartete Begegnung hat."

„Und falls nicht?"

„Dann wird er weiterhin glauben, wir hätten den Verstand verloren."

Wir sehen einander an, Patrick und ich, und plötzlich müssen wir lachen. Beide. Laut und lange. Gemeinsam. Als sei es das Lustigste von der Welt, dass unser Sohn uns für übergeschnappt hält. Und in diesem Moment ist es das tatsächlich.

Als unser Lachen verebbt, spüre ich, dass es etwas mit sich fortnimmt. Etwas Ungutes, das schon viel zu lange zwischen Patrick und mir in der Luft lag. Und als es wieder still im Raum ist, sitze ich nicht mehr dem Mann gegenüber, der mich betrogen hat. Ich sitze bei einem guten Freund.

„Patrick?"

„Ja, Meg?"

Jetzt kommen die Worte und es ist nicht zu spät. „Was immer sonst noch geschieht, wir müssen wieder eine Familie sein."

„Denkst du?" Seine rechte Hand zittert, als sie nach dem Wasserglas greift. Er steht auf, überlegt es sich dann aber anders. „Natürlich. Ich verstehe. Wegen der Kinder."

„Nein, Patrick", sage ich. „Nicht nur wegen der Kinder. Auch unseretwegen."

Seine Augen verengen sich ein wenig, als ob er über etwas nachdenkt. „Unseretwegen?", wiederholt er.

„Ja. Ich bin es leid, in unserer Ehe allein zu sein. Ich möchte, dass wir Dinge wieder gemeinsam tun, wieder zusammen sind, wie ganz am Anfang."

Er strafft den Rücken und seine Miene hellt sich auf. „Du glaubst, es könnte wieder so sein?", fragt er. „Dass wir wieder zusammen sind?"

„Ich weiß es nicht. Aber ich glaube, wir müssen es versuchen."

„Willst du es versuchen, Meg?"

Gerade als er das fragt, schießt mir ein Bild von Charlene und dem Baby durch den Kopf. Ein plötzlicher Schmerz erschüttert meine Entschlossenheit. Ich atme tief durch und lasse den Schmerz durch mich hindurchziehen. Ich darf nicht der anhaltenden Kränkung folgen, denn sie führt in die falsche Richtung. Vergebung, sagt Mrs Zeh, ist die Verbindung zwischen Himmel und Erde. Es ist schwer, den ersten Schritt zu tun. Aber ich bleibe bei meinem Entschluss: Ich werde ihn tun.

„Ja, das will ich", antworte ich Patrick. „Was ich nicht will, ist alleine alt werden. Ich möchte dich wieder an meiner Seite."

Patrick lächelt jetzt, zaghaft, mit leisem Kopfschütteln. „Ich weiß nicht mal, wie ich damit beginnen kann", gesteht er.

„Indem du mir verzeihst."

„Ich dir? Ich verstehe nicht ganz. Ich bin der, der …"

Ich hebe die Hand. „Du musst mir verzeihen, dass ich so lange an meinem Zorn festgehalten habe; dass ich dir nicht vergeben habe, als du mich darum gebeten hast. Du musst mir verzeihen, dass ich so lange die Frau eines Pastors bin, aber noch nie wirklich glauben konnte, was du glaubst."

Das lässt Patrick verstummen. Es vergeht eine lange Weile, bis er sagt: „Ich hätte dich nie bitten dürfen, die Frau eines Pastors zu sein. Ich habe dich nie gefragt und da liegt vielleicht das Problem. Ich habe einfach getan, was ich wollte, obwohl ich wusste, dass meine Entscheidung dein Leben nicht leichter machen würde."

„Nein, du hast mich nie gefragt", stimme ich ihm zu, „und vielleicht hättest du das tun sollen. Aber nun ist es einmal so geschehen. Wenn du mich heute fragen würdest, ob du Pastor werden sollst, ich würde Ja sagen. Deine Entscheidung war richtig. Es ist das, wofür du geschaffen bist. Das weiß ich jetzt."

Über den Tisch hinweg schimmern Patricks Augen. Er nickt leise und befeuchtet mit der Zunge seine Lippen. „Danke, Meg, dass du das gesagt hast. Das bedeutet mir sehr viel. Und natürlich verzeihe ich dir, falls es etwas zu verzeihen gibt. Aber die wichtigere Frage ist doch: Kannst du mir verzeihen? Ich habe den größeren Fehler gemacht."

„Oh, Patrick", seufze ich und schüttle den Kopf. „Ich werde

nicht versuchen, einen Fehler gegen den anderen aufzuwiegen. Wir haben beide falsch gehandelt, aber jetzt sollten wir das hinter uns lassen und versuchen, nach vorn zu schauen."

Patrick senkt den Blick. „Du hast doch verstanden, dass der Gavan, der in diesem Haus lebt, mein Sohn ist?"

Wieder dieser Schmerz. Ich beachte ihn nicht. „Ja, das habe ich verstanden. Dann hat er dich also gesucht und gefunden?"

„Ja. Er wollte, dass wir uns begegnen. Und er wollte mir sagen, dass er sehr froh ist, am Leben zu sein."

Darüber muss ich einen Moment nachdenken. Es ist mir noch nie in den Sinn gekommen, dass dieses Wesen, das es eigentlich nicht hätte geben sollen, glücklich sein könnte, am Leben zu sein. Ich lege den Kopf zur Seite und sehe Patrick an. „Dann ist es also gut?"

„Ja. Ja, es ist gut."

„Und du hast gesagt, sein Sohn, dieser Nicolas – hast du gesagt, er sieht aus wie Digger?"

„Er sieht ihm sehr ähnlich. Etwas von Digger wird in ihm weiterleben."

Oh, Digger. Das ist der Schmerz, dem ich erlauben werde, sich in meinem Herzen einzurichten. Ich könnte ihn nicht ausklammern, selbst wenn ich das wollte. Nicolas vor Augen, sage ich: „Selbst aus unseren Fehlern kann Gutes erwachsen und darüber wollen wir uns wirklich nicht beklagen."

„Nur, weil Gott es so fügt."

Ich spüre, wie mir die Tränen kommen, und richte rasch den Blick aus dem Fenster, um sie zurückzuhalten. „Ja, das will ich nun auch gern glauben", sage ich. „Ich weiß nicht mal genau, warum. Vielleicht wegen all der ungewöhnlichen Ereignisse in diesem Haus und weil wir einen kleinen Blick in Gottes Sicht der Welt tun durften. Aber weder Gavan noch Nicolas könnten mir Digger je ersetzen."

„Natürlich nicht", stimmt Patrick mir zu. „Mir auch nicht."

„Er … Digger ist tot. Ich habe versucht, die Hoffnung nicht aufzugeben, aber je mehr Zeit vergeht, umso schwerer wird es zu glauben, dass er zurückkommt."

Patrick nickt, den Mund zu einer schmalen Linie zusammengepresst. „Ich fürchte, du hast recht, Meg. Ich glaube nicht, dass Digger je zurückkommt. Es ist Zeit, ihn gehen zu lassen."

Es ist Zeit. Wieder die Zeit. Ich lasse den Tränen freien Lauf und sie rinnen über meine Wangen. „Weißt du, ich habe geglaubt, solange der Stern jeden Abend über dem Haus steht, gibt es Hoffnung, dass Digger noch lebt. Aber das ist es ja vielleicht. Vielleicht sagt der Stern uns ja, dass er tatsächlich lebt und dass wir ihn wiedersehen werden – im Himmel. Jedenfalls möchte ich das glauben."

„Wir können es glauben", sagt Patrick. „Denn es ist die Wahrheit."

Von all den Hunderten von Predigten, die Patrick je gehalten hat, ist dies die erste Hoffnungsbotschaft, die ich tatsächlich glaube.

Ich nicke und lächle ihn an. „Das ist genug", sage ich.

64

Patrick

Samstag, 26. April 1969

Der Moment, in dem etwas, das man sich lange gewünscht hat, geschieht und die Dinge doch noch nicht ganz real scheinen, hat etwas von einem Traum. Man muss innehalten und darauf warten, dass das Herz dem Verstand nachkommt, damit beide sich wieder an ein und demselben Ort befinden.

„Meg", sage ich ruhig, „wenn es dir nichts ausmacht, möchte ich dich bitten, es deutlich auszusprechen."

Sie sieht mich erstaunt an. „Was auszusprechen, Patrick?"

„Dass du mir vergibst. Ich meine, das versuchst du mir doch die ganze Zeit zu sagen, oder? Dass du mir verzeihst."

Sie weint immer noch. Stumme Tränen rollen ihr über die Wangen, aber als ich sie abwartend ansehe, lächelt sie. „Ja, Patrick", sagt sie. „Genau das versuche ich dir zu sagen. Ich verzeihe dir."

Ich bin leicht wie Luft. Schwerelos. Nicht länger eingesperrt. Frei, meinen Weg zu gehen, zum ersten Mal seit sehr langer Zeit.

Ich schiebe den Stuhl vom Tisch zurück und stehe auf. „Ich hätte dich so gern getröstet, weißt du."

Sie wischt sich mit dem Handrücken die Tränen ab und steht ebenfalls auf. Sie zögert einen Moment und so mache ich den ersten Schritt. Meine Knie sind weich; es kann mir nicht schnell genug gehen. Die Strecke von meiner Seite des Tischs bis zu ihrer scheint endlos, aber dann liegt sie plötzlich in meinen Armen.

65

Meg

Samstag, 10. Mai 1969

Carl ist schon fast drei Wochen wieder zu Hause. Das Haus war ruhig. Will sagen: kein plötzliches Auftauchen von Leuten, die nicht wirklich da sind. Kein Schwätzchen mit Menschen aus anderen Zeiten. Nur der Stern ist uns geblieben, aber er kommt mir kleiner und schwächer vor, als hätte er seine Aufgabe erfüllt und zöge sich nun wieder zurück ins Dunkel der Geschichte.

Vielleicht ist alles vorüber. Vielleicht hat auch das Haus erledigt, was es für uns tun sollte, und sinkt nun in den Schlaf, bis es wieder gebraucht wird. Von irgendjemand anderem. Von einer anderen Familie vielleicht. Oder vielleicht von Gavan Valdez im unvorstellbaren Jahr 2005. Und wir kehren in unseren Alltag zurück, dankbar für das, was wir bekamen; nach wie vor bemüht anzunehmen, was wir verloren haben. Und voll Hoffnung auf alles, was wir wiederfinden werden.

Patrick denkt darüber nach, wieder als Pastor zu arbeiten, vielleicht als zweiter Seelsorger in einer kleinen Gemeinde. Als Nebenberuf neben dem Autohandel, denn wir müssen weiterhin Rechnungen bezahlen und nun auch für Charlenes Kind sorgen. So, wie es sein soll. Wir bereiten die Zukunft vor, die, wie wir wissen, kommen wird.

Ich glaube, diesmal bin ich bereit, die Frau eines Pastors zu sein. Patrick sagt, das kleinste bisschen Glauben sei genug. Das ist auch gut so, denn alles, was ich habe, ist ein sehr kleines bisschen Glauben – aber das ist immerhin mehr, als ich je hatte. Jedenfalls ist es ein guter Startpunkt, von dem aus ich vorwärtsgehen kann.

Ich stehe an der Spüle in der Küche, eine Tasse Kaffee in einer Hand, die Untertasse dazu in der anderen. Das Gras draußen funkelt vom Tau im Licht des frühen Morgens. Der Wind bewegt die Blätter in den Bäumen. Oben höre ich Schritte. Patrick steht auf, macht sich fertig für die Arbeit. Wieder mal ein Samstags-Super-Sonderverkauf – *Unsere Preise kann man nicht mehr unterbieten.* Und so geht das Leben weiter. Er beschwert sich nicht. Er sagt, sein Verkaufsbüro ist eine Kirche eigener Art und die Kunden sind die Schäflein seiner Herde. Er ist Pastor, weil er nichts anderes sein kann. Ich verstehe das jetzt und ich akzeptiere es voll und ganz.

Margaret Zeh hatte recht. Vergebung ist die Verbindung zwischen Himmel und Erde. Ich bin jetzt in der Lage, Patrick zu lieben – ohne ständigen Ärger und Schmerz. Ärger und Schmerz nehmen immer weiter ab; was wächst, ist die Liebe. In dieser Hinsicht ist die Zeit unsere Verbündete. Sie wird uns hinbringen, wo wir hingehören.

Dass Carl wieder zu Hause ist, ist mir ein solcher Trost. Er wird erst einmal bei uns wohnen und darüber bin ich froh. Ich kann ihn noch nicht wieder gehen lassen. Nicht so rasch. Er hat vor, sich bei der Universität von North Carolina in Asheville zu bewerben. Als ehemaliger Soldat müsste er ein Stipendium bekommen. Es gibt aber wohl noch einen anderen Grund für ihn hierzubleiben, glaube ich: Er will herausfinden, ob das Haus für ihn nicht doch etwas bereithält – eine Botschaft, ein Geschenk. Er wird hoffentlich nicht allzu enttäuscht sein. Ich glaube nämlich, wir haben alles erhalten, was wir erhalten sollten, und das ist genug – für mich zumindest.

Linda ist nächsten Monat mit der Highschool fertig und hat

vor, Carl an die Uni in Asheville zu folgen. Auch sie will bei uns wohnen bleiben. Es war ihre Entscheidung. Kaum zu fassen. Ich habe meine Tochter wieder.

Ich setze die Tasse an die Lippen und nehme einen Schluck; der Kaffee ist schon kalt. Ich muss sowieso mit dem Frühstück für Patrick anfangen. Rührei, Toast, Schinken – er soll was Anständiges im Magen haben, wenn er zur Arbeit geht. Der Tag kann lang werden und anstrengend. Vielleicht sollte ich ihm noch eine Thermosflasche Kaffee dazupacken.

Etwas kalter Kaffeesatz schwimmt am Grund der Tasse. Nur zögernd trete ich von der Spüle fort, um den Tag zu beginnen. Denn das Leben erfordert ein gewisses Maß an Stärke, manchmal mehr, als ich besitze. Es ist immer noch schwer, einen Tag zu bestehen – einen Tag ohne Digger.

Aber wir tun es. Wir werden heute durchstehen und morgen und übermorgen und vielleicht tut es irgendwann einmal nicht mehr so weh.

Ich gönne mir noch einen letzten Blick aus dem Fenster, bevor ich mich dem Frühstück zuwende. Als ich den Blick durch die Scheibe schicke, bleibt mir plötzlich die Luft weg. Tasse und Untertasse fallen mir aus der Hand und zersplittern klirrend in der Spüle.

„Digger“, flüstere ich.

Meine Knie geben nach und ich muss mich am Rand der Spüle festhalten, um nicht zu fallen. Ich schließe die Augen, öffne sie wieder. Er ist immer noch da.

Draußen im Garten spielt Digger, die Arme ausgebreitet, als hätte er Flügel. Er klettert auf den großen Felsblock, beugt die Knie, springt. Sein Lachen hallt durch den Garten.

Meine rechte Hand legt sich kurz auf mein Herz und hebt sich dann an die Lippen. Er trägt ein weiß-grün gestreiftes T-Shirt, braune Shorts, weiße Socken, blaue Turnschuhe und hat einen Blumenkranz um den Hals. Alles so wie an dem Tag, an dem er verschwand. Und ich weiß, was das bedeutet. Was ich sehe, ist eben jener Tag. Ich erlebe ihn noch einmal. Ich sehe durch die Zeit, sehe meinen Sohn so vor mir wie an dem Tag, an dem er fortging. Der Gedanke macht mich krank. Mag dieses Haus uns auch alles mögliche Gute getan haben, dies hier ist zu grausam. Ich habe keine Worte dafür. Ich glaube, dies kann ich nicht ertragen.

Mit ausgebreiteten Armen klettert er auf den Felsen, springt, lacht. Dann sieht er mich. Sieht, wie ich ihn durch das Fenster beobachte.

„Hi, Mom!“, ruft er und winkt.

Ich lasse die Hand sinken; ich haste zur Tür und hinaus in den Garten. Und wenn er nun nicht wirklich da ist? Wenn auch er nur durch die Zeiten schaut?

Ich bleibe stehen und sehe meinen Sohn an. „Digger?“

Er bleibt ebenfalls stehen und schaut mich an. Seine Arme fallen herab. „Ja, Mom?“

„Digger?“, frage ich noch einmal.

„Was denn? Was ist los, Ma? Du siehst gar nicht gut aus.“

Ich zittere vor Angst, dass er verschwindet. „Digger, gib mir deine Hand.“

„Warum denn?“

„Bitte, tu’s einfach.“ Ich strecke ihm meine Hand entgegen.

„Ma, du zittert ja. Ist dir kalt?“

Ich hocke mich hin, knie mich ins Gras. *Bitte, Gott, lass mich diese Hand spüren. Lass es wahr sein.*

Digger sieht auf seine Hände. „Meine Hände sind dreckig.“

„Das macht nichts. Wirklich nicht. Gib mir … gib mir einfach deine Hand.“

Meine Hand schwebt in der Luft und wartet. Digger reibt sich die Hände an den Shorts ab. Dann streckt er eine Hand aus, eine schmutzige Jungenhand schiebt sich durch die Luft, seine Fingerspitzen gleiten mir über die Finger, bis die kleine

Hand ganz in meiner ruht. Ich fasse fest zu. Ja, ich kann ihn spüren! Digger ist am Leben.

Mit einem Aufschrei ziehe ich ihn an mich und drücke ihn fest an mein Herz. „Digger! Digger, du bist hier! Du bist wirklich hier!"

Er kämpft sich aus meinen Armen frei. „Mom, lass mich. Was hast du? Du erdrückst mich fast."

Ich lasse ihn los und nehme sein verstaubtes, verschwitztes, allerliebstes Gesicht in beide Hände. Tränen laufen mir übers Gesicht. „Digger, wo warst du?", frage ich. „Wo bist du gewesen?"

Er sieht mich verwundert an. Er versucht, sein Gesicht meinen Händen zu entziehen, aber ich lasse ihn nicht los. „Was meinst du, wo ich war? Ich war hier, spielen. Wo soll ich denn gewesen sein? Warum weinst du denn, Ma? Du tust, als ob ich eine Ewigkeit weit weg gewesen bin."

Oh, Digger. Das warst du auch. Du warst eine Ewigkeit weit fort. Und du weißt es nicht einmal.

Ich trockne mir mit meiner Schürze die Augen. „Tut mir leid, Digger. Es ist nur … ich bin einfach so froh, das ist alles."

„Warum bist du froh? Ist was Schönes passiert?"

„O ja, Digger, was Schönes ist passiert. Etwas sehr, sehr Schönes."

Er zuckt die Achseln. „Ist Marjorie schon nach Hause? Dann kann ich nämlich endlich ihren albernen Kranz abnehmen."

„Ja. O ja", sage ich lachend. „Sie ist schon lange nach Hause gegangen."

Er greift nach dem Kranz und wirft ihn achtlos beiseite. „Ich hab Hunger. Wann gibt's Essen?"

„Bald. Aber vorher habe ich eine Überraschung für dich. Carl ist wieder zu Hause. Carl ist hier."

Jetzt macht er große, überraschte Augen. „Carl ist da? Ist er nicht mehr in Vietnam?"

„Nein, er ist wieder hier. Wir sind wieder alle zusammen."

Digger wirft die Arme in die Luft. „Jiippiieeh! Gibt's ein Fest? Mit Kuchen und allem? Mom, kriegen wir Schokoladenkuchen? Bitte!"

„Aber sicher. Schokoladenkuchen. Na klar. Aber jetzt rufe ich erst mal Carl, damit er dich zu sehen kriegt. Und Daddy und Linda. Okay?"

„Okay. Ich kann auch mitrufen."

Er fängt an, laut nach Carl zu rufen. Ich gehe zurück ins Haus und sehe Patrick in der Tür stehen, regungslos, die Augen weit aufgerissen. Als er mich ansieht, lese ich die Furcht in seiner Miene. „Ist er …"

„Er ist wirklich, Patrick. Er ist zurück. Digger ist zurück."

Patrick gibt etwas von sich, das fast wie ein Schmerzenslaut klingt, aber im nächsten Moment ist er im Garten und hält Digger im Arm und tollt mit ihm herum und beide lachen und reden gleichzeitig aufeinander ein.

Als Patrick ihn endlich aus den Armen lässt, legt Digger den Kopf zurück, steckt zwei Finger in den Mund und fischt ein kleines weißes Etwas heraus. „Siehst du, Daddy, jetzt ist er rausgefallen, bei der Toberei! Soll ich ihn heute Abend unters Kopfkissen tun? Und find ich morgen meine Münze?"

Patrick nimmt den Zahn, an dem ein wenig Blut hängt, und legt ihn sich in die Handfläche. Er betrachtet ihn eine ganze Weile wie etwas nie Gesehenes, gänzlich Unbekanntes. Und das ist es ja vielleicht tatsächlich. Denn es ist der Beweis: Für Digger ist die Zeit nicht weitergegangen. Für uns andere schon. Patrick sieht jetzt hoch und mir in die Augen. In dem Blick, den wir tauschen, liegt ungläubiges Staunen. „Ich verstehe nicht, Patrick", sage ich ruhig. „Wo ist er gewesen?"

„Ich weiß es nicht", gesteht Patrick ein. „Jenseits der Zeit vielleicht? Aber ich könnte nicht sagen, wo das wohl sein soll."

„Er sagt, er war nirgendwo anders; er war die ganze Zeit hier im Garten. Er glaubt, wir haben immer noch denselben Tag, den, an dem er verschwand."

„Du meinst, er … erinnert sich nicht? An gar nichts?"

„Es scheint so zu sein."

Digger zieht Patrick am Ärmel.

„Wovon redet ihr überhaupt? Wieso soll ich verschwunden sein? Woran soll ich mich erinnern?"

Seine aufgerissenen Augen flitzen zwischen mir und seinem Dad hin und her. Ein bisschen Angst liegt darin. Patrick kniet sich vor ihn auf den Boden und legt ihm eine Hand auf die Schulter. Er will etwas sagen, bricht ab, schüttelt den Kopf. „Digger, wir müssen dir etwas erklären", sagt er ruhig. „Es ist etwas passiert und wir werden dir alles genau erzählen. Aber keine Angst. Es ist alles in Ordnung. Jetzt ist alles in bester Ordnung."

Die Anspannung weicht aus Diggers Gesicht und er zuckt mit den Schultern. „Okay", sagt er. Dann weist er auf den Zahn, der noch immer in Patricks Hand liegt. „Krieg ich nun meine Münze oder nicht?"

Patrick schließt die Faust um den Zahn und lacht. „Natürlich kriegst du sie, Digger", sagt er und nimmt den Jungen noch einmal in den Arm. „Heute Nacht kommt der Zahn unters Kopfkissen."

Ein Schrei unterbricht unsere Freude und Linda läuft uns entgegen, noch im Schlafanzug. „Digger!", ruft sie. „Digger, da bist du ja! Ich kann's kaum glauben! Du bist wirklich wieder da!"

Jetzt kniet auch sie im Gras und schlingt die Arme um ihren Bruder. Digger zieht ein Gesicht und versucht sich freizuzappeln. „He, lass mich los!", mault er. „Was habt ihr heute bloß alle? Ihr …" Er bricht ab und bekommt große Augen. „Carl!"

Carl kommt über den Rasen auf uns zu, barfuß, nur in Shorts und Unterhemd. Kein Schrei wie bei Linda. Er ist ganz ruhig, so ruhig wie jemand, der unter Schock steht. Als er Digger erreicht, sinkt er zu Boden, die bloßen Knie hinterlassen Dellen im Gras. Sein Blick wandert von Digger zu Patrick, zu mir. „Es ist also doch wahr", sagt er. „Diese Sache mit dem Haus …"

„Ja, selbstverständlich", sagt Patrick.

Carl lächelt und packt Diggers Hand. „Hallo, Kleiner. Du bist wieder zu Hause."

„*Ich* bin wieder zu Hause?", fragt Digger zurück. „Du bist komisch, Carl. *Du* bist wieder zu Hause. Ich hab nicht mal gewusst, dass du kommst! Warum hat mir niemand was gesagt?"

„Weiß ich nicht, Digger. Vielleicht sollte es eine Überraschung sein."

„Ja, das war's auch! Und jetzt sind wir endlich alle wieder zusammen! Ich find das toll! Und Mom sagt, das wird gefeiert!"

Carl streckt den Arm aus und zaust seinem kleinen Bruder durchs Haar. Und dann zieht er Digger an sich und drückt ihn so fest an die Brust, als wolle er ihn nie wieder loslassen.

Patrick nimmt meine Hand. Linda legt mir den Arm um die Schultern. Meine Söhne liegen sich in den Armen und ihr Lachen hallt durch die frische Morgenluft.

Danke, Gott. Danke, Gott.

Jetzt sind wir alle zu Hause und wir sind alle zusammen.

Epilog

Zu Gott send heil’gen Klang, der ihn wohl ehrt;
aus Wahrheit und aus Tugend leb;
Dass alle Seligkeit, die dir die Zeit verwehrt,
die Ewigkeit dir geb.

John Quincy Adams, *Das Stundenglas*

Celeste

Sommer 2007

Digger ist irgendwie zwischen die Zeiten gerutscht – oder aus der Zeit heraus oder über die Zeit hinaus oder vielleicht auch unter die Zeit. Wir wissen es nicht genau und es spielt auch keine große Rolle. Was eine Rolle spielt, ist, dass er zurückkam oder zurückkommen durfte oder zurückgebracht wurde. Auch darüber wissen wir nichts Genaues. Digger konnte sich sehr lange nicht erinnern, was passiert war. Als Erwachsener fielen ihm manchmal Dinge ein, für die er, wie er sagte, keine Worte finden könne; er bemerkte, er habe nie zuvor oder seither etwas Vergleichbares gesehen. Ich zumindest glaube, was er da von seinem Aussichtspunkt irgendwo jenseits der Zeit gesehen hat, war der Himmel – aus der Ferne natürlich, nur ein einziger, kurzer Blick auf die Welt, die kommt.

Seine unerwartete Rückkehr machte aus Digger erst einmal so etwas wie eine lebende Legende rund um Black Mountain. In der Stadt waren die Leute verständlichermaßen höchst erstaunt, dass er unverletzt und am Leben war, nach so langer Zeit, und ziemlich genau derselbe Junge, der spurlos verschwunden war. Nicht nur hier in der Stadt, auch im ganzen Umkreis hieß er bald nur noch das Wunderkind, das in den Bergen überlebte. Natürlich war das überhaupt nicht der Fall, aber wie sollte man es jemandem erklären?

Der Tag, an dem Digger zurückkam, war auch der Tag, an dem der Stern endgültig verschwand. Am Abend waren sie alle fünf nach draußen gekommen, die ganze Familie, um einen letzten Blick auf den Stern zu werfen. Der Stern war schwächer geworden, wie Meg schon bemerkt hatte, als zöge ihn etwas zurück in die Abgründe der Weltgeschichte. Aber an diesem Abend, als sie alle fünf auf ihren Stern schauten, verlosch er ganz einfach wie eine Kerze, die man ausbläst. Er hatte ausgerichtet, wozu er gekommen war.

Die Cranes wohnten noch bis 1974 in dem Haus. Dann nahm Patrick eine Berufung als Hauptpastor in einer Gemeinde in Asheville an. Damit ließ er seinen Ausflug in den Gebrauchtwagenhandel hinter sich, ohne je zurückzublicken. Er und Meg zogen mit Digger nach Asheville. Patrick war dort bis zu seinem Tod 1999 Pastor.

Das Haus in Black Mountain hatte im Laufe der Jahre noch zahlreiche Mieter, aber niemand hat je wieder davon gesprochen, dass sich darin seltsame Dinge abspielten. Und so konnte Vernita Ponder in Frieden sterben, ohne miterleben zu müssen, wie ihre Heimatstadt von Scharen von sensationslüsternen Fremden überflutet wurde. Nichts Ungewöhnliches geschah in den alten Mauern; jedenfalls nicht bis zum Jahr 2005, als Gavan Valdez das Haus kaufte. Und Gavan war niemand, der in der Stadt hätte Gerüchte entstehen lassen. Als Mrs Zeh mich zu ihm schickte und er mich als Betreuerin für seinen Sohn einstellte, habe ich ihm versichert, ich würde das Geheimnis hüten.

Ich habe bis zum Sommer 2006 für Mr Valdez gearbeitet, bis seine Frau aus dem Irak zurückkam. Sie schied aus der Armee aus, um sich ihrer Familie zu widmen, die im Lauf der Zeit noch um zwei weitere Kinder wuchs.

Ich selbst habe im selben Sommer geheiratet und weiter bei der älteren Dame gearbeitet, die Meg als Mrs Zeh kannte. Allerdings war ihr Name nicht Mrs Zeh – sie war Mrs „C“. Jedenfalls habe ich sie immer so genannt. C für Crane. Denn Margaret Zeh war und ist Meg Crane. Aus welchem Grund auch immer war es der Meg des Jahres 1968 möglich, mit der Meg des Jahres 2005 zu sprechen – mit meiner Hilfe. Oder vielleicht war es umgekehrt – denn Mrs C war ja diejenige, die Meg ihren Rat geschenkt hat, wohl wissend, dass sie zu sich selbst sprach – oder besser zu der Person, die sie fünfunddreißig Jahre zuvor einmal gewesen war.

Und das war ein Geschenk, von dem wohl viele von uns gern Gebrauch machen würden, wenn wir denn das Vorrecht erhielten, von unserem zukünftigen Selbst guten Rat und Mut machende Worte zu bekommen. Aber dieses Vorrecht haben die meisten von uns nicht. Die meisten von uns müssen sozusagen in blindem Vertrauen leben, denn unsere zeitgebundenen Augen können nicht in die Zukunft schauen. Wir können im Heute leben und uns an das Gestern erinnern; aber das Morgen müssen wir dem anvertrauen, der bereits darin lebt. Zumindest verspricht er uns in seinem Wort, dass wir auf ein gutes Ende zugehen. Das ist anscheinend alles, was wir wissen sollen. Aber es ist genug, meinen Sie nicht auch?

Ich gieße zwei große Gläser Eistee ein, für Mrs C und für mich. Der Sommertag ist heiß und sie erwartet mich schon draußen auf der Veranda bei den Schaukelstühlen.

„Celeste?", höre ich sie rufen.

„Ja, Mrs Zeh?"

„Digger hat mir neue Fotos von den Enkeln aufs Handy geschickt. Die müssen Sie sich ansehen."

„Bin sofort da!"

Ich trage den Tee auf die Veranda. Meg Crane schaut angestrengt auf ihr Handy und freut sich über diese Enkel, von denen sie einmal dachte, dass sie sie nie haben würde.

„Wirklich eine entzückende kleine Bande!", sage ich und nehme im Stuhl neben ihr Platz.

Es sieht so aus, als ob wir noch ein Weilchen hier sitzen werden, hier, wo wir gern unseren Tee trinken und reden und Erinnerungen austauschen und staunen und rätseln und einfach unsere Zeit verschwenden – dankbar und fröhlich, solange die Uhren ticken. Denn eines wissen wir: Die Stunden haben Flügel, die uns nach Hause tragen.